FRANZISKA FRANZ

Maingrab

UNBÄNDIGE WUT Im Frankfurter Diplomatenviertel findet eine Joggerin an einem frühen Sommermorgen einen bestialisch zugerichteten Leichnam. Wie sich herausstellt, handelt es sich bei dem Toten um einen Notarzt, der während eines Einsatzes einem brutalen Verbrechen zum Opfer fiel. Von den beiden Sanitätern, die vor Ort hätten sein müssen, fehlt jede Spur. Sind auch sie dem Täter in die Hände gefallen? Zunächst ist die Kripo ratlos, denn alle Spuren führen ins Nichts. Doch dann taucht die verschwundene Sanitäterin ausgerechnet auf dem Gelände eines Krematoriums auf und bittet um Hilfe, da sie den Notarzt ermordet hat. Aber der Fall wird immer verworrener.

Privatermittlerin Karla Senkrecht mischt sich in die Polizeiarbeit ein und bietet ihrem guten Freund Kommissar Herbracht ihre Hilfe an. Und das zu Recht, wie sich bald herausstellt, denn sie hegt einen ungeheuren Verdacht.

© Achim Kuest

Franziska Franz, geboren in Detmold, lebt in Frankfurt am Main. Dank ihrer Schauspielausbildung und ihrer Fernseherfahrung hält sie lebendige Lesungen und hat keinerlei Scheu, auf einer Bühne zu stehen. Ihre Leidenschaft fürs Schreiben entdeckte sie mit Abenteuergeschichten für Kinder im didaktischen Bereich. Später veröffentlichte sie Kurzkrimis in Anthologien und parallel dazu Thriller und Kriminalromane. Seitdem fühlt sie sich im Krimigenre beheimatet. Sie ist Mitglied im Syndikat. 2021 war sie Mitglied der Jury für den Friedrich-Glauser-Preis in der Sparte »Debüt«.

FRANZISKA FRANZ

Maingrab

KRIMINALROMAN

GMEINER

Personen und Handlung sind frei erfunden.
Ähnlichkeiten mit lebenden oder toten Personen
sind rein zufällig und nicht beabsichtigt.

Im Ehnried 5, 88605 Meßkirch
Telefon 07575/2095-0
info@gmeiner-verlag.de

1. Auflage 2023

Herstellung: Mirjam Hecht
Umschlaggestaltung: U.O.R.G. Lutz Eberle, Stuttgart
unter Verwendung eines Fotos von: © Bilderstoeckchen / stock.adobe.com
Druck: GGP Media GmbH, Pößneck
Printed in Germany
ISBN 978-3-8392-0391-0

»Ich kann, weil ich will, was ich muss.«

Immanuel Kant

KAPITEL 0

Hass keimt im tiefsten Inneren wie auch meine Liebe zu dir. All mein Handeln entspringt dieser Liebe. Niemand kann uns je trennen. Nicht einmal der Tod.

KAPITEL 1

Mittwoch, 19. Juni, Diplomatenviertel, 0:30 Uhr

Als der Notarzt Thomas Wacker in der Günther-Groenhoff-Straße eintraf, entdeckte er einen Krankenwagen, der am Ende der Einbahnstraße die Fahrbahn versperrte. Wacker war vor 20 Minuten zum Einsatzort gerufen worden. Seine Kollegen konnten nicht lange vor ihm dagewesen sein. Wacker parkte sein Fahrzeug direkt hinter dem Krankenwagen, dessen Türen offenstanden. Er stellte den Motor ab und stieg aus. Von den Kollegen und vor allem von dem verletzten Fahrradfahrer, der verunglückt war, fehlte jede Spur. Das Fahrrad des angeblichen Opfers war nirgends zu sehen. Er blickte ins Innere des Einsatzfahrzeugs, die Trage befand sich darin. Er ging um den Wagen herum. Vielleicht hatte sich der Unfall vorn abgespielt?

Die enge Anliegerstraße grenzte an die Frauenlobstraße. An der Gabelung war ebenfalls nichts Auffälliges zu erkennen. Kein Mensch weit und breit. Nichts deutete auf einen Unfall hin. Thomas Wacker drehte sich um die eigene Achse. Das war unheimlich. Waren sie in die falsche Straße geschickt worden? Wenn ja, wo waren dann seine Kollegen? Und wieso waren die Türen des Krankenwagens geöffnet worden? Gerade wollte er in der Zentrale nachfragen, da hörte er den Schrei: »Hilfe!«

Er blieb wie angewurzelt stehen. Ein weiterer Hilferuf. Hastig überquerte Wacker die Frauenlobstraße, den Rufen folgend, lief zum Eckhaus, das von einer roten Sandsteinmauer umgeben war und an die Ginnheimer Landstraße grenzte.

»Hilfe!«

Eine Frauenstimme. Die Sanitäterin? Er beschleunigte seine Schritte, an der Mauer entlang, die Ginnheimer Landstraße aufwärts. »Ich komme!«, rief er, als er am Ende des ummauerten Eckgrundstücks angelangt war. Ein düsterer Weg mündete in den kleinen, ebenfalls unbeleuchteten Park. Er kannte den Ausläufer des Grüneburgparks, war mehrfach mit seinem Lebensgefährten Martin dort gewesen. Linker Hand ein Hügel mit Baumgruppe, rechts dichtes Gebüsch. Er durchquerte das Gatter, das verhinderte, dass Fahrzeuge in den Park einfuhren, konnte jedoch kaum etwas sehen.

»Wo sind Sie?«, rief er.

»Helfen Sie mir bitte!«

Wacker versuchte, sich im Dunkeln zu orientieren, während er in der Gesäßtasche nach seinem Handy suchte, um dessen Taschenlampenfunktion zu aktivieren. Da verspürte er einen schmerzhaften Stich zwischen den Schulterblättern. Er stöhnte auf und fiel keuchend bäuchlings zu Boden.

*

Diplomatenviertel, 5:36 Uhr

Der kleine Park war mit Absperrbändern versehen, Polizei und Spurensicherung waren vor Ort. Um den Toten vor den neugierigen Blicken der Schaulustigen zu verbergen, war ein weißes Zelt über dem Leichnam aufgebaut. Spurenkarten markierten Blut- und Fußspuren.

Am frühen Morgen war eine Hundehalterin auf den Mann aufmerksam geworden, der blutüberströmt bäuchlings liegend den Zugang zum Park blockierte. Sie hatte die Polizei alarmiert. Ein von der Polizei hinzugezogener Notarzt hatte nur noch seinen Tod feststellen können.

Der Krankenwagen, der zu diesem Zeitpunkt noch in der Günther-Groenhoff-Straße gestanden hatte, war kurze Zeit später von der Polizei gesichert, auf Spuren untersucht und abgeschleppt worden.

Die am Fundort eingetroffenen Polizisten vom Kriminaldauerdienst hatten sogleich die Spurensicherung und die Staatsanwältin informiert, um eine rechtsmedizinische Untersuchung mit anschließender Obduktion zu erwirken. Erschienen war Frau Dr. Ricarda Jacoby vom rechtsmedizinischen Institut.

Jacoby erkannte schnell, dass der Tod durch scharfe Gewalt eingetreten war. »Etliche Messerstiche, ganz klar erkennbar. Ist er einer der Sanitäter?«

Der Beamte vom Dauerdienst schüttelte den Kopf. »Er war vermutlich der Notarzt. Zumindest den Papieren nach.«

In diesem Moment hielt ein Einsatzfahrzeug auf dem Radweg nahe dem Parkeingang.

Ein Mann und eine Frau stiegen aus, beide trugen weiße Overalls, streiften sich Füßlinge über, zogen drei Lagen Gummihandschuhe übereinander und näherten sich entlang der Absperrbänder dem Tatort. Hauptkommissar Kai Herbracht, 47 Jahre alt und erfolgreicher Ermittler der Frankfurter Mordkommission, und seine Kollegin Mia Dragovic, eine 34 Jahre junge und erfolgversprechende Kriminalpolizistin.

»Würdet ihr bitte aufpassen, wo ihr hintretet? Hier wimmelt es nur so von Fußspuren, da will ich nicht auch noch eure fälschlicherweise sichern«, rief Jens Sailer von der Spurensicherung den beiden zu, während er ein benutztes Papiertaschentuch mit einer Einmal-Pinzette in eine der atmungsaktiven Deba-Breathe-Tüten schob.

Herbracht blickte zu dem Leichnam hinüber, der auf dem Bauch in einer Blutlache lag. »Habt ihr im Blut Fußspuren ausmachen können?«

»Eine Spur. Die hört aber gleich daneben wieder auf.« Sailer deutete auf einen dunklen Abdruck etwa zwei Meter neben der Blutlache. »Wir gießen den aus. Und wir haben noch etwas entdeckt.« Sailer holte eine Tüte aus dem Asservatenbeutel und hielt sie den Polizisten vor die Nase.

Herbracht verengte die Augen. Dragovic stutzte. »Was soll das sein, eine Schlaufe?«

»Ja, eine dunkelblaue Schlaufe aus Gummi mit einem Metallstück daran in derselben Farbe.«

»Das hat im Blut gelegen?«, fragte Herbracht.

»Exakt.«

»Was könnte das sein? Der Schieber eines Reißverschlusses?«

»Vielleicht von einem Rucksack?«, ergänzte Herbracht.

»Vielleicht auch von der Jackentasche eines Gummimantels?«

»Wir werden das Ding genauer unter die Lupe nehmen«, sagte Sailer und steckte die Tüte zurück in den Asservatenbeutel.

»Ah, da hockt ein bekanntes Gesicht am Boden.« Herbracht kannte die Rechtsmedizinerin, die neben der Leiche kniete. »Guten Morgen, Dr. Jacoby.«

Die Ärztin blickte auf. »Guten Morgen, Hauptkommissar Herbracht. Schön, Sie zu treffen, würde in diesem Zusammenhang allzu makaber klingen.«

»Sieht ziemlich schlimm aus«, befand Herbracht. »Das ist meine Kollegin, Kommissarin Mia Dragovic.«

»Hallo, Frau Dragovic. Ich hatte schon oft mit Hauptkommissar Herbracht zu tun. Sind Sie neu im Team?«

»Ja, das bin ich.«

»Dann werden Sie jetzt gleich so richtig ins kalte Wasser geworfen. Das hier muss das Werk eines Wahnsinnigen sein.« Sie deutete auf den Toten, der über und über mit Blut besudelt war. »Meine Arbeit ist beendet. Die Leiche kann ins rechtsmedizinische Institut überführt werden.«

»Können Sie uns vorab schon ein paar Informationen geben? Wie lange der Mann tot ist beispielsweise?«, fragte Herbracht.

»Nur in etwa.« Jacoby richtete ihren Blick auf den Leichnam. »Die Leichenstarre ist bereits ausgeprägt, die Leichenflecken sind deutlich sichtbar. Ich habe seine Temperatur gemessen. Wenn ich von der Normaltemperatur, nämlich von 37 Grad Celsius, ausgehe, dann ist seine Körpertemperatur um 2,5 Grad gesunken. Die Temperatur sinkt nach Eintritt des Todes pro Stunde um 0,5 bis 1,5 Grad Celsius, wie Sie wissen.«

Herbracht stimmte zu. »Die Nacht war allerdings sehr lau.«

»Richtig, deshalb gehe ich von einer geringeren Absenkung aus, da die Außentemperatur heute Nacht bei 17,5 Celsius lag und jetzt schon wieder deutlich höher ist. Mithilfe der Henßge-Tabelle lässt sich also errechnen, dass der Mann wahrscheinlich heute Nacht zwischen 0:30 Uhr und 1 Uhr verstarb.«

Giulio Esposito, ebenfalls Kripobeamter, kam hinzu und reichte Herbracht ein Dokument. »Tag, Kai. Das ist der Ausweis des Toten. Es handelt sich um den Notarzt

Thomas Wacker. Er wurde heute Nacht zu einem Fahrradunfall in der Günther-Groenhoff-Straße gerufen. Der Notruf ging um 0:10 Uhr bei der Zentrale ein. Der Anrufer, sein Name war Müller, meldete einen Schwerverletzten in der Günther-Groenhoff-Straße. Die Verbindung war laut Zentrale schlecht. Die Nummer des Anrufers wird von den Kollegen derzeit überprüft. Ich melde mich diesbezüglich bei dir. Laut Zentrale haben sich zwei Sanitäter unmittelbar auf den Weg gemacht, während der Notarzt um 0:20 Uhr aufbrach, also etwa zehn Minuten später. Den Krankenwagen fanden wir verwaist und mit offen stehenden Türen in der Günther-Groenhoff-Straße, Ecke Frauenlobstraße. Von dem angeblichen Unfall keine Spur, kein Blut, kein Fahrrad, nichts. Wir haben die Anwohner mittlerweile alle befragt. Die schlafen anscheinend alle nach hinten raus. Jedenfalls will niemand etwas gehört haben. Nun gut, ist eine Anliegerstraße mit wirklich hohen, dichten Hecken. Man kann kaum die wenigen Häuser dahinter erkennen. Allem Anschein nach scheint es keinen Unfall gegeben zu haben. Echt irre.« Esposito biss sich auf die Unterlippe.

»Wo sind die Sanitäter?«, fragte Herbracht.

Der Beamte zuckte die Schultern. »Die haben sich in Luft aufgelöst. Von ihnen fehlt jede Spur. Selbst unsere Suchhunde sind bisher nicht fündig geworden. Sie haben im vorderen Bereich des Parks angeschlagen, weiter drinnen nicht mehr.«

»Also dort, wo der Leichnam liegt?«

»Ja.«

»Was ist mit der Tatwaffe?«

»Fehlanzeige. Sämtliche Büsche und das kleine Wäldchen dort«, er deutet auf den Hügel, »wurden durchkämmt. Aber ich habe die Namen der beiden Sanitäter. Es waren ein Mann und eine Frau.«

Dragovic nickte zu einer am Rande des Parks stehenden, blass aussehenden Frau im Jogginganzug, die von einem Mann gestützt wurde. Er hielt einen Labrador an der Leine. »Zeugen?«

»Die junge Frau hat den Leichnam gefunden«, sagte der Beamte.

»Okay, lass uns mal hingehen, sie macht nicht den Eindruck, als würde sie das hier noch lange durchhalten«, sagte Herbracht. Gemeinsam mit Mia Dragovic ging er hinüber. »Guten Morgen, mein Name ist Herbracht, Kriminalpolizei. Das ist meine Kollegin, Kommissarin Dragovic.«

»Berger, Sabrina Berger. Das ist mein Mann«, sagte die Frau mit belegter Stimme. »Es ist ein Albtraum.«

»Ich glaube, es wäre besser, wenn wir bald nach Hause gehen könnten«, sagte der Ehemann. »Meiner Frau geht es gar nicht gut.«

»Verständlich, das muss für Sie ein Schock gewesen sein. Nur kurz, Frau Berger. Sie haben den Mann heute Morgen entdeckt?«

»Ich werde nie wieder joggen«, sagte Frau Berger. »Ich dachte erst, er sei betrunken. Doch Sam begann zu bellen«, sie deutete auf den schwarzen Labrador. »Das macht er sonst nie. Und dann bemerkte ich das Blut. Schrecklich viel Blut.« Sie stockte. »Ich wäre beinahe reingetreten.«

»Der Mann hat sich nicht mehr bewegt?«

Berger schüttelte den Kopf und stotterte: »Ich ... ich habe ihn mehrfach angesprochen. Er reagierte nicht. Berühren konnte ich ihn nicht. Ich hatte solche Angst.

Dabei ist das eine sichere Wohngegend, dachte ich zumindest immer, hier rechnet man nicht mit so was.«

»Sabrina, habe ich dir nicht oft genug gesagt, renn nicht allein am frühen Morgen herum? Wir leben in einer Großstadt, nicht auf dem Dorf«, sagte ihr Mann.

»Das heißt erst einmal nichts. Viele Verbrechen geschehen draußen auf dem Land«, sagte Herbracht und wandte sich erneut an die Frau. »Haben Sie gleich die Polizei gerufen?«

»Nein, nicht sofort. Ich wusste im ersten Moment gar nicht, was ich machen sollte. Es war schrecklich. Vor lauter Zittern konnte ich kaum mein Handy halten. Schließlich habe ich die 112 gewählt. Es heißt, dass man zuerst den Notruf anrufen soll. Ich habe aber gesagt, dass ich glaube, die Polizei werde auch benötigt. Ach Gott, ich werde das nie wieder vergessen, nie, nie wieder.«

»Komm, beruhig dich, ich bin ja bei dir«, sagte der Mann und legte einen Arm um die Schulter seiner Frau.

»Sie haben alles richtig gemacht«, lobte Herbracht. »Sind Sie dortgeblieben, bis ein Einsatzfahrzeug kam?«

»Ich wusste, dass ich bleiben muss, aber es war so gruselig, ich hatte solche Angst. Also rief ich meinen Mann an, dass er kommen soll. Schließlich konnte ich nicht wissen, ob der Mörder noch in der Nähe war. Oh Gott, wie sich das anhört! Ein Mörder – ausgerechnet hier!« Sie krallte sich am Arm ihres Mannes fest.

»Wir können Ihre Reaktion verstehen, Frau Berger. Ist Ihnen noch irgendetwas aufgefallen? Haben Sie ein Auto bemerkt oder einen Spaziergänger, irgendetwas, das Ihnen komisch vorkam?«

»Nein, nein, gar nichts. Ich muss aber gestehen, dass ich an der Ecke zur Frauenlobstraße gewartet habe. Ich habe mich nicht getraut, bei dem … bei dem Mann zu bleiben. Da war überall Blut. Hätte ich …?« Sie stockte.

»Schon gut. Wenn wir Sie fürs Protokoll noch einmal zu uns bitten dürften, ich meine aufs Präsidium, dann würde ich Sie jetzt entlassen. Hat der Kollege«, Herbracht trat zu dem Beamten des Kriminaldauerdienstes, der sich in der Nähe aufhielt, »Ihre Personalien aufgenommen?«

»Hat er.«

»Gehen Sie nach Hause. Haben Sie es weit? Soll Sie jemand fahren?«

Der Ehemann winkte dankend ab. »Wir wohnen in der Frauenlobstraße. Das schaffen wir, nicht wahr, Schatz?«

»Ja. Komm, Sam«, sagte sie und der Labrador, der geduldig neben seinem Herrchen gesessen hatte, stand auf und setzte sich in Bewegung.

Herbracht und Dragovic gingen zurück zu Jacoby, die ihre Sachen zusammenpackte. »Wir bringen ihn ins Institut, zur genaueren Untersuchung. Der Leichenwagen steht schon bereit.« Sie zeigte auf den Parkeingang. »Eins scheint ziemlich sicher zu sein: Der Mann ist an der Stelle, an der er liegt und verstarb, auch niedergestochen worden. Wir nehmen gleich morgen Früh die Obduktion vor. Heute stehen leider noch andere Sektionen an. Sie werden sicher vorbeikommen wollen. Schon wegen des Protokolls.«

»Natürlich!«, antwortete Herbracht.

Gerade bogen weitere Polizisten mit Spürhunden um die Ecke.

»Habt ihr irgendwas für uns?«, wollte Herbracht wissen.

»Rein gar nichts«, antwortete einer der Polizisten. »Weder die Tatwaffe noch Spuren beider vermisster Personen.«

Der Kollege blickte auf einen schmalen Weg, der hügelauf führte. »Oben rechts hinter einem Zaun ist, einem Schild nach zu urteilen, Vogelschutzgehölz. Wir sind durch ein Loch reingekrochen.« Er klopfte sich die Ärmel ab. »Viel Gestrüpp und umgestürzte Bäume. Wenn man da jemanden oder etwas verstecken wollte, könnte man das sicherlich relativ unbemerkt tun. Würde zunächst niemandem auffallen. Aber er hier ist Leichenspürhund.« Der Beamte tätschelte den Kopf seines Schäferhundes. »Er hat mich noch nie im Stich gelassen. Nicht wahr, Jack?« Der Hund sah sein Herrchen ergeben an und winselte. »Nein, da drin liegt niemand.«

»Noch weiter oben befindet sich eine Schrebergartenanlage«, sagte der andere Hundeführer. »Wir fanden nichts Auffälliges. Mein Brutus ist spezialisiert auf Blutspuren. Er riecht Blut meilenweit. Und sehen Sie nach links …«, er wies auf einen höher gelegenen Weg. »Dort kommt man zu einem Radweg. Liegt direkt oberhalb der A66. Entlang der gesamten Strecke gibt es einen seitlich abfallenden Steilhang, der runter zur Autobahn reicht. Da könnte leicht jemand runterstürzen. Wir haben jedenfalls das ganze Gelände durchforstet. Nichts. Die Sanitäter sind wie vom Erdboden verschluckt. Und der Radfahrer auch.«

Ein Hubschrauber näherte sich knatternd und machte eine weitere Unterhaltung unmöglich.

»Vielleicht sieht der da oben ja was«, rief Esposito.

»Was ist denn passiert?« Eine Gruppe Schaulustiger tauchte auf.

»Der Park ist noch mindestens bis morgen gesperrt.«

»Ja, aber was ist denn passiert?«

Herbracht mischte sich ein. »Hier laufen Ermittlungen.«

Ein junger Mann verzog das Gesicht. »Man wird ja wohl noch fragen dürfen.«

KAPITEL 2

Polizeipräsidium, 12:30 Uhr

Kaum waren Herbracht und Dragovic ins Büro des Polizeipräsidiums an der Adickesallee zurückgekehrt, übertrug Herbracht die Daten von den Vermissten und dem Notarzt, die er bereits am Tatort als Sprachnotiz im Handy gesichert hatte, in die polizeiliche Datenbank und schrieb den Bericht.

Herbracht las laut: »Thomas Wacker, das Mordopfer: Assistenzarzt der Inneren Medizin, Notarzt in Weiterbildung, 33 Jahre alt, 1,81 Meter groß. Lebte in einer eingetragenen Lebenspartnerschaft mit einem gewissen Martin Herbst. Sie wohnten gemeinsam in der Schwanthalerstraße. Anja Mischnik, vermisst: Beruf Sanitäterin, 25 Jahre alt, 1,60 Meter groß, kurzes Haar, grüne Augen, Haarfarbe pink, sternförmiges Nasenpiercing am rechten Nasenflügel, Figur vollschlank. Jannick Schmidt, vermisst: Beruf Sanitäter, 26 Jahre alt, 1,79 Meter groß, Augenfarbe hellbraun, Haare braun, schlanke Figur, auffällig starker Aknebefall.«

Dragovic schrieb mit, dann fragte sie: »Kannten die den Notarzt?«

»Ja, ich habe mich in der Zentrale erkundigt. Sie kannten ihn. Thomas Wacker hatte schon einige Einsätze sowohl mit der Mischnik als auch mit Schmidt.«

»Vielleicht wollte der Mörder alle drei aus dem Weg räumen?«

Das Telefon klingelte. »Herbracht? Ah, Giulio, was gibt es Neues? … Mist, war ja klar … Ja, ich bin neugierig, was die sagen, danke für den schnellen Rückruf. Bis dann.« Herbracht beendete das Gespräch.

»Und?«, fragte Dragovic, die am Whiteboard stand.

»Dieser Müller, wenn er denn wirklich so heißt, hat sich ein Handy auf dem Schwarzmarkt besorgt. Die Ortung war erfolglos. Das Ding ist längst ausgeschaltet. Die Tonqualität war verheerend, weshalb die Aufzeichnung an die forensische Sprechererkennung im BKA gegangen ist. Ich bin gespannt, was die Auswertung ergibt. So …« Herbracht schloss das Fenster seines Laptops. »Du weißt, was zu tun ist, Mia?«

Sie nickte. »Der Teil der Arbeit, den ich hasse wie nichts anderes und weswegen ich vermutlich bald graue Haare bekommen werde.«

Herbracht rümpfte die Nase. »Vielleicht solltest du den Beruf wechseln. In Grau sähe deine asymmetrische Frisur vermutlich merkwürdig aus.

»Nichts gegen meinen Haarschnitt, ja? Ich bin jung und nicht so spießig wie du.«

»Ich danke dafür.« Herbracht fuhr sich versonnen durchs lichte Haar. »Los geht's.« Er stand auf. »Wir statten Martin Herbst einen Besuch ab.«

»Du glaubst, er ist zu Hause?«

»Er hat eine Praxis für Physiotherapie im selben Haus. Außerdem ist heute Mittwoch. Haben die da nachmittags nicht geschlossen?«

»Physiotherapeuten? Keine Ahnung.«

»Komm, damit du lernst, wie man mit solchen Situationen am besten umgeht, ohne grau zu werden.«

Zögerlich erhob sich Dragovic. »Dann zeig, was du

kannst, bringen wir's hinter uns. Aber ich habe einen Bärenhunger. Ist jetzt schon ein verdammt langer Tag. Vielleicht können wir uns in der Pizzeria auf der Schweizer Straße schnell ein Stück Pizza holen, damit ich nicht zusammenklappe?«

*

Nach einer viertelstündigen Mittagspause, in der sie sich eine Pizza geteilt und diese förmlich hinuntergeschlungen hatten, machten sie sich auf den Weg zu Herbst. Sie trafen ihn in seiner Wohnung an. Der Mann weinte wie ein kleines Kind. Dragovic setzte sich neben ihn und legte ihm tröstend die Hand auf den Arm.

»Bitte, können Sie mir ein Glas Wasser holen?«, bat er. »Die Küche ist gleich da vorne«, er deutete mit dem Zeigefinger in die Richtung. »Und ein Adumbran zur Beruhigung. Die Packung liegt auf der Arbeitsplatte.«

Dragovic stand auf, ging raus und kehrte mit einem Glas Wasser und den Tabletten zurück. »Ich habe Leitungswasser genommen, ist das okay? Hier ist die Packung«, sie reichte ihm beides.

Mit zittrigen Fingern drückte Herbst eine Tablette aus dem Blister, schob sie in den Mund, trank einen großen Schluck Wasser, schloss die Augen und lehnte sich in seinem Sessel zurück. »Ich kann es einfach nicht glauben, Thomas kann doch nicht ...« Wieder begann er zu schluchzen.

»Wir haben in unserem Team Psychologen, die Ihnen helfen können«, sagte Dragovic sanft.

»Nein, keinen Psychologen. Bitte nicht. Ich habe eine gute Freundin, die mir beistehen wird.«

»Herr Herbst, gibt es noch andere Angehörige von Herrn Wacker? Eltern, Geschwister …?«, fragte Herbracht.

Herbst putzte sich die Nase und legte das Taschentuch achtlos auf den Tisch. »Nur seine Eltern, Gunther und Christel. Sie leben in Rüsselsheim. Wir haben keinen Kontakt zu ihnen. Also nur die Pflichtanrufe zum Geburtstag und zu Weihnachten.«

»Verraten Sie mir den Grund?«

Herbst zog geräuschvoll die Nase hoch. »Der Grund bin ich. Besser gesagt unsere homosexuelle Beziehung. Thomas' Eltern sind streng katholisch und dulden unsere Partnerschaft nicht.«

»Herr Herbst, wollen Sie die Eltern benachrichtigen oder sollen wir das tun?«

Herbst stand auf, ging an seinen Schreibtisch, riss ein Blatt von einem Abreißkalender, suchte im Handy nach der Adresse und schrieb sie auf. Schließlich reichte er es Herbracht. »Die leben in Rüsselsheim. Telefonnummer und Adresse stehen drauf. Ich wäre Ihnen dankbar, wenn Sie mit Ihnen reden würden. Beschimpfungen würde ich augenblicklich nicht ertragen.«

Herbracht nahm den Zettel entgegen und schob ihn in seine Brusttasche. »Wir sprechen mit ihnen.«

Wieder begann Herbst zu schluchzen. »Bitte sagen Sie mir, wie es passiert ist!«

»Sind Sie sicher, dass Sie das hören wollen? Es war eine äußerst brutale Tat«, antwortete Herbracht. »Wir könnten ein anderes Mal darüber sprechen, wenn es Ihnen etwas besser geht.«

»Nein, ich bitte Sie, ich muss es wissen, jetzt wissen! Ich halte das nicht aus, wenn Sie mich im Unklaren lassen, bitte!« Flüsternd fügte er hinzu: »Habe ich nicht ein Recht darauf?«

»Natürlich. Ihr Partner wurde heute Nacht zu einem Fahrradunfall im Diplomatenviertel gerufen. Man fand ihn in einem kleinen Park, etwa hundert Meter entfernt vom Einsatzort. Er wurde mit einem Messer attackiert, erlitt Stichverletzungen.«

»Stichverletzungen? Eine Messerattacke?«

»Ja.«

»Wie furchtbar! Wer tut so etwas?«

Herbracht schwieg.

»Sprechen Sie von dem Park im Grüngürtel hinter der Frauenlobstraße?«

»Ganz recht.«

»Ach je, da waren wir häufig. Der kleine Park. Wenige Bänke und eine große Wiese. Wir haben dort einige Male Federball gespielt. Und dort wurde er erstochen?« Wieder schluchzte Herbst. »Welcher kranke Mensch ist zu so etwas fähig? Ich kann es nicht glauben. Hat er lange leiden müssen?«

»Laut Ärztin war einer der ersten Messerstiche bereits tödlich. Wie wir erfuhren, ist er an dem Blut, das in seine Lungen lief, ertrunken.«

»Einer der ersten?«

»Es waren mehrere, alle in den Rücken.« Dragovic legte sanft die Hand auf Herbsts Arm. »Wir glauben nicht, dass er lang gelitten hat. Sicher nicht!«

Herbst seufzte schwer. »Was ist mit den Sanitätern, die am Unfallort gewesen sein müssen? Haben sie etwas beobachtet?«

»Wir wissen es nicht. Von ihnen fehlt jede Spur.« Herbracht beschrieb eine hilflose Geste mit den Armen.

Herbsts Augen weiteten sich, was dramatisch wirkte, da in diesem Moment ein Sonnenstrahl ins Zimmer fiel, der diese unnatürlich aufblitzen ließ.

Dragovic lief ein Schauer über den Rücken.

»Sie können nicht einfach verschwunden sein.«

»Wir wissen nicht, wo sie sich derzeit aufhalten.«

»Ich fasse es nicht. Hängen die da etwa mit drin?«

»Wir wissen im Moment nicht viel darüber, werden es aber herausfinden, Herr Herbst, verlassen Sie sich darauf. Könnten Sie sich vorstellen, dass Ihr Partner Feinde hatte?«, fragte Herbracht.

Herbst starrte verzweifelt ins Leere. »Nein, nein, das kann ich mir wirklich nicht vorstellen. Er war so ein liebenswerter Mensch.«

»Ist Ihnen in letzter Zeit Ungewöhnliches bei ihm aufgefallen?«

Herbst blickte auf. »Ungewöhnliches, wie meinen Sie das?«

Herbracht suchte nach den passenden Worten. »Sorgen, Ängste, Nervosität?«

»Nein.«

»Sagen Ihnen die Namen Anja Mischnik und Jannick Schmidt etwas?«, fragte Herbracht.

Herbst überlegte. »Nichts, nie gehört. Wer soll das sein, die Sanitäter?«

»Ja. Sie haben des Öfteren mit Herrn Wacker zusammengearbeitet.«

»Nie gehört. Wirklich nicht. Tut mir leid.«

»Wo ist mein …? Ich meine, kann ich ihn noch einmal sehen? Ich muss mich wenigstens von ihm verabschieden.«

»Er befindet sich momentan im rechtsmedizinischen Institut. Das ist so üblich, wenn eine Person auf unnatürliche Weise aus dem Leben geschieden ist. Die Rechtsmediziner können viel zur Aufklärung eines Verbrechens beitragen, was sie später dem Staatsanwalt und Richter vortragen. Wir können Ihnen nicht verbieten, zu ihm zu gehen, ich persönlich würde Ihnen jedoch davon abraten. Behalten Sie ihn lieber so in Erinnerung, wie er war. Es ist kein schöner Anblick für einen Angehörigen, einen geliebten Menschen als Opfer eines Verbrechens zu betrachten«, sagte Herbracht.

Herbst fingerte an dem Tablettenblister herum und nahm sich eine zweite Tablette.

»Vielleicht sollten Sie lieber keine weitere nehmen«, intervenierte Dragovic.

»Ich brauch das jetzt.« Er schob die Tablette in den Mund. »Sonst ertrage ich das alles nicht.«

Herbracht überlegte einen Moment, bevor er die nächste Frage stellte. »Sie sagen, er war ein liebenswerter Mensch. Hatten Sie manchmal Grund zur Eifersucht?«

Herbst wirkte irritiert. »Ich? Was für eine merkwürdige Frage. Wir waren uns treu. Oder glauben Sie etwa …? Oh mein Gott, Sie glauben doch nicht, ich hätte etwas damit zu tun?«

»Wir glauben überhaupt nichts, wir müssen aber allerhand Fragen stellen, um uns ein Bild zu machen«, beeilte sich Dragovic betont sanft zu sagen. Sie hatte längst die muskulösen Arme des schlanken Mannes gemustert, die man als Physiotherapeut zwangsläufig brauchte, wie sie mutmaßte. Ein Job, für den man Kraft benötigte. Ihm würde es nicht schwerfallen, mit einem Messer mehrfach brutal zuzustechen, dachte sie.

Herbst seufzte. »Sie wollen sicher auch wissen, ob ich für die letzte Nacht ein Alibi habe, oder?« Ohne auf eine

Antwort zu warten, fuhr er mit einem bitteren Unterton fort: »Nun, ich neige dazu, nachts zu schlafen, da ich einen anstrengenden Job habe. Aber Thomas schrieb mir kurz vor seinem letzten Einsatz eine WhatsApp, dass er bald nach Hause kommen würde. Ich solle mir keine Sorgen machen.« Er sah sich suchend um, bis er das Handy, das er gerade noch benutzt hatte, auf einem kleinen Couchtisch fand. Er griff danach und öffnete die Nachrichten, scrollte und hielt es den beiden Kommissaren hin. »Hier, lesen Sie selbst. Sie dürfen mein Handy gerne mitnehmen und untersuchen. Ich habe die Ortungsdienste stets aktiviert. Da werden Sie sehen, dass ich zu Hause war.«

»Danke für Ihr Entgegenkommen«, entgegnete Herbracht, nahm das Handy entgegen und las die Nachricht, die Herbst geöffnet hatte. Dann gab er Herbst das Telefon zurück. »Vorläufig reicht uns das.«

Herbsts Gesichtsmuskeln zuckten. Auf seiner Stirn hatte sich ein feuchter Film gebildet. »Vorläufig? Das klingt vielversprechend. Muss ich nun nicht nur mit dem Verlust meines geliebten …«, ihm brach die Stimme, »… Partners leben, sondern auch damit, dass ich bis auf Weiteres unschuldig bin? Das klingt verdammt hart!«

Wieder war es Dragovic, die beruhigend auf Herbst einwirkte. »Regen Sie sich bitte nicht auf. Wir tun unser Bestes, um diesen Fall aufzuklären. Damit auch Sie irgendwann zur Ruhe kommen können. Wir können nachvollziehen, wie Sie sich fühlen, und haben Verständnis für Ihre Situation. Es ist unfassbar bitter für Sie.«

Herbst fuhr sich mit zitternden Händen durch die Haare. »Er war mein Leben. Ich … ich wollte mit ihm alt werden. Ich hätte alles für ihn getan. Und nun ist er tot. Fahnden Sie nach den Sanitätern! Bitte! Die stecken dahinter. Warum sonst sind sie verschwunden? Finden Sie die Täter, sonst werde ich wahnsinnig.«

»Wir werden alles daransetzen, die Wahrheit herauszufinden, Herr Herbst.«

Herbst rieb sich die Schläfen. »Wann …? Ich meine, ich muss mich um die Formalitäten kümmern. Wann wird er denn da wieder rauskommen, aus dem Institut?«

»Wann er beerdigt werden kann?«, fragte Herbracht.

»Wie gesagt, es wird eine gerichtliche Leichenöffnung durchgeführt. Das heißt, der Leichnam ist beschlagnahmt und kann nur vom Staatsanwalt zur Bestattung freigegeben werden.«

»Das hört sich so unmenschlich an. Es ist Thomas, nicht irgendein Leichnam. Wir … wir haben darüber gesprochen. Ich will sagen, wir haben darüber gesprochen, was zu tun ist, wenn einer von uns stirbt. Das heißt, Thomas hat das Thema angeschnitten. Ist gar nicht so lange her, höchstens ein paar Wochen. Makaber, was? Jedenfalls sagte er, es sei sein Wunsch, verbrannt zu werden. Ich habe verständnislos reagiert. Er war doch so jung. Ich habe ihm gesagt, das sei nicht das richtige Alter für solche Gespräche. Mein Gott, wie falsch ich doch lag. Er sagte, als Arzt wisse man, wie schnell das Leben enden kann. Als hätte er es geahnt. Ist das nicht entsetzlich? Ich kenne nicht einmal einen Bestatter.«

»Wenn Sie möchten, können wir Ihnen behilflich sein. Das rechtsmedizinische Institut arbeitet häufig mit dem Bestattungsunternehmen Schulz zusammen. Verena Schulz heißt die Inhaberin. Ich kann sie empfehlen. Sie hat einen guten Ruf und gilt als einfühlsam. Ihr Institut ist in der Nähe des Hauptfriedhofs«, sagte Herbracht.

»Dann werde ich mich wohl an sie wenden, danke«, sagte Herbst.

»Herr Herbst, eine letzte Frage. Ihre Freundin – ich meine die, von der sie vorhin sprachen –, war sie auch mit Ihrem Partner befreundet?«, wollte Herbracht wissen.

»Nein, sie ist eine Kollegin von mir, Lara Eschbach. Wir teilen uns die Praxis. Sie ist eine gute und langjährige Freundin.«

»Erreichen wir sie heute in der Praxis?«

Herbst schüttelte den Kopf. »Sie hat frei. Zum Glück. Ich muss mich erst sammeln, bevor ich ihr das erzähle.«

»Kannte sie Ihren Partner?«

»Ja natürlich.«

»Wir werden uns an sie wenden, um ihr aus Routinegründen ein paar Fragen zu stellen.«

»Gott, ist mir das unangenehm. Was soll Lara denken? Ich will sie nicht in die Sache reinziehen.«

»Wie gesagt, reine Routine, nichts weiter, machen Sie sich keine Sorgen. Die Eltern von Herrn Wacker«, Herbracht holte den Zettel aus seiner Brusttasche hervor, »sie leben allein?«

»Sie sind in eine Seniorenwohnanlage nahe dem Hochwasserdamm gezogen. Mit Blick auf den Main. Sehr feudal.«

»Vielen Dank für die Antworten, wir lassen Sie jetzt in Ruhe.«

»Es ist alles so unwirklich, ich muss erst einmal allein sein.«

»Wenn Sie wiederum Fragen haben oder Ihnen etwas einfällt, und sei es in Ihren Augen auch völlig unbedeutend, können Sie uns jederzeit kontaktieren. Hier ist eine Karte mit unserer Telefonnummer. Viel Kraft für Sie.«

Herbracht legte eine Visitenkarte auf den Tisch und stand auf. »Ach, eins noch: Wurde Ihr Partner immer im selben Bereich eingesetzt?«

»Immer im Umfeld des Krankenhauses«, erklärte Herbst, »also zwischen Bockenheim und Ginnheim.«

»Wir danken Ihnen. Versuchen Sie, zur Ruhe zu kommen.« Herbracht klopfte dem tieftraurigen Mann auf die Schulter.

»Auf Wiedersehen, Herr Herbst. Unser aufrichtiges Mitgefühl«, sagte Dragovic. »Passen Sie bitte gut auf sich auf.«

»Finden Sie das Monster!«, antwortete Herbst tonlos.

*

»Der Wacker hat über seine Beerdigung gesprochen. Hältst du das für Zufall?«, fragte Dragovic, die es sich auf dem Beifahrersitz mit einer Dose Cola in der Hand gemütlich gemacht hatte.

»Darüber habe ich nachgedacht«, sinnierte Herbracht. »Könnte bedeuten, dass er wusste, dass er sich in Gefahr befand. Andererseits arbeitete er als Notarzt. Er hat bestimmt viele Unfälle mit dramatischem Ausgang gesehen. Da denkt man schon mal ans eigene Ende.«

»Ja, und hätte er geglaubt, dass er in irgendeiner Weise bedroht wird, hätte er sich als kluger Mann doch sicher an die Polizei gewandt, oder?«, überlegte Dragovic.

»Wir fahren jetzt direkt nach Rüsselsheim.« Herbracht aktivierte das Navi und fuhr los. »Was wolltest du gerade wissen?«

»Ich frage mich, warum er nicht die Polizei alarmiert hat, wenn er meinte, sich in einer bedrohlichen Situation befunden zu haben.«

»Weißt du, Mia, ich halte dich für eine kompetente und kluge Kollegin. Die Frage jedoch klingt – wie soll ich sagen? – recht hypothetisch. Wir wissen beide, dass es viele Gründe gibt, weshalb Menschen davon absehen, die Polizei zu kontaktieren, zum Beispiel, wenn sie erpressbar sind. Übrigens gratuliere ich dir. Du bist mit Herbst empathisch umgegangen. Ich gebe zu, von deinem Einfühlungsvermögen kann ich mir eine Scheibe abschneiden. Macht Spaß, eine weibliche Partnerin zu haben. Dein Vorgänger war da eher so ungehobelt wie ich.«

»Danke für die Blumen und ja, das nächste Mal überlege ich mir meine Fragestellung genauer. Glaubst du, dass es schwierig ist, herauszufinden, wann ein Notarzt Dienst hat?«

»Wie meinst du das?«

Sie passierten die Sachsenhäuser Warte und bogen links ab in Richtung Autobahn.

»Ich meine als Außenstehender.«

»Nein, nicht, wenn man sich geschickt anstellt.«

»Wie würdest du das machen?«

»Wenn ich es speziell auf jemanden abgesehen hätte, würde ich ihn wahrscheinlich längere Zeit beobachten. Auch über das Krankenhaus könnte man eventuell etwas in Erfahrung bringen. Da müsste jemand anrufen und nach Wacker fragen, sich vielleicht als Apotheker ausgeben, sagen, dass Wacker ein Medikament bestellt und nicht abgeholt habe beispielsweise. Dann würde man dem vermeintlichen Apotheker sagen, dass er gerade im Dienst und unterwegs im Einsatz sei. Also eine Möglichkeit von vielen natürlich. Ich denke, wenn man es darauf anlegt, findet man in einem so großen Betrieb gewiss jemanden, der arglos Auskunft über den Dienstplan gibt. Hat nichts mit Arztgeheimnis zu tun.«

»Wieso hast du dir Herbsts Handy nicht näher angesehen?«, fragte Dragovic.

»Was soll es beweisen? Wacker hat ihm geschrieben, na und? Was nützen die Ortungsdienste, wenn er rein theoretisch ohne das Ding weggegangen sein könnte? Wobei ich ihm seinen Kummer abgenommen habe. Sollte der nicht echt gewesen sein, ist er ein verdammt guter Schauspieler.«

»Oder er bricht unter der Schwere seiner Schuld gerade zusammen.«

*

Eine Hausdame brachte die Polizisten zum Apartment von Christel und Gunther Wacker, nachdem diese sich ausgewiesen und ihr Anliegen vorgebracht hatten.

»Ich brauche Sie sicher nicht darüber aufzuklären, dass es sich bei den Heimbewohnern um alte Menschen handelt, die nicht mehr so belastbar sind wie Sie und ich. Wenngleich die beiden fit sind und sich weitestgehend selbst versorgen. Sie hätten wohl noch eine Weile in ihrem eigenen Haus wohnen können. Wenn ich ehrlich sein soll, wusste ich nicht einmal, dass Wackers einen Sohn haben. Da ist es.« Behutsam klopfte die Dame an. Nach kurzer Zeit wurde geöffnet, und ein untersetzter, glatzköpfiger Mann um die 80 mit eng stehenden, kleinen Augen stand vor ihnen. »Was gibt's?«, fragte er barsch.

Herbracht antwortete: »Herr Wacker, dürfen wir hineinkommen? Es handelt sich um Ihren Sohn. Wir sind von der Kriminalpolizei.«

Wacker überlegte wohl, ob er das glauben sollte, denn sein Blick ließ Argwohn erkennen. Hinter Wacker tauchte eine ausgemergelt wirkende Frau auf, die ihren Mann um einige Zentimeter überragte. »Habe ich richtig verstanden? Was ist mit Thomas?«, fragte sie aufgebracht.

»Falls Sie mich brauchen, rufen Sie unten an.« Eiligen Schrittes trat die Hausdame den Rückweg über den Hausflur an.

Der Alte ließ sie hinein. Das Apartment wirkte ungemütlich, aber peinlich aufgeräumt. Ein Wohnzimmer mit in die Jahre gekommenen Sesseln, über deren Sitzflächen Schonbezüge gespannt waren. An der Wand ein Sofa, davor ein Couchtisch mit gehäkeltem Platzdeckchen. Neben dem Sofa befand sich eine verschlossene Tür. Vermutlich der Eingang zum Schlafzimmer. An der gegenüberliegenden Wand stand ein großes Fernsehgerät, daneben hing ein goldenes Kruzifix.

Mit dem Kopf wies Wacker auf die Couch. »Falls Sie nicht stehen wollen«, sagte er.

Dragovic beobachtete Frau Wacker, die unter der Herrschaft des strengen Gatten zu leiden schien, wenn sie die ängstlichen Blicke, die sie ihrem Mann zuwarf, richtig deutete.

»Sie sollten sich besser ebenfalls setzen«, schlug Herbracht vor.

Die Frau wirkte zunehmend nervöser, ihre Beine machten den Eindruck, als würden sie unter ihr gleich nachgeben, gerade als sie den Sessel erreichte. Wacker senior stemmte die Hände in die Hüften. »Wir haben keinen Kontakt zu unserem Sohn.«

Herbracht antwortete: »Das ist uns bekannt. Wir müssen Ihnen leider mitteilen, dass Ihr Sohn einem Mord zum Opfer gefallen ist.«

Christel Wacker seufzte schwer und wurde blass.

»Das kann ich nicht glauben, was ist passiert?«, fragte ihr Mann.

»Er wurde bei einem Arbeitseinsatz überfallen.«

Frau Wacker begann am ganzen Körper zu zittern.

Dragovic sprang auf.

Wacker senior hob abwehrend die Hände. »Lassen Sie sie. Sie schafft das schon.«

Zögerlich setzte sich Dragovic wieder.

»Wer hat das getan?«, fragte Wacker.

»Das werden wir herausfinden.«

»Martin Herbst war sein Untergang. Sie haben Kenntnis davon, dass er in einer schwulen Beziehung lebte?«

»Wir kennen Herrn Herbst und glauben, dass die beiden glücklich miteinander waren.«

Christel Wacker rannen Tränen über die Wangen, doch sie blieb stumm.

»Er war ein ganz normaler Mann. Jedenfalls hatten wir nie den Eindruck, dass er schwul ist. Bis Herbst auftauchte. Das musste ja schiefgehen.« Der Ausdruck auf Wackers Gesicht verdüsterte sich mehr und mehr. »Wir haben ihm gesagt, wenn er sich nicht von dem Mann trennt, wollen wir nichts mehr mit ihm zu tun haben. Ich habe es nicht verdient, der Vater eines Weicheis zu sein. Er hat sich nicht getrennt. Also haben wir die Konsequenzen gezogen. Ich würde mich nicht wundern, wenn der Herbst selbst mit seiner Eifersucht dahintersteckt. Das ist ein richtiger Waschlappen. Der klebte an Thomas wie eine Klette. Wir waren enttäuscht von Thomas. Wir sind gläubige Christen, gehen regelmäßig in die Kirche und unsere ganze Hoffnung ruhte darauf, einmal Enkelkinder zu haben.«

Herbracht war selten sprachlos. Doch diese Haltung

erschütterte ihn zutiefst. Dieses Paar hatte gerade erfahren, dass der Sohn nicht nur verstorben, sondern sogar einem Mord zum Opfer gefallen war, und dennoch war die Antwort darauf ein einziger egoistischer Vorwurf an das verstorbene Kind? Herbracht hatte in seiner Laufbahn schon viel erlebt, doch mit einer solchen Kaltschnäuzigkeit war er selten konfrontiert worden. Er suchte nach den passenden Worten, doch als sich seine und Dragovics Blicke trafen, erkannte er ein unerschütterliches Nein in ihren Augen. Stumm blickte sie zu Frau Wacker hinüber. Herbracht verstand. Die Frau hatte es nicht leicht mit diesem Despoten. Sie litt. Er durfte ihre Lage keinesfalls mit barschen Worten verschlimmern, also sagte er: »Wir wollen Sie mit weiteren Details nicht belasten. Sollten Sie etwas wissen wollen, sind wir jederzeit für Sie zu sprechen.«

Es war das erste Mal, dass Wacker auf seine in sich zusammengesunkene Frau achtete. »Ich glaube, im Moment reicht es. Ich gebe Ihnen einen guten Rat, nehmen Sie den Herbst genauer unter die Lupe.«

Herbracht legte seine Visitenkarte auf das Platzdeckchen. »Unter dieser Nummer können Sie uns jederzeit erreichen. Es tut uns sehr leid, dass wir Ihnen so schlechte Nachrichten übermitteln mussten.« Herbracht stand auf und ging zur Tür.

Dragovic trat zu Christel Wacker. »Bitte wenden Sie sich jederzeit an mich, wenn Sie Hilfe brauchen. Versprechen Sie mir das.«

Dragovic traf die tiefe Trauer, die sich im Blick der Mutter widerspiegelte, wie ein Faustschlag.

*

»Meine Fresse, auf welchem Planeten ist der Mann unterwegs? Ich dachte, solche antiquierten Ansichten gebe es heute nicht mehr. Der lebt wohl im Mittelalter. Was für ein dämliches Arschloch. Ich hätte ihm gern ein paar Worte gesagt, die er so schnell nicht wieder vergessen hätte. Du musstest mich ja ausbremsen.« Herbracht war so wütend, dass Dragovic befürchtete, selbst mit ihm in Konflikt zu geraten.

»Ich bitte dich, Kai, wie sagte die Empfangsdame zu Recht? Das sind alte Menschen. Hättest du riskieren wollen, dass die Mutter einen Herzinfarkt erleidet?«

Sie waren mit dem Aufzug ins Erdgeschoss gefahren und just in diesem Moment kam ihnen die Hausdame entgegen. »Wie haben es die Wackers aufgenommen?«

»Auf unterschiedliche Weise. Ich kann Ihnen versichern, dass wir behutsam vorgegangen sind, dank meiner Kollegin. Ich beglückwünsche Sie jedenfalls nicht zu solchen starrköpfigen Bewohnern. Auf Wiedersehen.« Er ließ die Dame stehen.

Dragovic verharrte einen Moment, ließ Herbracht vorausgehen. »Sie haben doch bestimmt einen Arzt im Haus?«

»Natürlich.«

»Der sollte vielleicht nach Frau Wacker schauen. Sie hat unseren Besuch verständlicherweise nicht gut verkraftet.«

»Ich habe ihn bereits verständigt«, sagte die Hausdame.

»Was für ein Tag«, sagte Dragovic, als sie neben Herbracht im Auto saß. »Ich hätte gern Feierabend.«

»Nee, Mia, keine Chance. Jetzt geht's zu den Mischniks.«

*

Eschersheimer Landstraße, Ecke Fürstenberger Straße, 16 Uhr

»Fast hätte ich wegen der Apotheke im Erdgeschoss den Eingang nicht gefunden«, sagte Dragovic und schaute auf die Namen an der Klingelleiste. »Ah.«

»Natürlich in der obersten Wohnung und natürlich ohne Aufzug«, stöhnte Herbracht, als er sich die Stufen hinaufquälte.

»Ist halt ein altes Haus«, antwortete Dragovic, die nicht die geringsten Probleme mit dem Treppensteigen zu haben schien.

Die Mischniks bewohnten eine kleine, einfach möblierte Dachgeschosswohnung eines feudalen Altbaus, direkt an der viel befahrenen Eschersheimer Landstraße.

Erwin Mischnik, der Vater der Verschwundenen, war Frührentner, wie Herbracht am Telefon erfahren hatte, als er ihren Besuch angekündigt hatte. Mischnik hatte schütteres Haar, trug eine billige Hose, über der ein ausladender Bauch hing, und wirkte ungepflegt. Er führte sie in ein ungelüftet riechendes Wohnzimmer, in dem den Polizisten seine ebenfalls untersetzte Frau entgegentrat.

»Nehmen Sie Platz«, sagte Helga Mischnik. »Anja und ihr Kollege hatten einen Einsatz und sind seitdem spurlos verschwunden, das wissen wir. Wir können uns das nicht erklären, hatten aber deswegen Ärger mit der Notrufzentrale.« Sie tippte sich mit dem Zeigefinger gegen die Stirn. »Glauben die etwa, das lässt uns kalt? Stattdessen scheinen die zu denken, dass die beiden blaugemacht haben.«

Herbracht übernahm das Wort: »Deswegen wollten wir mit Ihnen sprechen. Ist Ihre Tochter ein zuverlässiger Mensch?«

»Bei der Arbeit schon. Uns lässt sie öfter hängen«, antwortete der Vater und verzog missmutig sein Gesicht.

»Wie meinen Sie das?«

»Ich meine, dass sie uns nicht alles sagt, was sie so treibt.«

»Lass gut sein, Erwin, Anja ist schließlich erwachsen.«

»Ach, deswegen wohnt sie wieder bei uns, was?«

»Sie wohnt bei Ihnen?«, wollte Herbracht wissen.

»Tja, zu Hause zu wohnen ist bequem, wenn man gut bedient wird.«

Helga Mischnik zuckte die Achseln. »Sie ist doch unser einziges Kind.«

»Und ich bin ein armer Rentner.«

»Sie wäre nicht zurückgekommen, wenn sie keinen Liebeskummer gehabt hätte. Sie hat sich da wohl in was verrannt. Der junge Mann war anscheinend nicht interessiert.«

»Jedenfalls musste sie dann wieder auf Mamis Schoß«, brummte Mischnik.

»Dafür sind wir doch da, Erwin, ich bitte dich.«

»Meine Eltern hätten mir was erzählt, wenn ich in dem Alter bei ihnen gewohnt hätte.«

»Sie hatte Liebeskummer?«, fragte Herbracht.

»Ja, aber nichts Ernstes, der junge Mann hat sich in eine andere verliebt. Sie wird schon den Richtigen finden.«

»Haben die zwei Kontakt?«

»Nicht dass ich wüsste. Er lebt gar nicht mehr in Frankfurt. Ist mit seiner neuen Freundin nach München gezogen.«

»Haben Sie ein aktuelles Foto von Ihrer Tochter?«, fragte Herbracht.

Helga Mischnik stand auf und ging zu einem Regal.

Dort nahm sie ein eingerahmtes Foto und gab es Herbracht. »Ein neueres gibt es nicht.«

»Auch kein Selfie vom Handy?«

»Wir haben doch ihr Handy nicht bei uns«, sagte Frau Mischnik.

Eine pausbäckige, stark geschminkte junge Frau mit pinkfarbener Kurzhaarfrisur und einem Piercing am rechten Nasenflügel blickte ihnen entgegen.

Dragovic studierte das Foto. »Die Haare sind sehr kurz. Wann wurde das Bild aufgenommen?«

»Vor ein paar Monaten.«

»Dürfen wir es uns als Fahndungsfoto ausleihen? Oder haben Sie ein aktuelleres?«

»Sie lässt sich nicht gern fotografieren, leider. Wenn wir es zurückbekommen, können Sie es haben.«

»Sie können's von mir aus auch behalten. Es ähnelt unserer Tochter kaum – zumindest nicht dem hübschen Mädchen von damals.«

»Ich bitte dich, Erwin«, wies Frau Mischnik ihren Mann zurecht.

Mischnik redete sich in Rage. »Was heißt ›Ich bitte dich‹, Helga! Sie schmiert sich jeden Tag so viel Zeug ins Gesicht, wie andere Frauen wahrscheinlich nicht in einem Monat verbrauchen. Ich habe sie gefragt, ob sie neuerdings auf den Strich geht. Meine Frau nimmt sie immer in Schutz.«

Frau Mischnik errötete. »Entschuldigen Sie, mein Mann meint das nicht so. Er redet nur manchmal etwas derb.«

»Dein Mann meint es genau so, wie er es sagt. Dazu kommt dieses dämliche Piercing.« Er tippte mit dem Finger auf seinen rechten Nasenflügel.

»Mit 25 hat man komische Einfälle«, beeilte sich Frau Mischnik zu erklären. »Ich möchte nicht wiedergeben, was du mir von dir erzählt hast, als du in ihrem Alter warst.«

»Ich bin ja auch ein Mann!«

Mischnik brummte etwas Unverständliches.

»Gibt es ein Foto, das zeigt, wie Ihre Tochter früher aussah?«, fragte Herbracht.

Frau Mischnik zog ein Fotoalbum aus dem Wandregal und öffnete es. »Hier ist sie etwa zehn Jahre alt.« Sie gab Herbracht das Album. Zu sehen war ein molliges kleines Mädchen mit schulterlangem schwarzem Haar.

»Ich dachte eher an ein Foto jüngeren Datums«, sagte Herbracht.

Helga Mischnik blätterte in dem Fotoalbum. »Schauen Sie selbst, alles leer.« Es war ersichtlich, dass hinter den Klarsichtfolien einmal Fotos gesteckt hatten. »Alles weg, Anja hat die Bilder entfernt. Ich habe es selbst erst kürzlich entdeckt.«

»Sehr schade.«

Dragovic nahm Herbracht das aktuelle Foto aus der Hand und betrachtete es konzentriert. »Leider ist die Aufnahme recht unscharf.«

»Gibt es etwas Außergewöhnliches am Äußeren Ihrer Tochter?«

»Reichen die Haare und das Piercing etwa nicht?«

»Je besser die Beschreibung, desto eher die Chance, dass sich jemand an sie erinnert.«

»Nein, keine sonstigen besonderen Merkmale. Ich habe solche Angst um sie. Was ist geschehen?«, stöhnte die Frau.

Herbracht überlegte, wie er seine Antwort formulieren sollte. »Der Notarzt, der ebenfalls zum Einsatzort kam, ist ermordet aufgefunden worden.«

»Das ist nicht Ihr Ernst!«, rief Erwin Mischnik.

»Leider doch. Allerdings ein Stück entfernt, nicht direkt am verlassenen Krankenwagen.«

»Ich träume das alles, oder? Das kann doch nicht sein!« Frau Mischnik schlug die Hände vors Gesicht. »Mein Gott, Erwin, was jetzt?«

Mischnik fuhr sich mit der Hand durchs schüttere Haar. »Er ist ermordet worden? Dieser Notarzt ist ermordet worden? Wieso denn das?«

»Das müssen wir noch herausfinden.«

»Der Notarzt ist ermordet worden, und Anja und ihr Kollege sind verschwunden, und Sie stehen hier rum und stellen unnötige Fragen, statt nach ihnen zu fahnden? Das gibt's doch gar nicht.«

»Ich bitte Sie, Herr Mischnik, beruhigen Sie sich. Nach Ihrer Tochter und Herrn Schmidt wird fieberhaft gesucht, sowohl mit einer Hundestaffel als auch mit dem Hubschrauber und einer Hundertschaft Polizisten. Was glauben Sie, weshalb wir mit Ihnen sprechen, was glauben Sie, weshalb wir ein Foto Ihrer Tochter brauchen?«

Mischniks Unterlippe bebte, als er fragte: »Wie hieß der Arzt?«

»Thomas Wacker war sein Name. Sagt Ihnen das was? Hatte Ihre Tochter öfter mit ihm zu tun?«

Mischnik sah hilflos zu seiner Frau. »Der Name sagt dir auch nichts, oder?«

Frau Mischnik konnte nicht sprechen, presste ein Taschentuch auf ihre Lider und stöhnte. Plötzlich öffnete sie erschrocken die Augen. »Glauben Sie, dass Anja auch …?«

»Es gibt momentan keinerlei Hinweise, die auf ein weiteres Verbrechen hindeuten. Weder Blutspuren noch andere sichtbare oder auch unsichtbare Spuren. Wir waren mit Suchhunden vor Ort. Und die Spurensicherung wird noch den ganzen Tag dort sein. Vielleicht lässt sich DNA finden.«

Helga Mischnik fächelte sich mit der Hand Luft zu.

Dragovic stand auf. »Kann ich etwas für Sie tun? Soll ich lüften?«

»Nein, zu laut draußen«, antwortete Mischnik.

»Das hört sich alles gar nicht gut an, überhaupt nicht gut«, stammelte die Mischnik, während ihr Tränen über die Wangen rollten.

»Nein, aber vielleicht haben die beiden den Notarzt entdeckt und sind in Panik davongelaufen. Das wäre zumindest eine Möglichkeit.«

»Glauben Sie selbst, was Sie da sagen?«, fragte der Vater.

Herbracht ließ die Frage unbeantwortet. »Besitzt Ihre Tochter ein Auto?«

Mischnik lachte ironisch. »Woher sollte sie das Geld dafür haben?«

»Der Kollege Ihrer Tochter heißt Jannick Schmidt. Kennen Sie ihn?«, fragte Herbracht.

»Ich habe den Namen schon öfter gehört. Ich meine, er hat sie auch angerufen. Sie haben hin und wieder gemeinsame Schichten«, antwortete Frau Mischnik und trocknete sich die Wangen.

»Sie wissen also nicht, was er für ein Typ ist?«

»Ich weiß leider gar nichts über ihn. Vielleicht hat er sie ja entführt? Vielleicht hat er den Notarzt …? Oh mein Gott! Was werden Sie jetzt unternehmen?«

»Wir werden alles tun, um Ihre Tochter zu finden«, beruhigte Herbracht.

»Das sagen die in den Filmen auch immer. Und dann

taucht da irgendwann nur die Leiche auf.« Helga Mischnik sprang auf. »Ich kann nicht einfach tatenlos rumsitzen und abwarten. Ich muss irgendetwas unternehmen.«

»Glauben Sie mir, es ist besser, wenn Sie zu Hause bleiben. Vor Ort sind Fachleute, die sich um alles kümmern. Wir halten Sie auf dem Laufenden.«

»Setz dich hin, Helga. Du machst mich verrückt mit deinem Geschrei«, schimpfte Erwin Mischnik.

»Wenn sie nun gekidnappt wurde? Mein Gott, so tun Sie doch was!«

»Das Foto geht heute in die Fahndung. Wie gesagt, wir halten Sie auf dem Laufenden. Sie werden umgehend davon erfahren, wenn sich etwas Neues ergibt! Versuchen Sie unbedingt, sich etwas auszuruhen. Wenn Ihre Tochter wieder auftaucht, wird sie Sie brauchen.« Herbracht ging zur Tür.

Dragovic wandte sich an Herrn Mischnik. »Bitte helfen Sie Ihrer Frau. Sie braucht Sie jetzt.«

*

»Und, was denkst du?«, fragte Dragovic, als sie wieder auf der Eschersheimer Landstraße standen.

»Ich denke, der Mischnik ist ein strenger Vater. So etwas kann bei Heranwachsenden zu einem Trauma führen. Vielleicht hat sie einen Hass auf Männer.«

»Ach, Kai, ich glaube, da denkst du zu weit. Hätte sie ein Auto, wäre es möglich, dass sie damit verschwunden ist … Versuchen wir, etwas über den Schmidt rauszufinden.«

»Fahren wir in die Reinganumstraße. Vielleicht kann uns dort jemand was Brauchbares sagen«, sagte Herbracht.

20 Minuten später standen sie vor dem cremefarbenen 50er-Jahre-Bau mit der Nummer 15a. Dragovic blickte am Haus empor. »Mindestens zehn Parteien. Wirkt recht unpersönlich.« An der Haustür inspizierten sie die Namensschilder.

»Wohnt ganz oben«, stellte Dragovic fest.

»Nicht schon wieder«, stöhnte Herbracht.

»Komm, ist gut für die Ausdauer.«

Auch nach mehrfachem Läuten ertönte weder die Sprechanlage noch der Türsummer.

»War mir beinahe klar.« Herbracht drückte auf den untersten Klingelknopf. Es dauerte nur wenige Sekunden, bis sich eine ältere weibliche Stimme durch die Sprechanlage meldete. »Hallo, wer ist da?«

»Kriminalpolizei, Frau …«, Er hielt inne und schaute auf den Namen. »Frau Drechsler, dürften wir Sie kurz sprechen?«

Kurze Pause. »Kriminalpolizei? Ach du meine Güte. Gab es einen Einbruch? Woher weiß ich, dass Sie wirklich von der Polizei sind?«

»Wir weisen uns aus. Frau Drechsler, es geht um einen Bewohner dieses Hauses, Herrn Schmidt. Würden Sie uns bitte öffnen?«

Einen Moment blieb die Sprechanlage stumm.

Herbracht ging näher ran. »Sind Sie da?«

»Schon, ich habe neulich bei Aktenzeichen XY von diesem Enkel-Trick gehört. Wissen Sie, ich gucke die Sendung regelmäßig. Man muss sich ja schützen. In der Folge ging es jedenfalls um falsche Polizisten. Das ist vielleicht eine Schweinerei. Da kann man nicht einmal mehr der Polizei trauen. Und woher weiß ich nun, dass Sie echte Polizisten sind?«

»Lass mich mal«, flüsterte Dragovic. »Frau Drechsler? Hallo, mein Name ist Dragovic, gerade hat mein Kollege mit Ihnen gesprochen, Hauptkommissar Herbracht. Wir sind von der Mordkommission. Ich garantiere Ihnen, dass wir Ihnen nichts anhaben wollen. Wir werden uns selbstverständlich ausweisen. Wir sind auf der Suche nach Jannick Schmidt. Möglicherweise geht es um Leben und Tod.«

Der Summer wurde betätigt.

Herbracht hob anerkennend den Daumen. »Gut gemacht, Mia, danke.«

»Nicht dafür.«

Die Wohnungstür im Erdgeschoss öffnete sich einen Spaltbreit und eine ältere Frau schielte durch eine dicke Brille hindurch.

Herbracht und Dragovic streckten ihr ihre Ausweise hin.

Die Tür wurde aufgeschoben. Die leicht untersetzte Frau trug eine eng gebundene Kittelschürze. Sie schob ihre Brille näher vor die Augen und inspizierte die Ausweise. »Sind die auch echt?«

»Das sind sie. Sie können sich jederzeit im Polizeipräsidium nach uns erkundigen.«

»Schon gut, mein Gott, Kriminalpolizei. Sie machen mir Angst, da muss ja etwas Schlimmes geschehen sein. Sie sagten, es geht um Jannick Schmidt. Ist ihm etwas zugestoßen?«

»Das wäre möglich. Wir wissen es nicht.«

»Was, wieso das denn? Du liebe Zeit.«

»Lebt er dort oben allein? Ist doch die Mansarde, oder?«

»Ja. Er ist ein ruhiger Mieter, müssen Sie wissen. Da können Sie jeden fragen. Man sieht und hört ihn nicht, aber wer sollte ihm …? Ach je, die Kripo in unserem Haus.« Drechsler schüttelte fassungslos den Kopf. »Wissen Sie, ich wohne seit 30 Jahren hier. Jawohl, seit 30 Jahren, und nie, nein, wirklich nie ist die Polizei aufgetaucht. Da können Sie alle Nachbarn fragen. Die meisten leben schon sehr lange hier. Ist eine gute Gegend, da wechselt man die Wohnung nicht so schnell. Aber kaum kommt ein junger Mensch hinzu, da hat man Ärger am Hals. Also so was aber auch. Wenn ich Sie nicht vor mir sähe, ich würde meinen zu träumen.«

»Frau Drechsler, wir sind in Eile. Wissen Sie, ob Herr Schmidt ein Auto besitzt?«

»Na klar. Es steht auf der anderen Straßenseite. Ist ein schwarzer Fiat. Ich dachte, dass er das Auto mal waschen sollte. Die Vögel haben da draufgekackt. Die bevorzugen schwarze Autos. Keine Ahnung, warum. Aber normalerweise lässt er sich den Wagen nicht so einsauen. Er sagte, dass er sich vor Vogelkacke ekelt. Deswegen wunderte es mich ja.«

»Wissen Sie, ob er Angehörige hat?«

»Er lebt erst seit ein paar Jahren in Frankfurt. Ich wollte nicht neugierig erscheinen, deswegen habe ich nicht nachgefragt. Von einer Familie weiß ich nichts.«

»Wie können wir denn den Hausmeister erreichen? Wir würden gern einen Blick in Herrn Schmidts Wohnung werfen.«

Die Frau überlegte nicht lange. »Sie haben Glück, ich habe einen Schlüssel. In seinem Flur befindet sich der Schornsteinfeger-Ausstieg. Da er Schichtdienst hat, bewahre ich den Schlüssel auf, falls was ist.«

»Könnten Sie freundlicherweise für uns die Wohnung öffnen?«

Die Frau verschwand für einen Moment und kehrte mit einem Schlüsselbund zurück. »Dann kommen Sie mit, fünfter Stock.« Die Drechsler stapfte behäbig voran und schnaufte dabei wie eine Dampflokomotive. Herbracht war froh, dass er nicht der Einzige war, den das Treppensteigen anstrengte.

»Ich werde alt«, seufzte die Drechsler und fächelte sich mit der Hand Luft zu. »Früher haben mir Treppen nichts ausgemacht. Da wären wir.« Sie zog den Schlüssel aus ihrer Kitteltasche.

Herbracht hob die Hand. »Moment!« Er stellte sich mit dem Rücken zur Wand und klopfte an die Tür. »Herr Schmidt, Kriminalpolizei. Öffnen Sie.« Er legte den Finger auf den Mund und lauschte angestrengt. »Okay, welcher Schlüssel ist es? Geben Sie ihn mir bitte«, flüsterte er Frau Drechsler zu.

»Du sicherst mich«, befahl er Dragovic.

Erschrocken gab Frau Drechsler ihm den Schlüssel. »Dieser«, flüsterte sie.

»Gehen Sie zurück in Ihre Wohnung«, sagte Herbracht.

Dragovic zog ihre HK P30 aus dem Holster, während Frau Drechsler nach unten ging.

So leise wie möglich schob Herbracht den Schlüssel ins Schloss, während Dragovic den Eingang sicherte. Herbracht hatte ebenfalls die Waffe gezogen und stieß die Eingangstür schwungvoll mit der freien linken Hand auf.

Die Mansardenwohnung war winzig, und schnell war ersichtlich, dass sich niemand darin befand. Ein kleiner Flur mit Dachluke, ein Zimmer mit integrierter Küchenzeile und ein Duschbad. Alles penibel sauber, eher ungewöhnlich für einen jungen Mann. Beinahe als hätte er vor seinem Verschwinden für Ordnung gesorgt, schoss es Herbracht durch den Kopf. Selbst wenn Schmidt etwas mit dem Verschwinden von Anja Mischnik zu tun haben sollte, hierher würde er sie wohl kaum gebracht haben, auch nicht vorübergehend. Die Wohnung war erstens zu klein, um jemanden zu verstecken, zweitens wäre sie kein geeignetes Versteck, schon wegen der Drechsler und des Schlüssels, den sie hatte. Sie hätte sich jederzeit Zutritt verschaffen können. Herbracht blieb unschlüssig in dem winzigen Flur stehen.

»Was suchst du?«, fragte Dragovic.

»Ein Foto von ihm. Alben sind jedenfalls keine im Wohnzimmer.«

Herbrachts Aufmerksamkeit richtete sich auf eine kleine Kommode neben der Eingangstür. Er schob die oberste Schublade auf und holte einen Reisepass hervor. Er klappte den Pass auf. »Dann nehmen wir den mit. Scheint das einzige Foto von ihm in dieser Wohnung zu sein. Das Bild zeigte einen jungen Mann mit kurzen braunen Haaren und auffälligen Aknenarben. Er blickte scheu in die Kamera. »Hol bitte die Drechsler.«

Dragovic ging ins Treppenhaus und kam kurz darauf mit der Frau zurück.

»Niemand da. Keine Sorge. Aber können Sie sich das bitte mal anschauen?«

Die Drechsler trat näher. »Was?«

Herbracht hielt ihr den Pass hin. »Sieht Jannick Schmidt aktuell so aus?«

Drechsler schaute auf das Passfoto. »Ja, tut er. Wieso?«

»Wir brauchen für die Fahndung ein halbwegs aktuelles Foto. Also eins, auf dem man Schmidt wiedererkennt.« Herbracht sah sich den Pass noch einmal genauer an. »Er ist 1,79 Meter und schlank.« Er steckte den Pass ein. »Dann war's das vorläufig. Den Schlüssel müssen wir vorläufig beschlagnahmen.« Sie verließen die Wohnung und Herbracht schloss ab. »Ich schicke später einen Kollegen, der die Wohnung versiegeln wird.«

»Das ist wie in einem Krimi. Mein Gott ist das aufregend. Ich werde noch einen Herzanfall erleiden«, sagte Drechsler.

»Beruhigen Sie sich, Ihnen passiert nichts. Jetzt lassen Sie uns erst einmal wieder runtergehen. Wir haben noch ein paar Fragen. Kommen Sie, schön langsam, und halten Sie sich am Geländer fest.«

Drechsler stieg wackligen Schrittes die Treppen hinab, während sie sich bei Dragovic einhakte. »Ich muss mich entschuldigen, aber das war zu viel für meine Nerven.«

»Wir wollten Sie nicht erschrecken, Frau Drechsler«, sagte Dragovic.

»Es wird schon wieder. Ich werde gleich meine Tochter anrufen. Die wird überrascht sein, was in diesem Haus passiert. Wollen Sie auf einen Tee reinkommen?«

Herbracht schüttelte den Kopf. »Wir haben keine Zeit. Frau Drechsler, wie würden Sie den jungen Mann beschreiben?«

»Das sagte ich doch bereits: ein ruhiger Mieter.«

»Ich meine, wirkte er vertrauenswürdig?«, fragte Herbracht.

»Ja, ja, natürlich. Zumindest dachte ich das bisher. Ich hoffe, dass ich mich nicht in ihm getäuscht habe.« Sie zog ein Taschentuch aus ihrer Kitteltasche und wischte sich über die Stirn. »Er hat nie Freunde da. Zumindest habe ich nie was davon mitbekommen. Ist ein bisschen verklemmt. Hat starke Akne. Haben Sie selbst gesehen.«

»Eine Freundin hat er nicht?«

Drechsler verzog das Gesicht. »Sicher nicht. Ich habe ihm gesagt, er soll sich was vom Hautarzt verschreiben lassen. Ich weiß nicht, ob es klug von mir war, das Thema anzuschneiden, aber er tat mir leid. Seitdem geht er mir aus dem Weg. Ist vermutlich sein wunder Punkt.« Sie wurde nachdenklich. »Also, wenn ich an die Fälle bei Aktenzeichen XY denke, dann kann man sich bei den ruhigen Menschen natürlich auch täuschen. Wie heißt es so schön: ›Stille Wasser sind tief‹. Und sind es nicht immer die unauffälligen Menschen, die die schlimmsten Straftaten begehen? Wer weiß, vielleicht ist der Mann ja ein Serienkiller. Ich darf gar nicht dran denken. Meine Güte, ich habe da mal einen Fall gesehen …«

»Nun machen Sie sich nicht verrückt. Für uns war's das fürs Erste. Sollte Herr Wacker auftauchen, verständigen Sie uns bitte sofort.«

Dragovic gab Frau Drechsler ihre Visitenkarte. »Rufen Sie diese Nummer an, dann werden Sie direkt mit uns verbunden.«

Drechsler blickte auf die Karte. »Brauchen wir hier im Haus denn keinen Personenschutz?«

Herbracht musste sich beinahe das Lachen verkneifen. »Ganz sicher nicht, Frau Drechsler. Ich rate Ihnen, sehen Sie sich nicht so viele Kriminalfälle im Fernsehen an.«

»Na, hören Sie. Man muss doch informiert sein heutzutage.«

*

Herbracht und Dragovic saßen schweigend im Auto und hingen ihren Gedanken nach, während sie durch den dichten Verkehr fuhren. »Okay, wie schätzt du die Lage ein?«, fragte Dragovic nach einer Weile.

»Tja, Schmidt ist Einzelgänger, gehemmt, lebt zurückgezogen und hat eine nahezu gleichaltrige Kollegin. Ich lasse meinen Gedanken freien Lauf. Angenommen, er war interessiert an ihr und sie hat seine Zuneigung nicht erwidert. Das könnte ein Motiv sein, sie zu entführen.«

»Und warum hat er dann sein Auto nicht benutzt?«, fragte Dragovic.

»Weil er nicht blöd ist. Wir würden doch nach dem Auto fahnden und dann sicherlich auf DNA-Spuren stoßen, sollte die Mischnik dringesessen haben. Aber das macht alles keinen Sinn, jedenfalls nicht, wenn er allein gehandelt hat. Sollte er sie erst verschleppt haben, um anschließend zurückzukehren und den Arzt zu ermorden? Oder hat er den Arzt zuerst umgebracht, zu ihr gesagt, sie solle auf ihn warten, bis er sich um sie kümmern würde? Und was sollte sein Motiv für den Mord sein? Die sind doch vor dem Notarzt eingetroffen. Da hätte er nur mit ihr zu verschwinden brauchen. Völliger Blödsinn also. Ich glaube, der Täter wollte sie loswerden, damit es keine Zeugen gibt. Sie waren schlicht überflüssig.«

»Der oder die Täter. Meine Güte, wie abgebrüht muss man sein, um so eine Tat zu begehen.«

*

Donnerstag, 20. Juni, Polizeipräsidium, 8:31 Uhr

»Moin«, sagte Jens Sailer von der Spurensicherung, als er das Büro von Herbracht und Dragovic betrat.

»Morgen, Jens, ganz schön früh. Konntest du es nicht abwarten, uns zu sehen?«, fragte Herbracht grinsend.

»Sehr witzig. Ich wollte vermeiden, dass ihr mich mit Anrufen bombardiert, darum führt mein erster Weg zu euch ins Büro«, antwortete Sailer.

»Das war ein wirklich guter Entschluss. Zur Entschädigung könnte ich dir einen Kaffee anbieten«, schlug Dragovic vor, die selbst erst vor wenigen Minuten eingetroffen war.

»Hatte genug Koffein, danke.«

»Dann schieß los, setz dich her.«

Sailer nahm Platz und aktivierte den Bildschirm seines mitgebrachten Tablets. »Hat die Zeugin ihre Aussage zu Protokoll gegeben?«

»Frau Berger, ja. Hat keine neuen Erkenntnisse gebracht«, erklärte Dragovic.

»Okay, fangen wir mit den Sanitätern an. Es ist wie verhext. Sie sind nicht nur wie vom Erdboden verschluckt, es gibt auch keine Spuren, die beweisen, dass sie überhaupt am Tatort waren. Keine Blutspuren, keine Kampfspuren, rein gar nichts. Auch in der Nähe vom Krankenwagen nicht. Und im Park war die Spurensuche verdammt schwierig. Da tummeln sich jede Menge Spaziergänger und Jogger um diese Jahreszeit. Fußabdrücke gibt es da mehr als genug.«

»Habt ihr außerhalb des Parks was gefunden?«

»Erzähle ich euch gleich. Weiß man mittlerweile, wer der Anrufer war?«, fragte Sailer.

Herbracht schüttelte den Kopf. »Das BKA macht für uns gerade eine Tonträgerauswertung. Leider hat sich kein Zeuge gemeldet, obwohl wir natürlich eine Pressemitteilung rausgegeben haben.«

»Okay. Wir haben, wie gesagt, den Schuhabdruck im Blut des Opfers gefunden«, fuhr Sailer fort. »Der ist recht präzise ausgefallen. Sieht beim Profil nach festem Schuhwerk aus. Allerdings gibt es keinen weiteren, was mich verwirrt. Ob der Schuhabdruck vom Täter stammt, wissen wir bisher natürlich nicht, es war vermutlich ein weiblicher Fuß, kleine Größe.«

»Welche?«

»38.«

»Vielleicht eine erste Spur zu Mischnik?«, fragte Dragovic.

Herbracht wiegte nachdenklich den Kopf hin und her. »38 wäre für eine so kleine Frau eine große Schuhgröße. Denkbar wäre es trotzdem.«

»Was ist mit dieser Gummischlaufe mit dem Metallverschluss?«

»Mia hatte recht. Wahrscheinlich von einem Gummimantel. Da hing noch ein Stück Gummi dran.«

»Ein Gummimantel?«

»Ja, so ein Regenteil. Früher hatte man Friesennerze, heute trägt man Regenjacken in allen Farben. Fingerabdrücke haben wir leider keine gefunden.«

Dragovic stutzte. »Aber es hat in der Nacht doch gar nicht geregnet. Im Gegenteil, es war sternenklar.«

Sailer überlegte. »Wenn das Ding mit der Tat zusammenhängt, dann hat der Täter möglicherweise einen Gummimantel getragen. Wenn er vorsätzlich getötet hat, dann wusste er, dass Messerstiche eine ziemliche Sauerei auf der

Kleidung hinterlassen. Was gibt's da Besseres als einen Gummimantel?«

Herbracht stimmte zu.

»Wir haben jedenfalls den Park Quadratzentimeter für Quadratzentimeter abgesucht«, fuhr Sailer fort. »Wenn der Täter also Richtung Schrebergärten geflohen wäre und die Tatwaffe dabei in der Hand gehalten hätte, dann hätten wir irgendwo Blutstropfen entdeckt, und seien sie noch so winzig. Wir hätten sie gefunden, allein schon wegen der Hunde. Aber wie gesagt, nichts, auch keine Kippen, keine Haare, keine Schuppen, kein Stofffetzen«, er streckte der Reihe nach vier Finger. »Rein gar nichts, allerdings ...«

»Allerdings ...?«

»Haben wir zentriert eine Ansammlung von kleinsten Blutströpfchen am Fahrbahnrand nachweisen können, besser gesagt auf dem Fahrradweg, direkt vorm Eingang zum Park. Ist ja 'ne Einbahnstraße. Und tatsächlich, es handelte sich um das Blut des Opfers. Also des Notarztes.«

»Ach nee, also vielleicht ein paar Tropfen vom blutverschmierten Gummimantel?«, fragte Dragovic.

»Gut möglich«, sagte Herbracht. »Oder von der Tatwaffe. Der Täter ist augenscheinlich mit dem Auto geflüchtet.«

»Allerdings befanden sich die Blutstropfen direkt neben dem Bordstein am Fahrbahnrand. Ihr wisst, dass ich die Einbahnstraße vorm Park meine. Die unter der Brücke der Ginnheimer Landstraße zur Sportuni führt«, konstatierte Sailer.

»Das bedeutet also, dass der Täter entweder zuerst die Beifahrertür geöffnet hat, um beispielsweise die Tatwaffe auf den Beifahrersitz zu werfen, oder er war der Beifahrer«, fasste Dragovic zusammen. »Es sei denn, er ist in die Gegenrichtung gefahren, was aber unwahrscheinlich ist, da er damit aufgrund der Einbahnstraße unnötig riskiert hätte, aufzufallen.«

Herbracht kaute nachdenklich auf seiner Unterlippe. »Du meinst, es könnten mehrere Täter gewesen sein?«

»Das wäre durchaus denkbar«, antwortete Sailer.

»Ah, also doch ein Helfershelfer? Wie sollte auch einer allein gleich drei Personen überwältigen?«, warf Dragovic ein.

»Wieso ›also doch‹?«, fragte Sailer.

Herbracht winkte ab. »Reine Hypothese.«

»Der Täter ist vermutlich an der Schuhspitze mit dem Blut in Berührung gekommen, jedenfalls haben wir eine etwa drei Zentimeter lange Spur gefunden. Sieht aus, als wäre es das gleiche Profil wie das neben der Leiche. Allerdings nicht das gesamte Profil, sondern nur von der Schuhspitze.«

»Reifenspuren?«, wollte Herbracht wissen.

Sailer schüttelte den Kopf. »War trocken draußen, und der Fahrer ist anscheinend sanft angefahren. Ich bin kein Ermittler, aber ich würde meinen, dass das keine spontane Tat war. Wirkt alles sorgfältig geplant, haben wir uns von der Spusi zumindest gesagt. Was meint denn Gerald Wurm dazu?«

»Unser Profiler braucht mehr Zeit«, antwortete Herbracht. »Schätze, er meldet sich in den nächsten Tagen.«

»Na dann. Solltet ihr keine weiteren Fragen haben, kehre ich zurück zu meinem Schreibtisch und meinem Frühstücksbrötchen, bevor's trocken wird, wenn ihr nichts dagegen habt.«

»Hast du noch irgendwelche Fragen an Jens, Mia?«

»Höchstens, ob er mich auf einen Kaffee einlädt.« Dragovic lachte.

»Ah, natürlich. Wieso bin ich nicht selbst auf diese verlockende Idee gekommen? Wehe, du gibst mir einen Korb, wenn ich drauf zurückkomme.«

»Niemals.«

»Ich werde mir beim Frühstück ein paar Gedanken dazu machen.« Sailer grinste breit.

»Und jetzt reicht's«, unterbrach Herbracht. »Wir sind bei der Mordkommission, nicht bei Parship.«

Sailer hob entschuldigend die Hand. »Sei doch nicht so humorlos, Kai. Okay, ich melde mich, wenn es Neuigkeiten gibt, wisst ihr ja, ciao.« Er stand auf und verließ den Raum, verfolgt von Mias Blicken.

»Nette Rückseite«, urteilte sie.

»Bitte wieder zur Sache!«

»Kai, der Job ist hart genug. Da wird man doch zwischendurch ein wenig flirten dürfen. Aber im Ernst, ich bin gespannt, was Dr. Jacoby herausgefunden hat.«

*

Institut für Rechtsmedizin, 10:26 Uhr

Herbracht und Dragovic hielten auf dem Parkplatz des Instituts für Rechtsmedizin, dessen Einfahrt sich in der Paul-Ehrlich-Straße befand. Die Jugendstilvilla mit der cremefarbenen Fassade, den großen ovalen Fenstern und der Loggia im Erdgeschoss stand optisch gesehen im Widerspruch zu dem, was sich hinter ihren Mauern abspielte. Herbracht konnte die Fälle kaum zählen, die ihn in den vergangenen Jahren immer wieder hierhergeführt hatten.

»Wäre es nicht besser, wenn du allein reingehst …?«, flüsterte Dragovic und verzog das aschfahle Gesicht. »Der Geruch reicht mir.«

»Na los, reiß dich zusammen, Mia. Du hast Schlimmeres ausgehalten.«

»Es wäre möglich, dass ich was Falsches gegessen habe. Sonst würde mich das nicht so sehr beeindrucken. Du könntest doch in diesem Fall eine Ausnahme machen und eine Tonaufnahme mitlaufen lassen, die ich mir später anhören kann.«

»Was Falsches gegessen? Erzähl mir nichts. Dragovic, reiß dich zusammen und komm mit. Wir haben keine Zeit für irgendwelche Befindlichkeiten.«

»Ich habe es wenigstens versucht.« Kleinlaut folgte die Beamtin ihrem Kollegen zum Institut für Rechtsmedizin. Sie stiegen die ehemalige Dienstbotentreppe hinunter, über die man die unteren Räume erreichte, wo auch der Obduktionssaal untergebracht war.

Dr. Ricarda Jacoby saß am Computer des kleinen Büroraumes, der dem Obduktionssaal vorgelagert war und unter anderem Polizeibeamten dazu diente, mit den Rechtsmedizinern über das Auffinden der Leichen und den Verdacht auf mögliches Fremdverschulden zu sprechen.

»Ah, das trifft sich gut, ich habe mich gefragt, wann Sie auftauchen«, sagte die Rechtsmedizinerin, als Herbracht und Dragovic den Raum betraten. »Ich habe eben die Bilder der Computertomografie von dem jungen Notarzt überprüft. Da hat sich aber jemand richtig ausgetobt. Das kommt nicht alle Tage vor. Der Täter hat genau 42 Mal zugestochen.«

»Wow! Was für ein Monster«, sagte Dragovic mit belegter Stimme.

»Stimmt. Zumal einer der ersten Stiche bereits tödlich war. Sehen Sie die Einblutung in die Lunge? Der arme Mann ist an seinem eigenen Blut ertrunken. Wie ich von vornherein vermutet habe.«

»Wieso denken Sie, dass der finale Stich einer der ersten war?«, fragte Herbracht.

»Wir haben keinerlei Abwehrverletzungen gefunden. Er konnte sich nicht einmal mehr umdrehen. Normalerweise setzt man sich gegen Angriffe zur Wehr. Seine Hände und Arme sind unversehrt. Er war also völlig arglos und ist förmlich umgefallen wie ein nasser Sack. Er blieb bäuchlings liegen, hat sich nicht mit den Handflächen abgefangen, was bei einem Sturz nach vorne ja instinktiv geschieht. Deshalb hat er Schürfwunden im Gesicht und ein großes Hämatom auf der Stirn sowie einen Nasenbeinbruch.«

»Können wir uns den Leichnam genauer ansehen?«, fragte Herbracht.

»Klar, folgen Sie mir.« Dr. Jacoby stand auf und öffnete die Tür zum Sektionssaal. Auf dem vorderen Sektionstisch lag die Leiche des Arztes. Dr. Dirk Brühl, der zweite Obduzent, stand neben einem Sektionstisch, auf dem sich eine weibliche Leiche mit geöffnetem Brustkorb befand.

Dragovic stöhnte, unterdrückte einen heftigen Würgereiz und versuchte, nicht hinzusehen. Sie hatte das Gefühl, ihre Beine würden jeden Moment versagen.

Dr. Jacobys geschultem Blick entging dies nicht. »Wollen Sie lieber draußen warten, Frau Dragovic?«

»Das ist eine gute Idee, ich …«

»Ach was, sie schafft das schon. Wir haben das vorhin bereits geklärt«, unterbrach Herbracht.

Dragovic brachte nur ein zustimmendes »Hm« heraus. Sie würde sich nie an Obduktionen gewöhnen. Sie fragte sich manchmal, ob Rechtsmediziner überhaupt schlafen konnten, bei dem Anblick, dem sie tagsüber ausgesetzt waren. Dragovic jedenfalls konnte nicht einmal den Anblick von Tierkadavern ertragen. Dazu roch es heute besonders streng. Ein Geruch, der sich in den Nasenschleimhäuten festsetzte und den sie vermutlich nie mehr loswurde. In gebührendem Abstand blieb sie schräg hinter Herbracht stehen, der sich direkt neben dem Sektionstisch befand.

Der Leichnam lag bäuchlings darauf.

»Morgen, Dr. Brühl«, sagte Herbracht.

»Guten Morgen.«

»Hallo«, hauchte Dragovic.

Dr. Jacoby trat neben ihren Kollegen und begann: »Wir haben uns zunächst die Leichenflecken einmal genau angesehen.« Sie wies auf die Rückenpartie. »Wie ich bereits erwähnte, ist der Mann an der Stelle gestorben, an der er gefunden wurde. Er wurde nicht verlagert, wie wir an den Liegestellen erkennen konnten, die sich nur auf der Vorderseite des Leichnams befinden. Der Täter hat sein Werk verrichtet und ihn dann einfach so liegen lassen. Er war sich seiner Sache verdammt sicher. Es war ihm dabei scheißegal, wie schnell der Leichnam entdeckt wurde.«

Gerade legte Dr. Brühl mit einem T-Schnitt die Rippen des Arztes frei.

Dragovic fächelte sich mit der Hand Luft zu.

»Geht's?«, fragte Dr. Jacoby.

»Halbwegs«, hauchte Dragovic.

»Oha, einige angebrochene Rippen?«, fragte Herbracht.

»Ganz recht. Es muss sich um eine breitere Messerklinge gehandelt haben«, bestätigte Dr. Jacoby, »vielleicht ein Tranchiermesser, das beim Eindringen die Rippen ebenso verletzte wie die Weichteile.«

»Können Sie sagen, wie lang die Schneide war?«

»Leider nicht. Das hängt von der Wucht des Stiches ab. Wird mit viel Kraft zugestochen, dringt die Klinge deutlich tiefer ein und verursacht dadurch einen längeren Stichkanal als bei einem weniger heftigen Stich. Hat also nichts zu bedeuten. Wie gesagt, der Täter scheint voller Wut gewesen zu sein. Das Messer ist, wie Sie sehen können, tief eingedrungen. Und wenn man immer wieder aufs Neue zusticht, obwohl das Opfer sich längst nicht mehr rührt, dann ist man offensichtlich im Blutrausch.«

»Ja, ein Overkill. Sie glauben also, dass der Täter ein Mann ist?«

»Tut mir leid, da war ich ein wenig vorschnell. Ich weiß es nicht. Ich kann mir allerdings kaum vorstellen, dass eine Frau körperlich dazu in der Lage ist, so oft mit solcher Brutalität zuzustechen. Denn den Widerstand der Rippen zu durchbrechen, das erfordert Kraft. Aber gänzlich kann ich natürlich eine Frau als Täterin nicht ausschließen. Ein trainierter Körper kann vieles leisten, unabhängig vom Geschlecht. Sie haben die Tatwaffe also nicht, weil sie nach der Länge der Klinge gefragt haben?«

Herbracht schüttelte den Kopf. »Allerdings wurden ein paar winzige Blutspritzer am Straßenrand, direkt vorm Park, gefunden, die sich punktuell konzentrierten, was dafür spricht, dass der Täter in ein Auto gestiegen ist und die Waffe vermutlich mitgeführt hat. Leider haben wir außer der Frau, die das Opfer gemeldet hat, keinen einzigen Zeugen gefunden. Niemand hat ein verdächtiges Fahrzeug beobachtet, niemand hat den flüchtigen Täter oder gar die Sanitäter gesehen.«

»Ich verstehe. Da hat sich jemand gut vorbereitet, oder?«

»Ja, ist ein komplizierter Fall. Ach, übrigens, der Partner von Herrn Wacker hat sich nach einem Bestatter erkundigt, da haben wir natürlich das Bestattungsinstitut Schulz genannt.«

»Ich weiß, Frau Schulz hat deswegen bereits angerufen. Sie holt den Leichnam ab, sobald der Staatsanwalt ihn freigegeben hat. Ich schätze übermorgen.«

*

BKA, 12 Uhr

»Lang nichts mehr von euch gehört, ist Frankfurt nicht mehr kriminell?«, sagte Rainer Markward vom BKA aus der Abteilung »Forensische Sprechererkennung«, als er bei Herbracht anrief.

»Schön wär's. Aber gerade der Fall, dessentwegen du hoffentlich anrufst, gibt uns bisher nichts als Rätsel auf.« Herbracht seufzte.

»Verstehe. Wir hatten einige Probleme mit der Aufnahme, trotz der elektronischen Sprachverbesserung. Zunächst waren da üble Nebengeräusche. Der Anruf wurde vermutlich aus einem Auto getätigt. Da hat jemand seine Klimaanlage bis zum Anschlag aufgedreht, ich denke, bewusst, um die Tonqualität zu mindern.«

»Ja, der Kerl scheint ausgebufft zu sein, wenn es sich bei ihm um den Täter handeln sollte«, antwortete Herbracht. »Wir gehen längst von einem geplanten Verbrechen aus, keiner Tat im Affekt.«

»Theoretisch könnte es auch eine Anruferin gewesen sein, ich bin mir da nicht sicher. Aus der Zentrale waren ebenfalls viele Nebengeräusche zu hören. Da hat gleichzeitig eine weitere Frau im Hintergrund gesprochen. Das verzerrt die Auswertung völlig.«

»Aber die Stimmlage des Anrufers war doch recht tief, oder?«, wandte Herbracht ein.

»Man kann, wie du weißt, die Stimme verdunkeln, indem man die Lippen beim Sprechen schürzt.«

»Ich bilde mir ein, dass man das an den s-Lauten hört. Wenn ich es selbst versuche, fange ich jedenfalls an zu lispeln.«

»Das muss nicht sein, wenn man vorher gut übt, Kai.«

»Hm, kannst du uns was zum Alter der Person sagen?«

»Ungefähr. Ihr wisst ja, dass Menschen unterschiedlich pfleglich mit ihrer Stimme umgehen. Die Person klang heiser. Kann auch bewusst provoziert worden sein, wiederum um den Klang zu verfälschen.«

»Bewusst?«

»Ja, indem die Stimme vorher stark strapaziert wurde zum Beispiel. Wenn man ordentlich brüllt, dann ist die Stimme schnell belegt.«

»Ich brülle nie, deshalb weiß ich das nicht«, antwortete Herbracht.

»Stimmt, du hast keine Kinder«, antwortete Markward und lachte.

Dragovic war wenig begeistert. »Sehr witzig.«

»Also noch mal, wie alt?«, wollte Herbracht wissen.

»Da die Stimme nicht brüchig war, schätzen wir so zwischen 30 und Ende 40.«

»Enger kannst du das Alter nicht einkreisen?«

»Leider nicht. Wie gesagt, dazu war die Aufnahme zu schlecht. Die Person ist vermutlich in Deutschland aufgewachsen, denn sie spricht reinstes Hochdeutsch. Das war vorläufig alles. Ich hoffe, ich konnte helfen. Bei der Phraseologie ist leider nichts rausgekommen.«

»Phraseologie?«, fragte Dragovic.

»Redewendungen. Du weißt doch, manche Menschen wiederholen ständig ein Wort. Dafür war der Anruf aber eindeutig zu kurz, nicht wahr, Rainer?«

»Auch das.«

»Gut, ich danke euch für euren Einsatz«, sagte Herbracht.

»Gern und jederzeit. Bis bald wieder.«

»Bis bald.« Herbracht legte auf.

Dragovic stützte das Kinn in ihre Handflächen. »Du weißt ja, 80 Prozent aller Taten sind Beziehungstaten. Und wo so viel Hass ausgeübt wurde, hm …«

»Ich weiß, der Rest ist Habgier oder organisierte Kriminalität, von den Psychopathen abgesehen. Die gibt es auch, und zwar nicht zu knapp. Ganz besonders in einer großen Stadt wie Frankfurt. Jeder Mensch begegnet immerhin mindestens 60 Mal im Leben einem Psychopathen.«

»Ich behaupte, wesentlich häufiger«, sagte Dragovic. »Zurück zu Herbst. Vielleicht ist der Mann krankhaft eifersüchtig … oder sogar ein Psychopath? Weißt du, ob die Beziehung mit Wacker in Ordnung war? Nehmen wir an, er ist der Täter. Du musst bedenken, dass er Physiotherapeut ist. Ich sag ja, der Typ ist ziemlich durchtrainiert. Hast du seine Arme gesehen? Der stemmt dich locker einarmig hoch.«

Herbracht lachte. »Willst du mir schmeicheln? Wenn ich zehn Kilo abnehme, dann vielleicht.«

»Möglicherweise hatte er eine Komplizin. Typen wie er wirken positiv auf viele Frauen.«

»Und was soll ich damit anfangen?«

»Denk nach.«

»Wieso sollte ihm jemand diesen Gefallen tun?«

»Was weiß denn ich, ich denke eben laut nach. Ist doch besser als zu schweigen, oder?«

»Natürlich, natürlich. Da stehen mir allerdings zu viele Fragezeichen in deinem Blick. Klar, sollte es so gewesen sein und hätte eine SIE ihn zum Tatort gefahren, dann hätte SIE Beihilfe zum Mord geleistet. Gut, wir werden uns diese Eschbach, die Kollegin von Herbst, vornehmen.«

»Wir sollten rausfinden, was Wacker für ein Typ war. Vielleicht war er ein notorischer Fremdgeher. Dann hätten wir einen vagen Anhaltspunkt für ein Motiv.«

»Also gehst du von Eifersucht aus?«

Herbracht zuckte mit den Schultern. »Momentan gehe ich von allem Möglichen aus. Es wäre immerhin ein Motiv.«

KAPITEL 3

Bestattungsinstitut Schulz, Nähe Hauptfriedhof, 15 Uhr

Die attraktivste Bestatterin Frankfurts – so nannte man Verena Schulz in Bestatterkreisen. Sie war ebenso hübsch wie empathisch und setzte sich in ihrem Institut dafür ein, jeden Wunsch auf eine individuelle Bestattung zu erfüllen. Viele Kunden bevorzugten Beerdigungen in aller Stille, andere wollten eine pompöse Trauerfeier mit einer umfassenden Trauerrede, um dem oder der Verstorbenen die letzte Ehre zu erweisen. Manche wählten Popmusik aus, während andere sich für klassische Musik entschieden. Für die engagierte Bestatterin waren das alles keine Probleme, sondern Selbstverständlichkeiten.

Verstarb jedoch ein Mensch durch fremde Hand, machte es den würdevollen Abschied schwer. Zum Glück waren derart tragische Ereignisse nicht an der Tagesordnung. Dennoch kannte Schulz sich damit aus, schließlich arbeitete sie seit Jahren regelmäßig mit dem rechtsmedizinischen Institut zusammen, auch wenn es sich bei dieser Zusammenarbeit nur um den Transport vom Tatort zum Institut und von dort möglicherweise ins Krematorium handelte.

In einem gediegen eingerichteten Raum, der als Besprechungszimmer für die Abfolge der Beerdigungszeremonie diente, standen zwei bequem aussehende senffarbene

Couchen aus Plüsch. Die Wände des Raumes waren in sonnigem Gelb gestrichen und beruhigten das Auge. Auf einem flachen Tisch aus der Biedermeierzeit war ein Blumenarrangement drapiert. Duftkerzen verbreiteten einen dezenten Vanillegeruch.

Verena Schulz saß Martin Herbst und seiner Begleitung Lara Eschbach gegenüber. »Sie ist nicht nur meine Kollegin und gute Freundin, sie ist mir eine große Stütze«, erklärte er Schulz und nahm Lara Eschbachs Hand.

»Es geht ihm nicht gut, da dachten wir, es sei besser, wenn er nicht allein herkommt«, kommentierte die junge Frau.

»Dafür habe ich vollstes Verständnis«, bestätigte Schulz. »Es ist wichtig, eine moralische Stütze in der Trauerphase zu haben. Ich kann nur jedem raten, diese Hilfe anzunehmen. Herr Herbst, wie sieht es mit Herrn Wackers Familie aus? Leben seine Eltern noch und hat er Geschwister, die Ihnen womöglich zur Seite stehen?«

Herbst schüttelte den Kopf. »Er hat keine Geschwister. Die Eltern wurden von der Kripo informiert«, sagte er knapp. »Sie werden zur Beerdigung kommen, nehme ich an. Wir haben leider keinen guten Draht zueinander.« Herbsts Gesicht war aschfahl.

Schulz schwieg teilnahmsvoll.

»Hör auf, dich darüber aufzuregen, Martin. Wir organisieren das schon. Du weißt, wenn jemand deinen Kummer verstehen kann, dann ich«, sagte Eschbach liebevoll.

»Ich weiß, Lara. Und ich bin dir sehr dankbar für deine Unterstützung.«

»Einen geliebten Menschen auf schreckliche Weise zu verlieren, ist eine traumatische Erfahrung und hinterlässt eine tiefe seelische Wunde. Ich weiß, wovon ich spreche,

Herr Herbst. Großartig, dass Sie eine so nette Freundin haben, die den Schmerz mit Ihnen teilt. Es macht mich betroffen, dass ein junger Mensch durch eine Straftat aus dem Leben gerissen wurde. Wollen wir versuchen, uns auf die Beerdigung zu konzentrieren?«

»Natürlich, dafür sind wir ja hier.«

»Wie stellen Sie sich die Beerdigung für Ihren Partner vor?«, fragte Schulz.

»Wie meinen Sie das?«, fragte Herbst.

»Ich meine, denken Sie an eine Erdbestattung auf dem Hauptfriedhof? Oder gibt es einen anderen bevorzugten Friedhof? Sie wohnen in Sachsenhausen. Den Südfriedhof?«

»Welchen Friedhof nehmen wir?« Er sah hilflos zu Eschbach.

»Den Südfriedhof erreichst du schneller als den Hauptfriedhof, aber das musst du entscheiden.«

Herbst blickte zu Verena Schulz. »Ich weiß nur eins: Mein Mann wollte verbrannt werden.«

»Sind Sie sich da sicher?«

»Wir haben darüber gesprochen. Ist nicht lange her«, sagte Herbst.

»Verstehe. Soll die Urne in ein Familiengrab?«

»Nein. Ich mag diese konventionellen Gräber nicht.«

»Hm, ich sage das jetzt einfach ... Ich hätte da etwas ganz Besonderes für Sie. Haben Sie sich mit einem Friedwald befasst? Das ist ein meist besonders schön gelegenes, mit herrlichen Bäumen versehenes Terrain im Wald, das für Urnen freigegeben ist. Man kann sich dort einen Baum für einen oder mehrere Angehörige aussuchen.«

»Davon habe ich gehört, aber bisher habe ich mir keine Gedanken gemacht.«

»Dafür entscheiden sich heutzutage mehr und mehr Menschen. Und zwar aus verschiedenen Gründen.«

»Die da wären?«, fragte Herbst.

»An erster Stelle steht die Ruhe. Sie kennen den Begriff ›Ruhestatt‹. Ich finde, er lässt sich nirgendwo besser definieren als in einem Friedwald – zumindest für Menschen, die den Wald lieben. Außerdem fällt die Grabpflege weg. Es gibt nur ein kleines Schild an dem jeweiligen Baum, auf dem der Name des Verstorbenen steht. Es sei denn, Sie wollen es anonym halten.«

»Nein, nein, das möchte ich nicht.«

»Gut. Der Wald ist jedenfalls selbst sein schönster Gärtner. Ein künstlich angelegtes Grab würde dort stören. Der dritte Vorteil ist die kompostierbare Urne. Sie löst sich im Laufe der Zeit auf, sodass sich die Asche des geliebten Menschen mit der Natur vereint. Somit ist es ein ausnehmend umweltfreundliches Grab. Käme so etwas für Sie infrage?«

»Was meinst du?«, fragte Herbst seine Begleitung.

»Das finde ich richtig klasse. Das hätte Thomas bestimmt gefallen. Ihr seid doch oft im Wald gewandert, nicht wahr?«

»Das stimmt. Ich glaube, das wäre in seinem Interesse.« Herbst wandte sich an die Bestatterin. »Frau Schulz, für wann könnten wir die Beerdigung planen, wenn ich mich für den Friedwald entscheide?«

»Der Staatsanwalt muss erst der Bestattung zustimmen …«, sagte Schulz sanft.

»Ja, ich weiß. Darüber wurde ich bereits unterrichtet.«

»Lassen Sie uns doch bis dahin einen geeigneten Baum aussuchen, was halten Sie davon? Ich habe einen wunderschönen Platz für Sie im Kopf. Den habe ich für einen besonderen Menschen reserviert. Mir scheint, Ihr Partner war dieser besondere Mensch. Er hat ihn verdient. Ich bin sicher, er wird Ihnen gefallen. Er befindet sich in Oberrad. Wäre Ihnen das recht?«

»Das wäre schön, da habe ich es von Sachsenhausen aus ja nicht besonders weit.«

»Finde ich gut«, bekräftigte Eschbach.

»Wann kann Ihrer Erfahrung nach die Bestattung stattfinden?«, fragte Herbst.

»Gehen wir davon aus, dass Ihr Mann in den nächsten Tagen freigegeben wird, müssten wir innerhalb der nächsten zehn Tage kremieren.«

»So lange? Ich dachte, das gehe viel schneller.«

»Wir geben uns große Mühe, dass es möglichst rasch geschieht. Wir haben im Moment viele Feuerbestattungen – möchten Sie eine Trauerrede?«

»Eigentlich würde ich lieber auf eine Rede verzichten, wenn ich ehrlich bin. Sind ohnehin nur seine Eltern dabei. Ich glaube nicht, dass Sie an Thomas' letzten Jahren teilhaben wollen.«

»Ganz wie Sie möchten. Wünschen Sie ein wenig Musik?«

»›Yesterday‹ von den Beatles. Den Song hat er geliebt.«

»Ich könnte einen Geiger besorgen, wenn Sie möchten.«

»Gern.«

»Dann sind wir uns ja schnell einig geworden. Glauben Sie mir, Sie werden seine Ruhestatt mit der wunderschönen Buche lieben. Sie hat etwas Mystisches.«

»Könnten Sie uns die Stelle schon morgen zeigen?«

»Gewiss.«

KAPITEL 4

Freitag, 21. Juni, Institut für Rechtsmedizin, 9:30 Uhr

Verena Schulz steuerte den Leichenwagen in die Paul-Ehrlich-Straße. Sie bemerkte die Seitenblicke ihres jungen Mitarbeiters Roland Weber. »Was ist? Du bist kalkweiß im Gesicht!«

»Na ja, ich habe ein wenig Angst vor dem, was gleich auf mich zukommt.«

»Wird nicht der letzte gewaltsame Tod sein. Wir machen hier unseren Job und weiter nichts. Ich habe dir von vornherein gesagt, dass wir mit dem rechtsmedizinischen Institut zusammenarbeiten, Roland. Ansonsten ist das ein Fall wie jeder andere. Im Gegenteil, wir müssen nicht allzu viel vorbereiten, da sich der Hinterbliebene für den Verstorbenen eine Beerdigung im Friedwald im allerengsten Kreis wünscht. Besser geht's kaum. Glaube mir, Junge, du wirst die Rechtsmedizin zu schätzen lernen.«

»Es ist nur der Gedanke, dass er, na ja, dass er ermordet wurde. Und soweit ich weiß, haben sie den Mörder bisher nicht gefasst.«

Schulz lachte. »Na und? Glaubst du, der lauert hinterm Busch der Rechtsmedizin?«

Weber schämte sich. »Sie haben recht, ich mache mir zu viele Gedanken.«

Verenas geschultem Auge blieb nicht verborgen, dass

die Menschen, die sich vor der Einfahrt des Parkplatzes des rechtsmedizinischen Institutes tummelten, Reporter waren. Sie liebte Tumult. Auch die Reporter waren auf das Auto mit der Aufschrift »Bestattungsinstitut Schulz« aufmerksam geworden. Kameras richteten sich auf den Van. Gute Publicity.

»Was ist denn da los?«, wollte Weber wissen.

»Ist ein spektakulärer Mordfall, da ist stets die Presse vor Ort. Das bin ich gewohnt. Die werden aber nichts sehen.«

Sie wendete den Wagen, nachdem sie in die Einfahrt gefahren war, um rückwärts vor der Garage zu parken. So konnte sie den Leichnam im mitgebrachten Sarg vor Blicken geschützt direkt in den Leichenwagen heben, statt ihn wie sonst üblich erst mit einem Rollwagen über den Hof zum Wagen zu transportieren. Bei spektakulären Mordfällen wie diesem blieb es nicht aus, dass die Journaille auf Schnappschüsse lauerte, was es wegen laufender Ermittlungen zu verhindern galt.

Da sie einen Termin vereinbart hatten, wartete Dr. Jacoby bereits mit dem Verstorbenen, der auf einer Trage lag, in der Garage. »Hallo, Frau Schulz, scheint mir eine Ewigkeit her zu sein, seit wir uns zuletzt gesehen haben.« Die Ärztin und Schulz umarmten sich flüchtig.

Verena deutete auf den jungen Mann an ihrer Seite. »Roland Weber. Das erste Mal, dass er indirekt mit einem Tötungsdelikt zu tun hat. Ihm ist etwas mulmig.«

»Ich kann mir vorstellen, wie es Ihnen geht. Mit Morden haben die meisten Menschen im realen Leben zum Glück nichts zu tun. Ihre Chefin wird Ihnen aber stets eine Stütze sein, wie ich sie kenne. Wir sind alle nicht gefeit vor tragischen Verlusten, das wird einem spätestens in der Rechtsmedizin deutlich bewusst. Passen Sie immer gut auf sich auf, Herr Weber«, sagte Dr. Jacoby.

»Natürlich.« Er richtete den Blick auf das Gesicht des toten Mannes, auf den auch seine Chefin gebannt starrte.

»Ein schlimmer Tod«, sagte Schulz. »Wer weiß, was er gemacht hat, dass ihn jemand so gehasst hat.«

*

Polizeipräsidium, 11:13 Uhr

Das Telefon auf Herbrachts Schreibtisch klingelte. »Kaum ist man reingekommen«, stöhnte Herbracht und nahm das Gespräch an. »Herbracht? … Ach nee, Sie? Mensch, ich habe eine halbe Ewigkeit nichts mehr von Ihnen gehört. … Sie sind im Präsidium? Und natürlich wie immer ohne Vorankündigung. Sie haben verdammt viel Glück, dass ich im Büro sitze. Ich wollte mich gerade auf den Weg zu einer Zeugenbefragung machen, warte nur auf die Kollegin. Kommen Sie hoch.«

Wenige Minuten später klopfte es.

»Herein!«

Eine untersetzte Frau Mitte 50 mit kleinen, wachen Augen hinter dicken Brillengläsern, wirrem, kurzgeschnittenem grauem Haar und unvorteilhafter Kleidung betrat das Büro.

Herbracht stand auf und breitete die Arme aus. »Karla Senkrecht. Na los, stehen Sie da nicht so rum.« Herbracht drehte einen leeren Schreibtischstuhl und bedeutete Karla, sich zu setzen. »Sie haben sich nicht verändert. Anscheinend werden Sie nicht älter. Kennen Sie einen guten Chirurgen?«

»Ausgerechnet ich soll einen Gesichtsmetzger kennen? Aber Spaß beiseite. Ich möchte den Tag nicht erleben, an dem wir beide uns aus Altersgründen nicht wiedererkennen. Bevor das geschieht, steige ich aus dem Geschäft aus.«

Ächzend ließ sie sich in den dargebotenen Stuhl fallen. »Manchmal zieht's im Gebälk.«

»Ach, Senkrecht, jammern Sie nicht. Dafür haben Sie einen wachen Geist. Erzählen Sie, wie ist es Ihnen ergangen?«, fragte Herbracht.

Karla fingerte in ihrer Jeanstasche herum.

»Nein, nein, nein, Sie werden doch wohl nicht …?« Herbracht hob abwehrend die Hände. »Wirklich nicht. Nicht wieder diese stinkenden Zigarillos. Ich glaub, das ist der einzige Grund, warum ich Sie nicht täglich vermisse.«

»Deshalb will ich sichergehen, dass Sie wenigstens in den nächsten Tagen an mich denken.« Sie sah sich nach einem Aschenbecher um. »Machen Sie mich nicht fertig, Herbracht. Rauchen Sie etwa nicht mehr?«

»Ich hab's endgültig aufgegeben. Und Sie sollten das auch tun, wenn Ihnen was am Leben liegt.«

»Die Dinger schaden nicht, sie sind Balsam für meine Seele. Und Sie sind herzlos. Das waren Sie schon immer.« Karla zwinkerte. »Schon gut. Ich werde mir das Ding verkneifen.«

»Also, erzählen Sie schon, wie geht es Ihnen, Senkrecht?«

»Ich genieße das Leben, habe verdammt viel Zeit dazu.«

»Das hört sich aus Ihrem Mund merkwürdig an. Keine Aufträge?«

»Doch, doch, schon.«

»Wie geht's der reizenden Frau Pauli?«

»Die reizende Frau Pauli hat in ihrer Kanzlei viel zu tun«, knurrte Karla. »Ich bin aber nicht eifersüchtig, nur weil sie arbeitet. Sind eher Verkehrsdelikte und ähnliche Belanglosigkeiten. Sie wissen ja, Strafsachen liegen ihr nicht so.«

»Belanglosigkeiten?«

Sie grinste. »Na ja, ich brauch es 'ne Nummer härter.«

Karla Senkrecht war eine angesehene Privatermittlerin, die Herbracht schätzte. Sie steckte ihre Nase mit Vorliebe in die Ermittlungsarbeit der Polizei. Und Herbracht schätzte sie dafür, dass sie in den vergangenen Jahren mehrfach zur Aufklärung komplizierter Mordfälle beigetragen hatte. Sie hatte sogar einige Male den entscheidenden Hinweis gegeben. Ein echtes Ausnahmetalent in Herbrachts Augen, der zuvor nicht allzu viel von Privatermittlern gehalten hatte. Manchmal ermittelte sie gemeinsam mit ihrer Lebensgefährtin, der wesentlich mondäneren Anwältin Beate Pauli.

Herbracht mochte Karlas unkonventionelle Art, ihr feines Gespür für menschliche Abgründe und ihren unvergleichlich kernigen Humor.

»Senkrecht, Sie werden es nicht glauben, aber ich habe in letzter Zeit des Öfteren an Sie gedacht.«

»Dann war das wohl Gedankenübertragung, ging mir genauso. Ich hörte Sie förmlich meinen Namen rufen.«

Herbracht verschränkte neugierig die Arme. »Lange genug geplänkelt, weshalb sind Sie hier? Ich kenne Sie doch. Sie kommen nicht wegen eines belanglosen Plauderstündchens vorbei.«

»Ach, wissen Sie, mir fehlt seit einiger Zeit das Prickeln im Bauch.« Sie tätschelte ihre Vorderseite. »Ich hatte schon lange keinen spannenden Auftrag mehr. Nur ein paar langweilige Fremdgeher, die ich wegen eifersüchtiger Ehepartner beobachten sollte. Nichts für 'ne Neugiernase wie mich. Ich fühl mich wie ein Junkie auf Entzug. Ich brauch mehr Spannung. Und heute, da guckte mir im Spiegel eine geradezu verbiesterte Senkrecht entgegen. Da sagte ich mir: Schluss jetzt. Kein Wunder, dass Beate froh ist, wenn sie in die Kanzlei gehen kann und mich für ein paar Stunden los ist. Karla, du musst ins Polizeipräsidium, wies ich mich an. Du willst doch nicht, dass Herbracht vereinsamt. Jede Wette, dass er wieder an einem kniffligen Fall sitzt und Arbeit für dich hat.« Karla grinste schelmisch. »Sie wissen, ich helfe, wo ich kann. Na, habe ich die Situation richtig eingeschätzt?«

Herbracht prustete. »Senkrecht, Senkrecht. Ich meine mich zu erinnern, ohne Ihnen zu nahe treten zu wollen, dass Sie die Ältere von uns beiden sind, da könnten Sie sich doch langsam bequem zurücklehnen und beispielsweise Ihre Memoiren schreiben. Oder kleine, witzige Detektivgeschichten verfassen.«

»Jetzt treten Sie mir auf die Füße. Sie waren schon deutlich witziger. Abgesehen davon bin ich keine Erzählerin. Mich treibt es hinaus ins reale Leben. Als Rentnerin habe ich in 20 Jahren genügend Zeit dazu. Dann, da könnten Sie recht haben, schreibe ich vielleicht etwas. Allerdings keine Geschichtchen, eher einen Ratgeber für Detektive, in dem ich tunlichst davon abrate, sich mit speziellen Polizisten anzufreunden. Wohlgemerkt«, sie hob energisch den Zeigefinger, »frühestens in 20 Jahren. Momentan bin ich energetisch in Höchstform und passe mich jeder Situation spielend an. Schlüpfe in alle Rollen wie eine Hollywood-Schauspielerin. Das haben Sie doch sicher nicht vergessen, oder?«

»Wie könnte ich?«

Karla deutete auf einen leeren Schreibtisch samt Stuhl. »Wie geht's Volker Lorenz? Hat er gerade Urlaub?«

»Der ist nicht mehr in Frankfurt.«

Karla war verblüfft. »Ist nicht Ihr Ernst. Ist was passiert?«

»Vielleicht nicht das, was Sie vermuten, was soll man gegen die Liebe tun? Er hat nun doch Julia geheiratet und ist mit ihr nach Hamburg gezogen. Dort wohnt ihre Familie. Wenn Frauen einen Entschluss fassen, dann haben wir Männer im Allgemeinen das Nachsehen.«

Karla lachte. »Wem sagen Sie das. Beate entscheidet auch über meinen Kopf hinweg. Und jetzt? Wer ist Ihre neue Partnerin? Sie sprachen doch vorhin am Telefon von einer Kollegin?«

»Genau. Sie heißt Mia Dragovic, ist 34 Jahre alt und eine klasse Mitarbeiterin. Kein Weichei. Und sie hat einen wachen Verstand.«

»Ach, deshalb haben Sie sich rargemacht«, knurrte Karla.

Er schmunzelte und sah auf die Uhr. »Sie sollte längst hier sein. Sonst ist sie pünktlich. Ich sagte ja, wir müssen gleich weg.«

»Erzählen Sie schnell, arbeiten Sie an einem interessanten Fall?«

»Unsere Senkrecht kann es nicht lassen.«

»Neugierde fördert einen wachen Geist. Na, ertappt? Ihr Blick spricht Bände! Ich kenne Sie doch, Herbracht. Ich habe ins Schwarze getroffen, stimmt's? Sie sind da an was dran. Reines Bauchgefühl natürlich.«

»Natürlich das reine Bauchgefühl. Kann es nicht zufällig sein, dass Sie die neueste Pressemitteilung gelesen haben?«, fragte Herbracht.

»Pressemitteilung? Nein, wie kommen Sie denn darauf? Oder meinen Sie etwa die Akte ›Notarzt‹? Diese Sache im Diplomatenviertel, dort im Park? Ecke Ginnheimer Landstraße, hinter der Frauenlobstraße? Ja, jetzt wo Sie's sagen …, das habe ich ganz beiläufig gelesen, es mehr überflogen, könnte man sagen. Aber gerade fällt es mir wieder ein. Sehen Sie, wäre ich nicht zufällig hergekommen, wäre es in der Asservatenkammer meines Gehirns vergraben geblieben.«

Herbracht lachte. »Ihr Gehirn als Asservatenkammer zu bezeichnen, das ist ja ganz großartig.«

»Tja, aber die Tür dazu muss geölt werden.« Sie schlug sich mit der flachen Hand gegen die Stirn. »Dabei hat Beate mir die Zeitung doch mit dem Morgenkaffee serviert. Wir wohnen keine zehn Minuten vom Tatort entfernt. Ist normalerweise eine sichere Gegend. Ich habe mir den Ort gestern rein zufällig angesehen. Wissen Sie, ich achte neuerdings auf meine Gesundheit, deshalb bewege ich mich, wann immer es mir möglich ist, an der frischen Luft.«

»Aber natürlich, Senkrecht, so kenne ich Sie.«

»Ja, ich dachte bei mir, ist doch egal, ob ich nun in den Niddawiesen rumlaufe oder in den kleinen Park gehe, ist beides recht nett. Ich habe schon des Öfteren in dem Park gesessen und mir überlegt, ob ich mir einen Hund anschaffen sollte, aber Beate ist dagegen, hat eine Tierhaarallergie und …«

»Ist ja gut, hören Sie auf damit, sich rauszureden.«

»Na, dann klären Sie mich endlich auf. Ich platze vor Neugier.« Karlas Augen funkelten.

»Was genau möchten Sie denn wissen?«

»Zum Beispiel, ob sich Zeugen gemeldet haben. Da wird so ein armer Notarzt im Dienst niedergemetzelt, schlimm. Man muss sich das vorstellen.« Karla schüttelte fassungslos den Kopf.

»Bin ich froh, dass ich nicht Medizin studiert habe.«

»Wollten Sie das etwa früher?«

»Nein, mein Instinkt hat mich davor bewahrt.«

»Ach, Sie und Ihre Sprüche. Scheint ganz so, als hätte jemand den Mann in einen Hinterhalt gelockt. Die Sanitäter werden ebenfalls gesucht, habe ich gelesen.«

»Ja, sie sind seit dem Mord nicht wieder aufgetaucht. Leider gibt es keine Zeugen, außer einer Frau, die den getöteten Notarzt frühmorgens beim Gassigehen entdeckt hat. Sie ist schwer traumatisiert, können Sie sich denken. Möglicherweise war das eine Beziehungstat. Jedenfalls ein Overkill. Der Täter hat 42 Mal zugestochen. Wir haben seinen Lebensgefährten bereits unter die Lupe genommen. Wenn ich ehrlich bin, glaube ich aber nicht, dass sich der Fall so einfach lösen lässt.«

»Ach du Scheiße«, entfuhr es Karla. »42 Mal? Das ist unglaublich. Und was sagt der Erkennungsdienst?«

Die Tür ging auf. »Moin, Chef.« Dragovic trat ein und stutzte, als sie Karla wahrnahm.

»Tag, Mia, hast du verpennt? Ist doch beinah Mittag.«

»Tut mir leid, war viel Verkehr.«

»Dann solltest du den künftig besser mit einplanen. Frau Senkrecht, das ist meine Kollegin Mia Dragovic. Mia, das ist Karla Senkrecht, eine gute alte Bekannte, beinahe könnte man sie als Freundin bezeichnen, wäre sie nicht so neugierig.«

»Reißen Sie sich zusammen, Herbracht, was soll Ihre junge Kollegin von mir denken? Und seien Sie froh, dass ich Ihnen diese zerbrechliche Freundschaft nie gekündigt habe.«

Dragovic schmunzelte. »Hier wird scharf geschossen? Das ist doch innerhalb des Gebäudes verboten, dachte ich.«

»Mit Frau Senkrecht geht das. Sie versteht mich, außerdem ist sie, und das sage ich mit allem Respekt, eine großartige Privatermittlerin und wirklich die Einzige, vor der ich meinen Hut ziehe. Das meine ich ernst«, sagte Herbracht.

Karla grinste über das ganze Gesicht. »Das haben Sie ausnahmsweise schön gesagt, Herbracht.«

Karla wandte sich an Dragovic.

»Guten Morgen, meine Hübsche, es ist mir eine besondere Freude, Sie an der Seite dieses Mannes zu wissen. Da besuche ich meinen alten Kollegen doch gern. Außerdem scheinen Sie Humor zu haben. Eine äußerst sympathische Eigenschaft.«

Dragovic grinste. »Sie heißen Senkrecht?«

Karla streichelte ihren Bauch. »Wenn ich dicker werde, dürfen Sie mich Waagerecht nennen. Aber nur Sie.«

Dragovic setzte sich amüsiert an ihren Schreibtisch, während ihr Karlas Blicke folgten.

»Ich warne Sie, Senkrecht!«, ermahnte Herbracht. »Ich habe die Handynummer von Frau Pauli.«

Karla machte spielerisch eine beleidigte Miene. »Man wird doch scherzen dürfen.«

Herbracht erläuterte: »Ich war gerade dabei, Frau Senkrecht von der Akte Notarzt zu berichten.«

»Ach ja?«

»Sie müssen wissen, wir haben nicht viele Geheimnisse voreinander«, ulkte Karla, bevor sie ernst weitersprach. »Wo waren wir stehen geblieben? Ich habe Sie gefragt, was die vom Erkennungsdienst sagten.«

Herbracht unterrichtete sie ausgiebig über die Fakten.

»Kann der Gummimantel Bestandteil der Sanitäterkleidung gewesen sein?«, fragte Senkrecht, nachdem er geendet hatte.

»Wir haben uns bereits erkundigt. Nein. Erstens tragen die Sanitäter leuchtende orangefarbene Jacken und zweitens nicht aus Gummi.«

»Dann müsste der Mantel in dem Fahrzeug gelegen haben, mit dem die zwei weggefahren sind, wenn sie es waren«, überlegte Karla.

»Es könnte sein, dass der Anruf beim Notruf von einer Frau getätigt wurde. Sagt zumindest der Kollege von der Sprechererkennung.«

»Hm. Ist das Opfer noch in der Rechtsmedizin?«

»Ja«, antwortete Herbracht.

»Wer bestattet?«

»Institut Schulz, nehme ich an. Die arbeiten häufig mit der Rechtsmedizin zusammen. Wir haben Herbst das Institut nahegelegt.«

»Herbst?«

»Das ist der Lebensgefährte vom Opfer Wacker.«

»Was ist dieser Herbst für ein Typ?«, fragte Senkrecht.

»Wie würdest du ihn bezeichnen?«, wollte Herbracht wissen.

Dragovic überlegte. »Ich halte ihn für sensibel. Kein lauter Typ. Er hat seinen Partner eindeutig geliebt. Ich glaube, der Mord hat ihn aus der Bahn geworfen. Ist absolut nachvollziehbar. Er hat Hilfe, eine gute Freundin und Kollegin steht ihm zur Seite.«

»Seine Kollegin? Was ist er denn von Beruf?«

»Physiotherapeut«, antwortete Herbracht.

»Das trifft sich gut, ich sagte ja bereits, dass ich meinen alten Körper in Schwung bringen will. Ich habe hin und wieder ziemliche Schmerzen hier.« Sie deutete auf ihr Kreuz. »Das kann von den ungewöhnlich langen Spaziergängen kommen. Es könnte auch was Ernsteres dahinterstecken. Herbst, sagten Sie, heißt er? Ich frage schlichtweg als Patientin.«

»Natürlich.«

Karla griff sich mit schmerzverzerrtem Gesicht an die Hüfte. »Eine falsche Bewegung und ich gehe die Wände hoch. Jetzt tut's besonders weh. Gibt wahrscheinlich nicht allzu viele Herbsts, die Physiotherapeuten sind, nehme ich an. Wo war doch gleich die Praxis?«

»Sachsenhausen«, brummte Herbracht.

»Na, sehen Sie, geht doch.«

Dragovic stand auf. »Ich hol mir einen Kaffee. Möchte noch jemand?«

»Nein danke«, sagte Karla.

»Nein, beeil dich, wir haben heute viel vor.«

»Schon gut, ich mach mir 'nen Espresso. Bis gleich.«

Karla blickte anerkennend hinter Dragovic her. »Steiler Zahn, Ihre Partnerin, Donnerwetter. Und diese Frisur erst.«

»Senkrecht, ich sag's Frau Pauli.«

»Man wird ja wohl gucken dürfen. Spaß beiseite. Der Name der beiden Sanitäter ist kein Geheimnis. Stand in der Pressemitteilung. Ihre Wohnadressen kenne ich leider nicht.«

Herbracht drehte den Computerbildschirm so, dass Karla draufschauen konnte. Er reichte ihr ein Stück Papier und einen Stift. »Beeilen Sie sich«, sagte er und blickte zur Tür. »Das muss Mia nicht mitbekommen. Ich meine, wie weit ich Sie einweihe.«

Karla grinste siegesgewiss und kritzelte eilig die Adressen auf das Blatt, um sich dann zu erheben. »Ich wünsche Ihnen einen erfolgreichen Tag, Herr Kommissar. Machen Sie's gut. Ich schätze, ich komme demnächst wieder vorbei.«

»Bis bald.« Leise fügte er hinzu: »Was immer Sie tun, bauen Sie keinen Mist, und halten Sie mich auf dem Laufenden.«

»Habe ich je etwas anderes getan? Es war mir ein Vergnügen. Und ein echter Ansporn. Ich meine, hauptsächlich für meine Gesundheit. Grüßen Sie Ihre flotte Partnerin. Und schön die Finger weglassen! Sie ist zu jung für Sie, Herbracht.«

»Also wirklich, ich bin doch kein Schwerenöter.«

»Was bin ich doch froh, hergekommen zu sein. Bis bald.«

»Tschüss, Senkrecht.«

»Ach, sie ist weg?«, fragte Dragovic, als sie zurückkam.

»Gerade gegangen.«

»Ist ja eine eigentümliche Person, allein der Name …«

»Sie hat echt was drauf«, antwortete Herbracht. »Ich habe heute Morgen mit Lara Eschbach gesprochen. Sie erwartet uns in ihrer Praxis.«

»Wann?«

»Um 12:15 Uhr hat sie eine Lücke.«

Dragovic seufzte. »Dann sollten wir jetzt aufbrechen.«

*

Physiotherapeutische Praxis, 12:13 Uhr

Sie parkten den Dienstwagen in der Schwanthalerstraße, nahe dem Praxisgebäude.

Dragovic hielt sich wegen der Sonne die Hand schützend über die Augen und blickte bewundernd an der Fassade des Jugendstil-Gebäudes empor. »Hut ab, wirklich ein tolles Haus, hab ich mir beim letzten Besuch hier schon gedacht. Die Praxis scheint richtig gut zu laufen. Ich möchte nicht wissen, wie hoch die Miete hier ist. Vielleicht sollte ich meinen Beruf wechseln, wenn was aus mir werden soll.«

Der Türsummer ertönte unmittelbar nach dem Klingeln, und sie betraten einen separaten Eingang, der zur Praxis führte.

Die Dame an der Anmeldung war sichtlich erschüttert. »Es ist schrecklich, was da passiert ist. Ich bin immer noch fassungslos. Ich kannte Herrn Wacker, er kam ab und zu runter. So ein netter Mensch. Und dann wird er brutal ermordet, einfach aus dem Leben gerissen. Unbegreiflich, so was. Ich muss ständig an ihn denken. Der arme Herr Herbst tut mir so leid.«

»Wir haben einen Termin bei …«

»Natürlich, ich weiß. Ich sage ihr Bescheid. Nehmen Sie bitte einen Moment im Warteraum Platz, Frau Eschbach ist im Behandlungsraum. Sie hat viel zu tun, weil Herr Herbst diese Woche nicht zur Arbeit kommt. Ist mehr als verständlich. Wenn mir so etwas passiert wäre, ich würde vermutlich nie mehr arbeiten können. Nein, nein, nein, mir fehlen die Worte.«

Dann reden Sie doch bitte nicht so viel, dachte Herbracht.

Wenig später wurden Dragovic und Herbracht zu Lara Eschbach ins Behandlungszimmer gerufen. Sie war eine resolute, sportliche, beinahe athletisch wirkende Frau Anfang 30. »Es tut mir leid, ich habe nicht viel Zeit. Es gibt immer mehr Menschen, die mit ihrem Bewegungsapparat Probleme haben. Die Leute sitzen heutzutage zu viel. Ich bin auch nicht sicher, ob ich Ihnen brauchbare Informationen liefern kann, ich will es gern versuchen. Es tut mir unendlich leid für Martin. Ich hoffe, er kommt eines Tages darüber weg.«

Da sie den Ermittlern keinen Stuhl anbot, blieben sie vor ihr stehen. »Sie sind eine enge Freundin von Herrn Herbst, nicht wahr?«, fragte Herbracht.

»Ja, das stimmt.« Sie stockte und schien abzuwägen. Schließlich redete sie weiter. »Bevor Thomas in Martins Leben trat, waren wir uns nah. Ehrlich gesagt, waren wir während unseres Studiums ein Paar, Martin und ich.«

Herbracht war erstaunt.

»Tja, Martin ist bisexuell.«

»Dass Sie sich so nah waren, wussten wir nicht.«

Eschbach wirkte niedergeschlagen. »Warum auch? Liegt schon eine Ewigkeit zurück. Zum Glück sind wir wenigstens bis heute Freunde geblieben.«

Dragovic wagte einen Vorstoß. »Darf ich fragen, ich meine … ob …?«

»Lassen Sie mich raten. Die Frage, die Sie mir stellen wollen, ist, ob unsere Beziehung wegen Thomas zerbrochen ist. Habe ich recht?«, unterbrach Eschbach. »Ich wurde oft gefragt, ob man sich in seiner Weiblichkeit verletzt fühlt, wenn sich der Partner plötzlich dem anderen Geschlecht zuwendet. Völlig normal. Und ja, wir haben uns wegen Thomas getrennt. Und klar, es hat wehgetan, aber nicht mehr, als wenn es eine andere Frau gewesen wäre.« Eschbach hielt inne und ließ den Kopf hängen. »Na ja, doch, schon ein bisschen mehr. Ich gebe zu, ich konnte Thomas nicht gut leiden. Oder, besser gesagt, anfänglich hätte ich ihn am liebsten …«

»… umgebracht?«, half ihr Herbracht.

»Nein, natürlich nicht, das sagt man so einfach dahin«, entschuldigte sich Eschbach. Sie machte ein erschrockenes Gesicht. »Wieso fragen Sie mich? Denken Sie jetzt etwa, ich hätte Unrechtes getan?«

»Noch denken wir gar nichts.«

»Im Übrigen beruhte unsere Abneigung auf Gegenseitigkeit. Ich glaube, er war eifersüchtig auf mich. Beantwortet das Ihre Fragen ausreichend?«

»Das tut es. Was können Sie uns zu der Beziehung der Herren sagen? Als gute Freundin bekommt man doch einiges mit.«

Eschbach wirkte unentschlossen. »Ich bin mir nicht sicher, ob Martin von Thomas vereinnahmt wurde, ich bin mir nicht einmal sicher, ob Martin in der Beziehung wirklich glücklich war. Mit mir hat er darüber nicht gesprochen.« Sie lachte bitter. »Glaubte, ich würde mir dann erneut Hoffnung machen.« Sie blickte auf ihre Smartwatch. »Ach herrje, mein nächster Patient taucht gleich auf.«

»Kleinen Augenblick. Sie stehen sich wieder recht nah, seit Wacker verstorben ist, nicht wahr?«, fragte Herbracht.

»Klar. Einer muss Martin doch helfen, oder? Wir sind halt gute Freunde. Und wir teilen uns auch die Praxis. Für Martin würde ich sehr viel tun, müssen Sie wissen. Er hat es verdient. Außerdem möchte ich vermeiden, dass er ein Burnout erleidet. Damit wäre niemandem geholfen, auch mir nicht. Ich müsste die Praxis allein führen. Nee, darüber darf ich gar nicht nachdenken.«

»Schön, dass er Sie hat, Ihre Unterstützung hilft ihm gewiss.« Herbracht zog sein Handy aus der Tasche, tippte darauf herum und schien einen Moment zu überlegen. »Haben Sie die Namen Anja Mischnik oder Jannick Schmidt schon einmal gehört?«

»Die beiden Sanitäter, oder? Ich habe mit Martin drüber gesprochen. Persönlich kenne ich sie nicht.« Eschbachs Blick verdüsterte sich und ihre Mundwinkel zuckten. »Wieso fragen Sie das? Lassen Sie mich raten. Im Krimi würde die Polizei jetzt wissen wollen, ob ich für die Nacht vom 18. auf den 19. Juni ein Alibi habe, stimmt's?« Sie lachte bitter und blickte erst Dragovic, dann Herbracht provokant ins Gesicht. »Ich sage es freiwillig: Ich habe geschlafen. In meinem Bett, und zwar allein. Nach Martin hatte ich zwar einen Freund, aber er konnte Martin nicht das Wasser reichen, also trennten wir uns. Sonst noch was?« Eschbach hatte sich in Rage geredet.

»Immer mit der Ruhe, Frau Eschbach. Wir haben nicht vor, Ihnen Schuld zuzuweisen. Beruhigen Sie sich, wir versuchen, ein feiges und brutales Verbrechen aufzuklären. Dazu gehört, dass wir uns im Umfeld von Thomas Wacker umsehen«, versuchte Herbracht sie zu besänftigen. »Ich nehme doch an, Ihnen ist auch daran gelegen, dass dieses scheußliche Verbrechen möglichst bald aufgeklärt wird, oder etwa nicht? Es handelt sich hier um eine rein informative Befragung. Nicht mehr und nicht weniger. Je mehr wir über die äußeren Umstände der Tat erfahren, desto größer die Chance, den oder die Täter so rasch wie möglich zu überführen.«

Eschbach hockte sich ermattet auf den Rand ihres Schreibtischs. »Tut mir leid, die Gäule sind mit mir durchgegangen. Im Moment ist alles ein bisschen viel. Martin, der völlig durchhängt, ich weiß langsam selbst nicht mehr, was ich ihm zum Trost sagen soll. Dazu unsere gemeinsamen Patienten, die ich diese Woche alle übernehmen muss, und dann kommen Sie.«

»Immer mit der Ruhe, Frau Eschbach«, warf Herbracht ein. »Das Ganze ist noch nicht lange her. Wacker ist erst seit zwei Tagen tot. Es ist doch kein Wunder, dass Herr Herbst das nicht überwunden hat. Ich kann Ihnen sagen, dass es noch lange nicht überwunden ist. Es wird immer wieder Momente geben, in denen er unter der Last seines Kummers einknicken wird. Ich fände es eher ungewöhnlich, wenn das nicht der Fall wäre.«

»Meine Nerven leiden unter der ganzen Sache. Entschuldigung, aber es kommt nicht allzu oft vor, dass man von der Polizei verhört wird.«

»Dies ist, wie gesagt, kein Verhör, und wir lassen Sie allein. Sollte Ihnen im Nachhinein etwas einfallen, das Sie vergessen haben zu erwähnen, melden Sie sich bitte unverzüglich.« Herbracht blickte auf Eschbachs Füße. »Darf ich fragen, welche Schuhgröße Sie haben?«

»Was soll denn das nun heißen?«

»Drücke ich mich nicht verständlich aus?«

»38, wieso? Macht mich das verdächtig?«

»Es war nur eine Frage. Wir sind am Ende und danken Ihnen für Ihre Zeit. Auf Wiedersehen.« Herbracht öffnete die Tür und Dragovic folgte.

*

Dragovic legte den Sicherheitsgurt an, während Herbracht das Auto Richtung Innenstadt lenkte.

»Schuhgröße 38«, wiederholte Dragovic.

»Könnte ein Hinweis sein, muss aber nicht. Welches ist bei Frauen die häufigste Schuhgröße, Mia?«

Dragovic grinste. »Soviel ich weiß, tatsächlich 38. Ich habe dieselbe Größe.«

»Dachte ich mir fast.«

»Wundert mich, dass du sie nicht gefragt hast, ob sie einen Regenmantel besitzt«, sagte Dragovic.

»Den hätte sie mir bestimmt liebend gern gezeigt und freiwillig zur Untersuchung mitgegeben. Sie ist aufbrausend, findest du nicht?« Herbracht sah zu Dragovic hinüber.

»Und ziemlich durchtrainiert. Hast du die Armmuskulatur gesehen? Die kann anpacken, wenn sie muss. So wie Herbst«, sagte Dragovic.

»Du meinst, sie könnte etwas mit dem Mord zu tun haben?«

»Ich denke mal laut. Sie hat Herbst jetzt wieder für sich allein, das heißt, er könnte sich nun theoretisch wieder ihr zuwenden. Sie liebt Herbst noch immer und sie steht ihm bei. Vielleicht hat sie sich das Ganze weniger kompliziert vorgestellt. Sie ist dadurch aber nicht weniger verdächtig. Sie hätte bestimmt keine Schwierigkeiten gehabt, zu erfahren, wann Wacker Dienst hatte. Hätte nur einer halbwegs geschickten Frage bedurft, zum Beispiel: ›Was habt ihr heute Abend vor?‹ Dann hätte er vermutlich geantwortet, dass Wacker nicht da ist – und schon hätte sie alle Informationen zusammengehabt, um planen zu können. Denk an Markward, der sagte, der Anrufer könnte eine Frau gewesen sein.«

Herbracht griff sich mit der linken Hand an seine Brust.

Dragovic hob die Augenbrauen. »Herzschmerzen?«

»Quatsch, ich wollte mich nur vergewissern, dass mein Handy noch in meiner Brusttasche steckt. Du erwähntest eben Markward.«

»Ja, wieso?«

»Weil ich Lara Eschbachs Stimme aufgezeichnet habe mit meinem Handy. Der Markward soll einen Stimmabgleich vornehmen. Ich schicke ihm das gleich, wenn wir im Präsidium sind.«

Dragovic pfiff durch die Zähne. »Du bist ein verdammt gewiefter Hund. Ich habe mich schon gewundert, warum du vorhin an deinem Handy herumgespielt hast. Wieso bin ich da nicht draufgekommen? Und ich dachte schon, du hast die Namen der Sanitäter vergessen.«

Herbracht lachte. »Du meinst, weil ich schon etwas älter bin?«

»Natürlich«, feixte Dragovic und streckte ihm die Zunge raus. »Mal im Ernst. Wenn sie den Wacker auf dem Gewissen hat, wer war der zweite im Bunde, und was ist mit den Sanitätern passiert?«

»Zeugenbeseitigung vermutlich. Sollte bei dem Stimmabgleich eine Übereinstimmung festgestellt werden, nehmen wir die Eschbach vorläufig fest. Ich werde später einen Termin im Markus-Krankenhaus für morgen vereinbaren. Wir sollten mit Wackers Chef sprechen.«

KAPITEL 5

Samstag, 22. Juni, Markus-Krankenhaus, Abteilung Innere Medizin, 8:30 Uhr

Pünktlich um 8.30 Uhr ließen sich Herbracht und Dragovic an der Pforte des Krankenhauses bei Oberarzt Dr. Salzmann ankündigen, denn wie Herbracht am gestrigen Nachmittag erfahren hatte, würde der Arzt ab 9 Uhr für mehrere Stunden im Operationssaal stehen. Sie wurden direkt in sein Büro gebeten.

Salzmann war ein schlanker, grauhaariger Mann mit sympathischen Gesichtszügen, dem anzusehen war, dass ihm der Verlust seines Kollegen naheging. »Thomas Wackers Tod ist ein harter Schlag für uns alle«, sagte er, nachdem die Kommissare sich vorgestellt hatten und er sie aufgefordert hatte, sich zu setzen. »Ich bin tief erschüttert. Nicht nur ich, das gesamte Personal. Wenn man über Verbrechen liest, denkt man noch lange nicht, dass sie im eigenen Umfeld geschehen. Es kommt leider mittlerweile häufig vor, dass Sanitäter und Ärzte im Einsatz angegriffen werden.« Er zog ein Taschentuch aus dem Kittel und wischte sich über die feuchte Stirn. »Es kommt noch so weit, dass bei jedem Notfall ein Polizist mit zum Einsatzort fährt. Ein wirkliches Trauerspiel.«

»Dazu fehlen uns eindeutig die Kapazitäten, fürchte ich«, erwiderte Herbracht.

»Das dachte ich mir natürlich«, sagte der Oberarzt. »Ich

bin einfach nur schockiert. Mir und dem gesamten Kollegium ist der Schreck in alle Glieder gefahren. Zumal das Schicksal der Sanitäter nicht bekannt ist, oder täusche ich mich?«

»Leider nicht. Wie würden Sie Thomas Wacker bezeichnen, Herr Doktor? Was für ein Mensch war er in Ihren Augen?«

»Er ist … Verzeihung, er war ein absolut integrer Mitarbeiter. Fleißig und kompetent. Er befand sich derzeit in der Facharztausbildung zum Viszeralchirurgen.«

»Zum was?«, fragte Dragovic.

»Der Viszeralchirurg operiert alle Bauchorgane«, erklärte Salzmann. »Eine recht abwechslungsreiche Tätigkeit. Wie gesagt, Thomas Wacker war ein guter Arzt, stets konzentriert und pünktlich. Ein Kollege, mit dem jeder zurechtkam und der sich für keine Arbeit zu schade war.«

»Also keinesfalls ein Choleriker, der sich durch seine aufbrausende Art Feinde machte?«, fragte Herbracht.

»Cholerisch?«, der Oberarzt lachte auf. »Ganz und gar nicht. Ich kann mir nicht vorstellen, aus welchem Grund sich jemand so über ihn ärgern sollte, dass er ihn ermordet. Oder war es eine Zufallstat?«

»Eher nicht, dazu sind die Verletzungen zu brutal ausgefallen. Ein sogenannter Overkill, so nennt man es, wenn ein Täter in seiner Wut kein Ende findet.«

»Furchtbar.«

»Kennen Sie Wackers Lebensgefährten, Herr Doktor?«

»Er hat uns über Wackers Tod informiert. Kennen ist zu viel gesagt. Er hat ihn ab und zu abgeholt. Ich habe nicht mehr als ein paar Worte mit ihm gewechselt. Ich weiß im Grunde nicht viel über das Privatleben meiner Mitarbeiter. Wir arbeiten so intensiv zusammen, da ist man froh, wenn man in seiner spärlichen Freizeit abschalten kann. Und in der Klinik geht es verständlicherweise mehr um fachliche Gespräche, wie Sie sich vorstellen können. Das hat nichts mit Desinteresse zu tun. Wichtig ist, dass es in meinem Team nur kompetente Mitarbeiter gibt, auf die ich mich jederzeit verlassen kann.«

»Ist Ihnen an Wacker in letzter Zeit etwas Ungewöhnliches aufgefallen? Eine Veränderung seines Verhaltens, irgendwas in der Richtung?«, fragte Herbracht.

»Mir nicht, aber die Oberschwester hat mir gestern Abend berichtet, dass am letzten Dienstag jemand auf der Station angerufen hat, der wissen wollte, wann Wacker am Mittwoch Dienst hat.«

Herbracht horchte auf. »Ach ja? War das ein Mann oder eine Frau?«

»Da müssen Sie sie selbst fragen.« Er nahm den Telefonhörer auf und wählte eine Nummer. »Schwester Renate? … Kommen Sie bitte in mein Büro. … Ja, sofort, wenn's geht. Bei mir ist gerade die Polizei wegen Wacker. Ich habe ihnen von dem Anruf berichtet. … Ja, beeilen Sie sich, ich muss in den OP«, der Oberarzt legte auf. »Sie kommt. Ich kann nur hoffen, dass Sie diesen erschütternden Fall aufklären können. Entschuldigen Sie mich bitte. Mir steht eine große Operation bevor.« Er erhob sich aus seinem Schreibtischstuhl.

Herbracht und Dragovic standen ebenfalls auf.

»Wir warten so lange draußen«, schlug Herbracht vor.

»Unsinn, warten Sie hier drin. Sie sind von der Polizei, Sie werden mein Büro sicher nicht ausrauben. Auf Wiedersehen«, sagte er, öffnete die Tür und zog sie hinter sich zu.

»Also, ich weiß mehr über dich und meine Kollegen im Präsidium als der Mann über seine Mitarbeiter«, stellte Herbracht fest.

»Deshalb bin ich ja auch zur Polizei gegangen«, antwortete Dragovic.

»Wieso, du kanntest mich doch nicht?«

»Ich hatte einen siebten Sinn.«

Es klopfte, gleichzeitig trat eine kleine, grauhaarige Frau in Schwesterntracht ein und musterte Dragovic und Herbracht. »Schwester Renate. Sie wollten mich sprechen?«, fragte sie und verschränkte die Arme vor ihrer ausladenden Oberweite.

»Schwester Renate, danke, dass Sie sich einen Moment für uns Zeit nehmen. Ich bin Kommissar Herbracht, das ist meine Kollegin Dragovic.«

»Dr. Salzmann sagte uns, dass Sie am letzten Dienstag einen Anruf entgegengenommen haben, in dem es um Thomas Wacker ging. Ist das richtig?«

»Erst habe ich mir nichts dabei gedacht, der Anrufer sagte, er sei ein niedergelassener Kollege und wolle wissen, wann Wacker am Mittwoch Dienst habe, da er mit ihm irgendein Fachgespräch führen wolle«, erklärte Schwester Renate.

»Es war ein Mann, der bei Ihnen anrief?«

»Ich denke schon. Ich habe ihm gesagt, dass Herr Wacker Spätschicht habe.«

»Hat er seinen Namen genannt?«

»Nein, ich wollte fragen, aber da hatte er schon aufgelegt.«

»Und Sie sind sich ganz sicher, dass es sich um eine männliche Stimme handelte?«, fragte Dragovic.

»Ich dachte das, ja, aber so ganz genau habe ich nicht

darauf geachtet. Ist das so wichtig? In der Klinik rufen oft Kollegen und Kolleginnen an, deshalb habe ich dem Anruf und der Stimme keine Bedeutung beigemessen.«

»Aber Sie schließen eine Frau nicht unbedingt aus?«

Jetzt lachte die Schwester. »Wir haben eine Oberärztin, die spricht wie ein Mann. Von daher schließe ich gar nichts aus.«

»Kennen Sie Herrn Herbst, den Partner von Herrn Wacker?«

»Natürlich.«

»Kennen Sie seine Stimme?«

»Ich sagte doch, ich erinnere mich nicht mehr genau.«

Schwester Renate hob die Augenbrauen. »Weshalb hätte sein Partner sich nach Wackers Dienstplan erkundigen sollen? Er kannte ihn doch.« Die Lippen der Frau begannen zu zittern. »Ach, es ist alles so furchtbar. Ich mochte Thomas sehr gern. Wir alle mochten ihn.« Sie fing an zu weinen. »Er hat eine große Lücke hinterlassen.«

*

»Immer noch der oder die große Unbekannte. So ein Mist. Kann uns vielleicht jemand eine klare Auskunft erteilen? Es ist doch wirklich kaum zu glauben«, schimpfte Herbracht.

»Was erwartest du, wir stehen doch noch ganz am Anfang. Hast du ernsthaft geglaubt, dass wir den Fall innerhalb von drei Tagen aufklären können?«

»Nee, aber stell dir vor, ich mach mir Gedanken um die beiden Sanitäter. Kannst du das irgendwie nachvollziehen? Wenn sie mit dem Mord nichts zu tun haben, wovon momentan auszugehen ist, dann schweben sie vielleicht in Lebensgefahr, wenn sie nicht bereits tot sind, und wir stümpern herum wie die Dilettanten. Kapierst du das?«

»Jetzt reicht's aber. Lass deinen Zorn gefälligst woanders aus, so kenn ich dich ja gar nicht. Darauf habe ich keinen Bock und ehrlich, das hilft uns nicht weiter.«

Eine Umleitung zwang Dragovic, abzubiegen, wegen des starken Verkehrs kam sie allerdings nicht durch.

»Schalte das verdammte Blaulicht an!«

Dragovic tat es, dennoch konnte sie sich nur mit Mühe einen Weg aus dem Verkehrschaos bahnen.

Herbracht rutschte wütend auf seinem Platz hin und her, während Dragovic sich geschickt durch die endlich entstandene Gasse schlängelte.

»Gut«, brummte Herbracht. »Und entschuldige, ich fühle mich in dem Fall so hilflos. Passiert nicht oft.«

»Zum Glück«, entgegnete Dragovic, »sonst würde ich um Versetzung bitten.«

KAPITEL 6

Montag, 24. Juni, Am Schwalbenschwanz, 8:12 Uhr

Beate Pauli trug wie stets, wenn sie in ihre Kanzlei in der Myliusstraße ging, ein elegantes Kostüm, dezentes Make-up und ein unaufdringliches Parfum, was ihr apartes Äußeres reizvoll unterstrich. Im Gegensatz zu ihrer Lebensgefährtin achtete sie nicht nur auf ein gepflegtes Äußeres, sondern auch auf eine schlanke Figur. Ihr Kurzhaarschnitt und ihre elegante Brille verliehen ihr eine gewisse Strenge, die jedoch nicht unattraktiv wirkte. Als sie an diesem Morgen die Küche betrat, staunte sie über Karlas eigenwilliges Outfit, obwohl sie geschmackliche Desorientierung gewohnt war. Die schwarze Jogginghose mit den grellbunten Tulpen, die Karla heute trug, nahm sie jedoch beinahe persönlich.

»Willst du es dir mit mir verderben? Du siehst grauenvoll aus. Was hast du denn vor? Willst du joggen gehen? Da kriegen selbst die Gänseblümchen Schluckauf. Außerdem wusste ich nicht, dass du plötzlich sportbegeistert bist.«

Karla grinste. »Bin ich nicht. Deshalb habe ich ein günstiges Modell genommen. Habe ich auf dem Wühltisch entdeckt. War die einzige Jogginghose in meiner Größe.«

»Da bekommt das Thema Abnehmen im wahrsten Sinn des Wortes ein ganz anderes Gewicht. Zehn Kilo weniger und du kannst dir eine schlichte Hose kaufen.«

»Früher hätte dich das nicht gestört«, sagte Karla beleidigt.

»So? Früher hättest du nicht gewagt, dich so anzuziehen.«

»Okay, ich trage sie nur dieses eine Mal. Können wir dann den Streit beenden?«

»Ich streite nicht, ich stelle fest.« Beate setzte sich an den Küchentisch. »Ich will ja nicht neugierig erscheinen, du bist seit Tagen wie ausgewechselt. Du grinst immerzu und bist geradezu abwesend. Was ist passiert? Das hängt nicht zufällig mit deiner Geschmacksverirrung zusammen, oder sollte ich da etwas wissen?«

»Unsinn, ich habe bloß einen Termin beim Physiotherapeuten.«

Beate, die gerade einen Schluck von dem Kaffee nehmen wollte, den Karla ihr vor die Nase gestellt hatte, verschluckte sich und hustete. »Du gehst zur Physiotherapie? Täusche ich mich oder hast du mir unlängst gesagt, dass du schon arge Schmerzen haben müsstest, um einen Therapeuten an dich ranzulassen?«

»Du solltest mir in Zukunft besser zuhören. Ich sagte, dass ich niemals einen Masseur an mich heranlassen würde. Von einem Therapeuten war nicht die Rede«, knurrte Karla.

»Geht es dir nicht gut?«

Karla zwinkerte ihr zu. »Ich sage nur ein Wort: Recherche.«

»Du arbeitest an einem neuen Fall? Das ist großartig! Endlich. Ich habe mir schon Sorgen gemacht. Dein Zigarillo-Konsum ist ins Uferlose gestiegen in letzter Zeit. Erzähl. Wer hat dich beauftragt?«

Karla druckste herum. »Eigentlich niemand so direkt. Ich habe rein zufällig Kommissar Herbracht am Freitag einen Besuch abgestattet, zum Glück gerade zur rechten Zeit.«

»Ach, Karla, hattest du nicht gesagt, du wolltest dich nicht mehr in Sachen einmischen, die dich nichts angehen?«

»Was heißt ›nichts angehen‹? Ich helfe, wo ich kann. Das ist doch großherzig von mir?«

»Mensch, eines Tages wird mir deinetwegen noch die Lizenz entzogen.«

»Warum das denn?«

»Weil du dabei meistens mit einem Zeh im Gefängnis landest, und ich muss dich dann mit all meinem Geschick da wieder rausholen.«

»Egal, ich besitze ja neun andere Zehen.«

»Willst du mir wenigstens sagen, worum es geht?«

Karla warf Beate einen missmutigen Blick zu. »Wie, so zwischen Tür und Angel? Kümmere du dich erst um deine Mandanten. Wir reden später darüber.«

Beate stand seufzend auf. »Du bist unverbesserlich. Und geh bitte zum Rauchen auf den Balkon, ja?«

»Tu ich das nicht sowieso immer?«

»Nein«, antwortete Beate. »Und wenn ich nach Hause komme, hast du hoffentlich dieses Ungetüm«, sie betrachtete Karlas Jogginghose, »in die Kleidersammlung gebracht.«

Karla sah an sich herab. »Du hast recht. Für eine Undercover-Ermittlung ist die Hose wohl zu auffällig.«

*

Praxis für Physiotherapie, 9:21 Uhr

Es war nicht einfach gewesen, einen Termin bei Martin Herbst zu bekommen. Zunächst war Karla abgewiesen worden, dann jedoch hatte sie einen Anruf seiner Sprechstundenhilfe erhalten, dass Herr Herbst sie als akute Schmerzpatientin nun doch behandeln würde. Die Empfangsdame musterte Karlas Jogginghose bei ihrem Eintreffen in der Praxis verwundert. »So etwas muss man erst finden«, sagte sie.

»Ja, meinte meine Partnerin auch. Die Hose gab es auch nur ein einziges Mal. Sozusagen ein Unikat. Klasse, was?«

Als Karla wenige Minuten später im Behandlungsraum Platz nahm, saß ihr ein gebrochener Mann gegenüber, dem jeglicher Lebenswille genommen worden war, wie ihr schien. Karla fehlten selten die Worte, doch in diesem Moment fiel es selbst ihr schwer zu reden.

»Ich wollte mich erkundigen … Ich meine, wenn man zu Ihnen kommt, dann braucht man ja Hilfe. Ich meine damit … Ach was, ich hab's im Kreuz.«

»Zeigen Sie mir bitte, wo genau der Schmerz sitzt?«

Karla griff sich an ihre ausladenden Hüften. »Ungefähr an diesen Stellen.«

»Stellen Sie sich bitte vor mich mit dem Rücken zu mir«, sagte Herbst, der auf einem drehbaren Rollhocker saß.

Karla stand auf und wandte ihm den Rücken zu.

Herbst tastete mit gezieltem Griff die Wirbel ab. »Tut das weh?« Er drückte in ihren Lendenwirbel.

»Autsch, ja.«

»Und jetzt?« Erneut drückte er zu.

»Autsch, Sie haben aber auch einen stahlharten Griff.«

»Tja, Frau Senkrecht, ich kann Ihnen gleich sagen, dass es nichts Schlimmes ist, aber Sie sollten dringend abnehmen. Übergewicht schadet Ihrer Haltung und natürlich der gesamten Wirbelsäule. Ziehen Sie die Schultern nach unten.«

Karla korrigierte ihre Haltung und stöhnte. »Autsch, das hat wehgetan.«

»Das dachte ich mir. Darf ich fragen, was Sie beruflich machen?«

»Ich bin Privatermittlerin. Da erlebt man viel, kann ich Ihnen sagen. Nur in letzter Zeit war wenig zu tun. Da hab ich's mit der Bewegung vielleicht ein bisschen übertrieben, bin viel spazieren gegangen. Aber das krieg ich schon hin. Da scheint nämlich gerade Arbeit auf mich zuzukommen.«

»Ich werde Ihnen ein paar leichte Übungen zeigen. Setzen Sie sich bitte auf die Behandlungsliege dort, ich werde mir Ihren Rücken vornehmen. So ist's gut, flach auf den Rücken legen und das linke Bein über das rechte schlagen.«

Karla stöhnte und drehte sich.

»Nicht die Körperposition verändern. Nur das Bein überschlagen und den Oberkörper entgegengesetzt ausrichten. Das ist eine hervorragende Dehnübung.«

Karla ächzte und stöhnte. »Sind Sie sicher? Ich habe das Gefühl, dass ich gleich auseinanderbreche.«

»Nun die andere Seite«, sagte Herbst. »Ich meine das andere Bein. So, und den Oberkörper entgegengesetzt halten. Nein, Frau Senkrecht, ich sagte entgegengesetzt.«

Karla brach der Schweiß aus. »Das ist ja unmenschlich.«

»Nicht reden, Position halten«, befahl der Therapeut.

Karla schnaufte.

»Das Bein ablegen und einen Moment ausruhen, dann bitte hinsetzen.«

Karla setzte sich und atmete schwer. Schließlich fragte sie: »Muss ich für diese Tortur bezahlen?«

»Sie werden mir dankbar sein, Frau Senkrecht. Diese Übung sollten Sie in Ihre Tagesroutine aufnehmen. Stellen Sie sich bitte noch einmal mit dem Rücken zu mir.« Herbst rollte mit seinem Drehstuhl näher an Karla heran und betastete ihren Lendenwirbelbereich. »Ich kann keine Verspannung spüren.«

»Ich auch nicht mehr, ist ja verrückt, wie weggeblasen. Sie können was.«

»Na ja, so schnell geht's im Allgemeinen nicht.«

»Ich war schon immer anders als die anderen. Darf ich etwas sagen?«

»Nur zu.«

»Ich habe in der Zeitung vom Ableben Ihres Partners gelesen.«

Herbst hielt inne. »Wie bitte?«

»Ich habe von der Ermordung Ihres Partners gelesen. Er war doch Ihr Partner, oder?«

»Woher wissen Sie das?«

»Ihre Empfangsdame sagte, sie hätten einen Trauerfall in der Familie, deswegen hätte ich nämlich beinahe keinen Termin bei Ihnen bekommen. Und in der Zeitung stand, dass Sie Physiotherapeut sind, da habe ich kombiniert.«

Herbst stützte das Kinn in seine Hände und verbarg schließlich das Gesicht darin. »Es ist das Schlimmste, was mir je widerfahren ist. Die Kripo hat leider nicht den geringsten Anhaltspunkt bisher. Mein Gott, da hört man immer, wie hoch die Aufklärungsquote bei Verbrechen ist, und in diesem Fall? Nichts! Ich fühle mich so traurig und hilflos, mehr als hilflos, glauben Sie mir.« Er seufzte schwer. »Ich habe mich die ganze Woche zurückziehen wollen, weil ich dachte, zu nichts in der Lage zu sein, aber das Herumsitzen und Grübeln zu Hause verbessert meinen Gemütszustand nicht. Und außerdem kommt meine Kollegin mit den vielen Terminen allein kaum zurecht. Also lieber ablenken«, sagte er im tiefsten Ton der Verzweiflung.

»Das kann ich verstehen. Ich schaue mich in diesem Fall ebenfalls ein wenig um. Ich bin Privatermittlerin.«

Herbst zog die Augenbrauen zusammen. »Waren die Rückenschmerzen etwa ein Vorwand für diesen Besuch?«

»Nein, nicht direkt, wirklich nicht! Aber wie hätte ich Sie denn sonst kennenlernen sollen?«

»Sie vergeuden Ihre Zeit, wenn schon die Kripo nichts findet.«

»Das würde ich so nicht sagen, wahrhaftig nicht. Glauben Sie mir, ich habe nicht nur einen guten Draht zur Kripo, ich bin auch eine ausdauernde Ermittlerin. Ihr Partner war Arzt, wie ich gelesen habe. Und er ist während eines Einsatzes ermordet worden.«

»Oh, bitte. Ich möchte darüber nicht reden. Schon gar nicht während der Arbeit.«

»Ich will nur helfen.«

»Was wollen Sie denn tun?«

»Ich will damit sagen: Die Tatsache, dass er bei der Arbeit ermordet wurde, lässt den Schluss zu, dass sich der Mörder im Umfeld seiner Arbeitsstelle befinden könnte. Hatte Ihr Partner Feinde oder Stress im Job, Neider?«

»Feinde? Thomas? Nein, er war ein feiner Kerl, kein aggressiver Mensch. Sein Job war anstrengend, er arbeitete im Markus-Krankenhaus und fuhr häufig Notdienste. Er liebte seine Arbeit.« Leise fügte er hinzu: »Manchmal dachte ich, mehr als mich. Es war seine Mission, Leben zu retten. Viele Ärzte arbeiten nur begrenzt und für absehbare Zeit im Notdienst. Thomas konnte nicht genug davon bekommen. Er sagte immer, nirgendwo könne man effektiver Leben retten. Allerdings war es für ihn gleichermaßen eine Tragödie, wenn er nicht helfen konnte, also wenn er zu spät kam.«

»Wenn er zu spät kam?«

»Nun ja, hin und wieder fordern die Angehörigen oder Umstehenden zu spät Hilfe an. Meistens steht der Schock dem spontanen Handeln im Weg. Dann kann der Arzt im schlimmsten Fall nur noch den Tod feststellen.«

»Geschieht so was häufig?«

Herbst schüttelte den Kopf. »Nein, natürlich nicht, aber hin und wieder schon.«

»Hm, können Sie sich da an einen speziellen Fall erinnern?«

Herbst dachte nach. »Nein, ich fürchte nicht. Ich weiß nur, dass Thomas einmal schockiert war, weil ihn Angehörige anzeigen wollten.« Er tippte sich an die Stirn. »Völlig absurd. Damit sind die nicht durchgekommen. Die Anzeige wurde abgeschmettert. Aber Thomas war außer sich damals.«

»Wissen Sie, wann das war und was passiert ist?«

Herbst legte die Stirn in Falten. »Ist bestimmt vier oder fünf Jahre her. War zu Beginn seiner Facharztausbildung. Genau erinnere ich mich nicht. Es ging dabei um einen jüngeren Mann, ich meine, es war ein Unfall. Aber reine Vermutung. Ich hab's nicht mehr im Kopf, weil die Anzeige ja, wie gesagt, gleich verworfen wurde. Es kam nie zu einem Verfahren und Thomas hat nicht darüber gesprochen. Sie wissen ja, ärztliche Schweigepflicht.«

»Wenn ich Sie wäre, ich würde mir einen Privatermittler suchen. Sie könnten auch mich engagieren, wo ich schon da bin. Ich habe der Kripo bereits einige Male unter die

Arme gegriffen, müssen Sie wissen. Kommissar Herbracht ist beinahe so etwas wie ein Freund. Und sollten Sie rechtliche Beratung brauchen, meine Partnerin ist Rechtsanwältin. Wenn Sie sich dazu entscheiden sollten, meine Dienste in Anspruch zu nehmen.«

Herbsts Unterlippe zitterte. »Ich weiß nicht recht. Ich habe eine Freundin, die mich moralisch unterstützt.«

»Nichts für ungut, aber mit moralischer Stütze kommt kein Licht ins Dunkel.«

Herbst überlegte. »Vielleicht finden Sie tatsächlich etwas heraus, auch wenn ich nicht weiß, wie Sie das anstellen wollen. Möglicherweise fühle ich mich dann weniger hilflos. Wissen Sie, die Sanitäter, die auch am Unfallort waren, sind wie vom Erdboden verschluckt. Das haben Sie bestimmt auch gelesen.«

»Natürlich. Ich tu, was ich kann, das verspreche ich Ihnen.«

»Ich weiß gar nicht, ob ich Sie mir leisten kann, Frau Senkrecht. Ich habe noch nie mit einer Privatdetektivin zu tun gehabt.«

»Darüber brauchen Sie vorläufig nicht nachzudenken. Noch habe ich nichts getan. Sie lassen Ihren Partner vom Beerdigungsinstitut Schulz bestatten, nicht wahr?«

»Woher wissen Sie …?«

»Ich sagte doch, ich finde alles raus. Gibt es schon einen Beerdigungstermin?«

»Die Einäscherung ist für Donnerstag geplant. Ich habe mir im Oberräder Friedwald eine wundervolle Buche ausgesucht. Dort wird Thomas' letzte Ruhestätte sein. Die Beerdigung findet am Freitag um 10 Uhr statt, allerdings im kleinsten Kreis. Er hätte es so gewollt. Bitte respektieren Sie das.«

Karla legte sich eine Hand aufs Herz. »Selbstverständlich.«

*

Am Schwalbenschwanz, 19:30 Uhr

»Warum beobachtest du mich die ganze Zeit so aufdringlich?«, fragte Beate Pauli und wischte sich die Lippen mit einer Serviette ab. »Hängt mir was am Mund?«

»Ich wollte nur wissen, ob es dir schmeckt«, antwortete Karla.

»Was soll denn an diesem Käsebrot nicht schmecken?« Beate drehte es hin und her. »Ich kenne dich, Karla. Du hast mir was zu sagen. Hat der Physiotherapeut bei deiner Recherche einen Bandscheibenvorfall diagnostiziert?«

»Ein Therapeut diagnostiziert nicht, er repariert, versucht es zumindest.«

»Repariert? Du bist doch kein Auto.«

Karla verdrehte die Augen. »Meine Güte, dreh mir doch nicht jedes Wort im Mund rum, dann therapiert er halt. In meinem Fall hatte er allerdings wenig zu tun, nur ein paar Übungen für den Rücken, sauschwer, kann ich dir sagen. Ich kann sie dir gerne zeigen, können ja nicht schaden.«

»Lass, Karla, ich komme zurecht.«

»Ich meine es nur gut. Ansonsten, wie gesagt, reine Recherche.«

»Hm, dann ist der Therapeut vermutlich ein Krimineller?«

»Erinnerst du dich eventuell an den brutalen Mord neulich im Diplomatenviertel? Du selbst hast mir den Artikel darüber in der Zeitung gezeigt.«

»Ach ja, richtig. Der Mord an dem Notarzt. Eine grausame Tat. Ich beneide meine armen Kollegen nicht. Ich bin froh, dass ich keine Strafsachen mehr bearbeite.«

»Beate, mir geht's umgekehrt. Mich langweilen diese dämlichen Observierungen von Fremdgehern. Ich brauche was Spannendes. So eine Mordsache reizt mich.«

Beate lehnte sich seufzend auf ihrem Stuhl zurück und verschränkte die Arme. »Du willst es loswerden. Also, erzähl.«

Karla griff nach ihrer Zigarillo-Packung. Beate quittierte das mit einem tödlichen Blick. »Untersteh dich. Du hast doch wohl nicht vergessen, dass wir einen Balkon besitzen?«

»Und das alles, nachdem mich der Therapeut so geschunden hat?«, Karla stemmte sich stöhnend hoch. »Gut, würdest du mir bitte nach draußen folgen?« Sie deutete eine höfliche Verbeugung an.

Beate grinste, erhob sich ebenfalls und begleitete Karla auf den Balkon.

»Setz dich auf den linken Stuhl, damit du den Rauch nicht abbekommst. Der Wind kommt von links.«

»Du bist ja rührend um mich besorgt. Steck das Ding endlich an und leg los.«

Karla zündete sich ihr Zigarillo an, inhalierte und blies wohlig seufzend den Rauch aus. »Dieser Herbst ist meiner Meinung nach harmlos.«

Beate war verwirrt. »Wieso Herbst? Es ist doch Sommer.«

»Herbst ist der Name des Physiotherapeuten.«

Beate war irritiert. »Du redest in Rätseln, Karla. Ich dachte, es geht um den Tod des Arztes? Ich weiß nur, dass du aus Recherchegründen zur Physiotherapie wolltest. Wenn du also darüber reden möchtest, wäre es vernünftig, am Anfang anzufangen.«

»Herbst war der Lebensgefährte von Wacker. Das ist der tote Notarzt. Ich habe ihm gesagt, dass ich mich gern umschaue und dass er, falls er juristische Hilfe braucht…«

»Karla, das ist nicht dein Ernst. Du hast es nötig, Werbung für uns zu machen?«

»Wäre das so schlimm?«

»Ich habe ausreichend Mandanten. Außerdem weißt du doch, dass ich an Strafsachen nicht interessiert bin.«

»Ich habe es ja auch nur erwähnt.« Karla räusperte sich und wedelte den Rauch ihres Zigarillos weg. »Ich würde niemals Werbung für dich machen. Wo denkst du hin! Eine so angesehene Anwältin wie du. Wenngleich ich es besser fände, wenn du dich wieder ernsten Angelegenheiten widmen würdest.«

»Du empfindest nur Strafsachen als ernst?«

»Du warst eine der Besten. Das darf man nicht vergessen. Aber natürlich habe nicht ich das zu entscheiden. Wie könnte ich …?«

»Hör auf damit. Ich weiß, was ich will, und vor allem, was ich nicht will.«

»Schon gut. Ich denke jedenfalls, Herbst leidet unter dem Tod seines Partners. Sollte er etwas damit zu tun haben, wäre er ein verdammt guter Schauspieler. Jedenfalls nimmt er meine Hilfe an. Na ja, er hat sie zumindest nicht abgelehnt, das ist doch schon was.«

Beate verschränkte die Arme vor der Brust. »Du hast dich ihm also regelrecht aufgezwungen?«

»Von Zwang kann keine Rede sein.« Karla lachte verschmitzt. »Ich habe ihm bloß meine Vorteile angepriesen. Wenn die Auftraggeber nicht zu mir kommen, muss ich mich eben selbst um Aufträge kümmern. Ich werde auch gewiss keine horrende Rechnung ausstellen. Es geht mir dabei eher darum, mir selbst etwas zu beweisen.«

»Pass bloß auf dich auf. Dieser Mord war mehr als brutal. Ruckzuck gerätst du in Gefahr. Auch wenn du Zigarillos rauchst, bist du mir doch ziemlich ans Herz gewachsen.«

»Eine Liebeserklärung aus deinem Mund? Spaß beiseite, um mich brauchst du dich nicht zu sorgen.«

»Glaubst du, die Sanitäter stecken mit drin? Oder meinst du, sie sind auch …?«

»Tot? Das versuche ich herauszufinden. Sag, kommt es oft vor, dass Ärzten unterlassene oder zu späte Hilfeleistung unterstellt wird?« Karla blies Rauch aus.

Beate wiegte den Kopf hin und her. »Oft – das würde ich nicht sagen. Klar, hin und wieder gibt es eine solche Klage. Eher klagen Patienten nach verpfuschten Operationen. Wieso?«

»Der Wacker hatte da wohl vor vier oder fünf Jahren eine Anzeige laufen. Ist nichts draus geworden. Könntest du eruieren, was da passiert ist?«

»Welcher Anwalt war das denn?«

»Keine Ahnung, der Herbst erinnert sich nicht, weil es kein Verfahren gab.«

»Moment, ich soll rausfinden, wer den Wacker angezeigt hat und welcher Anwalt die Sache in die Hand genommen hat? Karla, das ist mehr als naiv. Weißt du denn nicht, wie viele Anwälte es in Frankfurt gibt?«

»Schon gut, hätte ja sein können, dass du rein zufällig was davon gehört hast.«

KAPITEL 7

Dienstag, 25. Juni, Diplomatenviertel, 13:11 Uhr

Erneut trieb es Karla zum Tatort. Sie stellte ihr Auto dort ab, wo vermutlich in jener Nacht auch der Notarztwagen gestanden hatte, am Ende der Günther-Groenhoff-Straße. Allerdings an deren Rand, nicht in der Mitte. Sie stieg aus und sah sich um. Die Straße war schmal und von den hohen Hecken der Einfamilienhäuser begrenzt. Die gut situierten Bewohner legten offensichtlich Wert auf Privatsphäre. Kein Wunder, dass niemand den Krankenwagen bemerkt hatte. Karla steckte sich ein Zigarillo an, lehnte sich gegen ihr Auto und dachte nach. Der Krankenwagen war vor dem Notarzt eingetroffen. Karla ging ein paar Meter bis zur angrenzenden Frauenlobstraße. Was hätte sie anstelle des Notarztes getan? Nachdem auch in der Frauenlobstraße kein Zeichen eines Unfalls zu erkennen gewesen war, wie sie von Herbracht erfahren hatte, hätte sie bei der Einsatzleitung angerufen. Das wiederum hatte der Notarzt nicht getan. Was war geschehen, dass er sich dazu entschieden hatte, den Park zu betreten? Er muss etwas Verdächtiges bemerkt haben, aber was? Das Eckgrundstück nahe dem Parkeingang war von einer hohen Sandsteinmauer umgeben, weshalb es von ihrem Standpunkt aus nicht möglich war, den Park zu überblicken. Also musste es eine andere Wahrnehmung gewesen sein, die Wacker veranlasst hatte,

Richtung Park zu gehen. Es musste ihm dringlich vorgekommen sein, denn als zuverlässiger Arzt, als der er beschrieben wurde, hätte er sonst garantiert die Zentrale informiert. Karla lief an der Sandsteinmauer des Eckhauses entlang und um die Ecke, zum Eingang des Parks. 20 Meter neben dem Leichenfundort stand eine Bank. Sie steuerte darauf zu, setzte sich und zog erneut an ihrem Zigarillo, während sie versuchte, sich die Mordszene vorzustellen. In der Nacht musste es hier stockfinster sein, keine einzige Laterne weit und breit. Lediglich das Licht der hinter hohen Bäumen verborgenen Straßenlaternen der Ginnheimer Landstraße fiel vermutlich diffus auf die ersten Meter des Parks. Die einzige Möglichkeit, die Karla plausibel erschien, waren Geräusche, die der Arzt vernommen hatte. Hilferufe vielleicht? Warum sonst hätte der Mann mitten in der Nacht im Dunkeln hierherlaufen sollen? Der oder die Mörder hatten ihn hergelockt, ohne Zweifel. Karla war überzeugt, dass der oder die Täter nicht irgendeinen Notarzt hatten ermorden wollen, sondern gezielt Thomas Wacker. Er war in eine tödliche Falle geraten. Und die Sanitäter? Möglicherweise hatten sie einfach Pech gehabt, dass ausgerechnet sie mit Wacker gemeinsam zum Einsatz gerufen worden waren. Doch wenn sie lebten, wo hatte man sie hingeschafft? Wenn sie davon ausging, dass die beiden nicht die Täter waren. Es half alles nichts, Karla musste sich ein Bild von den Lebenssituationen der beiden machen.

*

Eschersheimer Landstraße, 14:30 Uhr

Karla stand vor dem Mehrfamilienhaus, in dem Familie Mischnik wohnte. Nach zweifachem Klingeln ertönte eine knarzende Stimme in der Sprechanlage, die wegen des dichten Verkehrs nur schwer zu verstehen war. »Hallo?«

Karla beugte sich dicht ans Mikro. »Karla Senkrecht, ich bin Privatermittlerin und habe ein paar Fragen zu Anja Mischnik. Spreche ich mit ihrer Mutter?«

»Die Kripo war bereits da«, antwortete die weibliche Stimme, ohne auf die Frage einzugehen.

»Ich kümmere mich explizit um Vermisstenfälle. Ich werde Sie nicht lange belästigen. Aber ich denke, ich kann Ihnen vielleicht helfen.«

»Fünfter Stock.« Der Summer ertönte und die Haustür sprang auf.

Karla stöhnte, nachdem sie das Haus betreten hatte, und blickte am Handlauf die Treppe empor. Sie schätzte, dass das Haus in den 30er-Jahren erbaut worden war, mit hohen Decken und dementsprechend vielen und vor allem ausgetretenen Holzstufen. Einen Lift suchte man vergeblich. Ächzend stieg Karla die Stufen hinauf. Sie schwitzte vor Anstrengung und überlegte, ob sie sich nicht doch in Behandlung von Herrn Herbst begeben sollte. Denn dieses Mal tat ihr das Kreuz wirklich weh.

Die Frau, mit der sie vermutlich gerade gesprochen hatte, stand in der Wohnungstür, als Karla mit hochroten Wangen die letzte Stufe erklomm, sich Luft zufächelte und keuchend sagte: »Ganz schön weit oben und dann Altbau. Frau Mischnik?«

»Die bin ich. Sie sind also Detektivin? Können Sie sich ausweisen?«

Karla zog ihr Zertifikat und ihren Ausweis aus der Tasche und reichte beides der kleinen Frau, die mit ausdrucksloser Miene auf die Papiere starrte.

»Na schön, kommen Sie rein«, sagte sie und gab Karla die Dokumente zurück.

Durch einen engen Flur folgte sie der Frau in einen kleinen, von einer Jalousie abgedunkelten Wohnraum, in welchem Frau Mischnik ihr bedeutete, in einem Sessel Platz zu nehmen.

Karla ließ sich dankbar fallen. »Die Treppenstufen würden mich um den Verstand bringen. Haben Sie sie gezählt?«

»Uns stören sie nicht. Wir leben schon seit über 30 Jahren in dieser Wohnung.«

Karla ließ ihre Blicke durch das mit bunt zusammengewürfelten Möbelstücken überfüllte Wohnzimmer schweifen.

Mischnik kommentierte: »Unsere Tochter ist vor Kurzem wieder bei uns eingezogen, da mussten wir ein paar Möbelstücke von ihr in unserer Wohnung verteilen. Anja hat einen anderen Geschmack, müssen Sie wissen«, entschuldigte sich Frau Mischnik.

»Ja, ja, die Jugend«, ergänzte Karla.

Frau Mischnik setzte sich an einen Tisch, auf dem ein angefangenes Puzzle verteilt war. »Ich versuche, mich abzulenken«, sagte sie tonlos. »Dabei mag ich gar keine Puzzles. Aber Anja hat es mir letztes Jahr zu Weihnachten geschenkt.« Ihre Augen füllten sich mit Tränen, als sie leise hinzufügte: »Es soll fertig sein, wenn sie nach Hause kommt.«

»Natürlich.«

»Können Sie mir bitte sagen, weshalb Sie hergekommen sind, Frau …? Habe ich das richtig verstanden – Senkrecht?«

»Das haben Sie.«

»Arbeiten Sie mit der Polizei zusammen?«

»Das kann man in etwa so sagen. Mein Spezialgebiet sind Vermisstenfälle. Als Erstes sehe ich mich im Umfeld der vermissten Personen um. Es tut mir leid, dass Ihre Tochter verschwunden ist. Ist kein gutes Gefühl, nicht zu wissen, wie es dem eigenen Kind geht. Es ist noch nicht allzu viel Zeit vergangen. Und die Kripo geht ganz sicher davon aus, dass Ihre Tochter und ihr Kollege am Leben sind.« Karla ärgerte sich über ihre ungeschickten Worte. Sie war nicht gut im Trösten und erntete das Resultat unmittelbar.

Mischnik begann zu schluchzen. »Es ist einfach grauenvoll! Sie ist unsere einzige Tochter!« Sie zog ein benutztes Taschentuch aus dem Ärmel ihrer Bluse und schnäuzte sich. »Die haben die beiden nicht gefunden. Der Arzt …« Sie zog geräuschvoll die Nase hoch. »Der Arzt ist ermordet worden. Und es war ein gemeinsamer Einsatz. Wieso also sollte Anja da …? Ich meine, ich bin nicht sicher, ob sie wirklich noch lebt … Oh mein Gott, können Sie sich auch nur annähernd vorstellen, durch welche Hölle ich gehe? Keine Ahnung zu haben, wo sie ist, ob sie leidet. Ob sie misshandelt wurde.« Sie fuhr flüsternd fort. »Vielleicht ist sie in die Fänge eines Menschenhändlerrings geraten. Dann … dann werden wir sie nie wiedersehen. Vielleicht wurde sie längst ins Ausland verschleppt, in den Jemen oder sonst wohin.« Sie weinte hemmungslos, und Karla rutschte unsicher auf ihrem Sessel herum.

»Denken Sie sich nicht so viel schlimme Dinge aus. Ich sage Ihnen eins: Solange keine Leiche gefunden wird, wird niemand für tot erklärt. Wir dürfen nicht vom Schlimmsten ausgehen. Hören Sie?« Karla hoffte inständig, dass sich die Frau bald beruhigen würde. Sie konnte beinahe mit allem umgehen, nicht aber mit verzweifelten Menschen.

Mischnik tupfte sich die Augen trocken. »Die von der Kripo sagten, da waren keine Spuren. Da war einfach nichts. Die können sich nicht in Luft aufgelöst haben. Die haben diese Spezialhunde. Man hört immer, die finden alles. Und ich schaue oft solche Dokumentationen über wahre Verbrechen. Da sieht man immer, dass sie alles herausfinden. Allein schon durch die DNA-Spuren.«

»Richtig.«

»Die finden sogar die kleinsten Hautschuppen und erst recht Haare. Meine Tochter hat sich die Haare pink gefärbt. Das fällt auf, verdammt. Da müsste man mindestens ein Härchen gefunden haben. Aber ausgerechnet bei meiner Tochter nicht. Bitte überlegen Sie sich das mal, Frau Senkrecht, nichts. Das kann nicht wahr sein. Ich, ich glaube, die wissen längst mehr, als sie meinem Mann und mir sagen. Was würden Sie denn denken, in meiner Situation?«

»Im Freien ist das alles nicht ganz so einfach, zumal in diesem Gebiet viel Gebüsch wächst«, antwortete Karla. »Vielleicht bekomme ich etwas heraus. Deswegen ist es wichtig, dass ich so viel wie möglich über Ihre Tochter erfahre. Damit ich mich in sie hineinversetzen kann. Vertrauen Sie mir.«

»Haben Sie Kinder, Frau Senkrecht?«

»Nein.«

»Dann können Sie sich nicht im Entferntesten vorstellen, was wir gerade durchmachen. Wenn man sie … Ich meine, wenn ihr etwas zugestoßen ist, will ich nicht länger leben. Das … das habe ich mir geschworen«, stotterte Mischnik.

»Sagen Sie bitte so was nicht, das dürfen Sie nicht denken. Das würde Ihre Tochter nicht wollen. Ich habe im Gefühl, dass wir sie finden werden, und dann wird sie Sie brauchen.« Karla schwieg einen Moment lang und versuchte vom Gesicht der Mischnik die Wirkung ihrer Worte abzulesen. Tatsächlich schien sich die Frau ein wenig zu beruhigen.

»Darf ich Sie etwas fragen?«

»Ja«, antwortete Mischnik.

»Hatte Ihre Tochter in letzter Zeit Probleme? Vielleicht Ärger im Job, mit einem Kollegen oder Arzt?«

Mischnik schien nachzudenken, schüttelte aber den Kopf. »Nein, nicht dass ich wüsste. Falls Sie das denken, sie ist kein schwieriger Mensch. Sie ist anpassungsfähig und ja, sie liebt ihre Arbeit.«

»Gut. Wie gesagt, ich versuche, mir einen möglichst genauen Eindruck zu verschaffen. Kennen Sie den Kollegen Ihrer Tochter?«

»Sie meinen den, der mit ihr an jenem Tag Dienst hatte und auch verschwunden ist?«

»Genau den.«

»Nein, ich kenne ihn nicht. Anja war in letzter Zeit nicht besonders gesprächig. Allerdings habe ich mitbekommen, dass er sie ein paarmal angerufen hat.« Mischnik stutzte. »Moment, das bemerke ich gerade erst. Ja, vielleicht hatte sie tatsächlich Probleme. Mein Mann sagte, sie sei interveniert.«

»Inter… was?«

»In sich gekehrt.«

»Ah, introvertiert.«

»Wenn das so heißt, dann ja. Sie verstehen, was ich sagen will.«

»Na klar.«

»Anja war nie die große Rednerin. Sie ist aber immer stiller geworden. Ich sagte ihr kürzlich: ›Anja‹, sagte ich, ›rede mit mir. Du kannst mir alles sagen, Kind.‹ Aber sie guckte mich verständnislos an. Verstehen Sie, was ich meine? Dann schimpfte ich mit ihr. Wie konnte ich? Ihr Vater, also mein Mann, war streng zu ihr.« Sie fixierte Karla, als sie weitersprach. »Er hat das nicht böse gemeint. Er dachte halt, dass man ein Kind so erziehen muss, besonders da sie ein Einzelkind ist. ›Nichts ist schlimmer als verzogene Einzelkinder‹, sagt er. Ich dachte, dass er schon recht hat. Ich bin so erzogen worden, dass man Respekt haben soll vor seinem Ehemann.«

Karla staunte. »So alt sind Sie doch gar nicht. Das klingt recht antiquiert!«

»Anti… was?«

»Altmodisch, ich meine altmodisch.«

»Ich weiß. Ich sage ihm auch oft, dass ich das nicht so gut finde, aber er lässt nicht mit sich reden. Hätte mein Vater auch nicht. Er war meinem Mann in vielerlei Hinsicht ähnlich.«

Karla verstand. »Man sucht sich oft Partner, die den eigenen Eltern ähneln. Ich habe es nicht getan und darüber bin ich froh. Aber ich kann Sie verstehen.«

»Wenn Anja nur wiederkommt. Ich bin schuld daran, dass sie fort ist. Ich hätte mich viel mehr um sie kümmern müssen.« Mischnik begann zu weinen. »Sie soll zu mir zurückkehren. Ich habe so viel falsch gemacht. Ach Gott, sie soll bitte zu mir zurückkehren. Ich werde alles wiedergutmachen. Frau Senkrecht, bitte helfen Sie mir. Finden Sie mein Kind. Ich würde Anja nie im Stich lassen. Glauben Sie mir das?«

»Natürlich. Aber warum sagten Sie, Sie haben mit ihr geschimpft? Inwiefern denn?«

»Ach, wegen ihrer Haarfarbe und dann dieses Piercing am Nasenflügel. Das passt gar nicht zu ihr. Aber sie ist ja jung. Ich hätte dazu von mir aus auch nie was gesagt. Aber mein Mann, glauben Sie mir, mein Mann ist richtig wütend geworden. Er warf mir vor, dass ich als Mutter bei der Erziehung versagt hätte. Und, na ja, ich wollte natürlich keinen Stress mit ihm. Anstatt zu ihr zu stehen, habe ich ihr also deswegen Vorwürfe gemacht. Das tut mir so unendlich leid.« Erneut zitterten ihre Mundwinkel.

Karla beeilte sich, die nächste Frage zu stellen. »Wie alt ist Anja?«

»Sie wird im Herbst 26.«

»In dem Alter hat man merkwürdige Ideen. Ich wollte mir die Haare grün färben. Das hätte zu Hause auch Ärger gegeben. Darf ich fragen, warum sie zu Ihnen zurückgekehrt ist? Ich meine, in dieses doch recht strenge Elternhaus? War sie denn nicht froh, endlich auf eigenen Füßen zu stehen?«

Mischnik putzte sich die Nase. »Natürlich. Aber sie war verliebt. Die Beziehung ging kaputt. Das hat sie aus der Bahn geworfen. Nach der Trennung hat sie sich äußerlich stark verändert. Ich bin zwar nicht so hart wie mein Mann, aber ich fand ihre Haarfarbe auch entsetzlich, und das weiß sie.«

»Jetzt machen Sie sich keine so großen Vorwürfe. Fehler passieren, das ist menschlich und es ist gewiss nicht der Grund dafür, dass Ihre Tochter verschwunden ist.«

»Ich wollte nichts Falsches tun. Ich wollte zwischen ihr und meinem Mann immer vermitteln. Ich wollte, dass mein Mann endlich stolz auf sie ist und ihr das zeigt. Sie hat doch bewiesen, was sie kann. Sie ist eine gute Sanitäterin. Mein Mann war aber auch damit nicht zufrieden. ›In ihrem Alter sollte man eine Familie gründen und nicht bei den Eltern wohnen‹, waren seine Worte.«

»Ist Ihre Tochter normalerweise zuverlässig?«

»Wie meinen Sie das?«

»Ich meine, würde sie aus heiterem Himmel untertauchen?«

»Nein. Schon gar nicht würde sie einfach von der Arbeit verschwinden. Für ihren Job tut sie alles. Sie ist schon oft für Kollegen eingesprungen und immer gelobt worden. Ihr war keine Arbeit zu viel. Wortlos verschwinden, dazu von einem Einsatz? Nie!«

»Wissen Sie, ob sie Medikamente nimmt?«

»Sie meinen so was wie die Pille?«

Karla verneinte. »Beruhigungsmittel?«

»Keine Ahnung, ich glaube nicht. Ach herrje, nicht auch das noch. Das hätte ich doch bemerkt. Im Badezimmer ist jedenfalls nichts. Ich habe dort gerade die Schränke geputzt.«

»Würden Sie mir ihr Zimmer zeigen?«

»Es ist nicht aufgeräumt. Sie mag nicht, wenn ich da reingehe.« Sie stand auf. »Aber bitte, kommen Sie.«

Das Zimmer von Anja roch muffig. Der Rollladen war fast vollständig heruntergelassen. Lediglich ein paar Lichtschlitze ließen ein wenig Tageslicht durchscheinen. Als Mischnik die Deckenbeleuchtung einschaltete, blickte Karla auf ein durchwühltes Bett mit schwarzer Bettwäsche. Überhaupt war in diesem Zimmer alles dunkel gehalten. Ein schwarzer Zweisitzer mit schwarzen Kissen, eine Tischlampe mit schwarzem Lampenschirm.

»Ziemlich düster. Steht sie auf Gothic?«

»Auf was?«

»Trägt sie in ihrer Freizeit Schwarz? Lange schwarze Gewänder?«

»Schwarze Jeans hat sie eine ganze Menge und auch schwarze T-Shirts. Aber keine langen Kleider oder so was.«

Karla fächelte sich Luft zu. »Bisschen stickig. Draußen sind es über 30 Grad. Wollen Sie nicht etwas Luft reinlassen?«

Die Mischnik lehnte ab. »Anja hat Angst vor Mücken. Sie könnte jeden Moment wiederkommen. Sie glauben doch auch nicht, dass sie tot ist. Das sagten Sie doch, oder?«

»Natürlich glaube ich das nicht!« Karla wischte sich mit dem Taschentuch den Schweiß von der Stirn. »In diesem Juni ist es aber auch zu heiß!«

Frau Mischnik begann erneut zu schluchzen. »Verzeihen Sie bitte, sie fehlt mir so. Ich will nichts verändern. Können wir bitte wieder rausgehen?«

»Natürlich.«

Mischnik löschte das Licht und schloss die Tür von außen.

»Ich danke Ihnen für Ihr Vertrauen, Frau Mischnik. Ich kann mir Ihre Tochter jetzt einigermaßen vorstellen. Wenn ich etwas in Erfahrung bringe, teile ich Ihnen das umgehend mit – wenn Sie möchten, dass ich mich reinhänge. Im schlimmsten Fall wird aus den Ermittlungen ein Cold Case. Dann werden Sie froh sein, wenn jemand weiterhin nach ihr sucht.«

»Ein was?«

»Cold Case. Damit ist ein Fall gemeint, der zu den Akten gelegt wird, wenn eine Person nicht für tot erklärt, aber auch nicht gefunden wurde. Dann kümmert sich die Polizei nicht mehr direkt um den Fall, sondern nur, wenn es neue Spuren gibt.«

Mischnik schlug die Hände vors Gesicht.

»Es tut mir leid, ich wollte Sie nicht noch mehr beunruhigen. Es wird bestimmt alles gut.«

Mischnik nahm spontan Karlas Hände und drückte sie. »Finden Sie Anja bitte. Ich vertraue Ihnen.«

KAPITEL 8

Mittwoch, 26. Juni, Polizeipräsidium, 9:05 Uhr

Das Telefon auf Kommissar Herbrachts Schreibtisch klingelte. »Herbracht? … Moment, mit wem spreche ich denn? … Sind Sie da ganz sicher? … Das ist kaum zu glauben. Ja, behalten Sie sie bitte da, wir fahren gleich los. Bis gleich!« Herbracht hängte ein. »Das gibt's doch nicht!«

»Hört sich geheimnisvoll an. Warum müssen wir uns sofort auf den Weg machen?«, wiederholte Dragovic. »Und wohin überhaupt?«

»Das ist einfach unglaublich. Das war ein Anruf vom Bezirksrevier Oberrad. Die Kollegen sind zum dortigen Krematorium gerufen worden, weil da – so wörtlich – eine Verrückte aufgetaucht ist, die behauptet, einen Kollegen getötet zu haben.«

»Und was haben wir damit zu tun?«

»Ihr Name ist Anja Mischnik.«

»Bitte was?«

»Unglaublich, nicht? Der Kollege hat zum Glück sofort geschaltet. War auch nicht allzu schwer, weil nach den beiden großräumig gefahndet wird.«

Dragovic sprang auf. »Ich fasse es nicht. Beeilen wir uns.«

Kaum hatte Dragovic die Beifahrertür des Dienstwagens zugeworfen, aktivierte Herbracht das Martinshorn.

»Du sagst, sie ist vorm Krematorium aufgetaucht?«

Herbracht gab Gas. »Jetzt mach doch Platz«, schimpfte er, während er sich durch den Verkehr schlängelte. »Los, aus dem Weg! – Was sagst du, Mia?«

»Das Krematorium liegt doch am Rand von Oberrad, oder? Merkwürdig, dass sie ausgerechnet dort hingegangen ist.«

»Sie war vermutlich in der Nähe … Herrgott, diese Autofahrer. Die kapieren nicht, dass sie den Weg freimachen müssen!« Herbracht trat aufs Gas.

»He, Vorsicht, oder willst du statt mit dem Auto auf einer Liege zum Krematorium?« Mia fächelte sich Luft zu.

»Makaber, Mia, makaber.«

Der blonde Mann, der ihnen entgegentrat, nachdem Herbracht den Dienstwagen im Hof geparkt hatte, stellte sich als Göran Johansson vor. »Ich bin der Inhaber des Krematoriums.«

»Herbracht, Kripo Frankfurt.« Er deutete auf seine Kollegin. »Mia Dragovic. Stammen Sie aus Norwegen?«, fragte Herbracht.

»Schweden.«

»Wo ist die junge Frau?«

»Ihre Kollegen sitzen mit ihr da drin.« Er wies mit dem Kopf auf eine verschlossene Tür. »Mein Büro. Kommen Sie bitte mit. Ich bin froh, dass Sie da sind. Was für ein Schreck heute Morgen.«

»Können Sie uns, bevor wir da reingehen, kurz schildern, was geschehen ist?«

»Ich habe die Frau entdeckt, als ich heute Morgen in den Hof gefahren bin. Das war vor etwa eineinhalb Stunden. Ich bin morgens immer der Erste. Ich bin Frühaufsteher und mache gern im Büro schon den Papierkram fertig. Sie hat vorm Eingang gestanden. Ich muss sagen, ich war ganz schön erschrocken über ihren Zustand. Sie war völlig orientierungslos, schmutzig und verletzt. Sie weinte und faselte Unverständliches. Ich wollte ihr helfen und nahm sie mit in mein Büro. Und plötzlich sagte sie, sie habe ihren Kollegen umgebracht. Können Sie sich vorstellen, wie ich erschrak? Es hat mich fast umgehauen. Ich habe – ich glaube, es war vorgestern – die Hessenschau gesehen und wusste, dass nach zwei Sanitätern gesucht wird. Mir war schnell klar, dass sie eine der Personen sein muss, die gesucht werden, zumal sie pinkfarbene Haare hat. Außerdem trägt sie Arbeitskleidung. Ziemlich verdreckte Kleidung. Mehr als diesen einen Satz habe ich aus ihr nicht rausbekommen, wollte ich auch nicht. Die Frau ist mir echt unheimlich. Ich habe die Polizei in Oberrad verständigt, wusste nicht, dass ich direkt die Kripo hätte rufen sollen.«

»Kein Problem, Sie haben alles richtig gemacht«, entgegnete Herbracht »Wir gehen jetzt rein.«

»Tun Sie das.«

Als Herbracht die Tür öffnete, kam sogleich einer der Beamten auf ihn zu und sagte leise: »Swen Güttner, sie hat Johansson nicht nur die Tötung gestanden, die Kollegen haben die Leiche am von ihr beschriebenen Ort bereits gefunden. Momentan ist aus ihr nichts rauszuholen. Sie ist völlig apathisch. Wahrscheinlich Schockzustand.«

Die in sich auf einem Stuhl zusammengesunkene Frau mit den pinkfarbenen Haaren schien nicht zu bemerken, dass Herbracht und Dragovic hinzugekommen waren. Den Blick starr auf den Boden geheftet, verharrte sie in einer Art Schockstarre.

Herbracht trat nah an sie ran. »Mein Name ist Herbracht von der Kriminalpolizei. Sind Sie Anja Mischnik?«

Wie in Zeitlupe hob die junge Frau den Kopf und sah Herbracht mit leerem Blick an. Ihr Gesicht war voller Prell- und Schürfwunden, auch die Hände waren blutverkrustet.

»Hören Sie mich, Frau Mischnik?«

Die Frau zeigte keine Regung.

»Würden Sie bitte antworten?«

Schleppend lallte sie: »Ja, ich höre Sie.«

Herbracht nahm sich einen Stuhl, drehte die Lehne zu Mischnik und setzte sich verkehrt herum darauf, die Arme auf die Lehne gestützt. »Sind Sie Anja Mischnik?«

»Ja.«

»Können Sie mir sagen, was passiert ist, Frau Mischnik? Wir haben tagelang nach Ihnen gesucht. Ihre Eltern sorgen sich um Sie.«

»Ich habe denen schon alles gesagt«, antwortete sie tonlos.

»Ich muss Sie dennoch bitten, auf meine Fragen zu antworten. Wir suchen seit sechs Tagen nach Ihnen und Ihrem Kollegen. Wo waren Sie die ganze Zeit?«

Mischnik knetete ihre Hände, starrte darauf. »Ich … ich weiß es nicht.«

»Darf ich dazu etwas sagen?«, fragte Johansson leise.

»Nur zu«, sagte Herbracht.

»Vorhin sagte sie, sie hätten die Tage an den Bahnschienen verbracht.«

Herbracht wandte sich an Mischnik. »Haben Sie gehört, was Herr Johansson sagte?«

Mischnik schüttelte den Kopf.

»Frau Mischnik, die Kollegen haben uns gerufen, weil Sie gestanden haben, jemanden getötet zu haben. Der Mann dort«, er deutete auf Johansson, »ist der Inhaber dieses Krematoriums. Sie sind heute Morgen hierhergekommen und haben ihm erzählt, dass Sie Ihren Kollegen umgebracht haben. Erinnern Sie sich daran?«

Sie blickte zu Johansson, der an der Tür lehnte. Ihre Augenlider flackerten. »Ja, das tue ich«, sagte sie.

»Und Sie haben ihm gesagt, wo sich die Leiche befindet?«

Mischnik reagierte nicht.

»Bitte antworten Sie.«

»Ja, ja, habe ich.« Wieder fixierte sie Johansson, schien sich zu besinnen und fuhr fort: »Das stimmt.«

»Außerdem sagten Sie ihm, Sie hätten die Zeit im Freien verbracht. Korrekt?«

Mischnik wirkte irritiert, bestätigte dann aber.

»Frau Mischnik, warum haben Sie den Mann umgebracht?«

»Er … Ich weiß nicht.«

»Darf ich mich einmischen?«, fragte Johansson.

»Bitte«, sagte Herbracht.

»Vorhin wusste sie es, sie hat behauptet, er habe sie verschleppt und dann gefangen gehalten, mit der Absicht, sie zu vergewaltigen.«

»Waren Sie eingesperrt? Oder hat Ihr Kollege Sie gefesselt? An den Händen?«

Mischnik antwortete nicht.

»Können Sie bitte beide Arme ausstrecken?«

Mischnik streckte ihm beide Arme entgegen.

Herbracht nahm behutsam die Hände und drehte sie ein wenig.

»Ich sehe keine Schürfverletzungen an den Handgelenken.«

»Können Sie mir das erklären, Frau Mischnik? Wie hat er Sie im Freien gefangen gehalten, wenn Sie offenbar nicht gefesselt waren?«

Mischnick zuckte mit den Schultern.

»Stimmt es, dass Ihr Kollege Sie vergewaltigen wollte?«

Sie nickte kaum merklich.

»Und deswegen haben Sie sich gewehrt?«

»Ich glaube schon.«

»Wie haben Sie sich gewehrt?«

Keine Reaktion.

»Frau Mischnik, bitte konzentrieren Sie sich«, sagte Herbracht mit durchdringender Stimme.

»Ich habe ihn ins Gesicht getreten, bis er sich nicht mehr bewegt hat.«

»Waren Sie wütend?«

Erneut zuckte sie die Achseln.

»Sie müssen doch wissen, ob Sie wütend waren!«

»Ja, war wütend«, stammelte sie.

»Waren Sie mit ihm allein?«

»Ja … Ich habe solchen Durst.«

Johansson stand auf. »Ich kümmere mich darum.«

»Einen Moment«, bat Dragovic, trat zu Herbracht und flüsterte ihm etwas zu.

»Rufen Sie bitte auch einen Arzt, Herr Johansson«, sagte Dragovic daraufhin.

Sie kniete sich vor Mischnik hin. »Gleich kommt ein Arzt. Sie werden behandelt, dann wird es Ihnen besser gehen. Danach werden Sie sich bestimmt auch wieder erinnern.«

Mischnik musterte Dragovic verwundert. »Bin ich krank?«

»Sie sind verletzt.«

Johansson kehrte mit einem vollen Wasserglas zurück und gab es Mischnik, die es in einem Zug leerte.

»Einen Arzt habe ich gerufen«, sagte er, nahm das leere Glas entgegen und trug es hinaus.

»Frau Mischnik, wie haben Sie Ihren Kollegen getötet?«, hakte Herbracht nach.

»Ich weiß nicht.«

»Ich wiederhole, wie haben Sie Jannick Schmidt getötet? Eben sagten Sie, Sie hätten ihn getreten?«

Mischnik zuckte mit den Schultern. »Kann sein.«

Herbracht blickte auf Mischniks Schuhe. »Zieh sie ihr aus«, sagte er zu Dragovic.

Dragovic zog zwei Deba-Breathe-Tüten aus ihrer mitgebrachten Tasche hervor. »Ich ziehe Ihnen jetzt die Schuhe aus, Frau Mischnik.«

»Warum?«

»Wir müssen sie auf Spuren untersuchen. Sie bekommen sie so schnell wie möglich wieder.«

»Aber …«

Herbracht fiel ihr ins Wort. »Ich möchte, dass Sie sich jetzt konzentrieren. Reden wir über den Tag Ihres Verschwindens. Sie wurden zu einem Einsatz im Diplomatenviertel gerufen. In der Nacht vom 18. auf den 19. Juni. Erinnern Sie sich daran?«

»Ich weiß nicht genau.« Mischniks Lider zuckten und sie bedeckte die Augen für einen Moment mit ihren schmutzigen Fingern.

»Fahren wir fort. Vielleicht fällt es Ihnen dann wieder ein. Der Notarzt ist wenige Minuten nach Ihnen am Einsatzort erschienen. Zumindest ist er laut Zentrale etwas später losgefahren. Wo sind Sie mit ihm zusammengetroffen?«

Mischnik schien angestrengt nachzudenken. »Er war nicht da.«

Herbracht wischte sich mit einem Taschentuch über die feuchte Stirn und sah hilflos zu Dragovic. Schließlich fuhr er barsch fort: »Soll ich Ihnen was sagen, Frau Mischnik? Die ganze Geschichte stinkt. Sie sind sechs Tage lang nicht auffindbar, sagen dann, Sie hätten sich im Freien aufgehalten, wo Ihr Kollege sie gefangen hielt, aber wissen Sie was? Der Notarzt, der angeblich nicht bei Ihnen war, wurde am frühen Morgen des 19. Juni an Ihrem Einsatzort gefunden. Er lag auf dem Bauch. Um ihn herum eine riesige Blutlache.«

Mischnik schien aus ihrer Lethargie zu erwachen. »Warum?«

»Er wurde ermordet, Frau Mischnik, feige von hinten. Jemand hat ihn mit einem Messer niedergestochen.« Herbracht starrte ostentativ auf Mischniks Hände. »42 Mal hat der oder die Täterin zugestochen.«

»Er ist tot?«

»Er ist tot. Besitzen Sie einen Regenmantel?«, fragte Herbracht.

Mischnik legte die Stirn in Falten. »Nein, warum?«

»Großer Gott, einen Regenmantel? Gibt es einen Zeugen?«, fragte Johansson.

»Schweigen Sie bitte.«

Herbracht wandte sich erneut an Mischnik. »Frau Mischnik: Haben Sie Wacker auch auf dem Gewissen?«

Mischnik zitterte heftig.

Dragovic schickte Herbracht einen zornigen Blick. Sie

raunte: »Darf ich dich an verbotene Vernehmungsmethoden erinnern?«

»Ich mache nichts Verbotenes.«

»Doch, du quälst sie.«

Mischniks Unterlippe bebte. »Das kann nicht sein. Das kann nicht sein, das ist nicht wahr! Er war doch gar nicht da. Ich habe ihn doch nicht einmal gesehen! Er war nicht da! Neeeein!«, schrie sie und brach in Tränen aus.

»Kai, das geht wirklich zu weit, hör endlich auf«, mahnte Dragovic. »Sie hat einen Nervenzusammenbruch. Sie braucht sofort einen Arzt.«

Herbracht raufte sich die Haare. »Sorry, tut mir leid. Ich habe mich mitreißen lassen.«

Dragovic nahm Mischniks Hand. »Beruhigen Sie sich bitte. Kommen Sie, beruhigen Sie sich.«

Mischnik weinte bitterlich.

Dragovic reichte ihr ein Päckchen Taschentücher.

»Es tut mir leid, Frau Mischnik. Ich weiß, es geht Ihnen nicht gut. Aber ich bin Ermittler und bei einer so brutalen Tat, da sieht man einfach rot«, entschuldigte sich Herbracht unbeholfen.

Es dauerte eine ganze Weile, bis Anja Mischniks Weinkrämpfe nachließen. Schließlich sagte sie leise: »Niemand war da, niemand außer …«

Dragovic fiel ein leichtes Nervenzucken in ihrem Gesicht auf, eine kleine Veränderung.

»Ja?«, hakte Herbracht nach.

»Mein … mein Kollege … Wir haben nach dem Unfallort gesucht, denn dort, wo wir hinfahren sollten, war niemand zu sehen. Absolut niemand.«

»Und?«, animierte Dragovic sie mit sanfter Stimme weiterzusprechen.

»Wir liefen eilig in den Park. Und … Und …«, stotterte sie.

»Was ist passiert?«

Mischnik sank wieder in sich zusammen. »Ich weiß nicht mehr.«

»Haben Sie Medikamente genommen, Frau Mischnik?«, fragte Herbracht.

»Ich? Nein.«

Die Tür wurde geöffnet, eine junge Frau trat ein.

»'tschuldigung, der Arzt ist da.«

Der Notarzt trat mit zwei Sanitätern ein. »Ah, eine Kollegin, wie die Kleidung zu erkennen gibt«, sagte er und stellte seinen Medikamentenkoffer ab.

»Das ist doch Anja Mischnik«, bemerkte einer der Sanitäter. »Hallo, Anja! Was ist denn mit dir los?«

Mischnik schien keine Antwort darauf zu haben.

Der Arzt schaltete sich ein. »Guten Tag, Frau Mischnik, ich bin Dr. Wellner. Ich werde Sie jetzt untersuchen. Die Vorgehensweise kennen Sie als Sanitäterin.« Der Doktor sprach sanft, aber deutlich mit der Frau und hielt ihr eine Pupillenleuchte erst vor das eine, dann vor das andere Auge.

»Pupillen sind stark geweitet. Wahrscheinlich Beruhigungsmittel oder Ähnliches.«

»Also doch«, murmelte Herbracht.

»In dem Zustand hattest du nicht das Recht, sie zu verhören«, flüsterte Dragovic.

»Ist ja schon gut«, zischte Herbracht.

Dr. Wellner schob eine Fingerklemme auf Mischniks Zeigefinger und studierte nach wenigen Sekunden die Werte. »94, die Sauerstoffsättigung im Blut ist niedrig. Wie alt sind Sie, Frau Mischnik? … Frau Mischnik?«

»Ja?«

»Ich habe gefragt, wie alt Sie sind.«

»25.«

»Okay, wir nehmen Sie in jedem Fall mit. Die Sättigung ist für Ihr Alter gefährlich niedrig. Sie müssen gründlich untersucht werden. Ich werde Ihnen vorher etwas für den Kreislauf spritzen.« Er wandte sich an den Sanitäter. »Sie braucht eine Sauerstoffmaske.«

»Wird sofort erledigt.«

»Ich bin nicht fertig. Vielleicht könnte ich noch ein oder zwei Fragen stellen, wenn sie sich stabilisiert hat?«, intervenierte Herbracht.

»Klar, das wird allerdings eine Weile dauern, Gesundheit geht vor«, sagte der Notarzt. »Sie ist nicht lebensgefährlich verletzt, aber es geht ihr nicht gut.«

»Ich will nach Hause«, wimmerte Mischnik.

»Wir werden Sie morgen besuchen, Frau Mischnik, wenn es Ihnen besser geht. Wir haben weitere Fragen an Sie.«

Er wandte sich an Dragovic. »Wir brauchen einen Kollegen für ihre Überwachung im Krankenhaus. Kümmerst du dich darum?«

»Schon geschehen. Wird gleich eintreffen«, sagte Dragovic.

»Danke.«

»Schrecklich!«, raunte der Arzt. »Ich habe vom Mord an meinem Kollegen natürlich gehört. Das ganze Kollegium ist zutiefst erschüttert. Ist sie das gewesen?« Er blickte auf die apathische Frau hinab, die keinerlei Regung mehr zeigte.

»Wir wissen es nicht«, antwortete Herbracht.

Ein Polizist trat ein.

»Der Kollege wird Sie begleiten«, sagte Herbracht zu dem Notarzt. »Wohin bringen Sie sie?«

»Uniklinik«, antwortete Dr. Wellner.

Mischnik versuchte aufzustehen.

Der Arzt hielt sie auf. »Kommt überhaupt nicht infrage. Mit der Sauerstoffmaske ist es vernünftiger, wenn Sie liegen.« Er drehte sich im Hinausgehen zu Herbracht um. »Ich hoffe, sie ist es nicht. Ist ein echtes Scheißgefühl.«

»Wem sagen Sie das«, antwortete Herbracht.

»Oh Mann«, stöhnte Johansson, nachdem der Krankenwagen abgefahren war, »so etwas ist mir noch nie passiert. Was für ein Tag. Erst die Sache mit dem Notarzt, der auch kremiert werden soll, und dann steht plötzlich die gesuchte Sanitäterin vor mir und spricht davon, jemanden umgebracht zu haben. Das muss ich erst verkraften, djävlar!«

»Was sagten Sie?«, fragte Herbracht.

»Entschuldigung, übersetze ich besser nicht. Ich fluche gern. Eine so junge Frau und wer weiß, vielleicht hat sie den Arzt ja auch auf dem Gewissen. Helvete!«

»Schon wieder ein Fluch?«

»Besser auf Schwedisch als auf Deutsch, oder? Sie ist so ein junger Mensch und schon so abgebrüht. Wie traurig. Die armen Eltern.«

»Der Notarzt wird eingeäschert?«, fragte Herbracht.

»Ja, wussten Sie das nicht? Er wird übermorgen im Friedwald in Oberrad beigesetzt. Ich arbeite eng mit dem Beerdigungsinstitut Schulz zusammen. Na ja, das nächste Krematorium befindet sich in Obertshausen. Da bekomme ich hin und wieder auch die Leichen aus der Rechtsmedizin zugeführt. Ist nicht ungewöhnlich.«

»Herr Johansson, beschreiben Sie bitte die Situation von heute Morgen fürs Protokoll. Mia, schaltest du bitte das Mikro an?«

»Mache ich.«

Johansson setzte sich auf die Tischkante und verschränkte die Arme. »Im ersten Moment dachte ich an eine mystische Erscheinung, als ich diese verwirrte Frau mit den zerzausten pinkfarbenen Haaren vor mir stehen sah. Gruselig, kann ich Ihnen sagen. Wie eine Pennerin. Ich fragte, ob sie Hilfe brauche. Sie verneinte. Ich ging auf sie zu, darauf wehrte sie mich mit hektischen Handbewegungen ab, als würde sie erwarten, dass ich sie angreifen wolle. Ich sagte, sie solle sich beruhigen. Fragte, ob ich helfen könne. Sie sah mich aus angstgeweiteten Augen an. Ganz plötzlich änderte sich ihr Verhalten und sie bat mich um Hilfe. Da holte ich sie rein. Dann, das habe ich ja bereits berichtet, sagte sie, sie habe jemanden umgebracht. Ja, genau das sagte sie. Sie habe einen Mann getötet, weil er sie vergewaltigen wollte. Es sei ihr Kollege gewesen. Ich dachte zuerst, ich höre nicht recht. Sie können sich vorstellen, dass mich dieser Satz fast umgehauen hat. Anfänglich habe ich ihr nicht geglaubt. Wer rechnet denn schon damit, dass eine Person auf einen zukommt und behauptet, einen Menschen ermordet zu haben? Ich bin kein Weichei, aber da war mir wirklich mulmig zumute, das muss ich schon sagen.«

»Stimmt, das hätte auch schiefgehen können. Sicher war Ihnen bewusst, dass sie eine Waffe bei sich hätte tragen können«, sagte Herbracht.

»Genauso war es. Im Nachhinein war ich über mich selbst erstaunt. Sie hätte eine Schusswaffe auf mich richten können. Aber wie schon gesagt, es kommt vor, dass man verrückte Dinge tut. In dem Moment dachte ich nur, dass ich etwas tun müsse. Nachdem ich ihr Wasser gebracht hatte, registrierte ich erst die vielen Wunden in ihrem Gesicht und das getrocknete Blut an ihren Händen. Dann ließ ich sie kurz allein, um die örtliche Polizeiwache anzurufen. Mir war klar, dass sie in ihrem Zustand nicht in der Lage sein würde, wegzulaufen. Aber jetzt, jetzt frage ich mich, was passiert sein muss, dass eine junge Frau so etwas Abscheuliches tut. Das will mir nicht in den Kopf. Sie muss geistesgestört sein, oder?«

»Gehört Ihnen das Krematorium eigentlich schon lange? Ich kannte Sie gar nicht.«

»Ich habe es vor einem Jahr und drei Monaten von Reinhard Gersbach übernommen. Er ging in Rente. Ich bin noch nicht lange in Deutschland. Erst seit knapp zwei Jahren. Ich bin gebürtiger Schwede.«

»Ja, Sie fluchen fließend auf Schwedisch, sprechen aber gut Deutsch«, bemerkte Dragovic.

»Meine Mutter ist Deutsche. Ich bin zweisprachig aufgewachsen. Ich wollte mich verändern und habe Schweden den Rücken gekehrt. Mit 45 kann man einen Neuanfang wagen, dachte ich mir.«

»Sie wollten neu anfangen? Klingt interessant. Was haben Sie in Schweden gemacht?«

»Meine Frau und ich haben in Stockholm ebenfalls ein Krematorium geleitet. Aber eines Tages ist sie einfach weggegangen, ohne ein Wort. Einfach so. Sie hatte mich schon längere Zeit betrogen. Aber ich habe nie erfahren, was genau der Grund dafür war, dass sie mich verlassen hat. Ich weiß leider ebenso wenig, wohin sie ging. Sie brach mir das Herz, deshalb habe ich das Krematorium verkauft. Nichts hielt mich mehr in Schweden. Kinder haben wir zum Glück keine. Gerade fing ich an, mich heimisch zu fühlen, da passiert mir nun so etwas. Sie können sich sicher vorstellen, dass mich das aus der Bahn wirft. Schrecklich, einfach schrecklich! Katastrophe.«

»Kennen wir das nicht alle? Immer wenn man denkt, es geht bergauf, setzt das Schicksal einen drauf«, warf Dragovic ein.

»Herr Johansson, wir müssen zum Tatort, melden uns aber, wenn wir Fragen haben. Sollte Ihnen etwas einfallen, bitten wir Sie, uns das mitzuteilen.«

»Natürlich.«

»Mia, lass uns losfahren.«

»Viel Glück«, sagte Johansson. »Falls man so was bei einem Mordfall sagen kann.«

»Wenn Sie wollen, fahre ich vorweg, ich kenne den Weg«, schlug Güttner vor, der sich die ganze Zeit über im Hintergrund gehalten hatte.

»Ich wäre Ihnen dankbar«, antwortete Herbracht, und sie gingen zu ihren Wagen. Als er den Motor anließ, sagte er zu Dragovic: »Ich bitte dich, mich künftig nicht vor allen Leuten zu maßregeln, Mia. Ich bin immerhin dein Vorgesetzter.«

Mia wurde rot. »Ich glaube, du weißt genau, dass ich das respektiere. Aber ich bin noch nicht so lange raus aus der Polizeiakademie. Und ich weiß, dass es wichtige Richtlinien bei der Vernehmung gibt, lieber Kai. Und du hast meiner Meinung nach gleich zweimal diese Regeln gebrochen. Anja Mischnik steht unter dem Einfluss von Medikamenten, wie der Arzt bestätigte, war dadurch schwach und labil. Und durch deine Befragung wurde es nicht besser.«

Herbrachts Ton wurde scharf. »Muss ich dich daran erinnern, dass uns der Arzt erst später gesagt hat, dass sie etwas eingenommen hat?«

»Du weißt genau, was ich meine.«

»Und du weißt, was ich meine, verdammt noch mal. Wenn du mit mir nicht klarkommst, lass dich versetzen!«

Eine Zeit lang fuhr Herbracht schweigend hinter Güttner her. Schließlich sagte er: »Tut mir leid, du hast recht. Im Grunde ärgere ich mich über mich selbst. Ich habe mich hinreißen lassen, sie in die Mangel zu nehmen, obwohl ich wusste, dass es falsch war. Das sollte nicht passieren. Du hast recht.«

»Schon gut.« Dragovic winkte ab.

»Vertragen wir uns jetzt wieder?«

»Klar«, antwortete Dragovic.

»Hat Johansson nicht herausfinden können, wo seine Frau jetzt lebt, oder hat es ihn nicht interessiert? Und ein Krematorium zu verkaufen, um in einem anderen Land ein neues zu eröffnen? Ich muss schon sagen, den Mut hat auch nicht jeder«, sagte Herbracht.

»Aber sag, hast du das mitbekommen? Als die Mischnik von dem Einsatz sprach, da erklärte sie doch, dass niemand da war und so weiter. Plötzlich ist sie ins Stocken geraten und fuhr dann fort: ›niemand außer …‹, hast du das bemerkt?«

»Außer ihrem Kollegen, sagte sie das nicht? Aber jetzt sind wir da.«

*

Leichenfundort nahe den Bahngleisen

Der Leichenfundort war großräumig abgesperrt und mit Sichtschutz versehen worden. Trotzdem hatten sich in einiger Entfernung Schaulustige versammelt. Einer von ihnen hatte sein Handy gezückt, streckte die Arme hoch, um über der Absperrung filmen zu können. »Wie ich das hasse«, blaffte Herbracht. »Kann da jemand hin und dem Kerl das Scheißhandy abnehmen?«

»Nicht nötig«, antwortete ein Kollege vom Erkennungsdienst im weißen Overall. »Der fotografiert von dort nichts als Gestrüpp. Wir haben den Tatort gut gesichert.« Spurensicherer Jens Sailer trat ihnen entgegen.

Herbracht fächelte sich Luft zu. »Unglaublich heiß heute. Bestimmt schon 35 Grad, oder?« Herbracht und Dragovic zogen sich ebenfalls Ganzkörperanzüge an und streiften Füßlinge über.

»Wo ist der Tote?«, wollte Herbracht wissen.

»Immer den Schmeißfliegen nach. Wir mussten ihn aus dem Dickicht befreien. War nicht so leicht, alles voller Dornen. Der Tote befand sich in dichtem Gebüsch. Die Rechtsmedizinerin ist gerade mit ihm beschäftigt. Folgt mir einfach.«

Dr. Jacoby hatte die erste Leichenschau bereits beendet. Der Tote lag auf dem Rücken am Boden, nicht weit von den Bahnschienen entfernt. Jacoby sah auf. »In letzter Zeit begegnen wir uns allzu häufig, würde ich sagen.«

Dragovic verzog angewidert den Mund, als sie aus einiger Distanz den Toten betrachtete. »Ist das abscheulich!«, sagte sie, denn das, was ein Gesicht gewesen war, war nun nur mehr eine klebrige rote Fleischmasse, aus der Knochenfragmente hervorragten.

»Das ist der verschollene Sanitäter, stimmt's?«, fragte die Rechtsmedizinerin.

»Wir haben seinen Ausweis aus der Jackentasche gefischt. Demnach handelt es sich um Jannick Schmidt«, bestätigte Sailer. »Ist doch der Sanitäter, oder? Einen Fotoabgleich kriegt man da schwerlich hin.«

»Wir werden das per DNA-Abgleich klären«, sagte Dr. Jacoby.

»Einfach abgrundtief abscheulich. Verdammt.«

»Was ist denn das nur für ein schräger Fall, Kommissar? Haben Sie wenigstens die Kollegin von ihm gefunden? War doch eine Frau, wenn ich mich recht entsinne?«, fragte Dr. Jacoby.

»Genau. Die ist aufgetaucht. Sie hat sich freiwillig gestellt und erklärt, sie habe diesen armen Kerl auf dem Gewissen, falls es sich bei dem Toten tatsächlich um Jannick Schmidt handelt. Vieles spricht in der Tat dafür, denn sie hat dem Kollegen«, er deutete auf Güttner, »den genauen Ort beschrieben, an dem sich der Leichnam befindet. Sie behauptet, sie habe Schmidt getreten, bis er tot war, es war angeblich Notwehr, denn er wollte sie vergewaltigen.«

»Hm, merkwürdig, dann haben sie vermutlich zunächst auf dem Boden gerangelt. Doch um ihn zu treten, muss sie ja erst aufgestanden sein. Das konnte sie schwerlich im Liegen tun. Er hätte sie in diesem Fall gewiss erneut zu Boden gerissen, oder? Er war zwar kein Riese, aber immerhin etwa 1,80 Meter groß. Ich weiß nicht, ob ich ihn hätte überwältigen können«, sagte Jacoby. »Und ich bin knapp 1,70 Meter. Ist die Sanitäterin groß?«

Dragovic schüttelte den Kopf. »Bestimmt zehn Zentimeter kleiner als Sie.«

»Ich bin wirklich gespannt, was bei der Obduktion rauskommt. Klar ist, dass er mehrfach hart im Gesicht getroffen wurde. Könnten Tritte gewesen sein. Wenn ich die Knochenstücke betrachte, müsste es ein Schuh mit

Stahlkappen gewesen sein. Ist bislang nur eine Hypothese. Muss ich erst genauer untersuchen.«

»Wir stehen mit der Vernehmung der jungen Frau am Anfang. Wir haben einen Arzt hinzugezogen, weil sie verletzt ist und apathisch war. Sie wird momentan im Krankenhaus versorgt. Dr. Jacoby, können Sie sagen, wie lange Schmidt bereits tot ist?«

»Ungefähr. Die Leichenstarre ist bereits ausgeprägt. Die Körpertemperatur hat sich der Außentemperatur angepasst, auf 35 Grad. Bei dieser Hitze würde ich sagen, dass der Mann vor etwa sechs bis sieben Stunden gestorben ist.«

Dragovic warf einen Blick auf die Uhr. »Dann ist er heute Morgen gegen 6 Uhr verstorben?«

»Das kommt hin, ich denke, ich werde ihn gleich morgen Früh drannehmen. Sie haben es sicher eilig, wie ich Sie kenne. Danach kann ich Näheres sagen.«

»Auf Sie ist Verlass, Dr. Jacoby«, sagte Herbracht dankbar. »Bis morgen?«

»Kommen Sie lieber nicht ganz so früh«, antwortete Dr. Jacoby, nahm ihre Tasche und ließ die Gruppe stehen.

Herbracht drehte sich zu Sailer um. »Die beiden Sanitäter haben sich angeblich mehrere Tage draußen aufgehalten. Guckt, wo die geschlafen haben. Habt ihr was Interessantes für uns?«

Sailer hatte eine Deba-Breathe-Tüte in der Hand und hielt sie Herbracht vors Gesicht. »Haben wir auf dem Opfer gefunden.«

»Was ist das?«

Dragovic kniff die Augen zusammen. »Es ist ein pinkfarbenes Haar, wenn ich das richtig sehe. Die Mischnik war also hier.«

»Außerdem haben wir einige Fußabdrücke entdeckt«, berichtete Sailer. »Vor Ort waren mindestens zwei Personen. Wir gießen die Abdrücke mit Alabaster aus.«

»Zwei Personen? Der Tote und die Mischnik.«

»Nee, ich meine außer dem Toten. Okay, wenn du sagst, sie waren über einen längeren Zeitraum in dieser Gegend, müssen sie viele Spuren hinterlassen haben.«

»Ja, sie waren sechs Tage auf diesem Gelände, wenn es stimmt, was die Frau sagt«, bestätigte Herbracht.

Sailer hob ein paar gefüllte Tüten. »Sind ein paar Bierflaschen drin. Könnte sein, dass sie schon ewig dagelegen haben. Wir nehmen sie trotzdem mit.«

KAPITEL 9

Polizeipräsidium, 15:42 Uhr

Zurück im Büro fuhr Herbracht den Computer hoch und öffnete Google Maps. Er druckte einen Kartenausschnitt aus, der den Ort des zweiten Leichenfundes beinhaltete, malte einen Kreis um den genauen Liegeplatz des Opfers und hängte das Blatt ans Whiteboard neben einen Kartenausschnitt, der die Auffindesituation der ersten Leiche zeigte. Anschließend schrieb er seinen Bericht. Er kringelte außerdem das Krematorium auf einer Karte ein. Gedankenverloren betrachtete er die Lagepläne und kratzte sich dabei am Kinn. »Ein weiträumiges Gelände. Das Wetter war okay. Schon möglich, dass die Sanitäter sich da längere Zeit aufgehalten haben. Aber weißt du, was merkwürdig ist, Mia?«

»Erzähl.«

»Wenn der Schmidt die Mischnik entführt hat, warum bringt er sie dann ans andere Ende der Stadt? Sein Auto parkte vor seiner Wohnung. Ist er mit ihr in die öffentlichen Verkehrsmittel gestiegen? Das wäre zu auffällig gewesen. Leuchtet mir ganz und gar nicht ein. Und warum ist sie in ihrer Not, als sie sich stellen wollte, nicht einfach zur Gerbermühle gelaufen? Die ist direkt gegenüber. Ist ein Hotel und Restaurant. Da ist morgens immer einer an der Rezeption. Warum rennt sie ausgerechnet zum Krematorium?«

»Na ja, bei ihrem Geisteszustand? Glaubst du, sie konnte logisch denken? Vielleicht war ihr nicht bewusst, dass sie vor einem Krematorium stand«, gab Dragovic zu bedenken. »Vielleicht wollte sie zunächst einfach nur fliehen und dann siegte ihr Gewissen. Wäre doch denkbar, oder?«

»Gut möglich auf jeden Fall. Ich ruf jetzt die Mischniks an. Wo haben wir die Nummer?«

»Liegt auf deinem Schreibtisch.«

Herbracht nahm den Zettel, tippte die Nummer ins Telefon und schaltete den Lautsprecher ein.

»Mischnik?«, meldete sich Anjas Mutter beinahe unmittelbar.

»Frau Mischnik, Kommissar Herbracht. Wir würden Sie gern unter vier Augen sprechen.«

»Was? Nein. Bitte reden Sie jetzt mit mir. Ist es was Schlimmes?«

»Wir würden lieber persönlich darüber sprechen.«

»Nein«, schluchzte sie. »Bis dahin bekomme ich einen Herzanfall. Sagen Sie es mir, ich bitte Sie.«

»Wie Sie wollen. Zunächst habe ich eine gute Nachricht für Sie: Ihre Tochter ist am Leben.«

Der Schrei, der darauf folgte, war so schrill, dass Dragovic heftig zusammenzuckte und Herbracht das Telefon weit von sich hielt.

»Wo ist sie? Ich muss zu ihr!«

»Beruhigen Sie sich bitte, Frau Mischnik. Sie wurde in die Uniklinik gebracht. Hat leichte Verletzungen und wird dort einige Zeit bleiben müssen. Nichts Lebensgefährliches. Wir müssen Ihre Tochter danach vorläufig in Untersuchungshaft nehmen.«

»Bitte was? In Haft, sagen Sie?«

»Sie behauptet, einen Menschen getötet zu haben.«

»Sie hat was?«, schrie Mischnik hysterisch.

»Sie hat ausgesagt, ihren Kollegen Jannick Schmidt getötet zu haben.«

»Das ist doch nicht wahr, was Sie mir da erzählen … Erwin, komm her! Nimm den Hörer. Anja lebt, aber, aber sie behauptet, ihren Kollegen umgebracht zu haben. Sag denen, dass das ein Irrtum sein muss!«, stammelte die Frau, begleitet von lautem Schluchzen. »Sag es denen sofort! Sag, dass das ein Irrtum ist!«

»Mischnik«, meldete sich darauf Anja Mischniks Vater. »Was ist passiert?«

Herbracht wiederholte geduldig das, was er zuvor gesagt hatte. »Es tut mir wirklich leid, Ihnen das alles mitteilen zu müssen. Ihre Tochter hat sich freiwillig gestellt.«

»Ich weiß nicht, was in das Mädchen gefahren ist, dass sie so etwas behauptet. Aber das ist absoluter Bullshit. Wieso sollte sie so was tun und vor allem, wie?«

»Es war angeblich Notwehr. Schmidt hat sie angegriffen, daraufhin setzte sie sich zur Wehr.«

Mischnik nuschelte diverse Flüche, bis er sich wieder im Griff hatte. »Dass sie sich wehrt, kann jeder verstehen. Aber nicht, dass sie einen Menschen umbringt. Ich kann das nicht glauben, egal, wie oft ich in letzter Zeit sauer auf sie war. Ich kenne meine Tochter, das passt ganz und gar nicht zu ihr. Sie hat mich enttäuscht, aber sie ist keine Mörderin. Was reden Sie da nur?«

»Wir berichten nur die Fakten. Dass sie eine Mörderin ist, ist nicht geklärt. Wenn sie sich wehren musste, ist es kein Mord. Allerhöchstens Totschlag. Das werden wir klären. Leider ist sie momentan nicht vernehmungsfähig. Sie stand unter dem Einfluss von Medikamenten oder

Drogen, das stellte der Notarzt fest. Sie war vollkommen apathisch. Ist Ihnen bekannt, dass sie gelegentlich entsprechende Substanzen einnimmt?«

»Sind Sie verrückt? Meine Tochter nimmt keine Drogen! Wie sollte sich das mit ihrem Beruf vereinbaren lassen? Wissen Sie was? Ich glaube Ihnen kein Wort. Ich dachte immer, auf die hessische Polizei sei Verlass. Aber das, das ist eine infame Unterstellung. Machen Sie Ihre Arbeit, bevor ich gegen Sie eine Dienstaufsichtsbeschwerde bewirke.«

»Moment, Herr Mischnik. So bitte nicht! Ein Mann ist getötet worden, und Ihre Tochter steht unter dem Verdacht, ihn getötet zu haben. Sie sollten froh sein, dass wir versuchen, Licht ins Dunkel zu bringen. Es gibt Länder, da hätte sie keine Chance auf eine ordentliche Untersuchung. Und jetzt sagen Sie mir bitte, besitzt Ihre Tochter einen Gummimantel?«

»Wozu denn das?«

»Gegen den Regen.«

»Helga«, rief Mischnik. »Weißt du, ob Anja einen Regenmantel hat? Nein, meine Frau schüttelt den Kopf. Warum fragen Sie?«

»Darüber kann ich momentan keine Auskunft geben.«

»Na großartig. Können wir sie wenigstens sehen?«

»Ja. Sie liegt in der Uniklinik. Ein Polizist steht Wache vor ihrer Tür, ich werde veranlassen, dass Sie zu ihr dürfen. Halten Sie dafür unbedingt Ihre Ausweise bereit.«

»Wir machen uns auf den Weg.«

»Tun Sie das. Wir melden uns bei Ihnen, wenn es Neuigkeiten gibt. Auf Wiederhören.« Herbracht beendete das Gespräch und legte das Telefon auf den Tisch, nahm ein Taschentuch aus der Hosentasche und wischte sich damit über die schweißnasse Stirn. »Mannomann«, stöhnte er.

»Ich kann den Mann ehrlicherweise verstehen. Er steht unter Schock. Stell dir vor, dir würde jemand sagen, dass deine Tochter eine Mörderin ist«, warf Dragovic ein.

»Ich habe keine Kinder. Außerdem weißt du zu gut, dass es sich vermutlich um Totschlag handelt. Ohne Vorsatz ist es kein Mord.«

»Glaubst du, den Unterschied kennt der Mann? Er hat verinnerlicht, dass sein Kind getötet hat. Über die Umstände ist er sich in seinem Schockzustand nicht bewusst.«

»Da hast du recht, Mia.«

*

»Nachdem Herbracht den wachhabenden Polizisten erreicht und über den Besuch der Eltern informiert hatte, versuchte er, über den Empfang Kontakt zur Station herzustellen. Nach etlichen Versuchen gab er auf. »Dauerhaft besetzt, na klasse.« Er fächelte sich Luft zu. »Was, wenn ich dringend ins Krankenhaus müsste?«

»Dann würdest du entweder einen Arzt rufen oder die Notrufnummer wählen, aber doch nicht das Krankenhaus, nehme ich an?«

Herbracht machte eine wegwerfende Handbewegung. »Ach, du hast keine Ahnung. Übrigens – funktioniert die Klimaanlage nicht? Es ist hier drin kaum zum Aushalten!«

Dragovic verdrehte die Augen. »Sind maximal 21 Grad im Präsidium, Chef. Wahrscheinlich solltest du deinen Blutdruck messen oder deinen Kaffeekonsum verringern. Okay, gib mir bitte den Hörer, ich häng mich da dran.«

Herbracht gab Dragovic das Telefon. »Drück einfach auf Wahlwiederholung.«

»Gut, dass du es sagst.«

Das Handy in Herbrachts Brusttasche vibrierte. »Nanu!«, er fingerte es mit spitzen Fingern heraus. »Ja? Wer ist da? … Ach, Senkrecht, wieso rufen Sie auf dem Handy an? … Ach so, ja, das Diensttelefon ist gerade besetzt.«

Dragovic horchte auf, hielt jedoch weiterhin den Hörer ans Ohr und sagte leise: »Beim Krankenhaus ist immer noch besetzt.«

»Worum geht's denn, Senkrecht?«, fragte der Kommissar. »Ach was, das ist ja ein Zufall. Die Mischnik ist nämlich aufgetaucht. Hat sich gestellt und – halten Sie sich fest – sie hat gestanden, ihren Kollegen umgebracht zu haben! … Was ist denn daran nicht zu verstehen? Sie haben richtig gehört! Die Mischnik behauptet, ihr Kollege habe versucht, sie zu vergewaltigen. Sie hat ihn angeblich ins Gesicht getreten, bis er sich nicht mehr rührte … Ja, sie muss ungeahnte Kräfte entwickelt haben, haben wir uns auch gedacht. Sie ist momentan im Krankenhaus. … Wo sie so lange war? Angeblich irgendwo im Dickicht nahe dem Leichenfundort. Kennen Sie die Gerbermühle? Gegenüber ist unwegsames Gelände mit Bahnschienen. Ziemlich genau bei den Schienen hat er gelegen … Nein, er ist nicht mehr dort. Er wurde in die Rechtsmedizin gebracht. … Ja klar können Sie den Fundort besichtigen, die Spurensicherung ist durch. Ich bezweifle aber, dass Sie neue Erkenntnisse gewinnen, was der Spusi entgangen ist … Ich weiß, ich kenne Sie ja. Tun Sie, was Sie nicht lassen können. Wer bezahlt Sie eigentlich dafür? Hat Sie jemand beauftragt? ... Bis dann, Senkrecht.« Herbracht wischte über sein Handy und steckte es in seine Brusttasche zurück.

»Was wollte denn die Senkrecht?«, fragte Dragovic.

»Sie hat gestern die Mutter von Anja Mischnik besucht. War klar, dass ihr der Fall keine Ruhe lässt.«

»Du hast ihr ja auch genug Stoff geboten. Gib's zu, ist dir ganz recht, wenn sie mitmischt. Aber was für ein Zufall, gerade gestern!«

»Die Senkrecht ist natürlich völlig perplex darüber, dass die Mischnik aufgetaucht ist, und das mit dem getöteten Kollegen will ihr gar nicht in den Kopf. Die junge Frau scheint laut der Mutter gerade eine schwere Zeit durchzumachen.«

»Hat sie deshalb Tabletten genommen oder vielleicht auch Drogen? Du weißt, diese Substanzen können die Psyche verändern. Vielleicht macht sich die junge Frau vor, dass Schmidt sie vergewaltigen wollte. Vielleicht steckte ein Motiv hinter ihrer Tat.«

»Jedenfalls kann Drogensucht in Verbindung mit dem Verlust des Freundes Erhebliches an ihrem Verhalten verändert haben. Selbst wenn Anja Mischnik ein friedliebender Mensch ist. Dass sie Schmidt unter anderem ins Gesicht trat, spricht durchaus für Aggression. Ich bin gespannt auf die Laborauswertung.«

Dragovic, die vergeblich versuchte, eine Verbindung zum Krankenhaus zu bekommen, legte auf. »Ich versuche es später noch mal«, sagte sie. Unmittelbar darauf klingelte das Telefon. Herbracht nahm das Gespräch entgegen. »Ja? Tag, Dr. Hermann. Meine Kollegin versuchte bereits etliche Male, Sie zu erreichen. Ich stelle für sie auf laut. – Es ist der Stationsarzt«, fügte er für Dragovic hinzu und schaltete den Lautsprecher ein. »Schießen Sie los. Was gibt es Neues?«

»Sie sind der ermittelnde Kommissar im Fall Anja Mischnik, nur damit wir uns nicht falsch verstehen?«, fragte der Arzt.

»Entschuldigen Sie, natürlich, Herbracht mein Name.«

»Wir haben Frau Mischnik gründlich untersucht. Sie hat einige blaue Flecke an den Armen, die auf gewaltsames Festhalten schließen lassen könnten. Zudem Abschürfungen im Gesicht natürlich, die haben Sie gesehen. Körperlich fehlt ihr ansonsten nichts, keine Verletzungen im Schambereich, kein Sperma. Vergewaltigt wurde sie nicht. Ein Herr Sailer von der Spurensicherung hat eine Speichelprobe angefordert. Er hat sie bereits erhalten.«

»Bestens, danke.«

»Ich würde Frau Mischnik gerne einen Tag hierbehalten. Wir haben in ihrem Blut eine Menge Betablocker gefunden: Propranolol. Das ist ein Herzmedikament, das ebenso bei Migräne oder Angstzuständen eingesetzt wird. Eine Überdosierung ist lebensgefährlich, weil der Blutdruck stark abfällt. Hochdosiert kann das Medikament zu Gedächtnisverlust führen. Sie können froh sein, dass die Frau die hohe Dosis überlebt hat. Denn obwohl sie schon deutlich wacher ist, das Mittel also zum Teil über Leber und Nieren abgebaut wurde, hat sie immer noch mehr als die Höchstdosis des Medikaments im Blut. Ich habe sie gefragt, ob sie Probleme mit dem Herzen hat, an Angstzuständen oder Kopfschmerzen leidet. Sie hat alles verneint. Merkwürdig, was? Sie sagt, sie kann sich nicht erinnern, etwas eingenommen zu haben.«

»Können Sie sagen, wie lange sich das Propranolol schon in ihrem Blutkreislauf befindet?«

»Das Mittel erreicht etwa ein bis drei Stunden nach der Einnahme den maximalen Spiegel im Blut. Es wird dann mit einer Halbwertzeit von circa sechs Stunden abgebaut. Allerdings sind drei bis vier Halbwertzeiten nachweisbar. Was bedeutet, dass sie es einige Stunden zuvor bereits eingenommen hatte. Vermutlich bevor sie ins Krematorium kam. Da sie aber bei der Untersuchung immer noch einen hohen Spiegel hatte, wäre denkbar, dass sie kurz vor der Klinikeinweisung noch einmal etwas einnahm. Haben Sie da was bemerkt?«

»Nein, das wäre uns aufgefallen. Abgesehen davon war sie lethargisch. Glauben Sie, dass sie mit dem Mittel im Blut einen deutlich größeren, fitten jungen Mann getötet haben könnte?«

»Wenn sie eine Schusswaffe besaß, vielleicht. Selbst dann aber unwahrscheinlich. Dafür war sie meines Erachtens zu schwach. Allerdings ist der Mensch in Ausnahmesituationen zu Erstaunlichem fähig. Oder sie war nicht allein.«

»Ich danke Ihnen, Herr Doktor.« Herbracht beendete das Gespräch.

»Sie war es nicht?«, fragte Dragovic.

»Das hilft uns nicht wirklich weiter, Mia. Hast du ja gehört. Warum aber sollte sie eine Straftat gestehen, wenn sie diese nicht begangen hat? Das ist doch Irrsinn. Aber wer weiß, vielleicht war sie wirklich nicht allein. Wir werden morgen ausführlich mit ihr sprechen.«

Dragovic überlegte. »Ich werde in Kürze etwas über Schmidts Angehörige erfahren. Ich habe vorhin, als du auf der Toilette warst, beim Standesamt Regensburg angerufen, weil Schmidt dort geboren wurde. Die werden mir über das Geburtenregister hoffentlich die Adresse der Eltern nennen können.«

»Gut.« Herbracht nahm erneut das Telefon zur Hand.

»Wen rufst du an?«

»Jens Sailer. Ich will wissen, ob sich Blutspuren an Mischniks Kleidung beziehungsweise Schuhen befunden haben. Ihre Kleidung wurde zum Zweck der Spurensuche konfisziert, wie du weißt.« Er tippte die entsprechende Nummer ein. »Ich stelle wieder auf laut«, sagte er zu Dragovic.

»Sailer?«, meldete sich der Spurensicherer.

»Kai. Hast du was Neues für uns?«

»Ja. Zunächst haben wir die Profilsohle der Sneakers von der Mischnik mit dem Fußabdruck am Tatort von Wacker verglichen. Fehlanzeige. Die Profile stimmen nicht überein.«

Herbracht kratzte sich nachdenklich an der Stirn. »Puh. Weiter?«

»Das mit den Bierflaschen war ebenfalls ein Flop. Fremde DNA. Stammt nicht von Mischnik, auch nicht von Schmidt. Ich habe eine Speichelprobe von Mischnik vom Krankenhaus erhalten.«

»Ich weiß, ich habe gerade mit dem Stationsarzt gesprochen.«

»Das Bier hat jemand getrunken, der nie strafrechtlich erfasst wurde. Aber es gibt noch etwas wirklich Merkwürdiges. Wir haben an Mischniks Kleidungsstücken keinerlei Blutspuren von Schmidt sichtbar machen können, nur ihr eigenes Blut. Stammt von den Verletzungen, die sie davongetragen hat. Anders sieht es bei den Schuhspitzen der Sneakers aus. Da war jede Menge dran.«

»Du meinst jede Menge Blut von Schmidt?«

»Ja, sagte ich das nicht?«

»Merkwürdig, nur an den Spitzen?«

»Genau. Sieht ein bisschen aus wie bei Keksen, die man bloß mit der Spitze in Schokolade taucht. Akkurat und vorsichtig, ohne dass es spritzt.«

»Klingt irgendwie manipuliert.«

»Genau. Ich denke, da hat jemand seine Finger im Spiel.«

»Verdammt. Wir werden doch nicht ganz Frankfurt zum Speicheltest bitten müssen?«

Sailer lachte. »Das sind die Tücken der modernen Spurenanalyse. Du brauchst jemanden als Täter, der eine Vorstrafe hat, damit du das Genmaterial zuordnen kannst.«

»Mischnik und Schmidt haben sich angeblich sechs Tage lang auf dem Gelände im Freien aufgehalten. Ihr habt es weiträumig untersucht. Da muss es doch Spuren geben. Fäkalien, Essensreste, Verpackungen, Flaschen et cetera. Ich denke nicht, dass sie den Müll, den sie produziert haben, fachgerecht entsorgten.«

»Klar haben wir da Müll gefunden. Auch Fäkalien. Aber da halten sich im Sommer oft Obdachlose auf. Was wir bisher untersucht haben, hat nichts mit unserem Fall zu tun. Sobald ich mehr sagen kann, melde ich mich.«

»Ich danke dir, Jens, wir hören uns.«

»Gerne doch und Kopf hoch, bis die Tage.«

Herbracht legte gedankenverloren auf. »Mit dem Mord an Wacker scheint sie nichts zu tun zu haben. Sehr komisch, das Ganze.«

Dragovic seufzte. »Ich hoffe, die Mischnik ist morgen klarer im Kopf.

*

Uniklinikum

Es war nicht schwer, das Krankenzimmer von Anja Mischnik zu finden, selbst wenn die Zimmernummer nicht bekannt gewesen wäre. Nirgendwo sonst saß ein Wachmann davor.

»Ach Gott«, flüsterte Helga Mischnik und hakte sich bei ihrem Mann unter. »Was hat Anja bloß ausgefressen? Das kann doch alles nur ein Missverständnis sein. Ich halte das nicht aus. Unsere Tochter ist keine Verbrecherin!«

»Wir klären das«, sagte Mischnik. Sie hatten mittlerweile das Zimmer fast erreicht. »Gib mir deinen Ausweis.« Erwin Mischnik ging auf den diensthabenden Polizisten zu, nannte seinen Namen und zeigte ihm die Ausweise. »Wir wollen zu unserer Tochter.«

Der Polizist prüfte die Dokumente. »Sie können jetzt rein, ich muss Sie aber leider begleiten.«

Ein Mann in weißem Kittel eilte herbei. »Sind Sie die Eltern von Anja Mischnik?«

»Ja«, antwortete Erwin Mischnik.

»Bitte nicht länger als fünf Minuten. Sie ist noch recht schwach.«

Herr Mischnik öffnete die Tür und schluckte, als er die weit aufgerissenen Augen seiner Tochter sah.

»Mama, Papa!« Anja begann zu weinen.

Helga Mischnik stürzte zum Bett der Tochter und umarmte sie. »Ich bin so froh, dass du am Leben bist. Mein Gott, hast du uns einen Schrecken eingejagt.« Sie küsste ihre Tochter und umarmte sie immer wieder aufs Neue, bevor sie sich auf die Bettkante setzte und ihr sanft eine Strähne aus der Stirn strich. »Du siehst furchtbar aus, Kind, was ist bloß geschehen?«

»Wo warst du die ganze Zeit?«, fragte Erwin Mischnik, der ungelenk neben dem Bett stehen blieb und zu keiner liebevollen Geste in der Lage war.

»Ich … ich weiß es nicht.«

»Anja, hör auf damit. Du wirst doch wissen, wo du sechs Tage lang gewesen bist?«

Anja schniefte. Tränen rannen ihr über die Wangen. »Papa, ich habe wirklich keine Ahnung. Ich … Meine Erinnerung ist wie ausradiert.«

»Moment. Die Polizei sagt, du hast gestanden, jemanden umgebracht zu haben, aber du weißt nicht, wo du gewesen bist?«, fragte Herr Mischnik barsch.

»Beruhig dich doch«, beschwor Helga Mischnik ihren Mann.

»Entschuldige, ich soll mich beruhigen, wenn ich solch einen Unsinn höre? Meine Tochter behauptet, sie ist eine Mörderin, aber kann nicht sagen, wo sie sechs Tage lang war? Anja, du musst zugeben, dass sich das mehr als verrückt anhört. Sag uns die Wahrheit, vielleicht können wir dann was für dich tun.«

»Ich …«

Ein Arzt betrat den Raum. »Ich bin Dr. Hermann. Sie sind die Eltern der jungen Dame? Entschuldigen Sie, wenn ich mich einmische, aber ich habe Teile Ihres Gesprächs gehört. Ihre Tochter hatte eine hohe Dosis Betablocker im Blut, das kann zu Gedächtnisverlust führen.«

»Du hast *was*?«, fragte Erwin Mischnik ungläubig. »Seit wann hast du Herzprobleme?«

»Ich … ich habe keine.«

»Warum hast du dann das Zeug genommen, Anja?«

»Ich kann mich nicht erinnern, Papa.« Ihre Lider begannen zu flackern. »Ich kann mich einfach nicht erinnern.«

»Ich fürchte, ich muss Sie bitten zu gehen«, sagte der Arzt.

»Na, hören Sie, wir sind die Eltern, Sie können uns doch nicht hinauskomplimentieren.«

»Das kann ich«, widersprach Dr. Hermann. »Zum Wohle Ihrer Tochter. Bitte verlassen Sie den Raum. Das ist zu viel für sie. Sie ist nicht umsonst im Krankenhaus.«

»Ach bitte, darf wenigstens ich eine Weile bleiben? Ich bleibe sitzen und sage kein Wort«, bat Helga Mischnik.

»Ja, Mama, bleib bei mir. Bitte lassen Sie sie bei mir, Herr Doktor.«

»Das ist leider nicht möglich«, mischte sich der wachhabende Beamte ein. »Sie haben es doch gehört.«

Anjas tieftrauriger Blick führte dazu, dass die Mutter in Tränen ausbrach. »Mama, ich muss ins Gefängnis.«

»Lassen Sie mich bei meiner Tochter bleiben, bitte.«

Erwin Mischnik nahm den Arm seiner Frau. »Du hast den Arzt gehört. Komm schon.«

»Nein, Mama«, schluchzte Anja, »nicht.«

»Du hast einen Mord gestanden und wunderst dich nun über die Konsequenzen?«, zischte Erwin Mischnik. »Du hast doch gestanden, oder etwa nicht?«

Anja schwieg und starrte ins Leere.

»Ich möchte, dass du mir antwortest.«

Anja rannen die Tränen über die Wangen.

»Unfassbar, das hätte ich nie für möglich gehalten. Niemals. Wenn das wirklich stimmt, hast du ab heute keinen Vater mehr.«

»Papa ...!« Anja weinte herzzerreißend, während Mischnik seine Frau hinter sich aus dem Zimmer zog.

»Anja, ich komme wieder, sobald man mich lässt, das verspreche ich dir. Ich liebe dich, Kind, bleib stark.«

Dann verschwand die Tochter aus dem Blickwinkel der Mutter.

»Wie konntest du nur so hart sein, Erwin?« Helga Mischnik konnte mit dem Tempo ihres Mannes kaum Schritt halten und befreite sich aus seinem stählernen Griff.

»Herrgott, verstehst du denn nicht, wie enttäuscht ich von ihr bin? Wir sind rechtschaffene Menschen. Haben uns nie was zuschulden kommen lassen. Ich bin verdammt wütend. Deine Tochter muss ins Gefängnis. Da kann ich nicht heulen so wie du. Unser einziges Kind landet im Knast! Was zum Teufel ist da schiefgelaufen?« Er blieb stehen, seiner Frau provokativ in die Augen starrend. »Du bist schuld. Du hast das Gör gnadenlos verwöhnt. Kein Wunder, dass sie auf die schiefe Bahn geraten ist.«

»Wie kannst du nur annehmen, dass unsere Tochter eine Mörderin ist? Das tust du doch nicht wirklich, oder? Wie kannst du sie besuchen, wenn du ihr nicht über den Weg traust? Sie braucht unsere Hilfe, verdammt.«

Erwin Mischnik verlor mehr und mehr die Fassung. »Du würdest ihr auch verzeihen, wenn sie mich umgebracht hätte!« Er schlug sich gegen die Brust. »Stimmt's? Wahrscheinlich würdest du dich sogar darüber freuen, dass ihr mich dann endlich los wärt. Du bist doch nicht recht bei Trost.« Wutentbrannt schlug er sich gegen die Stirn. »Ihr seid völlig von Sinnen.«

»Dürfte ich Sie bitten, etwas leiser zu sprechen?« Eine Krankenschwester war auf sie aufmerksam geworden. »Hier liegen kranke Menschen.«

»Mir doch scheißegal, wer hier liegt«, donnerte Erwin Mischnik und stürmte davon.

Helga Mischnik wusste nicht, wohin sie gehen, an wen sie sich wenden sollte. Sie stand allein im Krankenhausflur und weinte bittere Tränen. Ihr Mann hatte nicht nur seine Tochter, sondern auch sie im Stich gelassen. Was sollte sie tun? Da fiel ihr plötzlich etwas ein. Hektisch griff sie nach dem Portemonnaie in ihrer Handtasche. Sie öffnete es und fand die Visitenkarte, nach der sie gesucht hatte. Helga Mischnik besaß ein Handy. Ihr Mann hatte ihr eines besorgt, ein Prepaid-Klapp-Gerät. Falls sie unterwegs telefonieren musste. Zum ersten Mal war sie erleichtert darüber, dass sie es bei sich trug. Sie nahm es aus dem Seitenfach ihrer Handtasche, öffnete die Klappe und tippte die Telefonnummer ein, die auf der Karte stand. Umgehend erklang eine automatische Ansage: »Die von Ihnen gewählte Rufnummer ist nicht vergeben.«

»Oh nein!« Sie versuchte es erneut. Dieselbe Ansage. Hilfesuchend sah sie sich um. Eine junge Frau war im Begriff, das Krankenhaus zu betreten. »Bitte, können Sie mir helfen? Ich muss telefonieren, aber der Anruf geht nicht durch.« Sie deutete auf das beleuchtete Display, auf dem die Telefonnummer zu sehen war.

»Sie müssen beim Handy immer die Vorwahl mitwählen, wenn Sie auf dem Festnetz anrufen wollen.«

»Vielen Dank.« Helga Mischnik wählte die Frankfurter Vorwahl und dann erneut die Nummer von gerade eben. Sie hatte Erfolg. Das Freizeichen erklang, kurz darauf eine raue Stimme. »Senkrecht?«

KAPITEL 10

Donnerstag, 27. Juni, Uniklinik, 8:37 Uhr

Herbracht und Dragovic besprachen sich mit dem Polizisten vor Anja Mischniks Tür. »Na? Wie ist sie drauf?«

»Geht ihr viel besser. Sie ist geistig klar und will nach Hause.«

»Kann ich ihr nicht verdenken«, sagte Dragovic. »Ich hasse Krankenhäuser.«

Herbracht klopfte an die Tür und hörte sogleich ein: »Herein.«

Anja Mischnik saß aufrecht im Bett, als die Polizisten eintraten.

»Guten Morgen.« Herbracht lächelte. »Sie sehen besser aus. Wie geht es Ihnen heute?«

»Es geht mir wieder gut. Ich möchte so gern nach Hause.«

»Das ist momentan nicht ganz so einfach. Sie haben schließlich gestanden, Ihren Kollegen getötet zu haben, und uns den Leichenfundort genau beschrieben. Wir müssen Sie vorläufig verhaften. Ich habe einen richterlichen Beschluss erwirkt, der uns berechtigt, Sie in Untersuchungshaft zu nehmen. Es steht Ihnen frei, sich einen Anwalt zu nehmen. Sie müssen uns dann vorerst ohne seinen Beistand keine weiteren Fragen beantworten.«

Mischnik überlegte. »Ich kann einem Anwalt genauso wenig sagen wie Ihnen, warum sollte ich also einen brauchen?«

»Es ist meine Pflicht, Sie darüber aufzuklären.«

»Danke. Aber fragen Sie mich ruhig.«

Herbracht schob einen Stuhl ans Bett und setzte sich. »Na gut. Fangen wir ganz von vorne an, Frau Mischnik. Sie haben sich gestern Morgen in desolatem Zustand im Oberräder Krematorium eingefunden. Stimmt das?«

»Ich ... Ja, ich war dort gestern Morgen. Aber ich weiß nicht, warum. Das sagte ich doch schon.«

»Na gut, lassen wir das. Sie erinnern sich aber daran, dass wir gestern mit Ihnen gesprochen haben?«

»Ja, ich habe Sie wiedererkannt.«

»Na bestens. Sie haben dem Leiter des Krematoriums, Herrn Johansson, gestanden, jemanden umgebracht zu haben, daraufhin tat er das, was man in dem Fall tun sollte: Er verständigte die Polizei.«

»Ich weiß, dass da plötzlich viele Polizisten waren«, bestätigte Mischnik.

»Laut Johansson haben Sie gesagt, dass Ihr Kollege Sie überwältigt hat und Sie vergewaltigen wollte. Ist das richtig?«

»Ich erinnere mich nicht. Ich weiß nur, dass ich große Angst hatte.«

»Vor was oder wem hatten Sie Angst?«

»D... das ist es ja, ich ... ich weiß es nicht, wirklich nicht«, stotterte sie.

»Dann erinnern Sie sich vielleicht heute daran, wo genau Sie sich sechs Tage lang befunden haben? Das Gelände ist groß.« Herbracht hob sechs Finger. »Sechs Tage sind eine verdammt lange Zeit, in der man isst, trinkt und auf die Toilette muss. Wo genau sind Sie untergeschlüpft? Hatte Schmidt vielleicht ein Zelt dabei, in dem Sie es sich gemütlich gemacht haben, bis Sie sich dazu entschieden haben, sich den Mann vom Hals zu schaffen?«

Mischniks Unterlippe zitterte. »Ich weiß, dass Sie mir nicht glauben.«

»Ich glaube, dass Sie uns etwas verschweigen, das Sie wesentlich entlasten könnte. Menschenskinder, Frau Mischnik. Mir ist selten ein Fall untergekommen, in dem eine Person zu den eigenen Ungunsten lügt. Warum tun Sie das?«

Mischnik verbarg ihr Gesicht in den Händen und schüttelte den Kopf.

»Würden Sie mir bitte antworten?«

In ihrem Blick spiegelte sich tiefe Verzweiflung. »Ich habe dafür keine Erklärung«, sagte sie kaum hörbar. »Aber ich lüge nicht.«

»Kannten Sie das Krematorium in Oberrad, bevor Sie gestern dort waren?«

»Nein.«

»Erklären Sie uns wenigstens, warum Sie sich dort hingewendet haben. Die Gerbermühle ist viel näher am Tatort. Was haben Sie sich dabei gedacht? Wollten Sie fliehen und haben es sich anders überlegt? So reden Sie doch!«

Dragovic mischte sich ein. »Immer mit der Ruhe, Kai.«

»Schon gut.« Herbracht war grimmig. Er wandte sich wieder an Anja Mischnik. »Entschuldigen Sie, ich wollte nicht barsch sein, aber Sie machen es uns nicht leicht.«

In Mischniks Augen funkelten Tränen. »Was ist mit meinem Kopf los? Was hat der bloß mit mir getan?«

»Wer?«, fragte Dragovic.

»Na, der Arzt.«

»Der Arzt?«

»Ja, er hat mir gestern doch irgendwas gegeben.«

»Er hat Ihnen was gegeben?«

»Ja.«

»Wann?«, hakte Herbracht nach.

»Wahrscheinlich, als er mich untersucht hat.«

»Das will ich gern glauben, Frau Mischnik, aber Jannick Schmidt ist vorher gestorben, ganz früh am Morgen.«

»Ich sag ja, der Arzt hat mir was gegeben, und jetzt erinnere ich mich nicht mehr.«

»Gestern haben Sie erzählt, dass Sie Schmidt mit Tritten ins Gesicht getötet haben. Auch den Ort, an dem sich die Leiche befand, haben Sie exakt beschrieben. Ihre Schuhspitzen waren mit Schmidts Blut besudelt. Das ist der Grund dafür, dass wir Sie nicht nach Hause entlassen können. Außerdem haben wir ein Haar von Ihnen auf dem Leichnam sichergestellt.«

Mischnik wurde blass. »Wirklich?«

»Am Tatort wurden Spuren sichtbar, die darauf hindeuten, dass sie dort nicht allein waren. Jemand könnte Ihnen geholfen haben. Ist auch schwer vorstellbar, dass eine zierliche Person wie Sie einen stattlichen Mann allein mit Fußtritten getötet haben sollte. Das Beste wäre, Sie sagen uns die Wahrheit.«

Die Tür ging auf. »Ah, die Polizei! Wir haben bereits am Telefon miteinander gesprochen, Hermann«, sagte der Mann im weißen Kittel.

»Natürlich! Herbracht, und das ist meine Kollegin Dragovic.« Er deutete mit der Hand auf seine Partnerin. »Herr Doktor, Frau Mischnik behauptet, Sie hätten ihr etwas verabreicht, das dazu führte, dass sie sich an nichts erinnern kann.«

Dr. Hermann lächelte. »Wir haben ihr eine Infusion gegeben, um das Propranolol schneller auszuleiten. Mehr nicht. Ich habe Ihnen bereits erklärt, dass eine Überdosierung einen Gedächtnisverlust bewirken kann. Sie ist auch wiederhergestellt, ich würde sie dennoch gern unter Beobachtung hierbehalten. In ein, zwei Tagen können Sie nach Hause, Frau Mischnik.«

»Also doch nach Hause?«, fragte Mischnik hoffnungsvoll.

Herbracht schüttelte den Kopf. »Leider nicht.«

»Ich will mich nur ungern einmischen«, sagte der Arzt, »sie braucht viel Ruhe. Ich gebe Ihnen fünf Minuten. Frau Mischnik, ich sehe später nach Ihnen und viel trinken bitte.«

Der Arzt wandte sich an die Polizisten. »Fünf Minuten, nicht länger.«

Mischnik machte Anstalten, sich hinzulegen, fuhr zusammen und verzog das Gesicht.

»Schmerzen?«, fragte Dragovic.

»Ja. Ich habe mir vor zwei Jahren den Arm gebrochen bei einem Einsatz.«

»Oh, und das tut immer noch weh?«

»Ja, war kein unkomplizierter Bruch. Übrigens bei einem Einsatz mit Thomas Wacker.«

»Tatsächlich? Was ist passiert?«

»Es war ungeschickt von mir. Die Trage ist nicht eingerastet und zusammengeklappt, mein Arm steckte dazwischen.«

Dragovic stöhnte mitfühlend. »Das war sicher schmerzhaft.«

»Der Patient wäre beinahe runtergefallen. Mir brach die Speiche und ein paar Sehnen rissen. Zum Glück kannte Thomas Wacker einen guten Physiotherapeuten, nämlich seinen Partner.«

»Sie waren bei Martin Herbst in Behandlung?«, fragte Herbracht erstaunt.

»Nein, er hatte keine Termine frei. Ich war bei seiner Kollegin. Sie heißt Eschbach.«

»Lara Eschbach.«

»Sie kennen sie?«

»Wann genau waren Sie bei ihr?«

»Im November 2017.«

»Sind Sie heute noch bei ihr in Behandlung?«

»Nein, längst nicht mehr. Ist das wichtig für Sie?«

»Für uns ist alles von Interesse, was Sie betrifft. Wir werden Sie vorläufig in Ruhe lassen, sonst kriegen wir Ärger mit dem Arzt. Sie werden morgen abgeholt und bis auf Weiteres in U-Haft verlegt«, erklärte Herbracht.

Mischnik schluckte. »Können Sie mir das nicht ersparen? Ich glaube, ich möchte doch einen Anwalt, kenne aber keinen.«

»Wir werden Ihnen einen Pflichtverteidiger besorgen. Je mehr Sie uns sagen, desto schneller lässt sich der Fall aufklären, Frau Mischnik. Und nun ruhen Sie sich etwas aus. Auf Wiedersehen.«

Mischnik sagte kein Wort, während sie ihren Kopf auf das Kissen legte.

»Die hatte mit der Eschbach zu tun, das ist ja irre«, sagte Dragovic, als sie den Krankenhausflur entlanggingen.

»Ich erinnere mich, dass Eschbach behauptet hat, sie kenne weder die Mischnik noch Jannick Schmidt! Ich werde vom Büro aus Herbst anrufen und bin auf seine Reaktion gespannt«, sagte Herbracht.

*

Polizeipräsidium, 12 Uhr

Herbracht erreichte Herbst telefonisch. Der war außer sich. »Diese Frau hat gestanden, den Sanitäter umgebracht zu haben, und kannte Thomas? Dann … dann hat sie meinen Mann … auch ihn getötet? Ich bekomme keine Luft mehr. Wenn ich mir vorstelle, dass diese Frau … dass diese, diese Mischnik … unser Leben zerstört hat …«

»Ihr Mann hat Frau Mischnik wirklich nie erwähnt? Sind Sie sich sicher? Wenn er mit ihr Probleme gehabt haben sollte, hätte er doch mit Ihnen darüber gesprochen?«

»Ich sagte schon, er hat mir nichts erzählt.«

»Herr Herbst, wussten Sie, dass Anja Mischnik eine Patientin von Ihrer Kollegin war?«

»Was? Sie meinen von Lara?«

»Ja, Frau Mischnik war die Patientin von Frau Eschbach. Nur komisch, dass Frau Eschbach uns davon nichts gesagt hat.«

»Nee, das gibt's doch nicht. Das ist mir völlig neu.«

»Ich warte ungeduldig auf ein Gespräch mit ihr, Herr Herbst. Wir haben sie nur nicht erreicht.«

»Ich verstehe gerade die Welt nicht mehr. Da muss ein Missverständnis vorliegen. Lara ist … sie ist ein ehrlicher Mensch.«

»Angeblich hat Anja Mischnik zuerst versucht, bei Ihnen einen Termin zu bekommen, Sie hatten aber keine freien Kapazitäten.«

»Bei mir? Davon weiß ich nichts, was aber auch nicht verwunderlich ist, da der Empfang für die Terminvergabe verantwortlich ist. Wann soll das gewesen sein?«

»November 2017.«

»Hm, schon möglich, innerhalb von zwei Jahren gibt sich eine Fülle von Patienten die Klinke in die Hand. Zum Glück, muss ich da wohl sagen.«

»Na ja, aber dieser Fall ging durch die Presse, und bevor die junge Frau sich gestellt hat, wurde nach ihr und ihrem Kollegen gefahndet. Ihre Kollegin wusste davon.«

»Ich sagte ja bereits, dass ich mir nicht vorstellen kann, warum sie lügen sollte. Was hätte sie davon? Sie hilft mir und wird mich auch zur Beerdigung begleiten.«

»Wann wird Ihr Mann beerdigt?«

»Morgen Vormittag. Wie gesagt, im allerengsten Kreis.«

»Es wäre möglich, dass wir uns im Umfeld des Waldes morgen mal umsehen. Bitte wundern Sie sich nicht. Wir werden Sie bei der Zeremonie nicht behelligen.«

»Danke. Das wäre einfach zu viel für mich. Ich möchte, dass er ganz im Stillen zur Ruhe gebettet wird. Das müssen Sie verstehen, nach dem, was er erleiden musste.«

»Aber natürlich.« Herbracht bedankte sich und legte auf. Er war nachdenklich.

»Weißt du, Kai, du hast zwar recht damit, dass die Gesichter der beiden durch die Fahndung bekannt wurden, aber denk dran, dass die Mischniks sagten, ihre Tochter habe sich stark verändert.«

»Du meinst die Haarfarbe?«

»Und das starke Make-up. Es kann ein Gesicht ziemlich verändern. Nicht immer zum Positiven.«

»Das ist der Grund, weshalb ich kein Make-up benutze. Ich bin von Natur aus schön«, witzelte Herbracht.

»Was erwartest du eigentlich morgen am Friedhof zu sehen?«, fragte Dragovic nachdenklich.

»Die Eschbach.«

KAPITEL 11

Rechtsmedizinisches Institut, 12:14 Uhr

Herbracht hatte noch mehrmals vergeblich versucht, Lara Eschbach zu erreichen, und war nun unterwegs zum rechtsmedizinischen Institut. Er hatte Dragovic aufgetragen, die Suche nach Schmidts Eltern auszuweiten, nachdem über das Einwohnermeldeamt nichts Näheres herauszufinden gewesen war.

Dr. Jacoby saß wie so oft in dem kleinen Besprechungsraum vorm Obduktionssaal, als er eintrat, und hob erfreut den Kopf. »Ah, da ist er ja, der Herr Hauptkommissar, das trifft sich gut, ich hätte Sie gleich angerufen.«

»Moin, Frau Doktor. Neugierde gehört zu meinem beruflichen Tätigkeitsbereich.«

»Okay, dann legen wir los. Einiges habe ich Ihnen bereits am Leichenfundort gesagt, Herr Kommissar«, begann Dr. Jacoby. »So spannend wird's also nicht. Jannick Schmidt verstarb gegen 3 Uhr morgens am 26. Juni. Interessant ist allerdings, dass die Trittwunden nicht zum Tod geführt haben.«

»Ach nein?«

»Nein. Das konnte man aufgrund des vielen verkrusteten Blutes am Tatort nicht sehen. Er wurde erschlagen.«

Herbracht war erstaunt. »Und da sagen Sie, es wird nicht spannend? Das ist doch eine Neuigkeit! Er wurde also erschlagen.«

»Ja, wobei er vorher schon einige Trittverletzungen abbekommen haben muss, die ihn zu Fall gebracht haben. Zunächst in die Magengrube. Der finale Schlag erfolgte mit einem metallischen Gegenstand. Wir haben Metallspuren in den Wunden gefunden.« Sie öffnete einige Fotos auf dem Computerbildschirm, der vor ihr stand. »Hier haben wir die Schädeldecke abgehoben.«

Herbracht ächzte.

»Geht's?«

»Klar!«

»Sehen Sie die dunkle ovale Einblutung im Gehirn? Daran lässt sich feststellen, dass es ein harter, ovaler metallischer Gegenstand gewesen sein muss. Interessant ist, dass nach Schmidts Ableben weitere Tritte folgten.«

»Nach seinem Tod?«

Jacoby nickte. »Der Blutkreislauf zirkulierte nicht mehr. Die Tritte führten nicht zu weiteren Blutergüssen. Vielleicht wollte der Täter die Polizei glauben lassen, dass die Tritte die Todesursache waren. Ich gehe davon aus, dass er medizinisch ungebildet ist.«

»Das ist ja ein Ding«, sagte Herbracht.

»Ein großer, schwerer, vermutlich glatter Gegenstand. Ich schätze, mit etwa fünf Kilo wurde auf ihn eingedroschen. Wenn man mit Schwung ausholt … Ich brauche Ihnen nicht zu erklären, dass das kein Schädel aushält. Ein Schlag mitten ins Gesicht hat ihm Nase und Stirn zertrümmert. Wie gesagt, wir mussten erst den ganzen Kopf von den blutigen Krusten und der ausgetretenen Gehirnmasse befreien. Auch die gesplitterten Knochen konnte ich erst hier im Saal nach der Säuberung sehen.«

»Welcher Gegenstand könnte zu einer solchen Fraktur geführt haben?«, fragte Herbracht.

»Das kann ich Ihnen leider nicht sagen, möglicherweise so etwas wie eine metallene Vase. Hm, Geschmäcker sind halt verschieden. Ich bevorzuge eher Glasvasen.«

»Zum Glück nur zur Dekoration und nicht als Waffe, nehme ich an, Dr. Jacoby.«

»Sie kennen mich nach all den Jahren recht gut.«

»Wenn das Ding groß genug, aber nicht allzu schwer war, müsste eine Frau kräftemäßig durchaus in der Lage dazu sein, jemanden damit zu erschlagen.«

»Durchaus. Eher das, als jemanden mit Sneakers totzutreten«, antwortete Jacoby. »Ich möchte Ihnen allerdings etwas zeigen.« Sie öffnete ein weiteres Foto, auf dem der Brust- und Bauchbereich des Toten zu erkennen war. »Sehen Sie das?«

Sie umkreiste mit dem Mauszeiger einen gut abgegrenzten Bluterguss in Form eines Schuhs. »Es ist ein beinahe perfekter Abdruck. Er stammt von einem Sportschuh, wie sich am Profil erkennen lässt. Bei diesem Tritt sind direkt zwei Rippen gebrochen. Das hat er aber vermutlich nicht mehr gespürt.«

»Lässt sich etwas über die Schuhgröße sagen?«, fragte Herbracht.

»Dieser Abdruck stammt von einem größeren Fuß. Größe 41 oder größer.«

»Sind Sie da ganz sicher?«

»Relativ. Die weiteren Trittspuren haben ein anderes Profil. Schmalere Einkerbungen. Am Bauch erkennt man es gut.« Wieder umkreiste sie mit dem Mauszeiger die entsprechende Stelle.

Herbracht kniff konzentriert die Augen zusammen. »Es ist also davon auszugehen, dass auch andere Füße zugetreten haben?«

»Wenn ich mich nicht täusche, ja.«

»Eher ein Frauenfuß?«

Jacoby verzog skeptisch den Mund. »Das ist mir zu ungewiss, um es zu bestätigen. Wie gesagt, einen so schönen Abdruck wie oben finden wir im Bauchbereich schon deshalb nicht, weil am Bauch mehr Fett eingelagert wird. Ach, übrigens noch etwas. Wir haben in seinem Blut eine hohe Dosis Betablocker gefunden, genauer gesagt den Wirkstoff Propranolol.«

»Wow, er also auch.«

»Wie bitte?«

»Die Tatverdächtige stand unter dem Einfluss desselben Medikaments.«

*

Polizeipräsidium, 13 Uhr

Dragovic war ebenso erstaunt wie zuvor Herbracht, nachdem der Kommissar ihr von den Ergebnissen der Obduktion berichtet hatte. »Wir haben es also ziemlich sicher mit einer weiteren Person zu tun, denn auch Schmidt hatte Propranolol im Blut.«

»Vielleicht ist Mischnik doch unschuldig?«, fragte Dragovic.

»Ich wüsste nicht, wie wir den Staatsanwalt davon überzeugen sollten. Die Blutspritzer an ihren Sneakers und die genaue Beschreibung des Leichenfundorts sprechen nicht gerade für eine Freilassung.«

Herbracht stand auf, ging zum Whiteboard und schrieb neben den Namen Mischnik: »Täter: Schuhgröße 41 oder größer.« Daneben vermerkte er: »Eschbach und Mischnik kennen sich.«

Dragovic stützte das Kinn auf ihre Hand und starrte auf das Whiteboard. »Solltest du glauben, dass die Eschbach mit drinsteckt, gebe ich zu bedenken, dass sie nicht klein ist, aber auch nicht riesig. Schätze 1,70 Meter. Viele Frauen mit dieser Körpergröße haben kleinere Füße.«

»Was für die anderen Abdrücke spräche.« Herbracht blickte auf Dragovics Füße. »Welche Schuhgröße hast du noch mal?«

»38, und ich bin 1,70 Meter. Na gut, du hast recht, Ausnahmen gibt es natürlich.«

»Hast du in meiner Abwesenheit versucht, die Eschbach zu erreichen?«

»Versucht schon, aber erfolglos. Dafür bin ich in Regensburg fündig geworden, was Familie Schmidt angeht. Allerdings hilft uns das nicht weiter.«

»Wieso nicht?«

»Über das Geburtenregister vom Standesamt recherchierte ich … Moment.« Sie klickte ein paarmal mit der Maus, dann begann sie vorzulesen. »Jannick Schmidt wurde am 19.03.1993 in Regensburg als einziges Kind von Rosemarie Schmidt, geborene Henkel, Geburtsjahr 1953, und Werner Schmidt, Geburtsjahr 1950, geboren. Waren keine jungen Eltern.«

»Waren?«

»Nicht ganz richtig ausgedrückt. Werner Schmidt verstarb bereits 2000 an einem schweren Herzleiden, Rosemarie Schmidt lebt noch. Ich habe die Adresse ihres damaligen gemeinsamen Wohnsitzes herausgefunden, liegt mitten in Regensburg. Ich schick dir die Datei auf deinen Rechner. Allerdings wohnt die Schmidt nicht mehr dort, wie mir von der Hausverwaltung mitgeteilt wurde.«

»Sondern?«

»In einer Anstalt in Regensburg. Sie ist nach dem Tod des Ehemanns in eine schwere Depression verfallen und seitdem nicht mehr ansprechbar. Ist mittlerweile in einer psychiatrischen Fachklinik untergebracht. Ich habe mich mit dem dortigen Sekretariat verbinden lassen.«

Herbracht kratzte sich nachdenklich am stoppeligen Kinn. »Tja, wenig hilfreich. Dennoch gute Arbeit, Dragovic. Das war's vorläufig. Sollte der Schmidt Geld hinterlassen haben, fließt es wohl in die Einrichtung und kommt gewiss der Mutter zugute.«

»Die Behörde ist informiert«, antwortete Dragovic.

KAPITEL 12

Freitag, 28. Juni, Oberrad, 9:07 Uhr

Herbracht und Dragovic parkten vorm Zugang des Friedwaldes. Herbracht gähnte. »Viel zu früh. Ich hätte doch erst Kaffee trinken sollen. Uns bleibt eine Dreiviertelstunde Zeit.«

»Lass uns die Füße vertreten und schauen, ob wir den Baum finden, unter dem Wacker begraben wird. Ein bisschen frische Luft tut uns gut. Noch ist es draußen nicht so warm. Laut Anzeige im Auto 16 Grad draußen. Heute Mittag soll's wieder unerträglich heiß werden. Komm, bevor die Trauergäste auftauchen.«

Sie stiegen aus und gingen ein paar Meter. Eine leichte Brise ließ die Blätter des Laubwaldes leise rauschen, irgendwo in der Ferne läuteten Kirchenglocken. Hunderte von Singvögeln schienen sich in diesem Wald wohlzufühlen. Dragovic lächelte. »Wie schön, hörst du das? Die Atmosphäre hier hat etwas ungemein Friedvolles. Ich habe nie zuvor einen Friedwald betreten. Ich muss sagen, er begeistert mich.« Neugierig blieb Dragovic an mehreren Bäumen stehen. Kleine Namensschilder am Stamm wiesen auf die Personen hin, die dort beerdigt waren. Auf den meisten Schildern stand nur der Name mit Geburts- und Sterbedatum. Ein Schild jedoch erregte Dragovics Aufmerksamkeit. Mehrfach las sie die Inschrift. »Kai, kommst du bitte?«

Herbracht trat näher.

»Lies das.«

Herbracht las laut: »›Carsten, 1998–2013. Allzu früh musstest du gehen, doch sollst du deinen Frieden finden.‹«

»Ich habe Gänsehaut, und du?«, fragte Dragovic.

»Wieso?«

»Klingt irre. Überleg doch, was da steht. ›Doch sollst du deinen Frieden finden.‹ Ich würde eher schreiben: ›Nun hast du deinen Frieden gefunden‹ oder so was in der Art. Seltsam, kein Nachname. Auf den anderen Schildern steht der komplette Name. Der Junge war erst 15. Das klingt tragisch!«

»Ich denke, das bleibt den Angehörigen selbst überlassen. Wenn du ein anonymes Grab haben möchtest, dann bringst du gar kein Schild an.« Herbracht ging weiter. »Guck, da vorne scheint die Beisetzung geplant zu sein. Da liegt ein Blumenarrangement. Und ein Loch wurde ebenfalls ausgehoben. Lass uns nachsehen.«

Sonnenstrahlen fielen auf die dunkelroten Rosen des geschmackvollen Blumengebindes und erweckten den Eindruck, als leuchteten die Blüten. Auf einer goldenen Schleife stand: »In ewiger Liebe, Martin.«

»Wir haben's gefunden. Ein Ort voller positiver Energie, wenn man das so sagen kann.«

»Stimmt.«

Das Knacken feiner Zweige ließ die beiden herumfahren. Herbracht griff automatisch an sein Holster.

»Nicht so hektisch, nicht so hektisch! Ich bin's nur.« Die Frau, die an sie herangetreten war, hob beschwichtigend die Hände.

»Senkrecht? Was wollen Sie denn hier?«

»Ich vermute, das Gleiche wie Sie«, knurrte Karla und

fächelte sich Luft zu. »Sie sind schuld, wenn ich ausgerechnet hier einen Herzinfarkt erleide. Das wäre makaber. Menschenskinder, haben Sie mich erschreckt.«

»Hey, Frau Senkrecht, mit Ihnen haben wir nicht gerechnet.« Dragovic lächelte. »Verfolgen Sie uns?«

»Ich? Wo denken Sie hin? Mir ist zu Ohren gekommen, dass in einer knappen halben Stunde die Beisetzung von Wacker erfolgen wird. Wirklich schöner Wald. Da kann er sich wohlfühlen. Ich werde das mit Beate besprechen, wäre auch was für uns. Man kann nie früh genug Vorsorge treffen. Haben Sie die merkwürdige Inschrift an dem Baum da vorne auch gelesen? ›Doch sollst du deinen Frieden finden‹? So was habe ich nie an einem Grab gelesen. Ich kenne höchstens ›Ruhe in Frieden‹, aber ›sollst du deinen Frieden finden‹ klingt fast wie ein Versprechen.«

»Wir haben uns auch gewundert«, sagte Dragovic. »Der Verstorbene war ein Teenager. Wahrscheinlich eine schwere Krankheit. Vielleicht soll seine Seele durch die Kraft des Waldes heilen. Ich sag doch, dieser Ort ist mystisch.«

Herbracht hob erstaunt die Augenbrauen. »Ich lerne immer wieder Neues über dich, Mia, wusste gar nicht, dass du Esoterikerin bist.«

»Es gibt vieles, was du nicht weißt.«

»Eines weiß ich jedenfalls genau, wenn wir uns jetzt nicht verdrücken, laufen wir der Trauergemeinde in die Arme.«

Gerade als sie den Parkplatz erreicht hatten, sagte Karla: »Ich werde mir ein wenig die Beine vertreten. Ich habe Beate versprochen, an meinem Alabasterkörper zu arbeiten.«

»Aber hüten Sie sich, die Trauergäste zu stören. Der Witwer möchte seinen Mann im engsten Kreis beisetzen.«

»Weiß ich doch. Der Wald besteht nicht nur aus dieser einen Lichtung. Ich werde mich auf eine andere Ebene begeben. Und das meine ich jetzt nicht esoterisch.« Karla zwinkerte Dragovic zu. »Obwohl ich für Sie natürlich gern zur Esoterikerin würde.«

Dragovic lachte.

»Also, bis die Tage. Ich werde ein wenig bergauf marschieren.« Sie deutete auf eine Anhöhe. »Von dort oben dürfte man eine hervorragende Sicht in sämtliche Richtungen haben. Ich bin sicher, wir sehen uns bald wieder.« Damit ließ sie die beiden stehen und lief zum Waldsaum.

Herbracht wollte sich gerade in den Dienstwagen setzen, als ein Audi auf den Parkplatz fuhr. Sekunden später stiegen Lara Eschbach und Martin Herbst aus. Herbst öffnete die hintere Tür, und zu Herbrachts Erstaunen tauchte der Vater von Wacker aus dem Fond auf, ging um das Fahrzeug herum und half seiner Frau beim Aussteigen.

»Sieh mal, Mia, die sind mit demselben Auto gekommen. Dachte, die sind zerstritten«, raunte Herbracht.

»Vielleicht wollten sie sich das Taxi sparen«, antwortete Mia.

Lara Eschbach und Martin Herbst entdeckten Herbracht und blieben für einen Moment stehen, während Wackers Eltern die Polizisten nicht zur Kenntnis zu nehmen schienen.

Eschbach flüsterte Herbst etwas zu, der schritt mit Wackers Eltern voran, während Eschbach sich an Herbracht wandte. »Martin hat mir erzählt, dass Sie mich sprechen wollen.«

»Ja, ich hoffe, ich erreiche Sie morgen?«, fragte Herbracht.

»Bestimmt«, sagte sie und ging dann hinter den anderen her.

Ein schwarzer Van mit dunklen Heckscheiben fuhr soeben auf den Parkplatz. Eine mondäne, dunkel gekleidete Dame mit langem, glänzendem schwarzem Haar stieg aus.

»Das ist doch die Schulz, oder?«, flüsterte Dragovic.

»Das ist sie«, bestätigte Herbracht.

»Kennt sie dich?«

»Klar, sind uns mehrfach in der Rechtsmedizin begegnet. Wie soll ich sagen? Sie ist nicht gerade eine unauffällige Erscheinung.«

Ein Mann mit Violinenkasten und der Urnenträger folgten. Schulz ließ sie vorangehen. Als sie den Kommissar bemerkte, schritt sie mit besorgtem Gesicht auf ihn zu. »Die Kriminalpolizei? Kommissar Herbracht, nicht wahr?«

»Ganz recht, Tag, Frau Schulz. Mia Dragovic, meine Kollegin.« Er deutete auf Dragovic.

»Ich dachte, die Mörderin wurde gefasst?«

»Die Tatverdächtige, die mit dem Tod ihres Kollegen in Zusammenhang steht, befindet sich in Untersuchungshaft, wenn Sie das meinen. Das heißt allerdings nicht, dass der Fall abgeschlossen ist. Ganz und gar nicht.«

»Ach nein? Wie furchtbar. Ich dachte, sie hätte auch Wacker auf dem Gewissen.«

»Da wissen Sie mehr als wir. Wie kommen Sie denn darauf?«

»Nun ja, Herr Kommissar, ich bin keine Spezialistin, aber es klingt doch absurd, dass es bei zwei direkt zusammenhängenden Morden zwei Täter geben soll, oder?« Sie blickte Herbracht mit großen Augen an. »Wie ich schon sagte, ich kenne die Interna nicht, aber das herauszufinden ist ja auch nicht meine Sache. Ich zähle nur eins und eins zusammen. Nennt man das nicht logisches Denken?«

Herbracht lächelte mild. »Wenn nur alles so einfach wäre, Frau Schulz, dann wären wir wahrscheinlich arbeitslos. Ich wünschte, wir wären schon einen großen Schritt weiter.«

»Besteht etwa Gefahr für die Trauergemeinde? Ich meine, Sie sind doch sicher nicht zum Vergnügen hier? Sie müssen wissen, ich trage die Verantwortung für den reibungslosen Ablauf der Zeremonie.«

»Nur keine Sorge«, beruhigte Herbracht sie.

»Ach doch, das kann ich nicht abschütteln. Man ist schon irgendwie involviert. Es ist einfach zu schrecklich, was dem armen Mann widerfahren ist. Und man darf nicht vergessen, wie sehr die Hinterbliebenen darunter leiden.« Sie faltete die Hände. »Man möchte so gern helfen. Der arme junge Mann. Ich kann es nur versuchen, indem ich die Trauerfeier so angenehm wie möglich gestalte.«

»Wie gesagt, machen Sie sich keine Sorgen.«

»Dann will ich Ihnen glauben. Ich muss weiter. Die Herrschaften warten auf mich. Auf Wiedersehen. Ich hoffe, Sie klären diese Tragödie schnellstmöglich auf.«

*

Karla hatte sich auf einer Anhöhe oberhalb der Trauergemeinde im dichten Gestrüpp verborgen, um einen Blick auf die Hinterbliebenen zu erhaschen. Gerade lief die mondäne Bestatterin auf Herbst zu und umarmte ihn.

Allen anderen Personen reichte sie reihum die Hand. Jede ihrer Gesten, jede ihrer Bewegungen wirkte überlegt und war garantiert eingeübt. Herbst schien unentwegt zu weinen, wie Karla am Zucken seiner Schultern wahrnahm, und seine Begleitung legte einen Arm um ihn. Das ältere Ehepaar stand ein wenig abseits, sie hatten Herbst den Rücken gekehrt. Beide starrten unbeweglich auf den Urnenträger und die Urne in seinen Händen. Unwillkürlich musste Karla an eine systemische Familienaufstellung denken, an der sie vor einigen Jahren mit ihrer Partnerin teilgenommen hatte. Wie diese Personen zueinander standen, konnte man auch ohne Worte bestens interpretieren.

Plötzlich vernahm Karla leise Geräusche ganz aus ihrer Nähe. Winzige Äste knackten. Verstohlen sah sie sich um und entdeckte nur wenige Meter entfernt eine Gestalt in gebückter Haltung, die offenbar das gleiche Interesse an der Trauergemeinde hatte wie sie.

Sehr vorsichtig und möglichst lautlos schlich sie näher und erkannte, dass es sich bei der Person um einen jungen Mann handelte.

»Was machst du da?«, fragte sie leise. Der Typ fuhr zusammen, drehte sich um und riss erschrocken die Augen auf. Dabei rutschte ihm die Kapuze seines dunkelblauen Hoodies vom Kopf und blonde Haare kamen zum Vorschein.

»Was tust du hier?«, raunte Karla.

»Das … das könnte ich Sie auch fragen.«

»Du bist ein Spanner, was? Na, auf wen hast du's abgesehen?«, fragte Karla unbeirrt und sah durchs Gebüsch nach unten zu der Trauergemeinde.

»Und Sie, weshalb starren Sie da runter?«

»Ich ermittle in einem Mordfall.«

Der junge Mann war für einen Moment sprachlos. »Sind Sie von der Kripo?«

»So was Ähnliches.«

»Geht es um den Mord an diesem Mann da unten?«

»Ach, jetzt wird's interessant. Woher weißt du denn das?«

»Ich … ich arbeite für Frau Schulz, ich bin Bestattungsfachkraft. Wir haben den Arzt, also ich meine den verstorbenen Arzt aus der Rechtsmedizin abgeholt. Das war gruselig.«

»Und warum bist du hier oben und nicht da unten?«

»Sie wollte mich nicht dabeihaben, obwohl ich gern an der Beerdigung im Friedwald teilgenommen hätte. Und außerdem ist das ja eine außergewöhnliche Bestattung. Weil der Mann ermordet wurde.«

»Also doch Neugierde?«

Er wurde rot.

»Wie heißt du eigentlich?«

Er antwortete nicht gleich.

»Hast du nicht gehört?«

»Doch, doch, Roland Weber. Und ich bin alt genug, um gesiezt zu werden.«

*

Polizeipräsidium, 13:52 Uhr

»Das war ein denkwürdiger Vormittag, was?«, bemerkte Herbracht und biss genüsslich in sein Fleischwurst-Brötchen. »Übrigens vielen Dank, dass du mir was zu essen besorgt hast. Mein Magen knurrt mittlerweile so laut, dass es mich nicht wundern würde, wenn gleich ein Dompteur aus dem Zirkus auftauchen würde, um mich einzusperren.«

»Habe ich nur für dich gekauft, weil ich nicht riskieren wollte, dass die Stimmung kippt.«

Herbracht kaute und redete mit vollem Mund. »Welche Stimmung?«

»Na deine. Wenn du nichts zu essen bekommst, bist du unausstehlich. Also unter anderem.«

»Wie kannst du denn so etwas behaupten? Ich bin doch eine Seele von Mensch.«

Es klopfte.

»Wer es wagt, mich beim Essen zu stören, der kann mich kennenlernen.«

»Siehst du, was sag ich?« Dragovic grinste.

Wieder klopfte es.

»Ja?«, rief Herbracht unwirsch.

Karla Senkrecht steckte ihren Kopf zur Tür herein.

»Ach, Senkrecht, wie immer im unpassenden Moment.«

»Na gut, dann geh ich wieder.«

»Nein, kommen Sie schon rein. Wie war's im Wald, hat sich's gelohnt?«, fragte Herbracht übellaunig.

»Lassen Sie sich's schmecken, Herbracht. Nach dem anstrengenden Ausflug müssen Sie sich unbedingt stärken, ich habe Zeit.« Sie lächelte Dragovic freundlich zu, die sich über eine Salatschüssel hermachte. »Ihnen ebenfalls guten Appetit, meine Schöne, ziemlichen Hunger, was?«

»Danke schön, ja, das habe ich«, sagte Dragovic mit halb vollem Mund.

»Ich setze mich, bis Sie fertig sind, ganz still in eine Ecke und sinniere über das Leben. Lassen Sie sich durch mich nicht stören. Ich lausche gern den Geräuschen schmatzender Münder. Dabei kommen mir die absurdesten Gedanken.«

Herbracht kaute eine Weile und legte dann das angebissene Brötchen auf einen Teller. Dann sah er Karla unverwandt ins Gesicht. »Sie haben's geschafft. Ich bin neugierig. Ist Ihnen was aufgefallen?«

»Ich habe mir, versteckt hinter einem Gebüsch, vom Hügel aus, die Trauergemeinde angesehen. Sie wissen ja, man muss die Luft schnuppern, um sich einen Eindruck von der Lage zu verschaffen. Das sage ich immer wieder. Als ich die Leute beobachtete, musste ich unweigerlich an eine Familienaufstellung denken.«

»An eine was?«

»Eine Familienaufstellung nach Bert Hellinger. Wissen Sie etwa nicht, was das ist?«

»Nein, aber Sie erklären's uns vermutlich gleich.«

»Wissen Sie es, Frau Dragovic?«

»Schon. Ich war aber nie bei einer.«

Karla wandte sich erneut an Herbracht. »Ich musste zu einer Aufstellung, weil Beate das so wollte. Da hatten wir uns gerade kennengelernt. Sie hatte eine unglückliche Beziehung hinter sich und wollte ergründen, ob wir zueinander passen. Manchmal ist sie ein bisschen merkwürdig.« Karla tippte sich mit dem Zeigefinger an ihre Schläfe.

»Und was geschieht bei einer solchen Aufstellung?«, fragte Herbracht.

»Zu einer Familienaufstellung erscheinen normalerweise mehrere Personen, die nichts mit der Familie, um die es gehen soll, zu tun haben. Ich meine damit völlig fremde Personen. Sie alle sind zunächst Zuschauer. Es gibt eine Bühne.

Eine Person oder auch mehrere, die eine Aufstellung machen wollen, platzieren Personen aus dem Publikum als Stellvertreter der echten Angehörigen auf dieser Bühne. In dem Fall hat Beate mich aufstellen lassen. Dann bittet man willkürlich weitere Personen aus dem Publikum, dass sie sich um diejenigen herum positionieren. Oftmals stehen sie für Geschwister oder Eltern. Sie stellen sich intuitiv richtig auf – also zum Beispiel von der Person abgewandt oder ihr zugewandt. Die Personen verhalten sich dann erstaunlicherweise so, als wären es die wahren Bezugspersonen. Das heißt, es ist möglich, dass sie Gefühle äußern, wie es die Angehörigen tun würden.«

»Und was soll das bringen?«

Karla machte eine fragende Geste. »Man kann dadurch angeblich Spannungen oder tief sitzende Ängste, Aggressionen und was weiß ich auflösen.«

»Und an so was glauben Sie?«

Karla schüttelte den Kopf. »Ich nicht, aber Beate. Verraten Sie mich nicht, denn immerhin hat sie sich daraufhin dazu entschieden, mit mir eine Lebensgemeinschaft einzugehen.«

»Und was hat das mit der Beerdigung zu tun?«

»Das war wirklich interessant. Die Eltern von dem Wacker zum Beispiel, die standen am Rande der Szenerie, Herbst und Eschbach hatten die Gesichter von ihnen abgewandt, während die Eschbach eine Haltung eingenommen hatte, die einer Art Schutzschirm glich. Sie stellte sich so, als hätte sie Angst, Herbst könnte einem Angriff zum Opfer fallen. Kein Zweifel, sie liebt diesen Mann und will ihn unbedingt. Komme, was da wolle. Interessant war auch, dass während der ganzen Zeremonie eine angespannte Stimmung herrschte. Selbst die Bestatterin trat unruhig von einem Bein aufs andere.« Karla machte eine Pause und starrte auf Herbrachts Brötchen. »Sie haben nicht zufällig so eins in Ihrer Teeküche?«

»Leider nein. Soll ich losgehen und eins für Sie besorgen?«, fragte Dragovic. »Der Bäcker ist gleich gegenüber.«

»Ach nein, lassen Sie, ich muss auf meine schlanke Linie achten.«

»Wenn du allerdings so höflich fragst«, wandte Herbracht ein, »könntest du mir einen Kaffee aus der Küche holen?«

»Soll ich für dich danach auch die Hemden in die Reinigung bringen?« Dragovic stand wenig begeistert auf.

»Da hast du wirklich Glück, die wasche ich selbst.«

»Deswegen trägst du also nie welche.«

»Ich sag doch, die Frau hat Humor«, sagte Karla und lachte.

»Kann ich Ihnen auch einen Kaffee mitbringen, Frau Senkrecht?«

»Heute sage ich nicht Nein.«

»Wie trinken Sie ihn?«

»Mit drei Stück Zucker und etwas Milch.«

»Man kann's auch übertreiben«, kommentierte Herbracht. »Sie sind ja richtig süß geworden. Wusste ich gar nicht.«

»Man muss sein Konsumverhalten auch ändern können, sonst wird's langweilig.«

»Dann bis gleich«, sagte Dragovic.

»Ich freu mich schon, Sie wiederzusehen, meine Liebe«, sagte Karla und verfolgte Dragovic mit den Augen.

»So, Schluss mit dem Flirten, Senkrecht. Weil Sie das mit der Eschbach erwähnt haben, was Interessantes.«

»Das wäre?«

»Die Mischnik hat sich 2017 einen komplizierten Armbruch zugezogen und musste für einige Zeit zur Physiotherapie. Raten Sie, wo sie war?«

»Etwa bei Herbst?«

»Knapp daneben, anderes Sprechzimmer.«

»Nee, bei der Eschbach etwa?«

»Erraten«, sagte Herbracht.

»Ach nee, ich werde verrückt.«

»Bitte nicht, jedenfalls nicht jetzt.«

»Das sind verdammt interessante Neuigkeiten. Außerdem würde mich interessieren, was sich in der Rechtsmedizin ergeben hat. Meinen Sie, es wäre sinnvoll, mich darüber aufzuklären?«

»Sie lassen mir sonst eh keine Ruhe«, sagte Herbracht und berichtete von seinem Gespräch mit Dr. Jacoby.

»Uff, er ist erschlagen worden? Das ist bitter. Okay, ein zweiter Täter also. Sie denken an die Eschbach?«

»Es kann beinahe jeder gewesen sein. Noch tappen wir völlig im Dunkeln. Ich würde momentan nicht einmal Sie ausschließen, wenngleich … Heben Sie Ihre Füße.«

Karla hob ächzend ein Bein.

Herbracht grinste und schüttelte den Kopf. »Ihre Füße sind zu breit. Schade, Sie kann ich von meiner Liste streichen.«

»Charmant wie immer. Ich dachte mir schon, dass es vernünftig ist, mir Beate als Anwältin warmzuhalten. Da wird Ihnen der Humor dann allerdings im Halse stecken bleiben.«

Herbracht hatte sich erneut seinem Brötchen gewidmet. Nun hustete er, rang nach Luft und wischte sich schließlich den Mund mit einer Serviette ab.

»Ich wollte gerade aufspringen und Erste-Hilfe-Maßnahmen ergreifen.«

»Weil Sie gerade Frau Pauli erwähnten …« Erneut wischte er sich über seine Lippen. »Ich habe der Mischnik gesagt, dass wir ihr einen Anwalt besorgen. Ich denke, Frau Pauli wäre dafür geeignet. Meinen Sie, wir könnten sie überreden, die Sache in die Hand zu nehmen?«

Karla machte ein nachdenkliches Gesicht. »Sie wissen, sie hat dem Strafrecht abgeschworen. Außerdem wissen Sie, dass sie was draufhat. Soll ich also schlussfolgern, dass Sie Mischnik für unschuldig halten?«

»Ich denke nur, sie hat eine gute Verteidigung verdient. Und außerdem ist bei dem Fall was oberfaul.«

»Wenn Sie weiterhin so offen zu mir sind, will ich mein Bestes geben, sie zu überzeugen.«

»Ich bin offen zu Ihnen?«

»Ich meine damit, dass Sie mich an Ihren Erkenntnissen zu dem Fall teilhaben lassen, das gefällt mir.«

»Ich weiß, was Sie können, Senkrecht, wenn Sie sich an einer Sache festgebissen haben. Und ich verabscheue es, auf der Stelle zu treten. Ich schicke Frau Pauli gern die Akten per Datei.«

»Schicken Sie sie besser mir, ich leite sie weiter. Wir wollen sie nicht gleich überfordern.«

»Sie sind verdammt gerissen. Gut, ich schicke sie Ihnen«, antwortete Herbracht.

KAPITEL 13

Samstag, 29. Juni, JVA, 15:07 Uhr

Beate Pauli saß am Tisch des Verhörraums der JVA. Mit einem Brillenputztuch reinigte sie ihre Hornbrille und ordnete mit der Hand nervös ihr kurzes Haar, bevor sie erneut einen Blick in die Akte warf, die sie, nachdem Karla Überzeugungsarbeit geleistet hatte, gestern für sich selbst ausgedruckt hatte.

Heute Morgen war wenig Zeit geblieben, sich einen detaillierten Einblick in die Sachlage zu verschaffen. Strafrechtliche Fälle mied Beate seit Jahren. Ihre Nerven litten mit zunehmendem Alter darunter. Doch Karla ließ dieser Fall nicht schlafen, wie Beate festgestellt hatte. Das geschah selten und nur dann, wenn Karla davon überzeugt war, dass sie bei Ermittlungen hilfreich sein konnte. So hatte Beates Partnerin sie also tatsächlich überredet, heute hier zu sitzen, was allerdings noch lange nichts zu bedeuten hatte. Bei Beate kehrte längst vergangene Unruhe zurück, wie sie diese seit Jahren nicht mehr kannte.

Sie suchte in ihrer Handtasche nach ihrem knallroten Lippenstift und einem Handspiegel, um sich die Lippen nachzuziehen. Die Farbe verlieh ihr eine gewisse Strenge – das behauptete Karla jedenfalls. »Wirklich albern«, sagte sie zu ihrem Spiegelbild, bevor sie Lippenstift und Spiegel achtlos in die Handtasche warf. Unruhig wippte sie mit dem Bein auf und ab. Sie würde den Fall ohnehin ablehnen, das hatte sie Karla sowohl gestern Abend als auch heute Morgen erklärt. Karla hatte ihre Worte mit einer gewissen Genugtuung zur Kenntnis genommen, wofür sie sie hätte ohrfeigen können. Sie kannte Karlas überheblichen und siegessicheren Gesichtsausdruck. »Heute Abend werde ich dir die Leviten lesen«, murmelte sie, als die Tür aufging und eine blasse, in sich zusammengesunkene junge Frau, gefolgt von einer Justizbeamtin, den Raum betrat.

»Guten Morgen, Frau Pauli, ich hole Anja Mischnik in einer halben Stunde wieder ab, sie ist recht schwach. Ist erst vor einer Stunde aus dem Krankenhaus hierher überführt worden«, sagte die Beamtin.

»Wir werden uns kurzfassen«, bestätigte Beate.

»Setzen Sie sich dort an den Tisch«, sagte die Beamtin.

Mischnik nahm Platz.

»Bis gleich.« Die Justizbeamtin verließ den Raum und verschloss die Tür hinter sich.

Beate warf einen neugierigen Blick auf die junge Frau, deren pinkfarbene Haare ihr Gesicht fahler wirken ließen, als es ohnehin schon war.

»Mein Name ist Beate Pauli. Ich bin Rechtsanwältin, genauer gesagt Strafverteidigerin. Kommissar Herbracht bat mich, Sie zu besuchen. Vielleicht kann ich etwas für Sie tun, wenn Sie mir ein wenig von sich erzählen.«

Mischnik starrte ohne eine Regung auf den Tisch vor sich.

»Möchten Sie mich nicht anschauen? Dann redet es sich leichter.«

Mischnik hob lethargisch den Kopf. Ihre Augen waren verquollen. Sie hatte eindeutig viel geweint.

Beate lächelte sanft. »Wie geht es Ihnen? Sie waren bis heute im Krankenhaus.«

»Ja«, antwortete Mischnik.

»Wollen Sie mir erzählen, was Ihnen widerfahren ist?«

Mischnik stützte die Ellbogen auf den Tisch und ließ die Stirn in ihre Handflächen sinken. »Ich weiß ja nicht, was Sie von mir hören wollen.«

»Am besten die Wahrheit. Mir wurde gesagt, Sie haben nach einem Anwalt verlangt. Der steht Ihnen auch zu. Wenn ich etwas für Sie tun soll, muss ich Sie allerdings kennenlernen und Ihnen vor allem vertrauen. Sollte ich an Ihrer Ehrlichkeit zweifeln, werde ich auf der Stelle abbrechen.«

Mischnik zuckte die Achseln. »Sie werden mir genauso wenig glauben wie die anderen. Ich weiß selbst nicht, ob ich mir trauen kann«, sagte sie niedergeschlagen.

»Was meinen Sie damit?«

»Ich soll einen Mord gestanden haben, an den ich mich nicht erinnern kann.«

»Sie haben Medikamente genommen, hatten eine ganze Menge Betablocker im Blut. Das schadet dem Gedächtnis. Haben Sie eine Erkrankung, weshalb Sie das Zeug brauchen?«

»Nein!«

»Haben Sie es aus dem Krankenwagen gestohlen? Oder aus dem Krankenhaus? Als Sanitäterin ist Ihnen sicher bekannt, was Betablocker sind und was sie in hohen Dosen bewirken.«

»Natürlich. Ich müsste mich aber doch daran erinnern, sie geschluckt zu haben, als ich bei Verstand war, oder?«

»Davon ist auszugehen. Haben Sie zu irgendeiner Zeit Drogen genommen?«

Mischnik presste die Lippen zusammen. »Ich habe zwei-, dreimal Hasch geraucht. Weiter nichts.«

»Haben Sie an dem Tag Hasch geraucht?«

»Natürlich nicht, das ist erstens schon länger her, zweitens nehme ich doch nichts, wenn ich arbeite. Ich wäre sofort meinen Job los!«

»Das wurden Sie bereits mehrfach gefragt, aber ich werde Sie trotzdem fragen: Wo sind Sie die ganze Zeit gewesen? Sie sollen ausgesagt haben, dass Sie sich tagelang im Freien aufgehalten haben. Vielleicht möchten Sie es mir genauer beschreiben?«

Mischniks Mimik veränderte sich schlagartig. Ihre Augen wurden kalt und sie zischte. »Ich weiß nicht, dass ich das gesagt habe, verdammt, und wenn mich hundert Leute danach fragen! Ich weiß es nicht! Ich habe nicht die geringste Ahnung. Reicht das nicht? Es ist zum Kotzen. Ich zweifle selbst schon an meinem Verstand. Ich habe Angst, dass ich verrückt geworden bin, reicht Ihnen das?«

»Frau Mischnik, eins kann ich Ihnen sagen: In diesem Ton finden wir nicht zueinander, bitte beherrschen Sie sich.«

Mischnik atmete tief durch. »Tut mir leid. Niemand glaubt mir. Ich habe mir tausendmal das Hirn deswegen zermartert. Ich habe freiwillig keine Medikamente eingenommen.«

»Und unfreiwillig?«

»Ich weiß es nicht.«

»Hm, sagen wir so, selbst wenn Ihnen jemand ein Mittel verabreicht hat, worauf es ja hinausliefe, dann bleiben zwei wesentliche Punkte, die Sie belasten.«

»Wie meinen Sie das?«

»Die Blutspuren des Opfers an Ihren Schuhen und die Tatsache, dass Sie den Beamten den genauen Ort beschreiben konnten, an dem der Tote lag. Sie müssen also dort gewesen sein.«

»Ja, manchmal denke ich, ich habe jemanden gesehen, der auf dem Boden lag. Ich weiß aber nicht, wo das gewesen sein soll.«

»Wirklich nicht? Sie wissen nicht, dass er nah bei den Bahnschienen lag?«

»Keine Ahnung.«

»Frau Mischnik, ich konnte mich nicht intensiv mit der Akte befassen, aber Sie haben ausgesagt, den Mann getreten zu haben, bis er sich nicht mehr rührte. Haben Sie Herrn Johansson zum ersten Mal gesehen, als Sie dort auftauchten?«

»Warum fragen Sie?«

»Ich weiß nicht, ob ich einer wildfremden Person erzählen würde, dass ich jemanden umgebracht habe – Notwehr oder nicht. Ich würde vermutlich die Polizei anrufen. Okay, oder den Fremden für mich dort anrufen lassen, falls ich kein Handy bei mir hätte.«

»Er hat ja die Polizei geholt.«

»Die rechtsmedizinische Untersuchung ergab, dass dem Opfer neben den Tritten auch Schläge mit einem metallenen Gegenstand zugefügt wurden. Ihm wurde der Schädel eingeschlagen.«

»Metall? Was soll das gewesen sein?«

»Ich habe gehofft, Sie würden mich aufklären. Außerdem war eine zweite Person bei Ihnen, wie ich der Akte entnehme.« Beate blickte Mischnik aufmunternd an, die schüttelte jedoch den Kopf.

»Eine zweite Person? Ich entsinne mich nicht.«

»Ach, Frau Mischnik, denken Sie doch bitte nach. Das könnte Ihre Rettung sein. Ihr Kollege wollte Sie vergewaltigen, sagten Sie. Dann ist es doch verständlich, dass Sie geflohen sind. Oder hat Ihre Begleitung den Mann erschlagen? Gehen wir mal davon aus, dass Sie, warum auch immer, zusehen mussten, wie Ihr Kollege ermordet wurde, vielleicht versagt Ihr Gedächtnis deshalb den Dienst?«

»Ich weiß nichts von einer Begleitung und ich kann mich nicht daran erinnern, weggelaufen zu sein. Haben Sie mich denn nicht verstanden?« Mischnik begann, nervös ihre Hände zu kneten. »Sie glauben mir kein Wort, sonst müssten Sie doch begreifen, dass ich mich, wenn ich nicht einmal weiß, wo ich selbst gewesen bin, nicht an eine andere Person erinnern kann. Warum traut mir eigentlich niemand? Warum gehen Sie nicht wieder? Ich sage ja, wahrscheinlich bin ich verrückt. Haben Sie denn keine Angst vor mir? Ich könnte jederzeit aufspringen und Ihnen ebenfalls etwas antun.« Mischnik begann zu weinen.

»Frau Mischnik, Wut hilft Ihnen nicht weiter. Sie haben ausgesagt, Schmidt habe Sie verschleppt und versucht, Sie zu vergewaltigen. Sie haben einige Blessuren abbekommen, vermutlich haben Sie sich gewehrt. Ich verstehe nicht, wie man so etwas vergessen kann. Da müssten sich doch langsam oben«, sie tippte sich an die Stirn, »irgendwelche Synapsen verbinden. Das alles wussten Sie doch anfänglich und dann, ganz plötzlich, wissen Sie es nicht mehr. Wissen Sie, ich hatte schon viele Mandanten, und ich habe vielen Menschen aus der Klemme geholfen. Ich habe nicht den schlechtesten Ruf. Aber um Ihnen zu helfen, ist Vertrauen notwendig. Zugegebenermaßen fällt mir das bei dieser ungewöhnlichen Geschichte, die Sie mir da erzählen, besser gesagt bei dem, was Sie mir vorenthalten, recht schwer.«

»Ich habe keine Ahnung, warum ich das alles gesagt habe. Vielleicht bin ich schizophren. Jannick würde mir jedenfalls nie etwas tun, der ist viel zu lieb.« Ihre Augen weiteten sich erschrocken. »Oh nein, was heißt ›er würde‹? Er hätte es nie getan. Ich, ich kann einfach nicht fassen, dass er tot ist. Warum habe ich das bloß getan, warum denn?«

Anja Mischniks Traurigkeit schien nicht gespielt zu sein und berührte sie tief. Ein Ausdruck tiefster Verzweiflung lag in ihrem Blick. Nichts war von der Aggression von vor wenigen Minuten geblieben. Nur unendlich viel Kummer.

Plötzlich flüsterte Mischnik: »Bitte, lassen Sie mich nicht damit allein. Ich bitte Sie. Beweisen Sie meine Unschuld. Meine Mutter würde es nicht überleben, wenn ich schuldig wäre. Und mein Vater würde, oh Gott, er würde nie wieder ein Wort mit mir sprechen. Bitte holen Sie mich raus. Ich … ich ertrage es nicht, eingesperrt zu sein.«

»Haben Sie Angst vor Ihrem Vater, Frau Mischnik?«

Mischnik schwieg, ihre Unterlippe zitterte.

»Ist Ihr Vater schon einmal handgreiflich geworden oder übergriffig?«

Mischnik starrte auf den Tisch. Nach einer Weile sagte sie leise: »Als Kind hat er mich ein paarmal geschlagen, aber …«, sie beeilte sich, fortzufahren, »… das ist alles lange her. Ich … ich habe ihm längst vergeben. Werden Sie mir helfen?«

Die Tür ging auf und die Vollzugsbeamtin trat ein. »Zeit ist um«, sagte sie.

Beate stand auf. »Versuchen Sie sich zu erinnern, Anja. Darf ich Sie Anja nennen?«

»Ja.«

»Wenn Ihnen etwas einfällt, lassen Sie es mich wissen. Ich bin, was Ihren Fall betrifft, unentschlossen. Aber Sie können sich einen Pflichtverteidiger nehmen.«

Die Justizbeamtin führte Mischnik zur Tür. Mischnik drehte sich zu Beate um. »Bitte helfen Sie mir. Ich weiß, Sie sind die Richtige dafür.«

*

Am Schwalbenschwanz

Vom Untersuchungsgefängnis bis zu ihrem geparkten Auto waren es kaum mehr als 100 Meter. Weit genug jedoch, dass Beates Hosenanzug durch einen heftigen Wolkenbruch komplett durchnässt wurde. »Das hat mir gerade noch gefehlt.«

Kaum hatte Beate die Wohnung betreten, eilte Karla ihr entgegen. »Du bist ja nass bis auf die Haut. Das war doch nur ein kurzes Gewitter, du hättest in der JVA abwarten sollen. Du kommst doch direkt von dort, oder?«

»Schon, aber da bleibt man keine Minute länger als nötig. Ein frustrierendes Gebäude. Allein diese Milchglasscheiben. Die Inhaftierten können nicht ins Freie gucken. Ich zieh mich um.« Sie ließ Karla stehen und verschwand im Schlafzimmer, um wenige Minuten später mit Shorts und T-Shirt bekleidet in die Diele zurückzukehren. Dort holte sie ihren Ordner aus der Aktentasche und ging in die Küche. Karla war sichtlich nervös. »Machst du's?«, fragte sie.

Beate warf den Ordner auf den Küchentisch. »Was gibt's zu essen?«

»Du hast ja eine Laune. Ich warte schon die ganze Zeit auf dein Urteil, die Mischnik betreffend. Wie ist sie?« Karla zog einen Stuhl unter dem Tisch hervor, setzte sich, stützte ihre Ellbogen auf den Tisch und sah Beate erwartungsvoll an.

Beate nahm ebenfalls Platz, legte die Hände in den Schoß, und schließlich sagte sie: »Sie weicht nicht von ihrer angeblichen Ahnungslosigkeit ab. Ich meine, dass sie unter dem Einfluss von Propranolol stand, das wissen wir ja bereits. Aber ich will nicht glauben, dass das Gehirn sich nicht regeneriert.«

»Regeneriert?«

»Ja, dass keine Spur einer Erinnerung wiederauftaucht. Ich kann mir das nicht vorstellen. Weißt du, was ich glaube?«

Karla verneinte.

»Ich glaube, das, was sie getan oder zumindest erlebt hat, war so schlimm, dass ihr Gedächtnis die Erinnerung daran unter Verschluss hält, sozusagen.«

»Das ist schon möglich.«

»Wie war das damals, als du den Hypnosekurs gemacht hast? Kannst du bestätigen, dass Erinnerungen nicht zurückkehren, ich meine höchstens unter Hypnose?«

Karla grinste und schüttelte den Kopf. »Dass du das jetzt aus deinem Gedächtnis kramst. Du hast mich doch für verrückt erklärt, weil ich diesen Kurs belegt habe. Sagtest du nicht damals so etwas wie Show und Veralberung?«

Beate schnitt eine Grimasse. »Ja, ja, dachte ich, bis du mich einmal selbst in Hypnose versetzt hast.«

»Dabei erfuhr ich das eine oder andere Geheimnis von dir.«

Beate beugte sich nach vorn und kniff Karla in die Wange. »Ich bin mir allerdings auch heute nicht sicher, ob ich nicht einfach im Schlaf gesprochen habe. Aber zurück zu meiner Frage, kannst du dir vorstellen, dass Erinnerungen für immer verschlossen bleiben?«

»Klar. Das kann ich mir nicht nur vorstellen, das ist faktisch so.«

»Sie ist in jungen Jahren von ihrem Vater misshandelt worden, das hat sie erzählt. Vielleicht sogar missbraucht. Auch wenn sie das nicht bestätigt hat.«

»Tatsächlich? Das ist schrecklich«, sagte Karla. »Glaubst du, dass sie zu einem so brutalen Verbrechen fähig wäre? Und vielleicht sogar den Notarzt auf dem Gewissen hat?«

Bedächtig schüttelte Beate den Kopf. »Ich glaube, dazu wäre sie kräftemäßig nicht imstande gewesen.«

»Und was denkst du nun, übernimmst du den Fall?«, fragte Karla erneut.

»Lass mich die ganze Akte erst durchlesen und eine Nacht darüber schlafen. Mir ist das alles nicht geheuer. Ich muss erst abschalten.«

»Um auf den Vater zu sprechen zu kommen: Ich denke, ich könnte mehr über ihn herausfinden. Du hast mich gerade auf eine prächtige Idee gebracht. Ich brenne darauf, die Mischnik persönlich kennenzulernen.«

Beate sah auf. »Karla, Karla, wenn du in die U-Haft willst, brauchst du eine Genehmigung, und wahrscheinlich sitzt jemand dabei, während du mit ihr sprichst.«

»Wirklich zu blöd. Darüber sollten wir genauer nachdenken. Ich war übrigens bei Wackers Beerdigung.«

Beate stutzte. »Du warst was?«

»Na ja, ich war dort nicht direkt, mehr im Hintergrund, sozusagen hinter den Kulissen. Du weißt doch, ich muss mich in die Szene einfühlen.« Karla räusperte sich. »Ich meine in die Menschen, die bei diesem mysteriösen Fall eine Rolle spielen.«

»Du hättest Profilerin werden sollen.«

»Unsinn«, knurrte Karla. »Wir sind doch nicht in Amerika. Wenn schon, dann Fallanalytikerin. Jedenfalls hat mich niemand bemerkt. Also bis auf Herbracht und seine Kollegin natürlich. Die haben sich den Friedwald ein bisschen angeschaut, also vor der Beerdigung. Jedenfalls sind wir uns da in die Arme gelaufen. Verrückt, nicht? Ich bin dann meiner eigenen Wege gegangen, habe mich etwas oberhalb der Trauergemeinde im Gestrüpp verschanzt und ein wenig zugesehen.«

»Das Gestrüpp muss dicht gewesen sein, die schlankeste Tanne bist du ja nicht gerade.«

Karla verzog das Gesicht. »Wenn du mich ärgerst, zünde ich mir auf der Stelle ein Zigarillo an.«

»Untersteh dich.«

»Waren nur eine Handvoll Trauergäste.«

»Wer war denn da?«

»Der Herbst, diese Eschbach, das ist die berufliche Partnerin von Herbst, die den Mann rührend umsorgt. Sie hat ihn gehalten wie einen Schwerkranken, wobei er ehrlich gelitten hat. Und dann Wackers Eltern. Dazu ein Geiger und die Schulz … Eine Trauerrede gab es nicht. Aber der Geiger spielte ›Yesterday‹ von den Beatles. Fand ich recht schön.«

»Schulz heißt die Bestatterin, richtig?«

»So heißt sie«, bestätigte Karla.

»Die soll ja so gut aussehen, stimmt das?«

»Na ja, mein Fall wäre sie nicht. Scheint eine Perfektionistin zu sein. Da sitzt jedes Härchen.«

»Moment, willst du damit sagen, ich sei unordentlich?«

»Nein, natürlich nicht. Aber zu viel Perfektion wirkt auf mich unterkühlt. Sie ist kontrolliert, wie ich meine, soll aber ein Händchen für besondere Beerdigungen haben.«

»Besondere Beerdigungen?«

»Für individuelle Wünsche.«

»Das ist doch völlig normal, erfüllen andere Bestatter auch. Die bemühen sich alle, den Hinterbliebenen die Beerdigung so individuell und unvergesslich wie möglich zu gestalten. Angenehm wäre eher das falsche Wort.«

»Mir ist die Frau jedenfalls zu mondän, basta. Aber ich bin ja mit dir gut versorgt. Mach bei mir bloß keinen großen Aufstand, falls ich vor dir das Zeitliche segne.«

»Karla, was ist denn mit dir los?«

»Ich wollte es nur erwähnen, ganz am Rande, man weiß nie, was geschieht. Schon gut, Thema erledigt. Jedenfalls habe ich urplötzlich Geräusche in unmittelbarer Nähe gehört. Da hockte so ein Knilch im Gebüsch und starrte wie gebannt auf die Leute da unten. Erst dachte ich, so ein Sittenstrulli. Es stellte sich aber raus, dass er für die Schulz arbeitet. Ein junger Kerl. Und jede Wette, der ist in sie verschossen. War enttäuscht, dass er nicht bei denen da unten stehen durfte. Das nur zu dem Thema Schulz und ihrer Attraktivität.«

»Wieso soll er gleich verliebt sein?«

»Sagt mir mein Bauchgefühl.«

»Ist sie verheiratet?«

»Nicht dass ich wüsste.«

»Kinder?«

»Nicht dass ich wüsste.«

»Okay, bevor ich endgültig weiterlese ... Apropos Bauchgefühl: Gibt's was zu essen? Und sag bitte nicht: Nicht dass ich wüsste.«

»Ich hätte Kartoffelsalat für dich. Nicht selbst gemacht, aber selbst gekauft. Wäre der in Ordnung? Ich war in Gedanken nämlich ganz bei dir und der Mischnik, da konnte ich mich nicht aufs Einkaufen konzentrieren. Du weißt, man neigt dann dazu, zu viel Geld auszugeben.«

»Ganz klar, verstehe. Lass, ich esse ein Brot.« Beate stand auf und ging zum Kühlschrank.

»Sag, ohne Witz, könntest du mich nicht mit zu der Mischnik nehmen?«, fragte Karla. »Du kennst doch den Haftrichter.«

Beate drehte sich um. »Ich weiß nicht, ob ich da wieder hingehe. Ich denke nicht, dass ich den Fall annehmen werde.«

»Ich könnte dir bei der Entscheidungsfindung behilflich sein.«

»Ach, und wie willst du das anstellen?«

»Na, indem ich ein paar verborgene Gedanken der Mischnik ans Licht bringe.«

»Lass mich raten, Karla. Du willst sie allen Ernstes hypnotisieren?«

Karla setzte ein höchst unschuldiges Gesicht auf. »Iich? Wie kommst du denn darauf? Ich doch nicht. Ich weiß auch nicht, ob ich das könnte. Andererseits könnte es rein theoretisch sein, dass sich die Mischnik an das eine oder andere erinnert. Ich meine, nicht dass ich das vorhabe ... Andererseits ... Es gibt Menschen, die lassen sich völlig problemlos hypnotisieren, ohne dass sie es selbst bemerken.«

Beate schüttelte entgeistert den Kopf.

»Na gut, ich würde sie selbstverständlich um ihr Einverständnis bitten, wäre das dann okay?«

»Und du glaubst, ich mache mit?«

»Ich bin mir nicht sicher.« Karla kratzte sich am Kinn. »Wir würden natürlich mit niemandem darüber sprechen.«

»Und wie soll ich verkaufen, dass ich dich mitnehme?«

Karla seufzte. »Also wirklich. Ich ermittele doch ebenfalls in dem Fall. Wie kannst du so begriffsstutzig sein? Du weißt doch am besten, was du dem Haftrichter erzählst. Von der Hypnose erfährt kein Mensch, versprochen. Aber du wüsstest dann, ob es sich lohnt, das Mädchen zu verteidigen. Und, na ja, ich auch. Zumindest wäre ich dann Herbracht …«, sie hob Zeigefinger und Daumen und hielt sie dicht übereinander, »einen winzigen Schritt voraus. Na, was meinst du?«

KAPITEL 14

Montag, 1. Juli, Krematorium, 9:16 Uhr

Nachdem Karla ihr Auto in der breiten Einfahrt des Krematoriums abgestellt hatte, bemerkte sie einen Leichenwagen, der ebenfalls in der Einfahrt stand. Sie sah am Gebäude empor. Aus dem langen Schornstein waberten dunkle Rauchschwaden. Seufzend warf sie einen Blick auf ihre Uhr. »Die fangen ja früh an.« Sie betätigte den Klingelknopf an der Eingangstür. Kaum ertönte der Summer, trat ihr ein blonder Mann Mitte 40 entgegen.

Neugierig fixierte er Karla. »Was kann ich für Sie tun?«

»Sind Sie Herr Johansson?«

»Der bin ich.«

»Mein Name ist Karla Senkrecht. Ich bin Privatdetektivin und habe ein paar Fragen Anja Mischnik betreffend. Ich weiß von Kommissar Herbracht, dass …«

»Anja Mischnik? Ich habe der Polizei bereits ausführlich über diese Frau Auskunft erteilt. Die waren hier und haben sie mitgenommen. War 'ne ziemlich verrückte Geschichte.«

»Ich weiß«, sagte Karla.

»Arbeiten Sie mit der Polizei zusammen?«

»Ja, schon.«

»Na, dann kommen Sie mit in mein Büro. Ist gleich da drüben.«

Johansson öffnete eine Tür und Karla stutze, denn im Raum saß unverkennbar die Bestatterin Verena Schulz. Zu ihrer Linken Roland Weber, auf den Karla während der Beisetzung getroffen war.

Weber erblasste und warf ihr einen beschwörenden Blick zu.

»Darf ich bekannt machen, das ist meine Kollegin Frau Schulz vom Bestattungsinstitut Schulz, und der junge Mann hier ist Bestattungsfachkraft«, erklärte Johansson. »Wir sprechen gerade über einen Neuzugang.« Er wandte sich an seine Besucher. »Die Dame ist Privatdetektivin und interessiert sich für die junge Frau, die bei mir aufgetaucht ist. Frau Senkrecht, nicht wahr?«

»Nichts ist wahrer«, bestätigte Karla.

»Eine Privatdetektivin? Wozu das denn? Das Mädchen sitzt doch bereits im Gefängnis«, hakte Schulz neugierig nach. Sie musterte Karla ein wenig zu lange, bevor sie ihr die Hand reichte. »Das ist Herr Weber, Herr Johansson hat vergessen, seinen Namen zu nennen. Ein sehr fleißiger Mitarbeiter von mir.« Sie warf ihm ein liebevolles Lächeln zu.

»Nett, Sie kennenzulernen.« Karla blickte zu Weber.

»Hallo«, krächzte Weber.

»Kommen Sie, nehmen Sie Platz, Frau Senkrecht.« Johansson schob Karla einen Stuhl zu. »Ich bin gespannt, wie wir helfen können.«

Karla setzte sich. »Herr Johansson, ich beneide Sie ein wenig darum, dass Sie mit Frau Mischnik persönlich Kontakt aufnehmen konnten. Oder, besser gesagt, hat sie ja den Kontakt zu Ihnen gesucht.«

»›Gesucht‹ ist wohl ein wenig zu viel gesagt. Ich war zufällig zur Stelle.« Johansson machte ein nachdenkliches

Gesicht. »Mir wäre lieber gewesen, sie hätte nicht mich, sondern die Polizei informiert.«

»Natürlich, natürlich. Ich meine nur, dass ich sie leider nicht persönlich gesprochen habe. Und das gehört dazu, wenn man erfolgreich ermitteln will. Wir Privatermittler haben einfach einen schwereren Stand als die Kripo.«

»Ich habe schon zu Göran gesagt, dass ich froh bin, nicht hier gewesen zu sein, als das Mädchen aufgetaucht ist«, mischte sich Schulz ein. »Ich wäre vor Schreck bestimmt in Ohnmacht gefallen. Zumal sie schrecklich ausgesehen haben soll.«

Johansson fuhr bestätigend mit beiden Händen von der Brust bis zum Bauch. »Alles voller Blut und Verletzungen. Der Mann muss sich heftig gewehrt haben. Mein Gott, Frauen, die töten, jagen selbst mir Angst ein.«

»Wenngleich Sie doch des Öfteren mit Mordopfern konfrontiert werden«, bemerkte Karla.

»Sie sagen es, mit Opfern, aber nicht mit Tätern.«

»Herr Johansson, Frau Mischnik war, wie es aussieht, auch nur ein Opfer. Ein Mensch, der sich seiner Haut erwehren musste. Sie hat Ihnen einfach so erzählt, dass sie jemanden getötet hat?«

»Was heißt einfach so? Sie wollte meine Hilfe.«

»Ihre Hilfe?«

»Ich denke, wenn sie eine Kirche gefunden hätte, dann hätte sie dort gebeichtet. Hier ist aber keine. Ich glaube, sie ist an der Last ihrer Schuld verzweifelt. Sie zitterte am ganzen Körper, hat mir fest in die Augen gesehen und mir gesagt, dass sie einen Mord begangen hat. So schlimm es sich anhört, ich hatte keinerlei Zweifel an ihrer Aussage.« Er rieb sich mit beiden Händen über die Oberarme. »Ich krieg jetzt noch eine Gänsehaut. Wissen Sie, ich bin weiß Gott kein ängstlicher Mensch. Aber ich nehme an, sie ist eine Psychopathin. Ich wusste nicht, ob sie vielleicht plötzlich eine Knarre ziehen und mich ebenfalls umbringen würde. Ich dachte nur, ich muss so schnell wie möglich die Polizei verständigen, bevor sie noch mehr Unheil anrichtet. Als die Polizei eintraf, da erinnerte sie sich plötzlich nicht mehr. Können Sie sich vorstellen, wie dämlich ich mich da gefühlt habe? Dabei hatte ich den Eindruck, dass sie einen Rückzieher machen wollte, als sie sich der Konsequenzen ihrer Aussage bewusst wurde. Und als dann die beiden von der Kripo hinzukamen, da war es ganz aus. Sie war völlig neben der Spur. Oder tat zumindest so. Der Notarzt hat dann schnell festgestellt, dass sie was genommen hatte. Ich bin zwar kein Arzt, aber ihr Allgemeinzustand verschlechterte sich. Dabei hätte doch die Wirkung dessen, was auch immer sie eingeworfen hatte, nachlassen müssen. Ich selbst habe beispielsweise einen hohen Blutdruck und muss hin und wieder Betablocker nehmen. Die Wirkung verstärkt sich aber logischerweise nicht, sie lässt nach. Ist doch klar.«

Karla nickte. »Da haben Sie sicher recht. Hm, Sachen gibt's …«

»Weiß die Polizei inzwischen schon Näheres?«

»Das hoffe ich doch, aber ich bin über die neuesten Ergebnisse nicht im Bilde. Haben Sie sie eigentlich gefragt, von wo sie gekommen ist?«

»Natürlich. Sie beschrieb den Ort, wo später die Leiche gefunden wurde. Ich habe das alles zunächst angezweifelt. Ich war einfach zu perplex. Überlegen Sie sich das mal. Ich kann Ihnen sagen, die Minuten, bis die Polizei endlich eintraf, die kamen mir vor wie eine Ewigkeit.

Ich habe mir die ganze Zeit überlegt, wie ich mich verhalte, wenn sie verschwindet.«

»Und was hätten Sie getan?«

»Ich weiß es nicht, Frau Senkrecht. Ich kann doch einer Frau keine Gewalt antun. Dann wäre ich nicht besser als sie.«

»Das ist wieder typisch Mann«, warf Schulz ein. »Der junge Kollege hat versucht, sie zu vergewaltigen. Das hat sie dir doch auch erzählt. Wieso erwähnst du das nicht?«

»Habe ich das nicht?«

Schulz schüttelte den Kopf. »Da hätte ich mich auch gewehrt. Man schwebt in Todesangst, Göran. Das könnt ihr Männer euch anscheinend nicht vorstellen, was?«

»Ich bitte dich, natürlich, Verena. Aber deshalb tritt man doch nicht so lange zu, bis einer tot ist, oder? Ich sage nur, mir war selbst mulmig zumute.«

Karla beobachtete den jungen Weber, der unruhig auf seinem Stuhl herumrutschte. »Kein schönes Thema, was, junger Mann?«

»Kann man so sagen«, antwortete Weber und blickte hilfesuchend zu Schulz.

»Schon gut, Roland, ich weiß, du würdest keiner Frau etwas antun.«

Stöhnend erhob sich Karla aus ihrem Stuhl. »Hin und wieder braucht eine Frau helfende Hände, aber wer weiß das schon.«

»Wie meinen Sie das?«, fragte Johansson überrascht.

»Vielleicht hat sie nicht allein gehandelt.« Karla winkte ab. »Keine Sorge, reine Spekulation.« Sie streckte sich seufzend. »Ich muss wohl wieder etwas mehr auf meine schlanke Linie achten, der alte Körper ächzt und stöhnt. Wenn ich Sie dagegen betrachte, Frau Schulz, Sie sind beneidenswert schlank und agil. Ich werde Sie jetzt nicht länger von der Arbeit abhalten. Danke, dass Sie mir Einblicke gewährt haben.«

»Worin?«, fragte Johansson.

»In Ihre Arbeit.«

»Ich dachte schon ins Krematorium.«

Karlas Augen begannen zu leuchten. »Das wäre natürlich spannender.«

»Ist aber leider momentan nicht möglich. Zuviel los heute, Frau Senkrecht. Fragen Sie ein anderes Mal nach, wenn es ruhiger ist.«

»Mache ich, denn vielleicht gewinnen Sie ja in mir eine neue Kundin.« Karlas Blick richtete sich auf ein Regal. »Sind das Urnen?«

»Ja. Aus unterschiedlichen Materialien. Die meisten sind kompostierbar wie diese«, antwortete Johansson und deutete auf eine Reihe unterschiedlich farbiger Urnen. »Außerdem gibt es metallene Urnen, je nach Geschmack der Hinterbliebenen.«

»Die sind kompostierbar?«

»Wie gesagt, nicht alle. Aber sie werden gern gekauft, denn sie lösen sich mit der Zeit auf und die Asche wird eins mit der Natur.«

»Das klingt vernünftig.«

»Das finden wir auch.«

Schulz stand auf und lächelte. »Übrigens, wenn Sie über eine Beisetzung nachdenken, dann sollten Sie zunächst mit mir in Kontakt treten, Frau Senkrecht, das wäre der übliche Weg.«

»Das mache ich gerne. Der Friedwald hat mich beeindruckt, muss ich sagen. Wenn ich ehrlich bin, wusste ich gar nicht, dass es so etwas gibt. Na ja, man beschäftigt sich ja oft erst im Alter damit, was vermutlich ein Fehler ist. Man muss täglich mit dem berühmten Ziegelstein rechnen, der den eigenen Kopf treffen kann. Als ich hörte, dass der Notarzt auf dem Friedwald bestattet wird, bin ich dort hingegangen. Wirklich wunderschön.« Aus dem Augenwinkel registrierte Karla, dass Weber unruhig wurde. »Ich habe mir die Schilder an den Bäumen genauer angesehen. Eins davon kam mir merkwürdig vor, ganz in der Nähe von Herrn Wacker. Da liegt ein Carsten ohne Nachnamen. Er war noch sehr jung, als er gestorben ist. Wissen Sie etwas darüber?«

»Darüber darf ich nichts sagen«, antwortete Schulz. »Das ist Sache der Angehörigen.«

»Dachte ich mir. Ich werde jedenfalls mit meiner Partnerin zum Friedwald spazieren. Ich denke, der wird ihr gefallen. Sie hat nicht so gern Nachbarn um sich herum, müssen Sie wissen.« Karla grinste. »Ich komme also bei Bedarf gerne auf Sie zurück. Ich meine als Kundin.«

»Kommen Sie nicht zu spät.«

»Zu spät?«

»Kleiner Bestatterscherz.« Schulz zwinkerte.

»Ich schätze Menschen mit Humor. Auf Wiedersehen.«

»Bleiben Sie gesund, Frau Senkrecht, und viel Erfolg bei der Aufklärung des Falls.«

Karla verließ das Krematorium und steuerte ihren Wagen an. Als sie im Begriff war, den Motor zu starten, klopfte es an die Scheibe der Fahrertür. Roland Weber stand neben dem Auto und bedeutete ihr, das Fenster runterzulassen.

»Danke, dass Sie mich nicht verraten haben, Frau Senkrecht.«

»Warum sollte ich, du hast doch nichts Verbotenes getan.«

Wieder errötete Weber und schüttelte den Kopf. »Es ist so … Ich kenne Anja Mischnik.«

Karla beugte sich erstaunt aus dem Fenster und blickte Weber ins Gesicht. »Du kennst wen?«

»Anja Mischnik.« Webers Wangen hatten mittlerweile eine beunruhigend dunkle Farbe angenommen. »Kennen ist eigentlich zu viel gesagt. Wir waren gemeinsam auf der Georg-Büchner-Schule und haben dort die Mittlere Reife gemacht. Anja war zwei Klassen über mir. Ich bin gar nicht sicher, ob sie weiß, wer ich bin.«

»Wieso erwähnst du das erst jetzt?«

Weber biss sich mit den Schneidezähnen auf die Unterlippe. »Was hätte das bringen sollen? Wie gesagt, kennen ist zu viel gesagt. Wir haben nie miteinander gesprochen, ich habe sie nur anhand der Fotos erkannt. Obwohl ich zweimal hingucken musste. Mit ihrer echten Haarfarbe hat sie mir besser gefallen.«

»Hast du das den Kripobeamten gesagt?«

»Hätte ich das tun sollen? Ich weiß doch nicht, wo sie heute wohnt. Ich weiß eigentlich nichts über sie. Für sie war ich in der Schule schon Luft. Übrigens merkwürdig, dass Sie das mit diesem Carsten erwähnten. Ich habe mich auch über die Inschrift gewundert. Die Chefin sagte, das sei eine tragische Beerdigung gewesen.«

»Weißt du, wie er mit Nachnamen hieß?«

»Nein. Das wollen die Angehörigen nicht.«

Karla öffnete ihr Handschuhfach, holte eine blutrote Karte hervor und reichte sie ihm. »Da steht meine Nummer drauf. Falls du mich brauchst.«

Weber steckte die Karte in die Hosentasche. »Danke. Aber ich glaube kaum.«

»Wir sehen uns bestimmt wieder. Bis dann.« Karla nickte und gab Gas.

*

Polizeipräsidium, 9:30 Uhr

Das Telefon auf Herbrachts Schreibtisch schien in letzter Zeit auf Befehl zu klingeln, wann immer jemand das Büro betrat. Dragovic überlegte, es zu ignorieren, da ihr Chef nicht aufgekreuzt war. Sie öffnete ihren Rucksack, um ihr Handy herauszunehmen, da klingelte es nach kurzer Pause erneut. Achtlos warf sie ihren Rucksack neben den Stuhl, stand auf und nahm den Hörer ab. »Dragovic, Apparat Herbracht, hallo?«

»Wurm, 'n Morgen, Frau Dragovic. Ist der Chef da?«

»Guten Morgen. Nein, aber er kommt bestimmt gleich. Haben Sie was rausgefunden?«

Die Tür öffnete sich und Herbracht trat ein.

»Ah, der Chef ist da«, sagte Dragovic. »Moin, Kai, der Profiler ist am Apparat.«

Herbracht stellte seine Tasche neben den Schreibtisch und setzte sich. »Drück auf Lautsprecher.«

»Ich lasse den Chef mithören, Herr Wurm.«

»Danke.«

»Moin, Gerald, ich hätte dich in der nächsten halben Stunde auch angerufen. Hast du was rausgefunden?«

»Dass es keine Zufallstat war, darüber sind wir uns einig. Ich glaube eher an Hass oder Rache. Jemand hat den Notarzt und die Sanitäter in eine Falle gelockt. Es handelt sich mit Sicherheit um eine Person, die den Notarzt kannte, sogar gut kannte. Eifersucht nicht auszuschließen. Ich glaube, die Sanitäter waren eher Randfiguren. Mussten verschwinden, damit der Täter sein Hauptwerk verrichten konnte. Es gibt allerdings keinerlei Hinweise darauf, dass sie ebenfalls getötet wurden. Möglicherweise aber entführt. Ich halte euch auf dem Laufenden, wenn es weitere Erkenntnisse gibt.«

»Ich bin erstaunt, Gerald, ist die Nachricht nicht zu dir vorgedrungen?«

»Was meinst du?«

»Einer der beiden Sanitäter wurde ermordet, und zwar der junge Mann«, antwortete Herbracht.

»Nicht dein Ernst! Und was ist mit der Frau?«

»Sie steckt da vermutlich mit drin. Nicht nur das, sie behauptet, dass sie ihren Kollegen getötet hat. Aber mit dem Mord am Notarzt will sie nichts zu tun haben. Blutspuren an ihren Schuhen beweisen allerdings, dass sie mit ihrem verletzten, besser gesagt später toten Kollegen in Berührung gekommen ist. Sie sitzt mittlerweile in U-Haft. Ganz skurrile Geschichte.«

»Das klingt in jedem Fall merkwürdig. Und was sagt sie zum Tod des Notarztes?«

»Den Notarzt will sie nicht gesehen haben.«

»Kai, sei mir nicht böse, aber das würde bedeuten, dass an jenem Morgen zwei Tötungen, die nichts miteinander zu tun haben, geschehen sind. Das klingt doch absurd.«

»Sehe ich auch so. Entweder lügt die junge Frau oder …«

»Oder?«

»Oder sie wurde, aus welchem Grund auch immer, gezwungen, etwas zu sagen, das nicht der Wahrheit entspricht.«

»In diesem Fall hätte der Täter also versucht, sich den Umstand, dass die verschwinden mussten, zunutze zu machen, und hat gleich eine Täterin dazu gestrickt? Dann müsste sie den wahren Täter ja kennen. Was sagt sie denn dazu?«

»Leider nichts. Ich muss jetzt dringend telefonieren.«

»Viel Erfolg bei deinen Ermittlungen, Kai! Klingt völlig skurril. Melde dich. Tschüss, Frau Dragovic. Auch Ihnen Erfolg.«

»Vielen Dank«, antwortete Dragovic und legte auf.

»Tja, Wurm spricht mir aus der Seele.«

»Dass Anja Mischnik da drinsteckt, ist klar«, bemerkte Dragovic, »aber ich glaube mittlerweile nicht mehr, dass sie die Hauptschuldige ist.«

»Ach, Mia, das brauchst du mir nicht zu sagen. Das ist nichts Neues. Wenn sie doch endlich auspacken würde.«

»Es gibt zwei Möglichkeiten: Sie verdrängt etwas, das zu schrecklich ist, um sich daran zu erinnern, oder sie weiß wegen der Medikamente tatsächlich nichts mehr. Gibt es nicht diesen Gedächtnisverlust, der aufgrund eines Traumas entsteht?«

»Klar, leider hatte die Gefängnispsychologin bisher keinen Erfolg bei ihr, da Mischnik sich weigert, mit ihr zu sprechen. Vielleicht gibt es ja morgen bereits Neuigkeiten. So, jetzt rufe ich aber endlich die Eschbach an.« Er wählte die Nummer und betätigte dann die Taste für die Aufzeichnung.

»Wieso willst du mit ihr am Telefon sprechen? Du wirst sie doch eh ins Präsidium bestellen.«

»Physiotherapeutische Praxis Eschbach und Herbst, Heffner am Apparat. Guten Tag, was kann ich für Sie tun?«

»Herbracht, Kripo Frankfurt. Frau Heffner, habe ich heute mehr Glück? Ich würde gerne mit Frau Eschbach sprechen.«

»Ja. Moment, ich verbinde.«

»Die Moldau« machte deutlich, dass Herbracht sich in der Warteschleife befand, doch schon nach wenigen Sekunden meldete sich die Therapeutin.

»Eschbach?«

»Guten Morgen, Frau Eschbach, Herbracht von der Kripo.«

»Ja, ich hörte bereits, dass Sie es sind.«

»Es geht um Folgendes: Als wir am 21. Juni bei Ihnen waren, da fragten wir Sie, ob Ihnen die Namen der Sanitäter bekannt seien. Sie verneinten. Nun aber erfuhren wir von Frau Mischnik, dass sie Ihre Patientin war. Ich frage mich, wie ich mir zu erklären habe, dass Sie uns darüber nicht informiert haben.«

Stille.

»Frau Eschbach?«

»Wissen Sie eigentlich, wie viele Patienten ich im Lauf der Jahre behandele?«

»Das weiß ich, denn Herr Herbst hat mir das bereits berichtet. Das glaube ich auch gerne. Allerdings gilt diese junge Frau als tatverdächtig, auch was den Mord an Thomas Wacker betrifft, der immerhin der Partner Ihres Kollegen und ehemaligen Freundes war. Und da hört mein Verständnis auf. Zumal Frau Mischnik mit einem komplizierten Armbruch in Ihrer Praxis zur Reha war. Ich bin kein Therapeut, aber ich weiß, dass man bei einer Reha deutlich mehr als eine Behandlung braucht. Ich muss also davon ausgehen, dass Sie erschreckend vergesslich sind, schließlich waren die Zeitungen voll mit dem ermordeten Notarzt und dem getöteten Sanitäter. An Ihrer Stelle würde ich einen Arzt aufsuchen.«

»Wollen Sie mich provozieren, oder was?« Eschbachs Stimme wurde schrill.

Herbracht streckte den Daumen in die Luft und deutete dann auf das Aufzeichnungsgerät.

»Ich bin weder vergesslich noch oberflächlich. Selbstverständlich habe ich mittlerweile die Akte von Frau Mischnik gefunden. Und ja, ich weiß jetzt wieder genau, worum es vor zwei Jahren ging. Sie hatte sechs Sitzungen bei mir.«

»Ich muss Sie leider um einen weiteren Gesprächstermin bitten, Frau Eschbach, und zwar im Polizeipräsidium. Mit Ihrer Aussage möchten wir uns lieber unter sechs Augen als nur unter sechs Ohren beschäftigen. Um 16 Uhr würde uns Ihr Besuch am besten passen«, sagte Herbracht.

»Um 16 Uhr, heute? Unmöglich! Ich habe Patienten.«

»Das ist keine Bitte, das ist eine Vorladung, Frau Eschbach. Seien Sie pünktlich, sonst wird das unangenehme Konsequenzen für Sie haben. Auf Wiederhören.« Herbracht legte auf. »So, ziemlich ausführlich, oder? Sollte für eine Auswertung ausreichen. Besonders, als sie laut geworden ist. Vielleicht kann man die Stimme nun doch besser zuordnen.«

*

Physiotherapeutische Praxis, 9:45 Uhr

Lara Eschbach bebte vor Wut. Gleich würde ihr nächster Patient erscheinen. Sie musste auf der Stelle mit Martin sprechen. Ohne anzuklopfen, betrat sie seinen Behandlungsraum. »Entschuldigen Sie bitte«, sagte sie zu dem Patienten, den Herbst gerade behandelte. »Martin, ich muss dringend mit dir reden.«

»Ich brauche zehn Minuten, Lara. Ich komme dann rüber.«

»Kannst du abbrechen? Es ist wichtig.«

»Bitte warte drüben, ich komme, sobald ich kann«, knurrte Herbst.

Eschbach zog heftig die Tür hinter sich zu und lief zum Empfang. »Bea, kannst du allen meinen Patienten für heute absagen? Mir ist etwas dazwischengekommen. Auch dem, der gleich einen Termin hat, bitte.«

»Wie soll ich das denn machen? Der soll schon um 10 Uhr hier sein.«

»Er hat doch sicher eine Handynummer, oder?«

Bea wurde hektisch und stöberte im Terminkalender. »Ich hoffe, ich krieg das rechtzeitig hin.«

Eschbach eilte zurück, zögerte kurz vor der geschlossenen Tür ihres Kollegen, ging in ihren Raum und lief wütend auf und ab.

Herbst kam wenige Minuten später rein. »Lara, warum dieser Stress? Meine Nerven liegen eh schon blank. Ein Wunder, dass ich mir überhaupt zumute zu arbeiten. Ich fühle mich miserabel. Es ist der Wahnsinn. Wie soll ich je damit fertig werden? Was ist so wichtig, dass du meine Behandlung störst?«

Lara, die am Schreibtisch saß, sprang auf, lief ihrem Kollegen entgegen, packte ihn an den Schultern und schüttelte ihn. »Martin, du kennst mich doch, oder?«

»Wie meinst du das?«

»Ich meine, du weißt doch, dass ich niemandem etwas

antun könnte, schon gar nicht Thomas, auch, ja, auch wenn ich ihn nicht besonders mochte. Du weißt, dass ich ihm nie etwas hätte antun können, nicht?« Wieder rüttelte sie an seinen Schultern.

»Jetzt lass das doch! Was soll das eigentlich alles? Hör auf damit. Spinnst du?« Er löste ihre Hände.

»Dieser … dieser Kriminalkommissar … Er hat angerufen. Er will, dass ich heute um 16 Uhr im Präsidium bin. Für irgendeine dämliche Aussage. Du glaubst nicht, wie er mich provoziert hat. Ich soll zum Arzt gehen wegen meiner Vergesslichkeit. Das ist doch das Allerletzte.«

»Wegen deiner Vergesslichkeit? Er meint, weil du dich an die Mischnik nicht erinnert hast? Unterstellen die dir etwa, dass du …?« Herbst konnte nicht weitersprechen. »Dass du Thomas …? Lara, ich glaub es nicht.«

»Was sonst sollten die von mir wollen? Du … du musst mich begleiten, du kennst mich. Du musst sagen, dass ich … dass ich nie jemandem Schaden zufügen würde. Die glauben, dass ich gelogen habe, nur weil ich die Mischnik nicht mehr auf dem Schirm hatte.« Sie tippte sich an die Schläfe. »Jede Wette. Verdammte Scheiße. Ich will dir doch nur helfen!«

Herbst setzte sich seufzend auf die Behandlungsliege.

Eschbach ließ sich kraftlos auf die Schreibtischkante sinken und fuhr sich mit zitternden Fingern durch die Haare. »Ich habe denen gesagt, dass wir ein Paar waren. Ach, Martin, ich habe ausgesagt, dass ich damals unter der Trennung gelitten habe. Und … und … dass ich Thomas nicht besonders mochte, weil … ja, weil ich eifersüchtig war«, stotterte sie. »Und jetzt … Ich möchte dich so gern glücklich machen und ich will auf keinen

Fall, dass die denken, ich hätte aus Eifersucht etwas Böses getan oder gar diese Mischnik absichtlich verdächtig wirken lassen.«

Er stützte seine Stirn schwer in seine Handflächen. »Ich bin vollkommen verwirrt. Als hätte ich nicht schon genug Kummer. Ach Mensch, das mit uns liegt doch schon so ewig zurück, wen interessiert denn das?« Er sah Eschbach nachdenklich ins Gesicht. »Ich mag dich, Lara, aber ich habe Thomas geliebt. Verstehst du das denn immer noch nicht? Ich dachte, das sei dir nach all den Jahren klar. Besser gesagt, es sei kein Thema mehr. Du warst von da an eine Freundin für mich. Aber nicht mehr. Ich habe das damals gebraucht, um zu erkennen, dass ich mich zu Männern hingezogen fühle. Und es tut mir leid, wenn ich deine Gefühle damit verletzt habe. Außerdem erinnere ich mich daran, dass auch du eine Beziehung eingegangen bist. War das nicht so?«

»Ich musste mich über dich hinwegtrösten. Mehr war es nicht. Ist außerdem längst vorbei. Könntest du bitte mitkommen? Ich meine damit, vielleicht könntest du …?« Sie suchte nach den richtigen Worten. »Vielleicht könntest du ja sagen, dass wir in der Nacht auf den 19. Juni zusammen waren. Das … das würde mir helfen. Du sollst nicht sagen, dass wir etwas miteinander hatten, natürlich nicht. Einfach nur, dass ich bei euch in der Wohnung geschlafen habe oder so. Meinst du, das wäre möglich?«

Herbst schüttelte verständnislos den Kopf. »Lara, was ist in dich gefahren? Gerade weiß ich selbst nicht mehr, was ich von alldem halten soll. Begreifst du denn nicht? Ich leide wie ein Hund und du willst, dass ich in meiner Lage lüge, du bist meine Freundin und willst, dass ich etwas Falsches aussage in dieser Situation? Ich wundere mich ohnehin, dass die von der Kripo mich nicht ständig auf dem Laufenden halten. Ich will endlich wissen, welches Schwein Thomas umgebracht hat. Bring mich bitte nicht auf komische Gedanken.«

Lara stand auf und sank vor Herbst auf die Knie. »Entschuldigung. Ich dachte nur, es sei so einfach. Versteh doch, ich lag im Bett und habe geschlafen. Wie soll ich beweisen, dass das die Wahrheit ist? Würdest du als Polizist mir das glauben?« Eschbach nahm Herbsts Hände, doch er entzog sie ihr.

»Martin, du weißt, dass ich Thomas nie etwas hätte antun können! Dass ich ausgerechnet diese Mischnik behandelt habe, scheint mir, als würde mich das Schicksal verspotten! Du kennst mich doch, oder?«

»Gerade kommt es mir vor, als hätte ich dich nie gekannt. Bitte steh auf und mach dich nicht lächerlich.«

Lara erhob sich und setzte sich traurig und mit etwas Abstand zu Thomas ebenfalls auf die Behandlungsliege.

Herbst fuhr fort: »Wenn du dir nichts vorzuwerfen hast, dann kannst du getrost die Wahrheit sagen. Das sind keine Stümper. Was glaubst du, wie gut die heutzutage ermitteln? Geh da hin und mach deine verdammte Aussage. Ich kann dir nicht helfen.«

»Was ist los mit dir? Du zweifelst an mir?«

Herbst war erschüttert. »Ich weiß nicht mehr, was ich glauben soll. Solltest du da aber irgendwie mit drinstecken, was ich nicht hoffe, dann …«, er atmete tief ein, »… dann wirst du deines Lebens nicht mehr froh werden.« Sehr leise fügte er hinzu: »Das schwöre ich dir!« Er stand auf, ging zur Tür und öffnete sie. »Sorg bitte dafür, dass deine Patienten heute Nachmittag nicht unnötig erscheinen. Ich kann sie leider nicht übernehmen.« Ohne sich umzudrehen, ging er hinaus.

»Schon geschehen«, flüsterte Eschbach.

*

Dragovic tat die Physiotherapeutin beinahe leid. Sie konnte den Blicken der Polizisten nicht standhalten, sondern sah zu Boden und rieb ihre Hände an den Hosenbeinen. War diese Frau in der Lage, einen kaltblütigen Mord zu begehen, oder war sie am Ende Helfershelferin? Schwer vorstellbar. Dennoch wäre sie bei Weitem nicht die erste Person, die sich harmlos gab, in Wahrheit aber eine eiskalte Mörderin war. Herbracht hatte Dragovic aufgetragen, Eschbach ein Glas Wasser anzubieten. So könnten sie später ihre DNA überprüfen.

Herbracht ließ sich Zeit, bevor er sprach. Er ließ sie zappeln, das erhöhte die Nervosität bei einem Verhör. Eschbach nahm einen großen Schluck Wasser.

»Wie Sie sicher verstehen, ermitteln wir in alle Richtungen, jede Person, die mit Herrn Herbst, besser gesagt mit Thomas Wacker und auch mit Anja Mischnik in Verbindung steht beziehungsweise stand, ist für uns von Interesse. Frau Eschbach, Sie haben Anja Mischnick behandelt und kannten Thomas Wacker, sind eng mit dessen Hinterbliebenem verbunden und mochten Thomas Wacker, wie Sie sagten, nicht allzu gern. Hätte Frau Mischnik nicht zufällig geäußert, dass sie bei Ihnen behandelt wurde, wir hätten es vermutlich nie erfahren. Sehe ich das richtig?«

Eschbach kniff die Lippen zusammen, schließlich nickte sie. »Ich wollte Martins Vertrauen nicht verlieren. Hatte solche Angst, dass er mich für schuldig hält. Ich will ihm nur beistehen, weiter nichts.« Sie hielt inne, sprach leise weiter: »Ja, ich habe mich an Anja Mischnik erinnert, allerdings nicht sofort, als ich die ersten Bilder sah, ich meine diese Zeitungsfotos. Da habe ich sie wegen der Haarfarbe erst nicht erkannt, aber der Name sagte mir etwas. Ich habe nachgesehen und ihre Patientenakte gefunden. Ich habe lange überlegt, wie ich mich verhalten soll. Frau Mischnik war eine Patientin wie alle anderen auch, ich fand sie sogar nett. Es gab nie Probleme. Aber …« Sie stockte. »Ich weiß weder, was in der Nacht geschehen ist, noch hatte ich je wieder Kontakt zu Frau Mischnik. Es ist in der Tat ein dummer Zufall, dass ausgerechnet sie meine Patientin war. Ich habe mir ganze Nächte um die Ohren geschlagen und bin zu dem Schluss gekommen, es sei besser, diesen Umstand zu verschweigen.«

»Ihnen ist klar, dass wir Sie wegen Falschaussage belangen können?«, fragte Herbracht.

»Wenn Sie wollen, dann tun Sie es. Es war naiv von mir anzunehmen, dass die Sache mit Frau Mischnik nicht ans Licht kommen würde. Ist jetzt eh zu spät. Ich werde mir wohl auch einen neuen Job suchen müssen. Ich wollte Martin helfen und habe doch alles falsch gemacht. Er glaubt mir nicht. Genauso wenig wie Sie. Trotzdem: Ich habe mit den Verbrechen nicht das Geringste zu tun.«

*

»Tja, die Eschbach hat sich selbst reingeritten«, sagte Herbracht, nachdem er die Physiotherapeutin entlassen hatte.

Dragovic war nachdenklich. »Sie bereut ihre Unwahrheit zutiefst, das konnte man deutlich spüren. Und weißt du was? Ich habe ihr zum Schluss geglaubt.«

»Vielleicht war sie die Helfershelferin? Laut eigener Aussage fand sie die Mischnik nett.«

»Warten wir, was Markward zu der Stimmprobe zu sagen hat und was im Labor herauskommt. Er zog Einmalhandschuhe an und steckte das Wasserglas in eine Plastiktüte. »Sollten wir ihre DNA am Leichenfundort nachweisen können, haben wir sie am Wickel.«

*

Kaum hatte Eschbach die Praxis betreten, öffnete Herbst seine Sprechzimmertür. »Du warst lange weg, gab es so viel zu besprechen?«

»Ach, Martin, du weißt doch, wie dicht der Feierabendverkehr ist. Außerdem ist auf der Miquelallee immer Stau, nicht nur um diese Zeit. Und meine Termine für heute sind alle abgesagt. Eigentlich wollte ich gar nicht mehr herkommen.«

»Wenn du schon da bist, dann sag endlich, was die wollten!«

»Ich glaube, ich möchte jetzt lieber allein sein«, sagte sie und ging an ihm vorbei auf ihren Behandlungsraum zu.

»Augenblick. Das geht mich doch wohl was an. Lara, rede mit mir!«

»Sie wollten die Wahrheit. Sie wussten, dass ich sie belogen habe. Natürlich habe ich mich an die Mischnik erinnert. Das wissen sie jetzt. Nun habe ich wenigstens ein reines Gewissen. Ich glaube, die verdächtigen mich. Es ist unfassbar, welche Fehler man machen kann, wenn man eigentlich nur helfen will. Ich habe mich sehr um deinen Gesundheitszustand gesorgt. Ich dachte, du überstehst das nicht ohne mich. War wahrscheinlich falsch«, sagte sie traurig. »Ich habe dir gegenüber ein verdammtes Helfersyndrom, und dafür werde ich jetzt wohl büßen. Schätze, die verhaften mich wegen Beihilfe.«

»Lara, war es denn so? Was hast du getan?«

»Von allem zu viel und dennoch nichts.«

KAPITEL 15

Dienstag, 2. Juli, JVA-Verhörraum, 9:15 Uhr

»Wie fühlen Sie sich heute?«, fragte Herbracht.

»Wie soll ich mich fühlen? Wie eine Schwerverbrecherin natürlich. Hier kann man nicht mal eine Runde durch den Hof gehen, geschweige denn aus dem Fenster gucken. In der Nacht höre ich Schreie, zutiefst verzweifelte Schreie und auch welche voller Wut. Ich kann kaum schlafen. Es bedrückt mich alles. Ich glaube, wenn man zuvor nicht kriminell war, dann wird man es hier drin.« Mischnik saß resigniert am Tisch und sah mit leerem Blick an den Beamten vorbei. »Meine Eltern dürften mich doch besuchen, oder?«

»Natürlich«, antwortete Herbracht.

»Sie tun es aber nicht. Sie haben mich abgeschrieben. Zumindest mein Vater.«

»Ich habe gehört, Sie lehnen die Gespräche mit der Psychologin ab. Warum tun Sie das?«

»Warum sollte ich mit ihr reden? Wollen Sie mich in die Psychiatrie stecken? Das würde ich nicht ertragen. Dann bleib ich lieber, wo ich bin.«

»Frau Mischnik, wir haben uns gestern mit Lara Eschbach unterhalten.«

»Ach ja?«, fragte Mischnik verwundert.

»Hatten Sie in letzter Zeit Kontakt zu ihr?«

»Nein, hatte ich nicht. Und die Therapie habe ich damals abgebrochen.«

»Warum?«

»Weil es mir viel besser ging. Sechs Termine waren ausreichend.«

»Haben Sie die Frau später einmal privat gesehen?«

Mischnik verneinte. »Wieso sollte ich?«

»Nur eine Frage. Vielleicht erinnern Sie sich im Moment nicht daran, wie an alles andere. Sie könnten Frau Eschbach bei den Bahnschienen getroffen haben.«

»Was? Nein!«

»Eins steht fest: Sobald wir die Wahrheit herausgefunden haben, versprechen wir Ihnen die bestmögliche Hilfe. Das garantiere ich höchstpersönlich«, sagte Herbracht. »Allerdings müssen Sie uns helfen. Anders funktioniert es nicht.«

»Frau Mischnik«, sagte Dragovic sanft. »Kann es sein, dass Ihnen jemand Gewalt angetan und Sie gezwungen hat, einen Mord zu gestehen?«

Mischnik zuckte zusammen, als hätte sie einen elektrischen Schlag bekommen. »Wie …? Wieso denken Sie denn so was?«, stotterte sie.

»Wovor haben Sie so große Angst? Bitte sprechen Sie mit uns. Sie waren tagelang verschwunden. Tagelang, Frau Mischnik. Wenn Jannick Schmidt vorgehabt hätte, Sie zu vergewaltigen, dann ist davon auszugehen, dass er im Laufe der Zeit irgendwann ans Ziel gekommen wäre. Ihre Untersuchungen ergaben allerdings, dass Sie keinen Geschlechtsverkehr hatten, also auch nicht missbraucht wurden. Frau Mischnik, irgendetwas stimmt da ganz und gar nicht. Wissen Sie, dieser Ort ist zwar alles andere als schön, er bezweckt aber auch, dass niemand Ihnen zu nahe kommen kann. Falls es das ist, was Sie befürchten. Wir sind uns fast sicher, dass

Sie mit Schmidts Tod nichts zu tun haben – zumindest nicht maßgeblich. Wissen Sie, was wir glauben?«, fragte Herbracht. »Wir glauben, dass Sie unliebsame Zeugen waren. Dass Sie deshalb von der Bildfläche verschwinden mussten.«

»Und wenn ich es doch gewesen bin? Mein Vater sagt, dass ich bösartig sein kann. Früher drohte er mir ein paarmal damit, mich ins Heim zu stecken. Ja, er war hart zu mir, aber ich hatte es verdient. Er musste meinen Willen brechen. Was also, wenn er recht hat? Vielleicht bin ich schizophren. Was, wenn ich es war? Dann möchte ich sterben. Ich will es nicht wissen. Wenn Sie glauben, dass ich unschuldig bin, dann lassen Sie mich frei.«

»Wollen Sie ewig mit dieser Ungewissheit leben? Geben Sie der Psychologin eine Chance. Öffnen Sie sich ihr, damit wir endlich die Wahrheit erfahren.«

*

Bestattungsinstitut, 9:30 Uhr

Kaum hatte Roland Weber das Bestattungsinstitut betreten, da wurde er von seiner Chefin ins Büro gerufen. Sein Herzschlag beschleunigte sich, wie stets, wenn er sich in ihrer Nähe befand. Natürlich hätte sie seine Mutter sein können, was das Alter anging, doch das störte ihn nicht. Was sollte er gegen seine Gefühle tun? Er würde sich nützlich machen, wo immer er konnte, dann würde sie ihn eines Tages nicht nur zu schätzen wissen, sondern vielleicht auch lieben lernen. Er würde alles dafür tun. Einfach alles. Zaghaft klopfte er an die angelehnte Tür des Büroraumes. Ihm fielen ihre makellos schönen Beine auf, die in hochhackigen Schuhen steckten und die sie grazil übereinandergeschlagen hatte.

»Komm rein, Roland.«

Er trat ein, wobei er wie immer leicht errötete.

Die Chefin wandte sich ihm zu. »Setz dich doch.«

Weber nahm Platz.

»Roland, du wirst heute mit Peter Barner ohne mich einen Verstorbenen abholen. Zeit, dass du das selbstständig erledigst. Ich habe heute zu viele Termine. Und Peter Barner vertritt mich ausgezeichnet.«

»Ich soll … allein?«

»Wie gesagt, natürlich nicht allein. Peter Barner ist ein erfahrener Kollege. Und du kennst das Prozedere. Hast du mitgezählt, wie oft du schon dabei warst?« Sie lächelte. »Mindestens 30 Mal. Ist doch kein Drama. Immer das gleiche Ritual. Nur eben ein anderes Umfeld.«

»Ja, aber so ohne Sie?«

Verena Schulz verdrehte scherzhaft die Augen. »Roland, wie alt bist du jetzt?«

»Das, das wissen Sie doch, 23.«

»Na also. Und schon ein Jahr unter meinen Fittichen. Es wird Zeit, etwas mehr Verantwortung zu übernehmen.«

Das Telefon auf ihrem Schreibtisch klingelte. »Ja? … Hallo, Schatz. Heute Mittag habe ich Zeit. … Natürlich, aber nur weil du's bist … Nein, ich kann jetzt nicht reden. Ich bin nicht allein.« Sie lachte keck. »Ich melde mich gleich, du Schlingel!« Wieder lachte sie und beendete das Gespräch. Sie sah wieder zu Weber. »Wie guckst du denn, ist das denn nun wirklich so schlimm?«

»W… was meinen Sie?«, stammelte Weber.

»Na, einen Verstorbenen abzuholen. War eine alte Frau,

sie ist an Altersschwäche gestorben. Mensch, Roland, gib dir einen Ruck.«

»S... Sie sagten gerade am Telefon, Sie hätten heute Mittag Zeit. Könnten Sie da nicht lieber mit mir ...? Ich meine, nur noch heute?«

»Sag, spinnst du? Soll ich denken, du hast deinen Beruf verfehlt? Im Übrigen finde ich es beinahe unverschämt, dass du mir zuhörst, wenn ich telefoniere. Vielleicht solltest du zur Polizei gehen, wenn du andere Leute ausspionieren willst.«

Weber zuckte zusammen. »Ich ... Ich habe es zwangsläufig mitbekommen, Frau Schulz. Ich wollte nicht neugierig sein. Ich fühle mich bei Ihnen wohl, und ich möchte, dass Sie stolz auf mich sind.« Mist, was faselte er da nur. »Ich meine, Sie haben mir viel beigebracht. Ich bewundere Sie, weil Sie Ihren Beruf mit so viel Liebe ausfüllen, das ... das möchte ich ebenfalls tun. Es tut mir leid, wenn ich Sie verärgert habe. Ich werde das schon hinkriegen.« Weber ging zur Tür.

»Du musst dir eins merken, Roland.«

Weber drehte sich um.

»Du bist mir sympathisch, aber ich habe dich nicht als meinen persönlichen Assistenten eingestellt. Du bist ein zuverlässiger Mitarbeiter, bist gut eingearbeitet und musst eigenverantwortlich arbeiten. Ich übernehme für dich keine Mutterrolle.«

Weber verließ hastig das Büro. Verdammt, Mutterrolle und Sympathie. Das waren die Worte, die er am wenigsten hören wollte. Hätte er doch dieses verdammte Telefonat nur nicht mit angehört. Verena hatte einen Freund. Zu wem sonst sagte man »Schatz«? Der Gedanke war beinahe unerträglich. Er hatte nie zuvor einen Menschen so verehrt wie Verena. Er würde sie auf Händen tragen. Das hatte sie verdient. Es kam vor, dass junge Männer ältere Frauen attraktiv fanden. Er hatte sich nie für Gleichaltrige interessiert. Was war dagegen einzuwenden?

»Scheiße«, murmelte er, lief an der Teeküche vorbei und stieß auf Barner.

»Tag, Roland, schlechte Laune? Unser erster gemeinsamer Einsatz wartet. Wir starten gegen zehn. Ist das Seniorenheim am Röderbergweg. Wir brauchen bei dem starken Verkehr auf der Miquelallee etwa eine halbe Stunde. Willst du fahren?«

»Von mir aus.«

*

Die Fahrt zur Seniorenwohnanlage im Ostend verlief zunächst schweigend.

»Heute nicht gut drauf, hä?«, meldete sich Barner schließlich zu Wort. »Gab's Stress mit der Chefin?«

»Sie war genervt. Na ja, war ja auch früh am Morgen.«

»Genervt?«

»Ich dachte, sie fährt mit mir den Einsatz heute. Ich hatte mich drauf eingestellt.«

Barner verschränkte die Arme und seufzte. »Ach, mir traust du wohl nicht?«

»Doch, alles gut. Kam nur überraschend. Ich habe bisher eben nur mit ihr zusammengearbeitet.«

»Ich habe bisher nur mit ihr zusammengearbeitet«, äffte Barner ihn nach. »Wird Zeit, dass du selbstständig wirst. Muttersöhnchen kann die Chefin nicht leiden. Allerdings beobachte ich dich schon 'ne ganze Weile. Du hast einen Narren an ihr gefressen, was?«

»Unsinn!«

»Keine Sorge, das geht den meisten Männern so, die mit ihr arbeiten. Kannst du mir glauben.«

Weber bog ab.

»Ist der Blinker kaputt? Konzentrier dich auf den Verkehr und blink gefälligst, wenn du die Spur wechselst. Wenn du das Auto zu Schrott fährst, kannst du dir gleich 'ne neue Stelle suchen. Da versteht die Chefin keinen Spaß.«

»Ist ja gut gegangen.«

Der Verkehr staute sich durch einen quer stehenden Krankenwagen.

»Ich sag ja, immer dasselbe auf dem Cityring. Gut, dass wir frühzeitig losgefahren sind. Ist auch nicht mehr allzu weit. Wo waren wir stehen geblieben? Ach ja, die Chefin. Ich habe vor acht Jahren bei ihr angefangen. Sie hat mir damals aus einem Schlamassel geholfen. Dafür bin ich ihr ewig dankbar.«

»Willst du drüber reden?«

Barner zuckte die Schultern. »Warum nicht? Hatte 'ne Vorstrafe wegen Diebstahls und Körperverletzung. Hatte 'nen Bewährungshelfer und bekam dann 'nen Ausbildungsplatz zur Bestattungsfachkraft. Musste mich erst dran gewöhnen. Aber heute mach ich's richtig gern, dank Verena Schulz. Sie suchte Mitarbeiter, fragte nicht lang, sondern stellte mich einfach ein. Ich bekam auch ein richtig gutes Zeugnis. Ich legte mich ins Zeug. Verena hat mir von Anfang an vertraut. Kannst du dir vorstellen, was mir das bedeutet?«

Das konnte Weber.

»Ich habe mir auch nie mehr was zuschulden kommen lassen. Sie hat mich zu einem anderen Menschen gemacht. Das werde ich ihr nie vergessen.«

»Verstehe«, sagte Weber.

»Sie hatte damals Stress. Vor acht Jahren war sie verheiratet, aber dann hat sich ihr Mann abgeseilt und sie stand da mit dem großen Institut. Sie brauchte dringend Unterstützung. Und da ich ihr was schuldete, habe ich mich reingehängt und wir zwei sind eng zusammengewachsen. Glaub mir, ich kenne sie besser als meine eigene Schwester. Sie ist eine klasse Frau. Also ganz abgesehen von ihrer Optik. Ein richtig guter Mensch halt.«

»Sie war verheiratet?«

»Ja.«

»Weshalb ging die Ehe in die Brüche?«

»Weshalb? Weil Ehen hin und wieder kaputtgehen. Keine Ahnung, weshalb. Hat sie mir nie erzählt. Ich weiß nur, dass sie damals viel geweint hat und in einem tiefen Loch steckte.«

»Hat sie einen Freund?«

»Wie kommst du denn darauf?«

»Ich habe vorhin ein Telefonat mit angehört.«

»Ein Telefonat?«

»Ja, war ziemlich eindeutig. Also?«

»Tja, frag sie doch selbst. Glaube allerdings nicht, dass sie dir 'ne Antwort gibt. Ihr Privatleben ist ihr heilig. Du stehst also auf sie, was?«

»Ich finde sie hübsch, deshalb muss ich nicht gleich auf sie stehen.«

Barner kicherte. »Glaubst du, ich bemerke nicht, wie du die ganze Zeit um sie rumschleichst? So, aber jetzt konzentrier dich bitte, da vorne links ist die Einfahrt, nicht dass du vorbeifährst. Kann man leicht übersehen. Sonst müssen wir noch mal ganz rum um den Block, ist ja eine Einbahnstraße.« Barner wies mit der Hand auf eine schmale Einfahrt neben dem Haupteingang des Seniorenheims.

Weber fuhr hinein.

Während der Rückfahrt saß Weber auf der Beifahrerseite. Ihm war nach Reden zumute. »Ich muss dauernd an die beiden Todesfälle denken.«

»Welche meinst du? Ach so, dieser Arzt und der Sanitäter? Ja, das hat uns alle mitgenommen. Die Chefin genauso. Deshalb hat der Arzt ihre Lieblingsstelle im Friedwald bekommen.«

»Ja, wäre gern bei der Beerdigung dabei gewesen«, sagte Weber. »Wollte sie aber nicht.«

»Wie gesagt, es hat sie selbst emotional fertiggemacht. Der Täter hat sein Opfer förmlich niedergemetzelt. Wir haben neulich drüber geredet. Frankfurt ist eine Stadt mit einer hohen Kriminalitätsrate, aber so etwas Abscheuliches hat sie selten erlebt, sagte sie. Da hat sie angefangen zu zittern. Ich dachte, sie kriegt einen Nervenzusammenbruch. Sie ist davon überzeugt, dass die Mischnik das alles geplant hat.«

»Warum sollte sie das getan haben?«

»Bist du blöd? Sie hat es gestanden. Du glaubst doch nicht im Ernst, dass man was freiwillig gesteht, wenn man's nicht gemacht hat? Nie. Und ich muss es wissen«, sagte Barner.

»Sie hat gestanden. Aber warum dann nur die eine Tötung? Es waren zwei. Begreifst du das? Da ist was oberfaul. Und noch etwas, fragst du dich nicht auch, wo die gesteckt haben, bevor sie den Kollegen umgebracht hat?« Weber tippte sich an die Schläfe. »Die Geschichte stimmt doch hinten und vorne nicht.«

»Warum interessierst du dich eigentlich so für den Fall,

Roland? Ich rate dir, lass die Finger davon. Da gerät man schnell selbst unter Verdacht. Sei froh, dass das Miststück weggesperrt ist. Du solltest dir nicht den Kopf darüber zerbrechen. Es ist Sache der Polizei, die Hintergründe zu ermitteln.«

KAPITEL 16

Mittwoch, 3. Juli, Untersuchungsgefängnis, 10:03 Uhr

Sie saßen im Verhörraum und Karla war zufrieden. »Du hast bei mir was gut, meine Beste«, sagte sie zu Beate und lächelte zuckersüß.

Beate war unruhig. »Ich hätte dich nie mitgenommen, wenn ich mir bei dem Fall nicht so unsicher wäre. Ich habe ihn für mich schon so gut wie abgeschrieben. Und ich bitte dich, mich künftig nicht mehr mit solchen Fällen zu konfrontieren, Karla. Eigentlich wäre ich ein zweites Mal gar nicht hergekommen.«

»Zum Glück bist du noch flexibel genug in deinem Alter. Andere sind da schon wesentlich verschrobener«, stellte Karla zwinkernd fest.

»In meinem Alter? Ich bin zwei Jahre jünger als du.«

»Aber ich habe das bewegtere Leben.« Sie grinste. »Übrigens wörtlich gemeint. Ich bewege mich wesentlich mehr als du. Muss ich ja, wenn ich recherchiere, während du ständig am Schreibtisch hockst.«

Beate hob die Augenbrauen und starrte ostentativ auf Karlas Bauch. »Dein bewegtes Leben trägt aber nicht die größten Früchte.«

»Du meinst, wenn ich zu Hause sitzen würde, wäre ich so schlank wie du?«

»Spaß beiseite. Ich habe kein gutes Gefühl bei dem, was du mit der Mischnik vorhast. Auf solche krummen Touren lass ich mich eigentlich nicht ein. Das ist eine Ausnahme. Wenn ich deinetwegen Ärger bekomme, dann kannst du dir eine andere Bleibe suchen.«

Karla machte ein gespielt zerknirschtes Gesicht. »So schnell geht das? Das kannst du mir doch nicht antun, meine Zuckerschnute, ich …«

Die Tür wurde aufgeschlossen, kurz darauf trat eine junge Frau ein. Sie starrte auf den Tisch vor Karla und Beate und setzte sich wortlos.

»Frau Pauli, Frau Senkrecht, Sie haben eine halbe Stunde, dann hole ich Frau Mischnik wieder ab«, sagte die Vollzugsbeamtin.

»Moment«, intervenierte Beate. »Wir haben Besuchsrecht für eine Stunde.«

Die Beamtin wandte sich an Mischnik. »Fühlen Sie sich dafür stark genug?«

»Geht schon.«

»Also gut, ich hole sie Punkt elf wieder ab.« Die Frau verließ den Raum und schloss ihn von außen ab.

»Hallo, Frau Mischnik. Ich bin mir noch immer nicht sicher, ob ich Ihnen helfen kann. Deshalb habe ich Frau Senkrecht mitgebracht. Sie ist Privatdetektivin und hat schon mit Ihrer Mutter gesprochen«, erklärte Beate.

Augenblicklich hob Mischnik den Kopf. »Meine Mutter? Sie hat mit Ihnen gesprochen?«

»Das hat sie getan. Als Sie verschollen waren. Jetzt sind Sie zwar wieder da, aber Sie haben 'ne Menge Ärger. Sie hat jedoch nur Gutes über Sie berichtet.«

»Wirklich? Und ich dachte, meine Eltern sind einfach nur enttäuscht von mir«, leiser fügte sie hinzu, »zumindest mein Vater.«

»Ach was, Unsinn. Wenn wir Ihnen helfen sollen«, sie

wies mit der Hand auf Beate, »ich meine Frau Pauli und ich, dann müssen Sie sich öffnen. Und eins kann ich Ihnen sagen, ohne guten Rechtsanwalt wird's eng für Sie.«

»Oder können Sie sich mittlerweile wieder erinnern? Zumindest an das, was Sie Herrn Johansson gesagt haben?«

»Glauben Sie mir, es ist wie ein dunkler Schleier, der sich auf meine Erinnerung gelegt hat. Ich würde alles erzählen, das habe ich gestern schon zu den Polizisten gesagt. Ich kann nicht helfen, weil ich nichts weiß. Hier in der JVA gibt es eine Psychologin, auch sie will mir angeblich nur helfen, behauptet sie. Ich glaube ihr nicht. Wissen Sie, was ich denke?«

»Nein«, knurrte Karla.

»Die wollen mich für unzurechnungsfähig erklären. Dann werde ich für immer weggesperrt und komme in die Psychiatrie. Nein, das würde ich nicht ertragen.« Sie stockte. »Das Schlimme ist, ich weiß selbst nicht, ob ich mir trauen kann.«

»Ich glaube, Ihre Angst ist der Grund für Ihre Amnesie. Wenn Sie der Psychologin nicht vertrauen, könnte ich Ihnen vielleicht helfen«, sagte Karla.

»Wie wollen Sie das denn machen?«

»Ich könnte Sie hypnotisieren.«

»Hypnotisieren?« Die Skepsis in Mischniks Stimme war nicht zu überhören. »Ich habe nie an so etwas geglaubt. Das ist doch alles nur Show. Und nachher reden Sie mir irgendetwas ein.«

»Wie kommen Sie denn darauf?«

»Das … das habe ich schon erlebt«, stotterte sie.

»Wann denn?«

»Ich weiß nicht. Kam mir gerade so bekannt vor, habe ich wohl geträumt.«

»Manchmal hat man so ein merkwürdiges Déjà-vu. Aber ich kenne Frau Senkrecht. Sie wird nichts tun, was Ihnen schadet, das verspreche ich Ihnen hoch und heilig.«

»Ich auch!«, ergänzte Karla. »Und wir werden Ihre Ausführungen für uns behalten, sollten sie nicht Ihrer Entlastung dienen. Ihre Rechtsanwältin hat Schweigepflicht.«

»Wir könnten uns aber dadurch unter Umständen ein besseres Bild machen. Manchmal kommen Erinnerungen durch Hypnose zurück«, ergänzte Beate. »Vielleicht geht es Ihnen danach sogar viel besser. Außerdem: Wenn ich den Fall übernehmen soll, dann müssen Sie mich überzeugen!«

»Garantieren kann ich allerdings für nichts. Kann auch sein, dass ich erfolglos bin. Es wäre lediglich ein Versuch«, sagte Karla.

»Was muss ich dafür tun?«

»Nicht viel, Sie müssen sich auf mich konzentrieren und auf das, was ich Ihnen sage.« Karla blickte auf die Uhr. Die Zeit würde vermutlich nicht ausreichen, wenn sie nicht bald loslegten. Sie musste es jetzt versuchen.

Mischnik zögerte.

Beate ergriff erneut das Wort. »Wägen wir ab. Was soll passieren? Schlimmer wird es für Sie keinesfalls. Und wie gesagt, was wir erfahren, wird nicht gegen Sie verwendet werden. Im besten Fall können wir uns eine Strategie ausdenken.«

»Ich weiß nicht, ob ich es ertragen kann, wenn rauskommt, dass ich Jannick …«, sie schluckte, »dass ich Jannick getötet habe. Oh Gott, ich weiß nicht, ob ich weiterleben kann, wenn ich es getan habe.«

»So müssen Sie aber in der ständigen Angst leben, es getan zu haben. Sie sagten doch selbst, Sie wissen nicht, ob Sie sich über den Weg trauen können.«

»Das stimmt.«

»Es besteht also eine Fifty-fifty-Chance, dass sich Ihre Situation verbessert. Wäre das nicht einen Versuch wert? Oder wollen Sie lieber weiter in Unklarheit leben? Wenn ich davon ausgehe, dass es stimmt, was Sie uns erzählt haben.«

Karla schickte ihrer Partnerin ein anerkennendes Lächeln.

Mischnik starrte ins Leere. Plötzlich straffte sie die Schultern. »Okay. Tun Sie es!«

Karla holte tief Luft, fixierte das Sichtfenster in der Tür und wandte sich an Beate: »Du behältst die Tür im Auge?«

»Klar«, antwortete Beate.

»Legen wir los. Keine Sorge, es kann nichts passieren. Konzentrieren Sie sich bitte auf mich, besser gesagt auf meine Hand.« Sie hob die linke Hand und stützte den Ellbogen auf den Tisch. Dabei presste sie den Daumen gegen ihr Kinn, sodass es für einen Beobachter von draußen aussehen musste, als hätte sie einfach eine bequeme Sitzhaltung eingenommen.

»Fixieren Sie bitte einen einzigen Punkt in meiner Handfläche. Nur einen einzigen Punkt.«

Beate schielte zum Sichtfenster. »Nicht zu lange, es darf nicht auffallen«, flüsterte sie.

»Wir beginnen sofort. – Anja. Suchen Sie einen Punkt.« Mischnik entspannte sich, ihre Pupillen weiteten sich und wurden starr.

»Atmen Sie ganz ruhig und tief ein und aus. Sehen Sie auf diesen einen Punkt. Ich werde Ihnen gleich ein paar Fragen stellen. Ruhig ein- und ausatmen. Sind Sie bereit?«

Beate hielt vor Aufregung die Luft an. Sie hatte das Gefühl, dass Karla die junge Frau tatsächlich in Trance versetzt hatte. Selbst ihre Stimme klang völlig verändert. Nie hätte sie geglaubt, dass das funktionieren könnte.

»Sind Sie bereit, Anja?«, fragte Karla erneut.

»Ja.«

»Wir konzentrieren uns auf den 19. Juni. Es ist mitten in der Nacht, als Sie zu einem Unfall in das Diplomatenviertel gerufen werden. Dort ist eine Person mit dem Fahrrad verunglückt, wurde Ihnen mitgeteilt, stimmt das?«

»Ja.«

»Gerade sind Sie angekommen, Sie und Jannick Schmidt, und nun steigen Sie aus dem Rettungswagen aus. Wer von Ihnen ist gefahren?«

»Ich.«

»Gut. Sie stehen auf der Straße. Was dann, Anja?«

Mischniks Augen starrten bewegungslos auf Karlas Handfläche. »Wir sehen uns um, niemand auf der Straße. Auch kein Fahrrad. Jannick fragt, ob wir den Ort verwechselt haben. Ich sage ihm, es gibt nur eine Guenther-Groenhoff-Straße.« Mischnik begann schneller zu atmen.

»Bleiben Sie ruhig. Tief ein- und ausatmen. Es kann nichts passieren. Sie sind sicher.«

Mischnik beruhigte sich wieder.

»Was geschieht dann?«

»Wir sehen uns um, mein Kollege läuft um die Ecke, die Frauenlobstraße rechts hoch, ich gehe links runter, niemand weit und breit, aber …«

»Aber?«

»Wir hören Hilferufe.«

»Woher kommen sie?«

»Sie sind weit weg. Hinter der Häuserzeile. So hört es sich wenigstens an.«

»Was dann?«

»Wir gehen eilig in die Richtung. Haben nicht mal die Türen von unserem Fahrzeug verschlossen. Wir gehen um die Ecke, dann rechts über die Ginnheimer Landstraße. Die Rufe werden lauter.«

»Ist es eine männliche oder eine weibliche Stimme?«

»Ich denke weiblich.«

»Und jetzt?«

»Wir erreichen den Parkeingang. Die Stimme ist verstummt. Es ist gruselig, es ist so dunkel. Ich bitte Jannick, mit mir zum Krankenwagen zurückzugehen, damit wir in der Einsatzzentrale anrufen können, da …«

»Ja?«

»Jemand packt mich, drückt mir etwas vors Gesicht. Es ist scharf und stinkt. Jannick hat ebenfalls Probleme, er stöhnt. Ich kann ihm nicht helfen, mich nicht mehr rühren …«

»Was spüren Sie?«

Mischnik griff sich an die Schläfen. »Ich habe schreckliche Kopfschmerzen. Und ich kann nichts sehen. Es ist völlig finster. Es riecht modrig. Aber hin und wieder höre ich ein Geräusch.«

»Ein Geräusch?«

Mischnik nickt. »Es tutet.«

»Es tutet?«

»Ja, es hört sich an wie das Tuten eines Kahns.«

»Und weiter?«

»Ich taste meine Umgebung ab, fühle einen warmen Körper neben mir. Ich erschrecke, ertaste die gleiche Uniform, die ich trage, deren Stoff fest und nicht elastisch ist. Jannick. Es muss Jannick sein. Ich spreche ihn an. Er rührt sich nicht …« Sie brach ab.

»Weiter, konzentrieren Sie sich.«

»Ich stoße ihn an, er stöhnt auf. Ich nenne seinen Namen. Er reagiert. Es ist Jannick, zum Glück.«

»Was dann?«

Mischnik wurde nervös.

»Bleiben Sie ruhig. Konzentrieren Sie sich auf die Stelle an meiner Hand. Atmen Sie ruhig ein und aus.«

Karla schielte auf die Armbanduhr an ihrer linken Hand. Noch 20 Minuten. Würde die Zeit ausreichen?

»Und nun?«

»Ich muss eingeschlafen sein, aber Jannick, er liegt noch immer da, ganz eng an mir dran. Zum Glück kann ich seinen Atem hören. Ich sage zu ihm, dass er aufwachen soll. Ich stoße ihn, stoße ihn immer wieder an, er beginnt zu lallen. Ich kann ihn nicht verstehen.«

»Bleiben Sie ruhig. Sie sind in Sicherheit. Nichts kann Ihnen passieren. Ganz ruhig, tief atmen, alles ist gut. Was sehen Sie?«

»Nichts, es ist finster. Außerdem dreht sich alles, nachdem ich das Zeug getrunken habe.«

»Sie haben etwas getrunken?«

»Ja.«

»Wann?«

»Als die reingekommen sind, haben sie es uns gegeben.«

»Wer sind die?«

»Ein Mann und eine Frau.«

»Können Sie die beiden erkennen?«

»Nein. Wir müssen uns zur Wand drehen.«

»Wo befinden Sie sich genau?«

»Auf einer breiten Luftmatratze.«

»Einer Luftmatratze?«

»Ja, und es ist schwer, sich darauf aufzurichten. Aber ...«

»Ja?«

»Es ist plötzlich ein wenig Licht im Raum, sie haben die Tür nicht ganz geschlossen, und bevor sie mir die Augen verbinden, sehe ich ein paar Dinge.«

»Welche Dinge?«

»Spielsachen. Und einen Fahrradhelm. Da ist ein Regal an der Wand, gegenüber der Tür. Es ist voller Spielsachen.«

»Beschreiben Sie sie.«

»Ein Teddy, Spielzeugautos, eine Pistole ...« Sie stutzt.

Beate starrte Karla erschrocken an.

Mischnik entspannte sich. »Es ist eine Spielzeugpistole, eine Wasserpistole, sie ist rot. Und dort ist auch ein Fußball neben dem Fahrradhelm. Mehr sehe ich nicht. Unsere Augen blieben von da an verbunden.«

»Wer sind die?«, wiederholte Karla ihre Frage.

»Ein Mann und eine Frau.«

»Sind Sie sicher?«

»Ja, sie sprechen leise miteinander.«

»Was tun sie?«

»Sie haben Getränke dabei. Wir müssen sie trinken. Es schmeckt widerlich.« Mischnik verzog den Mund. »Ich will es nicht, mir wird schwindlig davon. Aber es wird mir an den Mund gehalten. Ich pruste und schlucke das Zeug.«

»Und Jannick?«

Mischnik zuckte mit den Schultern. »Ich glaube, sie flößen es ihm einfach ein.«

»Kennen Sie die Stimmen?«

Mischnik schüttelte den Kopf.

»Was geschieht jetzt?«

»Ich muss eingeschlafen sein, denn ich wache auf, weil mich jemand hochzieht.«

»Ist Jannick bei Ihnen?«

»Ja, ich höre, dass er stöhnt. Der Mann zwingt ihn, aufzustehen.«

»Ich schwanke, kann mich kaum auf den Beinen halten.«

»Plötzlich greift jemand nach meiner Hand und ich höre meinen Vornamen. Es ist Jannick. Er sagt, dass ich seine Hand halten soll. Aber dann werden wir gestoßen. Vorwärts gestoßen. Ich höre, dass Jannick stolpert. Er fängt sich. ›Ich bin bei dir, Anja‹, presst er heraus.«

»Weiter?«

»Wir sind im Freien. Werden weiter vorwärts gestoßen.«

»Sind beide bei Ihnen?«

»Ja. Hin und wieder höre ich die Frau flüstern.«

»Was passiert nun?«

»Hohes Gras. Ich bin mehrfach gefallen. Er reißt mich an den Haaren hoch.« Sie verzieht das Gesicht vor Schmerz.

»Jannick schreit, stöhnt, dann höre ich, wie er zu Boden fällt. Er reißt mich mit sich.« Mischnik begann zu weinen. »Die Frau flüstert mir ins Ohr: ›Tritt ihn, er will dir wehtun. Tritt ihn.‹ ›Nein!‹, schreie ich. Da schlägt mir jemand hart ins Gesicht und reißt mir kurz danach die Schuhe von den Füßen. Ich liege neben Jannick. Dann höre ich dieses schreckliche Geräusch. Es ist, als würde man eine Kokosnuss zerteilen. Es dreht sich alles. Sie schlagen mich. Ich höre die Frau, sie ist direkt über mir. Sie schreit mich an. ›Du musst dich stellen! Du hast ihn getötet!‹, brüllt sie. ›Du bist eine Mörderin.‹« Sie schluchzte. »Immer wieder sagt sie das. Ihre Stimme wird lauter, intensiver, wie ein Echo.« Mischnik zitterte heftig.

»Erkennen Sie die Stimme? Ist es vielleicht die Stimme von Lara Eschbach?«

Mischnik zuckte zusammen. »Lara Eschbach?«

»Ihre Physiotherapeutin.«

»An ihre Stimme erinnere ich mich nicht.«

»Es wird Zeit, das ist nicht gut«, flüstert Beate. »Hol sie zurück.«

»Moment«, Karla formte das Wort mit den Lippen. »Ich habe eine letzte Frage, Frau Mischnik. Kennen Sie Roland Weber?«

Beate war irritiert. Was wollte Karla bezwecken?

»Nein«, antwortete Mischnik.

»Okay. Wenn ich jetzt meine Hand sinken lasse und bis drei zähle, dann befinden Sie sich wieder in der Gegenwart. Sie haben alles richtig gemacht, und jetzt kommen Sie zurück. Es wird nichts Schlimmes geschehen.« Karla legte ihre Hand auf den Tisch. »Eins, zwei, drei.«

Mischniks Augenlider flackerten. Sie wirkte orientierungslos. Dann wurde ihr Ausdruck klar.

Ängstlich sah sie die Frauen an. »Was habe ich gesagt? Ich meine, bin ich eine … eine Mörderin? Ja, nicht wahr? Ich bin eine Mörderin.« Das letzte Wort hatte sie nur mit den Lippen geformt, bevor sie die Hände vors Gesicht schlug.

Beate lächelte sanft und schüttelte den Kopf. »Ich glaube, es ist nicht so, wie Sie denken.«

»Ein Mann und eine Frau«, sagte Karla.

»Habe ich das gesagt?«

»Ja«, bestätigte Beate. »Ich glaube, die haben Ihnen etwas eingeredet, was Sie nicht getan haben.«

»Etwas eingeredet?«, sie stutzte.

»Ich meine damit, Sie glauben lassen, dass Sie etwas Schlimmes getan haben.«

»Oh, ich erklärte Ihnen doch schon, ich hatte das Gefühl, dass mir jemand etwas sagte, was mir falsch vorkam«, sagte Mischnik. »War das so was wie Gehirnwäsche?«

»Schon möglich«, bestätigte Karla.

»Bitte berichten Sie mir, was ich Ihnen erzählt habe.«

In dem Augenblick wurde von außen der Schlüssel ins Schloss geschoben.

»Ich erzähle Ihnen alles beim nächsten Mal«, raunte Beate. »Ich werde Sie verteidigen. Bitte sprechen Sie mit niemandem über die Hypnose, nicht mit der Psychologin und nicht mit der Polizei. Möglicherweise kommt mit der Zeit die Erinnerung von allein zurück, wenn Sie keine Angst mehr haben. Sie sind unschuldig, denken Sie immer daran. Aber jetzt pst.«

Mischnik seufzte erleichtert.

Die Vollzugsbeamtin trat ein. »Die Zeit ist um.«

»Danke, wir sind fertig. Wir werden uns jetzt allerdings häufiger sehen«, sagte Beate und stand auf.

»Dann bis bald.« Die Beamtin griff Mischniks Arm. »Bitte stehen Sie auf.«

Ängstlich leistete Mischnik Folge. »Besuchen Sie mich bald wieder?«

»Klar!«, antwortete Beate.

Schweigend nahmen Beate und Karla ihre persönlichen Sachen aus den Schließfächern im Eingangsbereich der JVA. Beate winkte dem Beamten zu. »Ich komme wieder.«

»Ist zu schön hier, nicht?«, der Beamte zwinkerte grinsend.

»Fast wie Urlaub«, sagte Karla lachend.

»Ich muss dich loben, das war klasse Arbeit! Aber es hat mich ganz schön mitgenommen«, sagte Beate auf dem Weg zum Auto. »Ich hätte niemals geglaubt, dass du das kannst.«

»Ich auch nicht.«

»Setz dich auf die Beifahrerseite, ich fahre. Du darfst dich entspannen.«

»Danke.« Karla ließ sich seufzend auf den Beifahrersitz fallen. »Darf ich ausnahmsweise in deinem Auto rauchen?«

»Untersteh dich. Dass ich den Fall übernehme, sollte Belohnung genug für dich sein.«

Karla lächelte schwach. »Eine meiner leichtesten Übungen. Du kannst mir nicht widerstehen.«

»Ihre Reaktion war nicht gespielt?«

»Ganz sicher nicht, und denk an ihren körperlichen Zustand. Wie hätte sie die Kraft dafür aufbringen sollen? Sie hat niemanden getötet. Jetzt müssen wir nur Beweise liefern. Mit der Hypnosenummer kann ich nicht zu Herbracht gehen. Der lacht mich aus.«

»Wir wissen jetzt, dass ein Pärchen hinter alldem steckt. Ich glaube immer noch, dass die Eschbach ihre Finger im Spiel hat.«

»Ich habe eine ganz andere Idee.«

»Und welche?«

»Sag ich dir, sobald ich mir sicher bin.«

»Du hast sie nach einem Roland sowieso gefragt. Wer ist das?«

»Roland Weber. Er ist Bestattungsfachkraft und arbeitet bei der Schulz.«

»Wieso sollte sie ihn kennen?«

»Er kennt sie zumindest, das hat er mir neulich gesagt. Sie waren auf derselben Gesamtschule. Sie war zwei Klassen über ihm.«

»Hm, aber sie hatte doch keine Ahnung von ihm?«

»Ich sagte, er kennt sie. Das bedeutet doch nicht, dass sie sich auch an ihn oder zumindest an seinen Namen erinnern muss.«

»Und wieso hast du sie nach ihm gefragt?« Beate fuhr von der Kreuzäckerstraße ab und bog in den Marbachweg.

»Ich habe dir doch von der Beerdigung erzählt und von dem Kerl, der im Wald rumstromerte. Das war Roland Weber.«

»Ach ja, jetzt erinnere ich mich. Du hast vermutlich keinen Namen genannt. Du glaubst, er hat mit der Sache zu tun?«

»Ich weiß es nicht. Jedenfalls habe ich ihn wiedergesehen, als ich den Johansson besucht habe.«

»Was wollte er im Krematorium? Ich denke, er ist bei der Schulz angestellt?«

»Beate, du nervst. Sie haben gerade bei dem Johansson rumgesessen, die Schulz und der Weber. Die arbeiten zusammen, kannst du dir doch denken«, erwiderte Karla. »Nicht alle wollen eine Erdbestattung.«

»Und was glaubst du, könnte der Mann getan haben?«

»Ich sage doch, ich weiß es nicht. Ich fand es nur interessant, dass er die Mischnik kannte. Frankfurt ist halt ein Dorf.« Karla machte ein vielsagendes Gesicht. »Und manchmal hilft ja der Zufall einen großen Schritt weiter.«

»Hast du ihn im Visier?«

Karla zuckte die Schultern und verzog nachdenklich den Mund.

»Wer auch immer Mischnik und Schmidt festgehalten hat, der hat sie mit Propranolol außer Gefecht gesetzt. Klingt beinahe so, als ob die anfänglich nicht gewusst hätten, was sie mit denen anstellen sollten, oder?«, fragte Beate und bremste spontan scharf ab.

»Was tust du da?«

»Ich bremse, das ist eine Haltestelle und da kommt die Straßenbahn, siehst du das nicht?«

»Ja, hinter dir. Da wärst du doch locker durchgekommen.«

»Entschuldige, ich war gerade in Gedanken.«

»Ich dachte, Frauen seien zu Multitasking fähig. Autofahren und Denken gleichzeitig überfordert dich?«

»Hör auf, mich zu piesacken. Das war der reinste Stress vorhin. Stell dir nur vor, die Justizvollzugsbeamtin hätte bemerkt, was wir da drin getrieben haben, ich darf mir das gar nicht ausmalen. Ich hätte garantiert eine Anzeige am Hals. Außerdem habe ich mich wieder von dir dazu überreden lassen, ins Strafrecht einzusteigen.«

»Moment, die Entscheidung hast du selbstständig getroffen. Ich bin stolz auf dich. Aber eine brauchbare Information haben wir zusätzlich bekommen, meine Liebe. Ist es dir aufgefallen?«

»Hilf mir auf die Sprünge.«

»Mischnik und Schmidt sind vermutlich in der Nähe des Mains gefangen gehalten worden.«

»Wie kommst du darauf?«

»Mensch, Beate, sie hat doch vom Tuten eines Kahns gesprochen. Wo hört man das sonst, etwa bei uns zu Hause in Ginnheim? Sie hat Schiffe wahrgenommen. Der Schmidt ist in der Nähe der Bahngleise umgebracht worden. Wahrscheinlich haben sich die zwei die ganze Zeit unweit des Leichenfundorts befunden. Und die Mischnik weiß sogar, dass sie sich nicht im Freien aufgehalten haben, sondern in einem Raum, in dem es Spielsachen gab.«

»Und eine Luftmatratze«, ergänzte Beate.

»Ich werde mich in der Gegend etwas genauer umsehen. Also auf der anderen Uferseite. Dort gibt es meines Wissens nach recht große Gartengrundstücke. Da könnte man rein theoretisch gut jemanden verstecken. Wohnhäuser stehen da keine, soviel ich weiß. Nur die Gerbermühle, aber das Hotel ist weit genug von den Gärten entfernt gelegen. Da hat garantiert keiner was mitbekommen. Sonst wüssten wir das bereits.«

»Haben die Spurensicherer das Gelände nicht längst abgesucht?«

»Schon, aber gewiss nicht die Gartenhütten. Mischnik hat ja ursprünglich ausgesagt, dass sie sich im Freien aufhielten. Warten wir ab, was ich rausfinden kann. Ich werde Herbracht bei Erfolg sofort in Kenntnis setzen. Aber vorerst nicht. Ich will mich nicht lächerlich machen. Obwohl ich mir sicher bin, dass uns Mischnik die Wahrheit gesagt hat.«

*

Freitag, 5. Juli, Polizeipräsidium, 15:42 Uhr

»Frau Pauli, mit Ihnen habe ich ja eine halbe Ewigkeit nicht gesprochen, wie geht es Ihnen?« Der Kommissar bedeutete Dragovic mit einer Geste, zuzuhören.

»Danke, Herr Herbracht, recht gut. Ich hoffe, ich störe Sie nicht?«

»Gar nicht, ich sitze am Schreibtisch und verrichte langweiligen Bürokram. Ich kann mir vermutlich denken, weshalb Sie anrufen, oder kombiniere ich falsch?«

Beate lachte. »Nein, Karla hat es wieder geschafft, mich um den Finger zu wickeln. Ich wollte Ihnen mitteilen, dass ich Anja Mischnik verteidigen werde. Wir waren gemeinsam bei ihr.«

»Das freut mich wirklich. Ich habe Frau Senkrecht auf die Idee gebracht, Ihnen den Fall anzutragen. Seien Sie also nicht allzu streng mit ihr.«

»Ich weiß, dass Sie dahinterstecken, Herr Herbracht. Und wie Sie aus der Vergangenheit wissen, kann ich Karlas bärbeißigem Charme kaum widerstehen.«

»Bärbeißiger Charme. Das ist gut ausgedrückt. Ja, wer kann ihr schon widerstehen? Sie hat sogar schon wieder einen neuen Fan – nämlich meine Kollegin. Sie sitzt gerade bei mir, grinst über beide Backen und lauscht interessiert unserem Gespräch. Sie heißt Mia Dragovic. Sie werden die junge Dame bestimmt kennenlernen.«

»Ich freu mich drauf. Hallo, Frau Dragovic.«

»Hallo, Frau Pauli, ich habe nur das Beste von Ihnen gehört«, antwortete Dragovic.

Herbracht ergriff wieder das Wort. »Aber im Ernst, Frau Senkrecht war sich gar nicht sicher, ob überhaupt eine Chance besteht, dass Sie in diesen Fall einsteigen. Darf ich erfahren, was Sie dazu veranlasst hat, das zu tun?«

»Das dürfen Sie. Ich war nämlich nach Karlas Erzählung vollkommen überzeugt davon, dass ich diesen Fall auf keinen Fall annehmen werde. Tja, die junge Frau hat mich allerdings beeindruckt. Ich glaube nicht, dass sie schuldig ist. Karla ist auch meiner Meinung. Und Sie wissen ja, sie hat ein recht gutes Bauchgefühl.«

»Nun gut, das Bauchgefühl allein reicht natürlich nicht, aber ich weiß, mit Ihnen im Boot werden bald Fakten geliefert. Genau das ist der Grund, weshalb ich mich darüber freue, dass Sie sich dieses Falles annehmen. Wenngleich ich nicht die geringste Ahnung habe, weshalb Frau Mischnik so eisern schweigt. Und ob es wirklich allein am Propranolol lag, dass sie angeblich alles vergessen hat, was sie anfänglich ausgesagt hat. Sie weigert sich vehement, mit der Psychologin zu sprechen.«

»Das hat sie uns auch gesagt. Ich denke, dass sie Vertrauen zu mir aufbauen wird. Und ich hoffe, dass dann ihre Erinnerung zurückkehrt. Sie kommt über den Tod von Jannick Schmidt nicht weg. Aber wir wissen ja, dass er ihr nicht zu Leibe gerückt ist oder zumindest nicht zum Ziel gekommen ist. Und sie hatte, wie in der Akte steht, hochdosiert Betablocker im Blut. Das hat sie eindeutig geschwächt. Wie also sollte sie ihn getötet haben? Sie hätte übermenschliche Kräfte gehabt haben müssen.«

Herbracht räusperte sich. »Das rechtsmedizinische Labor hat auch bei Schmidt hochdosiert Propranolol im Blut nachgewiesen. Damit hatte sein Körper genug zu tun. Er wäre in diesem Zustand kaum in der Lage gewesen, jemanden zu vergewaltigen.«

»Das ist interessant. Ich werde alles versuchen, um Frau Mischnik da so schnell wie möglich rauszuholen.«

»Melden Sie sich bitte, wenn es Neuigkeiten gibt. Wir bauen auf Sie. Viel Erfolg, Frau Pauli.«

»Bis bald, Herr Herbracht.«

Er legte auf. »Der Fall fängt an, Spaß zu bereiten.«

»Sie ist die einzige Person, die dich nicht mit ›Herr Kommissar‹ anspricht«, bemerkte Dragovic.

»Sie und die Senkrecht. Aber die dürfen das. Beate Pauli

ist eine echte Dame. Ich bin froh, dass sie den Fall übernimmt. Ich bin gespannt, ob sie die Mischnik knacken kann.«

»Wann kommt eigentlich das Laborergebnis mit der DNA? Ich fresse einen Besen, wenn wir da keine Spuren von der Eschbach finden«, sagte Dragovic.

»Schätze spätestens Montag, sonst rufe ich an. Und den Markward vom BKA kontaktiere ich auch.«

*

Nähe der Gerbermühlstraße am Main, 16:50 Uhr

Bei den überdurchschnittlich heißen Temperaturen in diesem Juli hätte sich Karla liebend gern auf ihren sonnengeschützten Balkon zurückgezogen, um in Ruhe ein oder zwei Zigarillos zu rauchen und ihren Gedanken nachzuhängen. Obwohl sie ursprünglich erst morgen weitere Recherche hatte betreiben wollen, ließ ihr der Fall Mischnik einfach keine Ruhe. Da Beate ohnehin nicht vor 19 Uhr nach Hause kommen würde, konnte sie genauso gut den Nachmittag nutzen, um sich rund um den Tatort ein wenig genauer umzusehen.

Karla parkte ihr E-Auto auf dem Parkplatz direkt vor dem Restaurant und Hotel Gerbermühle, das heute beinahe verlassen dalag. Gegen Abend würde sich der Parkplatz füllen, wenn bei diesem schönen Wetter Restaurantgäste die idyllische, am Main gelegene Terrasse bevölkerten.

Karla stieg aus, ging vor bis zur Einfahrt und sah über die Gerbermühlstraße zur gegenüberliegenden Straßenseite hinüber. Dort, am Rande der Bahnschienen, jedoch von hier aus nicht einsehbar, hatte sich Schmidts Leichnam befunden. Sie richtete ihren Blick nach links Richtung Oberrad und entschied, am Fahrbahnrand bis zu den in der Nähe gelegenen privaten Gartengrundstücken entlangzugehen. Etwa 150 Meter weiter oben fand sie eine Einfahrt, die zu großen Gartenanlagen und zum Main führte. Bis auf einen alten Golf und eine Vespa war der Parkplatz leer.

Sie lief über unwegsame Wege an hohen Zäunen vorbei. Große Streuobstwiesen und Nutzgärten breiteten sich dahinter aus. Büsche und Bäume behinderten die uneingeschränkte Sicht zum Mainufer. Die Tore der Gärten waren mit Schlössern verhängt, sodass ein Betreten kaum möglich war. Das Tuten eines Kahns, der den Main querte, weckte Karlas Interesse. »Das klingt ja beinahe so, als ob ich mich auf dem richtigen Pfad befände.«

Sie folgte dem Weg hinunter Richtung Ufer und stieß nach etwa 30 Metern auf ein verwahrlostes Grundstück mit hüfthohem Grasbewuchs. »Da braucht man schon eine Sense, wenn man mähen will«, murmelte sie und spähte durch den Maschendraht. Wegen der blendenden Sonne hielt Karla schützend eine Hand über die Augen und entdeckte eine etwa in der Mitte des Grundstücks stehende größere, gemauerte Hütte. Die Fenster waren durch Läden oder Latten verschlossen. Hier hatte sich wohl schon länger niemand mehr aufgehalten.

Karla folgte dem Zaun. Wieder hörte sie das Tuten eines Schiffes. Plötzlich hielt sie inne, denn sie glaubte, im unteren Teil des Gartens eine Bewegung wahrgenommen zu haben. Sie kniff blinzelnd die Augen zusammen und tatsächlich – ein Schatten. Eindeutig ein Mensch. Da war gerade jemand im Begriff, durch den Gartenzaun ins

Freie zu kriechen. Das Gebüsch dort hinderte Karla daran, die Person mit den Augen zu verfolgen. Sie musste sich beeilen, wenn sie Näheres herausfinden wollte, und lief schneller. Sie kam gerade rechtzeitig, um die Umrisse eines Mannes zu registrieren, der sich zum Haus umdrehte. Als er Karla bemerkte, blieb er für einen Moment wie angewurzelt stehen. Für einen Augenblick stutzte auch Karla, denn sie glaubte trotz der Entfernung, die sie auf mindestens 30 Meter schätzte, zu wissen, wem sie da aufgelauert hatte. »Halt, bleiben Sie stehen«, rief sie.

Doch der Mann lief los und war von Karla nicht einzuholen. Enttäuscht und außer Atem verharrte sie wenig später, um zu verschnaufen. Sie beugte sich vor und drückte die Hände auf ihre Oberschenkel. Schließlich hob sie den Kopf, suchte mit den Augen die Stelle, an der der Mann durch den Zaun geschlüpft war, und wurde fündig. In dieser Sekunde hörte sie, wie ein Motor ein Stück oberhalb startete. Durch das dichte Gestrüpp bahnte sie sich einen Weg bis zum Zaun. »Verdammt eng, ich bin doch keine Gazelle«, fluchte sie und ärgerte sich über ihren Leibesumfang. Das Loch im Zaun war in der Tat eine echte Herausforderung. Sie würde darin vermutlich hängen bleiben. Dennoch war die Neugierde auf das, was sie im Inneren des Grundstücks erwarten würde, so groß, dass sie begann, das Efeu, das sich um den Zaun gewunden hatte, wegzureißen, um einen Einstiegsversuch wenigstens etwas zu erleichtern. Dabei fiel ihr ein dunkelblauer Stofffetzen auf, der sich im Zaun verfangen hatte. Sie entfernte und begutachtete ihn. »Scheint Sweatshirtstoff zu sein«, sagte sie zu sich selbst. Dann schob sie ihn in ihre Hosentasche.

Mit dem Fuß voran zwängte sie sich durch den Maschendraht. Plötzlich gab der Zaun nach und sie fiel mitsamt dem Pfosten zu Boden. »Verdammte Scheiße«, fluchte sie und versuchte, sich aufzurappeln. Unter heftigem Stöhnen schaffte sie es endlich, sich auf alle viere zu drehen und schließlich auf die Füße zu stemmen. Sie ächzte, blickte an sich herab und begutachtete die Kollateralschäden an ihrer Kleidung und ihren Extremitäten. Die rechte Hand hatte eine Schürfwunde davongetragen und ihre Jeans war eingerissen. »Rostiger Draht, ich sollte mich um eine Tetanus-Auffrischungsimpfung kümmern«, murmelte sie, klopfte Erde von sich ab und spuckte in ihre Hände, um sie dann an der Hose abzuwischen. Sie drehte sich um, blickte hinauf zur Hütte und entdeckte im Gras einen schmalen Trampelpfad. »Aha, du warst also oben«, murmelte sie. »Dann bin ich gespannt, was du da wolltest.« Karla folgte dem Pfad.

Die Tür des Backsteinhauses war mit einem breiten Riegel versperrt, an dem eine schwere Eisenkette hing. Sie griff danach. Unmöglich, die Tür zu öffnen. Sie umrundete das Haus durchs dichte Gras, in der Hoffnung, eine andere Möglichkeit zu finden, dort hineinzusteigen. Doch auch alle Fenster, die vom Zaun aus nicht erkennbar gewesen waren, waren mit dicken Brettern vernagelt. »Scheiße«, fluchte Karla.

»Was suchen Sie hier?« Jemand packte sie an der Schulter, und sie fuhr erschrocken herum.

Ein kräftig gebauter, mürrisch dreinschauender Mann mit schiefer Nase und Stoppelbart stand vor ihr. Er wirkte nicht, als wäre er besonders erfreut, ihr zu begegnen.

»Sind Sie auf den Mund gefallen? Ich habe gefragt, was Sie hier suchen!«

»Ach, wissen Sie, eigentlich wollte ich Pilze sammeln, dabei habe ich dieses schöne Grundstück entdeckt. Da dachte ich, dort wohnt sicher niemand, also schaue ich mich ein wenig um. Wir suchen nämlich seit Langem einen hübschen Garten, möglichst nah am Main. Wir lieben das Mainufer und …«

»Um diese Jahreszeit gibt's keine Pilze«, unterbrach der Mann.

»Ach nein? Wieder was dazugelernt.«

»Wie sind Sie hereingekommen?«

»Von dort unten, da ist der Zaun beschädigt. Da dachte ich, ich guck mal rein. Konnte nicht wissen, dass jemand da ist. Sind Sie der Besitzer? Dann sollten Sie den Zaun besser reparieren.«

»Ich weiß nichts von einem beschädigten Zaun. Wo soll das sein?«

»Ganz da unten, bei dem dichten Gebüsch. Kann man von hier aus nicht sehen. War reiner Zufall, dass ich das entdeckt habe. Da ist nämlich gerade einer rausgekrochen.«

Der Mann stemmte die Hände in die Hüften. »Da ist also einer rausgekrochen? Ist interessant, wer sich so alles auf dem Grundstück rumtreibt.«

»Nee, ehrlich, sonst hätte ich ja den kaputten Zaun nie bemerkt. Der hat den bestimmt niedergetrampelt. Ja, ja, die Jugend von heute. Der wollte bestimmt in Ruhe kiffen, dann hat er mich bemerkt und ist verduftet.«

»Aha, und da dachten Sie, was der kann, das können Sie auch, was?«

»Nee, das dachte ich nicht. Ich kiffe nämlich nicht. Aber wollen Sie vielleicht ein Zigarillo?« Sie lächelte zuckersüß und zog die Packung aus der Tasche.

»Was soll der Scheiß? Sie wissen, dass Sie Hausfriedensbruch begangen haben?«

»Na ja, ich war ja nicht im Haus. Und ich sagte ja schon,

dass vor mir jemand da war. Haben Sie den Trampelpfad im Gras nicht bemerkt? Der hat mich direkt bis nach oben geführt.«

»Das Gras haben doch Sie platt getreten.«

»Sind Sie der Besitzer? Dann gucken Sie sich den Zaun da unten doch an.«

»Ich bin nicht der Besitzer.«

»Und was suchen Sie dann hier? Wohl auch durch den Zaun gestiegen, was? Na, erwischt?« Karla grinste breit. »Menschenskinder, nun schauen Sie nicht so böse. Sehe ich etwa aus wie ein Einbrecher?«

»Ist mir egal, wie Sie aussehen. Sie sind eingebrochen und ich sehe nach dem Rechten. Was offensichtlich notwendig ist.«

»An wen muss ich mich denn wenden, um zu erfahren, ob das Grundstück zu vermieten ist?«

»Es ist nicht zu vermieten.«

»Aber es ist doch völlig verwahrlost, oder ist das in dieser Gegend normal?« Karla stellte sich auf die Zehenspitzen und versuchte, über die Schulter des Mannes hinweg die Nachbargrundstücke einzusehen. »Nee, alles, was ich erkennen kann, macht einen gepflegten Eindruck. Ist das da drüben Ihr Garten?« Sie deutete auf das nächstgelegene Grundstück.

»Ja, warum?«

»Dachte ich mir. Da gewinnt man eher den Sechser im Lotto, bevor man Unkraut findet, stimmt's? Gibt es weiter drüben ein paar leer stehende Hütten? Dann könnte ich mich dort umtun.«

»Sie werden sich hüten, irgendwo einzusteigen. Sonst rufe ich die Polizei. Es ist weit und breit nichts zu vermieten.«

»Können Sie mir dann wenigstens sagen, wem die Hütte gehört? Ich meine, manchmal ist es ja sinnvoll, wenn man sich an den Besitzer wendet. Vielleicht freut er sich, wenn sich jemand drum kümmert. Ich will nichts kaufen, nur mieten, wissen Sie, meine Partnerin hat …«

»Es ist mir egal, was Ihre Partnerin hat. Vergessen Sie es einfach.«

»Wollen Sie mir wenigstens Ihren Namen sagen?«, fragte Karla beharrlich.

»Auch das werde ich nicht tun. Und jetzt machen Sie, dass Sie fortkommen. Ich sagte doch, ich rufe die Polizei.«

»Na, Sie sind mir ja einer. Apropos Polizei, haben Sie von dem Mord gehört? Gleich da drüben auf der anderen Seite. Eigentlich sogar direkt gegenüber.« Sie deutete mit der Hand nach rechts. »Ich glaub, das war am 26. Juni. Ist höchstens einen halben Kilometer entfernt gewesen. Das kommt ja zum Glück nicht allzu oft vor, dass so ein Verbrechen in nächster Nähe geschieht. Also, ich finde das spannend. Wer weiß, vielleicht ist der Täter ja noch nicht gefasst. Sie müssen wissen, ich liebe Krimis. Und besonders natürlich True Crime. Ich weiß nicht, ob Sie Englisch sprechen. Das bedeutet ›Wahre Verbrechen‹.« Sie sah dem Mann mit gespieltem Unschuldsblick in die Augen. »Ich krieg dann immer am ganzen Körper Gänsehaut.«

»Interessant, deshalb stromern Sie rum, was? Sagten Sie nicht, Sie wollten Pilze sammeln?«

Sie hob entschuldigend die Arme. »Ich habe ja keine gefunden, und da dachte ich, ich vertrete mir ein wenig die Beine. Wie gesagt, ich stell mir gerade vor, der Täter ist auf freiem Fuß.« Sie strich sich mit angeekeltem Gesicht mit beiden Händen über die Arme. »Ich krieg schon wieder Gänsehaut, und Sie?«

»Die haben die Täterin gefasst.«

Karla machte große Augen. »Eine Frau? Die Welt wird immer verrückter, was? Uh, eine Frau. Finde ich fast gruseliger, als wenn es ein Mann gewesen wäre.« Sie blickte dem Mann unverwandt in die eng stehenden Augen. »Sie könnten theoretisch der Mörderin begegnet sein. Hat man Sie deswegen am Ende sogar vernommen?«

»Wer – die Polizei? Nein, warum?« Er lachte verächtlich. »Die Frau hat sich selbst gestellt.«

Karla riss den Mund auf. »Echt?«

»Sagen Sie, lesen Sie keine Zeitung? Oder wollen Sie mich auf den Arm nehmen?«

»Nein, gewiss nicht. Und klar habe ich davon gelesen. Aber da weiß man ja nie, ob das alles so stimmt oder ob sie einem die Hälfte verheimlichen.«

»Hören Sie, ich habe keine Zeit für eine Plauderstunde. Machen Sie endlich, dass Sie wegkommen.«

»Ist gut, ich geh schon, okay, aber eins muss ich noch loswerden. Man sagt mir nach, dass ich recht barsch daherrede, aber Sie sind kaum zu übertreffen. Haben Sie immer so schlechte Laune?«

»Nur bei Eindringlingen wie Ihnen. Und jetzt adios. Oder soll ich nachhelfen?« Er trat einen Schritt auf sie zu.

»Ich geh ja schon. Wirklich erfreulich, Ihre Bekanntschaft gemacht zu haben.«

*

Am Schwalbenschwanz, abends

»Du hast deinen geplanten Ausflug unternommen, wie ich sehe?«, fragte Beate, die sich den Blazer ihres eleganten

Kostüms abstreifte und sorgfältig auf einen Bügel hängte, während sie Karla von oben bis unten musterte. »Oder bist du vom Fahrrad gefallen?«

»Das ist schon ewig platt. Ich konnte nicht wissen, wann du zu Hause sein würdest. Ich bin auch gerade erst zurückgekommen. Ich wollte dir dieses Bild ersparen und mich schnell in Schale werfen. Ja, war in der Tat ein spannender Ausflug. Gab dabei nur einen kleinen Unfall mit einem maroden Zaun.«

Beate zog ihre Pumps aus, lief barfuß in die Küche, öffnete die Kühlschranktür und holte einen Becher Joghurt heraus. »Ich gehe davon aus, dass das heute mein Abendessen ist, wenn ich die gähnende Leere darin richtig deute.« Sie nahm einen Löffel aus der Besteckschublade.

»Morgen ist Einkaufstag. Außerdem hast du einen Wunsch frei für ein Essen deiner Wahl.«

»Oh, wie großzügig.« Beate setzte sich an den Küchentisch, zog einen zweiten Stuhl heran, legte ihre Beine darauf und begann zu essen. »Also, was hat dir dein Ausflug gebracht?«

»Ich bin nicht sicher, es ist nebulös, könnte bahnbrechend sein.« Karla setzte sich zu Beate.

»Nebulös und bahnbrechend, soso. Kannst du dich etwas deutlicher ausdrücken?«

»Klar. Ist eine spannende Gegend da am Main. Bietet sich beinahe an, sich oder jemanden dort zu verstecken. Ich hatte da sogleich ein Grundstück im Visier. Junge, Junge. Bestimmt 800 Quadratmeter groß, völlig verwildert, mit einem massiven Häuschen darauf. Weit weg von der Straße und sonstigen Gebäuden, an denen sich viele Menschen aufhalten. Schiffe gab's da auch. Der

Main grenzt unmittelbar daran. Ich bin also drauf auf das Grundstück. Na ja, nicht durchs Tor, das war versperrt, weiter unten fand sich allerdings ein Loch im Zaun. Da bin ich durch. War halt schon recht marode.« Sie streichelte ihre zerkratzte Hand.

»Hast du den Zaun so genau untersucht, um einen Einschlupf zu finden? Ich meine bei 800 Quadratmetern, wie du sagst?« Beate stellte den leeren Joghurtbecher auf den Tisch und sah Karla neugierig an. »Da bin ich gespannt.«

»Ich bin mir ziemlich sicher, dass ich den jungen Weber gesehen habe.«

»Etwa diesen Roland Weber, von dem du gestern gesprochen hast?«

»Einen anderen kenne ich nicht.«

»Du hast ihn wo gesehen?«

»Auf dem Grundstück, das mir ins Auge gefallen war. Er kroch gerade durch den Zaun, deshalb habe ich das Loch entdeckt. Hier, mein Beweisstück.« Sie zog den dreieckigen Stofffetzen aus der Hosentasche und gab ihn Beate. »Er ist da mit seinem Sweatshirt hängen geblieben.«

»Ein Stück Stoff beweist, dass er dort war?«

»Es stammt von einem Hoodie. Weber trug damals im Wald auch so einen.«

»Hast du ihn angesprochen?«

»Nein. Er hat mich bemerkt, und ich schwöre dir, er hat mich erkannt. Er war darüber offensichtlich nicht besonders erbaut. Jedenfalls hat er dann Gas gegeben und ist getürmt. Im wahrsten Sinne des Wortes. Er fährt eine Vespa, wenn ich mich nicht täusche.«

»Du bist dir sicher?«

Karla zögerte. »Also das Gesicht konnte ich wegen der Sonne nicht gut sehen, eher indirekt. Ich sage dir, er war es. Ist das nicht unglaublich, wie gut meine Intuition funktioniert? Ich meine, dass ich gerade zum rechten Zeitpunkt dort war?«

»Wirklich unglaublich, ich frage mich jedoch, was du damit beweisen willst?«

»Denk doch mal nach. Er kennt die Mischnik und schleicht ausgerechnet in der Nähe des Leichenfundorts herum. Macht ihn das etwa nicht verdächtig? Ich werde das schon noch rausfinden. Da war dann allerdings auch so ein Gartensheriff.«

»Ein was?«

»So ein typischer deutscher Spießbürger. Der hat da selbst einen Garten, mit englischem Rasen und so. Garantiert auch ein paar Gartenzwerge, jede Wette. Dem passte es jedenfalls nicht, dass ich mich dort umgesehen habe. Deswegen konnte ich mich leider nicht weiter um die Hütte kümmern.«

»Um die Hütte?«

»Ja, sagte ich das nicht? Dort stand eine Hütte, die beinahe einer Festung glich.«

»Inwiefern?«

»Na, sie war gesichert wie mein Safe.«

»Du hast doch gar keinen.«

»Hätte ich einen, würde ich ihn genauso verrammeln.«

»Merkwürdiger Vergleich, Karla.«

»Ich wollte damit nur sagen, dass es auffällig ist, dass ein altes, marode wirkendes Gebäude mit einem derartig dicken Vorhängeschloss am Eingang und zugenagelten Fenstern versehen ist. Leider konnte ich den Griesgram, auf den ich dort gestoßen bin, nicht dazu bewegen, mir den Namen des Besitzers zu verraten. Obwohl ich all meinen Charme habe spielen lassen. Stattdessen faselte der was von Hausfriedensbruch.«

Beate stöhnte. »Karla, Karla, hoffentlich gibt das keine Anzeige.«

»Der kennt meinen Namen doch gar nicht. Soll ich dir was sagen? Der hatte selbst keinen Bock auf eine Anzeige.«

»Da hast du aber Glück gehabt.«

KAPITEL 17

Montag, 8. Juli, Polizeipräsidium, 8:15 Uhr

Das Telefon klingelte.

»Herbracht? ... Ah ja, wir haben gerade davon gesprochen. Was sagt die Analyse? ... Volltreffer? Mist, und der blutige Fußabdruck neben Wackers Leichnam?« Herbracht lauschte und verzog enttäuscht das Gesicht. »Gerade das wollte ich nicht hören. Flop in alle Richtungen. Sind Sie sicher? ... Okay, danke Ihnen trotzdem. Auf Wiederhören.« Herbracht legte auf.

»Bitte wiederhole«, sagte Dragovic.

»Warum?«

»Weil der Lautsprecher nicht eingeschaltet war.«

»Ach ja, wie dumm von mir. Kannst du es dir nicht denken?«

»Bin ich Hellseherin?«

»War ein Fehlgriff. Die DNA der Eschbach stimmt nicht mit den DNA-Spuren am Tatort überein. Und die Profilsohle der Mischnik passt nicht zu dem Fußabdruck neben Wackers Leiche, außerdem befindet sich Wackers DNA nicht an ihren Sneakern. Es ist, als ob uns der Täter verhöhnen würde. Wir greifen ständig daneben.«

»Oh Mann, so ein Mist.«

»Wenn die Mischnik nur auspacken würde!«, brummte Herbracht.

»Und die Eschbach soll auch unschuldig sein? Da stimmt doch was nicht.«

»Okay, ich ruf jetzt den Markward an, ich habe die Durchwahl. Dieses Mal stelle ich auf laut. Ich will dir nichts vorenthalten.«

Markward meldete sich sofort.

»Kai hier.«

»Ach, der Kollege. Moin, Kai. Du möchtest etwas zur Stimmauswertung hören, schätze ich. Ich habe mich bisher noch nicht gemeldet, weil ich mir nicht sicher bin. Ich sagte bereits anfänglich, dass die Qualität der Sprachaufnahme schlecht ist. Und dass eure Eschbach einen leicht hysterischen Ton angeschlagen hat. Ähnlich wie der Anrufer. Das ist schon die einzige Übereinstimmung. Diese Eschbach hat stimmlich eine höhere Klangfarbe. Tut mir leid, aber sie war höchstwahrscheinlich nicht die Anruferin.«

»Wie sicher bist du dir?«

»95 Prozent.«

»Ich danke dir vorerst, Rainer.« Herbracht legte auf. »Tja, was sagst du jetzt? Die Eschbach ist raus.«

»Stimmt, aber da fällt mir etwas ein. Sollten wir nicht auch Herbsts DNA untersuchen lassen?«

Herbracht hob verwundert die Augenbrauen. »Habe ich das nicht erwähnt?«

»Nein, was?«

»Erinnerst du dich, als wir bei ihm waren, um ihn über den Tod seines Partners zu informieren?«

»Ja klar.«

»Er hatte ein benutztes Taschentuch neben sich auf den Tisch gelegt. Na ja, war ein bisschen eklig, aber ich hab's verschwinden lassen. War eins der ersten Dinge, die ich ins

Labor gegeben habe. Seine DNA wurde am Tatort nicht nachgewiesen. Mensch, verdammt, ich hätte geschworen, dass wir darüber gesprochen haben. Kein Wunder, dass du ihn immer wieder verdächtigt hast. Dass du mich aber auch nicht gefragt hast, Mia. Du musst viel lernen.« Er grinste, machte aber gleich darauf ein betretenes Gesicht. »Wir drehen uns im Kreis. Das ist zum Kotzen.«

KAPITEL 18

Dienstag, 9. Juli, Bestattungsinstitut Schulz, 17:05 Uhr

Karla saß seit einer knappen Stunde im Auto auf dem Seitenstreifen der Eckenheimer Landstraße und beobachtete die Einfahrt zum Hauptfriedhof. Sie war unschlüssig. Sollte sie oder sollte sie nicht mit Roland Weber sprechen? Sie musste sich bald entscheiden, bevor sie aufgrund der Hitze einem Kreislaufkollaps erliegen würde. Also stieg sie aus, überquerte den Parkplatz und betätigte die Klingel neben dem Eingang des Bestattungsinstituts. Nach kurzer Zeit wurde die Tür von der Chefin selbst geöffnet, die wie immer mondän gekleidet war und Karla mit einem erstaunten Gesichtsausdruck empfing. »Nanu, Frau Senkrecht, das ist ja eine Überraschung! Was kann ich für Sie tun?«

»Tag, Frau Schulz, ich will Sie nicht weiter stören, ich möchte mich kurz mit Herrn Weber unterhalten. Ich hoffe, er ist da. Oder hat er bereits Feierabend?«

»Sie haben Glück, er ist da. Hat er etwa was ausgefressen?«

»Nein, natürlich nicht. Ich habe nur ein paar Fragen an ihn.«

»Das klingt ja aufregend. Wollen Sie mit mir darüber reden? Ich bin immerhin seine Chefin. Wenn es beispielsweise um das Institut geht, kann ich Ihnen besser helfen als er.«

»Nein, darum geht es nicht. Es tut mir leid, aber das, was ich besprechen möchte, ist eine vertrauliche Angelegenheit.«

»Ach so? Na, dann kommen Sie rein. Bitte folgen Sie mir.« Schulz führte sie in einen kleinen Raum mit Polstermöbeln. »Machen Sie es sich bequem, ich will sehen, wo er steckt. Ich schicke ihn dann zu Ihnen.«

»Danke.« Karla setzte sich.

Nach einer Weile öffnete sich die Tür und Weber trat zögernd ein. Er trug einen dunklen Anzug und Krawatte.

»Hallo, heute hast du dich aber in Schale geworfen, im Gegensatz zu vor ein paar Tagen.« Karla grinste.

Weber war verwirrt. »Wie meinen Sie das?«

»Ich meine damit, dass wir uns vor nicht allzu langer Zeit begegnet sind, und da warst du wesentlich sportlicher angezogen.«

»Wir sollen uns gesehen haben? Wo soll das gewesen sein?«

»Na, also so was, du bist gerade aus einem verwilderten Garten getürmt, nahe der Gerbermühlstraße.«

Webers Gesichtsmuskeln zuckten. »Ich soll aus einem verwilderten Garten gekommen sein?«

»Ach, komm schon. Ich habe was für dich.« Karla fingerte den dunkelblauen Stofffetzen aus ihrer Jeanstasche. »Vielleicht kannst du das Sweatshirt ja reparieren.« Sie legte den Stoff auf den Tisch. »Gehört doch dir, oder? Ich habe dich zumindest schon einmal mit einem dunkelblauen Hoodie gesehen. Im Friedwald, erinnerst du dich? Und gestern wieder. Ich habe Augen wie ein Luchs, musst du wissen. Du wirst verstehen, dass ich jetzt neugierig bin. Du bist für einen Moment zur Salzsäule erstarrt. Willst du das wirklich leugnen? Ich habe mich dann da auch umgeschaut. Leider bin ich nicht in das Häuschen reingekommen. Ich wüsste zu gern, was es damit auf sich hat. Klärst du mich auf?«

»Ich weiß ehrlich gesagt überhaupt nicht, wovon Sie sprechen. Worüber soll ich Sie denn aufklären? Das muss ein Missverständnis sein«, sagte Weber unsicher.

»Du kennst Anja Mischnik und du weißt, dass sie gestanden hat, ihren Kollegen getötet zu haben. Es ist mittlerweile kein Geheimnis mehr, dass sie die Tat nicht allein begangen hat, besser gesagt ist sie vielleicht sogar unschuldig. Ich habe mich also gestern im weiteren Umkreis des Tatorts umgesehen und entdeckt, dass es da jemand ziemlich eilig hatte, davonzukommen.«

»Glauben Sie, nur weil ich Anja kenne, könnte ich ihr Handlanger sein?«

»Ich wäre froh, wenn du mir das Gegenteil beweisen würdest. Denn du hast nicht nur die gleiche Figur wie der junge Mann gestern, du hast auch die gleiche Körperhaltung. Leicht nach vorn gebeugt. An deiner Haltung musst du unbedingt arbeiten. Gibt sonst später einen Buckel.«

Die Tür öffnete sich einen Spaltbreit und der Kopf von Verena Schulz erschien. »Alles in Ordnung?«

Weber fuhr zusammen. »Haben Sie mich erschreckt. Ja natürlich.«

»Willst du Frau Senkrecht vielleicht einen Kaffee anbieten?«

»Nein danke, ich geh gleich wieder«, sagte Karla.

»Okay.« Schulz schloss erneut die Tür.

»Nun rede schon«, forderte Karla auf.

Weber knickte ein. »Es ist nicht so, wie Sie denken. Ich … Ja, ich war da. Und ja, ich habe Sie gesehen und gehofft, dass

Sie mich nicht erkannt haben. Ich bin nach oben gerannt und mit meiner Vespa weggefahren. Die Sache mit Anja Mischnik lässt mich einfach nicht kalt. Aber Sie müssen mir glauben, ich habe mit dem Tod ihres Kollegen nicht das Geringste zu tun. Ich war aus einem anderen Grund dort, Frau Senkrecht. Ich kann darüber nicht reden. Aber wenn Sie sich da schon reinhängen wollen, beantragen Sie eine Hausdurchsuchung oder wie auch immer das heißt.«

»Du meinst von der Hütte?«

»Ja.«

Jetzt war Karla verblüfft. »Gleich eine Durchsuchung? Übrigens kann ich die als Detektivin nicht beantragen. Das ist Sache der Polizei, zusammen mit dem Staatsanwalt. Dazu braucht es einen Verdacht, den könnte ich natürlich äußern. Also verrätst du mir, warum ich das tun sollte?«

»Ich bin mir nicht sicher. Ich habe etwas Merkwürdiges beobachtet. Deshalb war ich dort.«

»Was genau hast du beobachtet?«

»Bitte nageln Sie mich nicht fest. Ich kann und werde niemanden einfach so anschwärzen.«

»Sag mir, was die Kripo in der Baracke finden würde.«

»Vielleicht war Anja dort, mehr sage ich nicht. Aber bitte verraten Sie mich nicht. Ich will keinen Ärger bekommen. Ich brauche diesen Job, verstehen Sie?«

»Inwiefern Ärger?«

»Meine Chefin legt viel Wert auf den guten Ruf ihres Instituts. Ich möchte nicht, dass sie mich für einen Schnüffler hält.«

»Ich verstehe nicht ganz, aber ich werde vorläufig Diskretion wahren.«

*

In Gedanken versunken ging Karla zum Ausgang des Bestattungsinstituts und öffnete die Tür.

»Frau Senkrecht?«

Karla hielt inne und drehte sich um. »Ja?«

»Konnte Ihnen mein Mitarbeiter weiterhelfen?«

»Aber ja, danke schön. Ich habe vorerst keine weiteren Fragen.«

»Das reicht mir leider nicht. Sie haben mir vorhin nicht geantwortet. Hat Roland was ausgefressen?«

»Ach was, ich bin sicher, dass der junge Mann ein loyaler Mitarbeiter ist.«

»Ich möchte schon gern wissen, was innerhalb meines Instituts geredet wird. Wir haben keine Geheimnisse voreinander. Die schädigen das gute Klima. Sie verstehen sicher, dass das in einem solchen Institut ausgesprochen wichtig ist.«

»Das verstehe ich absolut. Wie wär's, wenn Sie mit Herrn Weber sprechen würden? Auf Wiedersehen, Frau Schulz.«

»Na gut, auf Wiedersehen«, seufzte Schulz und drehte sich um. »Roland? Wo bist du?«, rief sie.

Weber trat aus der Teeküche. »Ja?«

»Kommst du bitte mit in mein Büro?«

Weber folgte seiner Chefin. Schulz setzte sich mit mürrischem Gesichtsausdruck an ihren Schreibtisch und fixierte ihn. »So, Junge, jetzt erklärst du mir, was das mit dieser Privatdetektivin zu bedeuten hatte. Was wollte die Frau ausgerechnet von dir?«

»Ach, das war nur, weil … na ja, weil ich ihr neulich gesagt habe, dass ich Anja Mischnik kenne.«

»Dass du was? Du kennst diese Mischnik? Diese Mörderin? Wieso weiß ich das nicht? Das ist entsetzlich, Roland.« Schulz war schockiert.

»Es … es spielt keine Rolle. Kennen ist das falsche Wort. Wir waren zusammen auf der Schule. Ich war zwei Stufen unter ihr. Wir kannten uns bloß vom Schulhof. Und von einem Schulfest. Besser gesagt, ich kannte sie. Ich bin mir nicht sicher, ob sie überhaupt weiß, wer ich bin.«

»Ich werde wahnsinnig. Das ist ein harter Schlag für mich. Habe ich dir nicht bei deiner Einstellung gesagt, dass hier mit offenen Karten gespielt wird?«

»Doch, doch, natürlich.«

»Roland, Roland, ich muss mich auf meine Mitarbeiter verlassen können. Jetzt kommst du mir mit so was. Ich kann mir keinen Ärger in meinem Institut leisten. Hörst du?«

»Ich hätte es gesagt, aber ich dachte nicht, dass es wichtig ist, und alles war doch schon schlimm genug.«

»Was war schlimm genug?«

»Na, dass ausgerechnet jemand zum Krematorium läuft, um zu gestehen, jemanden getötet zu haben. Da wollte ich keine weitere Unruhe stiften, indem ich sage, dass ich diese Frau kenne. Ich dachte mir schon, dass Sie sich aufregen würden, weil …«

»Weil was?«

»Nun, wir bestatten die getöteten Opfer. Es ist zwar alles nur Zufall, aber es könnte ja auch irritierend wirken. Und sehen Sie, ich habe ja recht. Jetzt sind Sie sauer auf mich.«

»Du sagst es, Roland, du sagst es! Wenn es die Senkrecht weiß, erfährt es auch die Polizei, und schon stehen wir groß in den Schlagzeilen.«

Weber schüttelte energisch den Kopf. »Sie hält mich da vorläufig raus.«

»Vorläufig, aha. Hattest du etwa in letzter Zeit Kontakt zu … zu dieser Mörderin?«

»Ich? Nein. Schon ewig nicht mehr. Ich fand sie früher cool, aber das ist lange her. Nachdem sie mich hat abblitzen lassen, habe ich mich zurückgezogen.«

»Ich dachte, sie weiß gar nicht, wer du bist?«

»Ich habe sie auf einem Schulfest angesprochen und bin ihr bis nach Hause gefolgt. Aber das ist wirklich ewig her.«

»Du hast sie verfolgt?«

»Nein, nicht verfolgt in dem Sinn. Ich wollte nur wissen, wo sie wohnt. Außerdem wollte ich rausfinden, ob sie einen Freund hat.«

»Bist du ein Stalker?« Schulz sah Weber eindringlich in die Augen. »Deshalb hast du neulich so komisch reagiert, als du mit Barner fahren solltest und nicht mit mir. Du beobachtest mich auch, oder?«

»Nein, um Gottes willen, nein, natürlich nicht. Damals war ich 15, heute bin ich 23. So etwas würde ich nie mehr tun. Ich steckte in der Pubertät.«

»Und das alles hast du dieser Senkrecht erzählt?«

»Natürlich nicht.«

»Dann belasse es dabei. Du bekommst sonst bloß Schwierigkeiten. Und ich erst recht.«

»Na klar. Ich war echt geschockt, dass es sich bei der Täterin tatsächlich um Anja handelt. Das ist doch einfach der Wahnsinn.«

»Sei froh, dass die Frau hinter Gittern ist und für das geradestehen muss, was sie getan hat. Garantiert hat sie auch den Notarzt auf dem Gewissen. Wenn ich herausfinden sollte, dass du damit das Geringste zu tun hast, Roland, dann kannst du auf der Stelle deine Sachen packen. Haben wir uns da verstanden?«

Winzige Schweißperlen bildeten sich auf Webers Stirn. »Ich … ich habe verstanden. Ich will Ihnen keinen Ärger machen, dazu, dazu mag ich Sie viel zu gern«, stotterte er. »Ich bin dankbar, mit Ihnen und in diesem Institut arbeiten zu dürfen. Das würde ich nicht aufs Spiel setzen.«

KAPITEL 19

Mittwoch, 10. Juli, Polizeipräsidium, 11:05 Uhr

Karla wartete bereits seit zwei Stunden auf dem Besucherparkplatz des Polizeipräsidiums. Herbracht sei bei einem Einsatz, war ihr gesagt worden. Er werde sich melden, sobald er zurück sei. Das jedoch war Karla zu ungewiss. Deswegen wolle sie so lange im Auto auf ihn warten, hatte sie an der Pforte erklärt. Zweimal hatte sie sich im Supermarkt schräg gegenüber mit Kaffee versorgt und dabei festgestellt, dass sie das Koffein nur nervöser machte. Wo blieb der Mann bloß, wenn man ihn brauchte? Unruhig trommelte sie mit den Fingern auf das Lenkrad, während sich ihre Laune zunehmend verschlechterte, als ein Beamter an ihre Fensterscheibe klopfte. »Sie können zu ihm. Er ist gerade gekommen.«

Das ließ Karla sich nicht zweimal sagen. Sie stieg aus und folgte dem Beamten. Sie war noch nie so froh gewesen, Herbracht zu sehen, wie an diesem Tag.

»Na, Frau Senkrecht, ich hörte, dass Sie schon eine ganze Weile auf mich gewartet haben. Was ist geschehen?«

Karla sah sich in Herbrachts Büro um. »Ist Frau Dragovic nicht da?«

»In der Kantine.«

»Das trifft sich gut. Ich möchte lieber mit Ihnen unter vier Augen sprechen, weil es um ein etwas ungewöhnliches Anliegen geht.«

»Ich bin gespannt. Erzählen Sie.«

Karla räusperte sich. »Herbracht, Sie kennen mich doch recht gut, nicht?«

»Bilde ich mir ein, ja.«

»Und Sie haben in all den Jahren festgestellt, dass mein Bauchgefühl funktioniert. Vielleicht sogar besser als mein Kopf, oder? Ist auch gut gefüllt. Der Bauch, meine ich.«

»Hm, ich finde, Sie sind ein kluger Kopf. Aber ja, gegen Ihre Intuition ist nicht viel zu sagen.«

»Dann habe ich eine Bitte. Ich bin gestern in der Gerbermühlstraße herumgestreift und dabei ist mir etwas aufgefallen. Die Spurensicherung hat das Gebiet um den Leichenfundort doch sicherlich großräumig abgesucht, nehme ich an?«

»Natürlich.«

»Auch das Gelände am Main, oberhalb der Gerbermühlstraße? Ich meine die großen Gartengrundstücke, die an den Main grenzen, und vor allem die Häuser, die darauf stehen.«

»Die Gegend um den Tatort natürlich. Schon wegen der Tatwaffe, die nach wie vor nicht aufzufinden ist. Weder das Messer, mit dem der Notarzt ermordet wurde, noch der Gegenstand, der zum Tod von Schmidt geführt hat.«

»Na gut, als ich da gestern entlangstreifte, fiel mir ein verwahrlostes Grundstück ins Auge. Mit einer massiven Hütte darauf.«

»Aha, und?«

»Wer sagt, dass Mischnik und Schmidt sich wirklich diese sechs Tage im Freien und nicht in einem Innenraum befunden haben?«

Herbracht schien verständnislos. »Mischnik selbst sagt das.«

»Aber wir stellen doch seit einer Weile fest, dass sie viele Dinge gar nicht mehr genau weiß! Und es ist bekannt, dass die Medikamente ihren Geist vernebelt haben, oder?«

»Schon.«

»Dann bitte ich Sie unter Freunden, sich die Gartenhütte auf besagtem Grundstück am Main anzuschauen, besser gesagt wäre es mir lieb, wenn Sie sie öffnen könnten.«

»Sie meinen, da drin gibt es verwertbare Spuren?«

»Ich bin mir fast sicher. Wie gesagt, ich habe leider keine Beweise. Ich habe da nur eine merkwürdige Beobachtung gemacht. Jemand hat sich illegal Zutritt zum Grundstück verschafft. Und da wurde ich neugierig.«

»Woher wissen Sie, dass dieser Jemand sich illegal dort aufgehalten hat?«

»Nun ja, er ist nicht auf dem üblichen Weg hineingelangt, sondern durch eine Lücke im Zaun. Er hat mich bemerkt und es offenbar mit der Angst zu tun bekommen, zumindest ist er auf der Stelle verschwunden.«

»Ich verstehe nicht, was das mit unserem Fall zu tun haben sollte. Das kann ein Hausierer gewesen sein.«

»So wirkte er nicht. Abgesehen davon glaube ich, ihn erkannt zu haben.«

»Sie kennen ihn?«

»Möglicherweise. Aber lassen Sie mich erst zu Ende reden. Ich habe mir dann selbst Zutritt verschafft. Dabei ist mir aufgefallen, dass die Gartenhütte auf dem Grundstück, die mehr einer Baracke gleicht, mit einem massiven und eindeutig neuen Kettenschloss versehen wurde. Und die Fenster sind vernagelt. Warum macht man so was?«

»Keine Ahnung. Vielleicht keine Scheiben drin?«

»Und das nagelneue Schloss? Wenn dort angeblich schon lange keiner mehr war?«

»Woher wissen Sie das?«

»Da stand plötzlich ein äußerst grimmiger Mann vom Nachbargrundstück neben mir und wollte mich des Gartens verweisen.«

Herbracht schob gedankenverloren die Unterlippe nach vorn. »Nichts gegen Ihre Intuition, Senkrecht. Aber das alles ist kein Grund für mich, eine Hütte aufzubrechen. Wer also war dieser jemand, den Sie dort beobachtet haben?«

Karla schwieg eine Weile. »Ich habe demjenigen versprochen, seinen Namen vorläufig aus dem Spiel zu lassen, denn er fürchtet um seinen Job. Ist eine lange Geschichte.«

»Sie haben also mit demjenigen«, er malte Anführungsstriche in die Luft, »bereits gesprochen?«

»Hm, ja. Er selbst glaubt, dass da was nicht in Ordnung ist. Wenn Sie mir den Gefallen tun, dort reinzugehen, dann lüfte ich das Geheimnis um den Namen alsbald. Allerdings nur, wenn sich mein Verdacht bestätigt. Andernfalls nehme ich mein Geheimnis mit ins Grab. Dann lassen wir den armen Hausierer einfach weiterhausieren.«

»Bitte kein weiteres Grab, Sie wissen, dass ich das, was Sie mir da erzählen, nicht durchgehen lassen kann.«

»Kommen Sie schon, Herbracht. Wir haben schon Schlimmeres zusammen ausgeheckt. Ihre Kollegin hat das doch nicht mitbekommen. Sie behaupten einfach, Sie haben einen wichtigen Hinweis erhalten. Haben Sie auch. Tun Sie's für mich.«

»Und was ist der Deal, wenn dabei nichts herauskommt?«

»Dann werde ich mich schweren Herzens aus dem Fall zurückziehen.«

»Das wäre bedauerlich. Ich schätze die Zusammenarbeit mit Ihnen.«

»Genau das wollte ich hören. Sie glauben doch nicht, dass Sie mich loswerden.« Karla grinste.

»Nicht ernsthaft.« Herbracht lachte ebenfalls. »Aber selbst wenn Sie einen falschen Verdacht hegen – wovon ich ausgehe –, müssen Sie mir danach sagen, was Sie auf die Idee gebracht hat, dass Mischnik und Schmidt dort gefangen waren.«

»Versprochen. Aber ich begleite Sie, einverstanden?«

»Einverstanden«, brummte Herbracht.

»Sie müssen Frau Dragovic ja nicht unbedingt sagen, dass Sie den Tipp mit der Hütte von mir erhalten haben. Vielleicht könnten Sie von einem anonymen Hinweis sprechen. Ich meine nur, falls ich mich irren sollte, was ich natürlich nicht glaube. Ganz und gar nicht. Sonst hätte ich mich nicht an Sie gewandt. Aber es gibt da dieses gewisse Restrisiko, verstehen Sie?«, druckste sie herum. »Ich will ja nicht, dass sie denkt, ich hätte nichts auf dem Kasten. Wobei ich davon ausgehe, dass Sie mit ihr längst über meine Qualitäten gesprochen haben.« Karla grinste breit.

»Schluss mit den Erklärungen, Senkrecht. Ich brauche meiner Kollegin nichts vorzumachen. Manchmal bereue ich den Tag, an dem ich Sie kennengelernt habe. Wir sehen uns morgen Früh um acht.«

*

Am Schwalbenschwanz, abends

»Der Handkässalat war auch schon mal besser, Karla«, sagte Beate und wischte sich den Mund mit der Serviette ab.

»Ich habe die Apfelstücke vergessen«, murmelte Karla.

»Und die Walnüsse.«

»Tut mir leid. Ich bin in Gedanken in der Zukunft.«

»In der Zukunft? Was soll das nun wieder heißen?«

»Ich habe morgen was vor.«

Beate stellte ihren Teller in die Spüle. »Jetzt mach's doch nicht so spannend.«

»Ich war heute bei Herbracht und hab über die Dringlichkeit gesprochen, die Hütte zu besichtigen. Also von innen natürlich.«

»Du hast ihm von der Hypnose erzählt?«

»Nee, auch nicht von Weber. Erst will ich wissen, ob ich mit meinem Verdacht richtigliege.«

»Und darauf ist er eingegangen?«

»Klar.«

»Dann hoffe ich, dass du dich nicht endgültig blamierst. Und mich gleich mit. Ich habe ihn nämlich angerufen und gesagt, dass ich die Mischnik vertreten werde.«

»Ach, so was. Du bist meine wahre Heldin.«

KAPITEL 20

Donnerstag, 11. Juli, nahe Gerbermühle, 9 Uhr

Karla wartete schon seit weit mehr als einer Stunde bei den Gartengrundstücken. Sie hatte es zu Hause nicht länger ausgehalten. Doch wo blieb Herbracht? Wie gebannt starrte sie auf die Einfahrt zu den Parkplätzen. Ob der Kommissar sie versetzt hatte? So kannte sie ihn gar nicht. Er war bereits eine Stunde über der Zeit. Er hätte wenigstens eine Polizeistreife schicken können, wenn er selbst nicht kommen konnte. Ihn anzurufen erschien ihr lächerlich. Sie zog ihre eigenen Schlüsse. Wenn er es nicht für wichtig hielt, dann konnte er sie mal. Sie stieg aus, schloss die Autotür und lief zu dem Gartengrundstück hinunter. Als sie sich auf Höhe des Hauses befand, lugte sie durch den Zaun und entdeckte zu ihrer Überraschung den unfreundlichen Gartenaufseher.

»Hallo«, rief sie und winkte.

»Was machen Sie denn schon wieder hier?«, fragte der Mann.

»Ich habe hier eine Verabredung.«

»Ich auch«, rief der Kerl, »nämlich mit der Polizei. Habe ich das etwa Ihnen zu verdanken?«

In dem Moment kam Herbrachts Dienstwagen, der in den schmalen Gehweg einbog, direkt auf sie zufuhr und am Zaun anhielt. Ein Streifenwagen folgte, der Fahrer stellte sich direkt hinter den Kommissar. Senkrecht seufzte erleichtert.

Herbracht und Dragovic stiegen aus. Die Polizisten aus dem Streifenwagen ebenfalls. Einer der Beamten trug zu Karlas Verwunderung einen Werkzeugkoffer.

»Gut, ihr habt die Flex dabei«, sagte Herbracht erfreut. Dann wandte er sich an Karla. »Tut mir leid, dass Sie warten mussten, Frau Senkrecht. Ist er denn schon da?«

»Wer?«, fragte Karla.

»Der Grund für unsere Verspätung. – Da ist er ja.« Herbracht spähte durch den Zaun. »Oder ist das nicht das richtige Grundstück? Doch, er hebt die Hand.«

»Ja, das ist der Herr Oberaufseher, mit dem ich das reizende Gespräch geführt habe.«

»Ich habe gestern mit ihm telefoniert«, erklärte Dragovic, »er heißt Wagner. War nicht ganz einfach, das herauszufinden. Er ist für diese Grundstücke so was wie der Hausmeister, habe ich von einem Gast des Hotels da vorne erfahren.« Sie deutete auf die Gerbermühle. »Er hat uns gefragt, ob Sie der Grund dafür sind, dass wir das Grundstück begehen wollen.« Dragovic zwinkerte Senkrecht zu. »Haben Sie ihn aufgeklärt?«

»Noch nicht«, erwiderte Herbracht. »Wir hatten genug damit zu tun, ihn dazu zu bewegen, um 9 Uhr morgens herzukommen. Er musste angeblich erst die Schlüssel fürs Tor besorgen. Deshalb sind wir erst jetzt hier. Tut mir leid, Senkrecht. Sie wissen, ich würde Sie nie hängen lassen.«

»Habe mich schon gewundert. Hätte aber auch ein Handy, auf dem man mich meistens erreichen kann«, knurrte Karla.

»Das habe ich mir auch gedacht. Ich habe bestimmt fünfmal versucht, Sie anzurufen.«

Verdutzt zog Karla das Handy aus der Jackentasche. »Interessant, ist kein Anruf eingegangen.«

»Sie haben den Flugmodus an«, sagte Dragovic, die Karla über die Schulter geblickt hatte.

»Das ist ja wohl ein Ding. Ich fliege doch nie«, sagte Karla und öffnete peinlich berührt die Einstellungen, um den Flugmodus zu deaktivieren. »Das hat bestimmt Beate gemacht.«

Wagner stand bereits am Tor. »Kommissarin Dragovic?«

»Ganz richtig, Sie sind Herr Wagner?«

»Der bin ich.«

»Das ist mein Kollege, Hauptkommissar Herbracht.«

»Das ist die Person, die sich kürzlich unerlaubt Zutritt verschafft hat. Haben Sie die nicht festgenommen? Sie hat so getan, als wollte sie Pilze sammeln«, äußerte Wagner erzürnt. Er zog einen großen Schlüsselbund aus der Jackentasche, suchte den passenden Schlüssel und öffnete das Schloss des Tors.

»Herr Wagner, diese Frau ist eine von uns geschätzte Ermittlerin. Ich rate Ihnen nicht, sich mit ihr anzulegen. Sie hätten gut daran getan, ihr behilflich zu sein, dann müssten wir jetzt keinen so großen Aufwand betreiben.«

Wagner starrte Senkrecht ungläubig an, zuckte dann wortlos die Achseln. »Leider werden Sie auch mit meiner Hilfe am Kettenschloss an der Haustür scheitern. Ich kann es ohne Schlüssel kaum öffnen.«

»Kein Problem, wir haben einen Schneidbrenner dabei«, sagte der Polizist, der den Werkzeugkasten trug.

Karla war beeindruckt. »Sie haben mir gut zugehört, Herbracht.«

»Natürlich, immer.«

Herbracht wendete sich an Wagner. »Sie sagten, die Besitzer heißen Baumgart?«

»Ganz recht. Eigentlich gehörte das Grundstück Frau Baumgart. Die ist aber schon vor Jahren gestorben. Der Sohn hat es übernommen. Lebt mittlerweile in Hamburg, glaube ich«, sagte Wagner.

Karla schüttelte verwundert den Kopf. »Er hätte es verkaufen sollen. Macht doch nur Arbeit.«

Wagner lachte zynisch. »Er denkt, dass es irgendwann zum Bauland wird. Dabei ist es nicht einmal Bauerwartungsland. Das sind reine Streuobstwiesen. Ich bin schon oft wegen des Grundstücks angesprochen worden. Überzeugen Sie sich selbst, wie verwahrlost es ist. Hin und wieder kommt die Schwester mit ihrem Mann. Aber nicht, um es zu pflegen.«

»Haben Sie Kontakt zu der Familie?«, fragte Herbracht.

»Nee, die wollen mit niemandem was zu tun haben. Ganz anders als die Baumgart damals. Als die noch fit war, da sah das hier klasse aus. Sie war oft mit ihrem Enkel hier, der spielte immer gerne im Garten, während sie sich nützlich machte. Hin und wieder schenkte sie mir Gemüse, wenn es für sie zu viel war. War echt eine nette Frau. Ist aber schon Jahre her, seit ich sie das letzte Mal gesehen habe. Ich kümmere mich nur darum, dass hier niemand einbricht, das habe ich ihr versprochen. Nachdem ihr Enkel verunglückt ist, hat sie abgebaut. Sie verlor das Interesse an diesem Grundstück und tauchte nicht mehr auf.«

»Der Enkel ist verunglückt?«, fragte Dragovic.

»So hieß es. Ob das tatsächlich stimmt, Sie wissen ja, wie's ist mit der Gerüchteküche. Jedenfalls habe ich sie nicht mehr gesehen.«

»War das der Sohn der Tochter?«

»Keine Ahnung. Ich habe den immer nur mit seiner Oma gesehen.«

»Kennen Sie den Namen der Tochter?«

»Nee, keine Ahnung. Sie hat geheiratet. Ist eine arrogante Nuss.«

»Haben Sie wenigstens die Adresse vom Sohn oder eine Telefonnummer?«, fragte Herbracht.

»Nee, ich sagte doch schon, ich glaub, der lebt in Hamburg.«

»Verstehe. Dann bitte ich Sie nun, wegen unserer Ermittlungen das Grundstück zu verlassen«, sagte Herbracht.

»Wie Sie meinen.« Wagner zuckte die Schultern und blieb einen Moment unschlüssig stehen. »Ich muss aber ordnungsgemäß wieder abschließen.«

»Das können Sie vorerst uns überlassen. Wir werden dieses Grundstück versiegeln, solange die Ermittlungen laufen. Sollte alles in Ordnung sein, melde ich mich. Dann dürfen Sie abschließen.«

Wagner ging wortlos.

»Okay, Dragovic. Rufst du auf dem Grundbuchamt an? Wir müssen den Baumgart schnellstmöglich benachrichtigen.«

»Sonst kriegt der uns dran wegen Hausfriedensbruch«, ergänzte Karla.

»Stimmt. Leider konnte ich so schnell keinen Hausdurchsuchungsbeschluss erwirken. Ich hoffe für Sie, dass das kein falscher Alarm ist.«

»Ich werde vom Büro aus direkt beim Grundbuchamt nachfragen«, sagte Dragovic.

In diesem Moment hörten sie, dass ein weiteres Fahrzeug vor dem Zaun anhielt. Karla drehte sich um und pfiff überrascht. »Wow, Herbracht, ist das Ihr Ernst? Sie haben die Spurensicherung mitgebracht?«

Dragovic musste lachen. »Sie haben größeren Einfluss auf meinen Chef als ich. Für mich hätte er das nicht getan.«

»Ach, nun sagen Sie doch so was nicht, Frau Dragovic. Da muss ich wohl ein ernstes Wörtchen mit ihm reden.«

»Sagen wir so: Wenn Sie, Frau Senkrecht, und ich uns nicht so lange kennen würden, käme das überhaupt nicht infrage. Aber ich weiß, Sie würden keinen Verdacht äußern, wenn Sie sich nicht absolut sicher wären. Sie müssen allerdings mit ernsthaften Konsequenzen rechnen, wenn das ein Fehlalarm ist. So leid mir das tut.«

Karla war mulmig zumute. »Wenn ich falschliege, dann lasse ich mich pensionieren, mein Ehrenwort, und das ist dieses Mal kein Scherz, Herbracht.«

»Dann wünsche ich uns allen, dass wir keinen gravierenden Fehler gemacht haben.«

»Moin, Chef, moin, Mia. Und ah, die Frau Senkrecht! Meine Kollegen sind auch gleich da.« Jens Sailer war dazugestoßen. »Ist ja eine Ewigkeit her, Frau Senkrecht. Hörte ich da eben was von Pensionierung?«

»Das bringe ich nicht übers Herz, Herr Sailer. Ich würde Sie alle nie wiedersehen.«

Mittlerweile war die Mannschaft der Spusi komplett und steckte wie immer in Ganzkörperanzügen.

»Es geht um das Haus da vorne?«, fragte Sailer.

»So ist es«, antwortete Karla.

Vom Tor zur Hütte verlief ein Schotterweg. Herbracht ging mit Dragovic und dem Polizisten mit dem Werkzeugkoffer voran, Karla folgte. Hinter ihr die Spurensicherer.

»Gut beobachtet, Senkrecht«, sagte Herbracht und drehte sich zu Karla um. »Das Kettenschloss ist das einzig Neue. Zumindest auf den ersten Blick. Kriegst du das auf, Michael?«

»Sollte kein Problem sein.« Der Beamte setzte die Flex an und nach kurzer Zeit brach die Kette entzwei.

»Okay. Jetzt der Riegel, der scheint eingerostet zu sein.« Herbracht zog am Riegel, der sich problemlos zur Seite schieben ließ. »Ah, da hat einer geölt.«

Dragovic holte die Schusswaffe aus ihrem Holster, während Herbracht die Tür ruckartig öffnete. »Los, Taschenlampe. Menschenskinder, riecht ihr das? Hier stinkt es nach Kot.«

»Bleibt draußen oder zieht euch was über«, sagte Sailer. »Da drin gibt's eine Menge Spuren.«

Herbracht und Dragovic packten ihre Overalls aus und streiften sie über.

»Habt ihr einen übrig?«, fragte Karla.

»Nein, bleiben Sie draußen.«

»Irgendwie ist das ungerecht«, knurrte Karla und blieb am Eingang stehen.

Sailer und Herbracht richteten das Licht zweier Halogenlampen in die Hütte. In deren Mitte lag eine zusammengefallene Gummimatte.

»Könnte ein Schlauchboot sein«, sagte Sailer.

»Eher eine Luftmatratze«, bemerkte Herbracht.

Sailer und zwei weitere Beamte breiteten die Gummimatte aus. »Sieht nach Blutspuren aus.« Sailer deutete auf diverse rostrote Flecken. Er nahm Spurenkarten aus der Arbeitstasche und markierte damit die Spuren.

»Das ist tatsächlich eine Luftmatratze. Dem Gestank nach sind das auch Spuren von Exkrementen.«

»Gibt's irgendwo einen Lichtschalter?«, fragte Herbracht.

Dragovic fand einen Drehschalter und betätigte ihn. »Schon, aber kein Licht.«

»Kann man die Fensterläden öffnen?«, fragte Herbracht.

»Das sind keine Läden, sondern Bretter. Die sind von außen drangenagelt«, rief Karla, die noch immer vor der Tür stand. »Ich habe mir das genau angeschaut.«

Herbracht ließ den Schein seiner Taschenlampe durch den Raum und über die Wände schweifen. »Was ist das denn?«

Der Lichtstrahl leuchtete ein Regal aus.

Karla stockte der Atem. »Ich werde verrückt. Das ist genau das, womit ich gerechnet habe. Hier sind wir richtig. Ich wusste es.« Sie wollte näher treten.

»Draußen bleiben«, befahl Sailer. »Sie verunreinigen die Spuren!«

Im Regal hinter der Matratze standen Kinderspielsachen, sorgfältig nebeneinander aufgereiht.

Genau so, wie Anja Mischnik es in der Hypnose beschrieben hatte. Karlas Herz klopfte wild. Sie hatte tatsächlich richtiggelegen mit dieser Hütte. Mischnik und Schmidt waren also darin gefangen gehalten worden.

»Die Spielsachen gehörten wohl dem Enkel«, sagte Dragovic verwundert. »Was hat das nur alles zu bedeuten?«

»Lasst uns unsere Arbeit verrichten. Vielleicht sind hier Spuren der Sanitäter.«

Herbracht und Dragovic verließen die Hütte. »Tja, Senkrecht. Wenn Sie recht behalten, dann sollten wir ein längeres Aufklärungsgespräch führen.«

»Da bin ich Ihrer Meinung.«

*

Ich finde keinen Schlaf, seit ich versuche, auf die Tabletten zu verzichten. Aber jetzt halte ich es nicht mehr aus. Ich muss endlich zur Ruhe kommen. Ich stehe auf und schnappe mir die Packung, die mir Frieden bringt, drücke zwei Tabletten aus dem Blister, stecke sie mir in den Mund und nehme einen Schluck aus der Wasserflasche neben meinem Bett, um sie runterzuspülen. Ich bin allein, und das ist gut. Ich lege mich wieder hin und atme tief durch. Bis die Dinger wirken, tauchen die üblichen Bilder auf. Der Eingang des Markus-Krankenhauses. Die Frau am Empfang erklärt mir, wie ich zur Intensivstation komme. »Ich habe Sie bereits angemeldet«, sagt sie.

Ich sehe die Intensivstation so deutlich vor mir, als befände ich mich gerade dort. Ich werde den Geruch nach Desinfektionsmittel, Chemie, Urin und Exkrementen wohl niemals los. All die Geräte blinken. Ärzte, die eilig an der geöffneten Schiebetür vorbeilaufen, auf dem Weg in verschiedene Zimmer. Zu uns kommt niemand. Die Schläuche und Kabel bedecken das Gesicht des Jungen fast vollständig. Lediglich seine Augen sind frei, aber geschlossen. Selbst in seinem Mund steckt ein Schlauch, über den er wohl künstlich ernährt wird. Vorsichtig berühre ich seine Wange und sage: »Das wird schon.« Die Bettdecke hebt und senkt sich, er atmet zum Glück ganz regelmäßig. Da schlägt ein Gerät mit schrillem Ton Alarm.

Ich drehe mich hektisch um, rufe: »Ist jemand da? Wir brauchen Hilfe.« Aber niemand kommt. Erneut rufe ich um Hilfe. Was soll ich jetzt tun? Ich beginne zu zittern. »So helfen Sie uns doch!«, schreie ich. Es waren die schlimmsten Minuten meines Lebens. Wo bleibt nur der Arzt? Die Schwester sagte, er wolle mit mir sprechen. Ich will wissen, wann ich meinen Jungen wieder mit nach Hause neh-

men kann. Verdammt! Die Hände meines Sohnes liegen flach auf der Bettdecke. Auch sie sind verkabelt. Vorsichtig nehme ich seine rechte Hand und schiebe sie in meine, sage: »Drück meine Hand, wenn du mich hörst!« Das sagen sie doch auch ständig im Film, vielleicht funktioniert es ja. Ich traue mich kaum zu atmen, achte auf eine Regung, und sei sie auch noch so winzig. Da – bilde ich mir das ein? Hat seine Hand gezuckt? »Du hörst mich, stimmt's?« Erneut halte ich inne, konzentriere mich auf seine Finger.

»Guten Tag«, höre ich eine Stimme in meinem Rücken, fahre zusammen, lasse die Hand los und drehe mich um.

»Salzmann, ich bin Oberarzt auf der Intensivstation. Entschuldigen Sie, dass Sie warten mussten. Ich hatte Visite.«

»Kein Problem«, presse ich hervor. »Ein Gerät hat angefangen zu piepsen, da habe ich mich furchtbar aufgeregt.«

»Ich möchte gern, dass Sie sich setzen«, sagt Salzmann und schiebt mir einen Stuhl zurecht.

»Wollen Sie sich nicht erst um den Alarm kümmern? Ich bin zwar ein Laie, aber dass irgendeine Flüssigkeit aufgefüllt werden muss, das begreife selbst ich.«

»Ich werde mich später darum kümmern. Bitte nehmen Sie Platz.«

»Was soll das heißen, später?«, frage ich, verschränke kämpferisch die Arme vor der Brust und bleibe stehen.

»Ihr Sohn hat es nicht geschafft.«

»Was soll das heißen? Was hat er nicht geschafft?«

»Er ist tot, hirntot, es tut mir sehr, sehr leid.«

Das ist der Moment, der bei mir zu einem Aussetzer führt. Ich greife nach einem Gegenstand, angeblich einer Schere, und werfe sie nach dem Arzt, daran erinnere ich mich aber nicht. Jedenfalls packen mich zwei Helfer an den Armen. Auf einmal sind viele Menschen im Raum. Der Arzt drückt mich an den Schultern unsanft auf den Stuhl am Bett. In meinem Kopf rauscht es.

»So geht das nicht. Ich verstehe Ihren Kummer, aber das war ein tätlicher Angriff.«

Ich stammele eine Entschuldigung. Das Zimmer dreht sich. Ich reibe meine Augen, meine Schläfen. Starre auf die sich hebende und senkende Bettdecke.

Irgendwann fragt der Arzt: »Geht es jetzt wieder? Dann erkläre ich Ihnen alles genauer.«

Er ist tatsächlich immer noch da. Ich schüttele den Kopf, starre auf die Bettdecke, die sich nach wie vor hebt und senkt, sehe den Arzt entschlossen an. »Ich glaube Ihnen nicht. Warum sagen Sie, dass er tot ist? Er atmet doch, sehen Sie das denn nicht?«

Der Arzt deutet auf den Schlauch in seinem Mund. »Er wird künstlich beatmet. Wenn wir das Gerät ausschalten, wird er nicht selbstständig weiteratmen.«

Es ist ein Beatmungsschlauch. Mir wird übel.

»Wieso ist sein Gehirn tot?«

»Er war durch den Unfall bewusstlos und wurde reanimiert, als der Arzt eintraf. Da jedoch war sein Gehirn bereits lange nicht mehr durchblutet. Das wussten wir zu dem Zeitpunkt aber nicht. Durch die künstliche Beatmung schlägt sein Herz noch.«

Mein Kopf ist jetzt so schwer, dass ich ihn mit beiden Händen stützen muss, sonst kippe ich vom Stuhl. »Ich kann das nicht glauben.«

»Es gibt keinerlei messbare Hirnströme mehr. Jetzt geht es darum, dass ein Angehöriger, also Sie, genehmigen muss, dass die Maschinen ausgestellt werden. Sonst kann Ihr

Sohn nicht sterben. Er wird aber auch nie wieder aufwachen, wenn wir ihn weiterhin an den Geräten lassen.«

Ich versuche zu verstehen, was der Arzt sagt. Mir steigt die Galle hoch. Ich schlucke sie runter. Ich muss all meine Kraft zusammennehmen, um die nächste Frage zu stellen: »Wenn er rechtzeitig reanimiert worden wäre, wäre er dann …?«, meine Stimme bricht.

Der Arzt weiß, was ich fragen will, denn er nickt. »Dann wäre er jetzt vermutlich am Leben. Leider hat keiner der Umstehenden Erste Hilfe geleistet.«

KAPITEL 21

Freitag, 12. Juli, Polizeipräsidium, 11 Uhr

Kommissar Herbracht hatte Karla wegen der Laborauswertungen am frühen Morgen angerufen und sie zusammen mit Beate Pauli ins Präsidium gebeten. Wegen eines anderen Termins konnte Beate erst für 11 Uhr zusagen. Die Stunden bis dahin zogen sich für Karla wie das berühmte Kaugummi. Sie hatte es zu Hause nicht länger ausgehalten, stattdessen einen Zwischenstopp im Grüneburgweg eingelegt, wo sie in einem Café ein schnelles Frühstück einnahm. Beate wollte direkt vom Büro aus zum Präsidium fahren.

Karla ging nun doch die Zeit aus und sie ließ ihr angebissenes Käsebrötchen liegen. Nicht vorstellbar, wenn sie in einen Stau geriete und auch nur eine Minute zu spät am Präsidium ankäme.

Als sie knappe zehn Minuten später auf den Besucherparkplatz des Präsidiums fuhr, war es genau elf.

»Ah, die Frau Senkrecht. Kommissar Herbracht wies mich an, Sie direkt hochzuschicken, und zwar in sein Büro. Frau Pauli ist schon dort«, sagte der Beamte an der Pforte.

»Was? Das kann doch nicht wahr sein, was entwickelt die denn gerade für einen Ehrgeiz?« Bevor Karla die Tür zu Herbrachts und Dragovics Büro erreichte, hörte sie von drinnen lautes Gelächter. Sie klopfte an und öffnete, ohne eine Aufforderung abzuwarten.

Beate, die gerade dabei war, eine Tasse Kaffee zum Mund zu führen, drehte sich um. »Gut, dass du da bist«, sagte sie schmunzelnd.

»Ich staune, dass auch du schon da bist.«

»Wir haben uns gerade über dich unterhalten, Karla.«

»Ist ja lustig. Deswegen das Gelächter?«

»Ehrlich gesagt, ja, Herr Herbracht erzählte gerade, wo ihr euch kennengelernt habt. Das hast du mir immer verschwiegen.«

»Jetzt setzen Sie sich, Senkrecht.« Herbracht wischte sich die vom Lachen feuchten Augen.

»War das so witzig?«

»Erinnern Sie sich nicht mehr? Damals im Kriminalmuseum sind wir uns begegnet. Sie haben an einer meiner Führungen teilgenommen.«

»Was war daran so komisch?«

»Ich weiß genau, wie Sie unsere gesicherten Waffen unter die Lupe nahmen und den Herrschaften sogleich einen Vortrag über die Handhabung der Sig Sauer und der HK P30 hielten.« Wieder lachte Herbracht. »Ich gebe zu, dass ich Sie für eine engagierte Krimileserin hielt. Ich konnte damals nicht ahnen, dass Sie eine qualifizierte Ermittlerin sind und sogar einen Waffenschein besitzen.«

Beate prustete los. »Ich kann mir die Szene und dein Gesicht dazu lebhaft vorstellen, Karla.«

Karla setzte ein gequältes Lächeln auf. »Ich habe selten so gelacht. Aber jetzt, wo Sie's sagen, erinnere ich mich. Der Hauptkommissar fragte mich, ob ich hin und wieder Schießübungen auf der ›Dippemess‹ ausübe. Und ich antwortete, meine Partnerin sei wild auf Kuscheltiere und habe ein ganzes Stofftierarsenal, das ich für sie zusammengeschossen hätte.« Nun lachte Karla laut.

»Okay, okay, da versteht unsere Frau Senkrecht keinen Spaß. War nicht böse gemeint.«

»Wo ist eigentlich Ihre nette Kollegin? Haben Sie die auch vergrault?«

»Sie muss ein paar Telefonate führen. Hat sich dafür in einen anderen Raum gesetzt. Sie wird bestimmt gleich auftauchen.«

»Aber lassen Sie sich gesagt sein, dass ich ausgesprochen froh bin, Sie zu kennen. Besonders nachdem Sie gestern wieder einen Volltreffer gelandet haben. Hut ab dafür.«

Karla war hocherfreut. »Ich wusste es. Oh Mann, drei Kreuze. Legen Sie los, Herbracht.«

»Sie hatten den richtigen Riecher. Frau Mischnik war aller Wahrscheinlichkeit nach weder eine Helfershelferin noch eine Täterin gewesen, sondern ein reines Opfer. Wir hatten längere Zeit Schwierigkeiten mit dieser Erkenntnis, die mehr und mehr zur Tatsache zu werden scheint. Offenbar waren die Sanitäter den Tätern einfach im Weg. Deshalb sollten sie ausgeschaltet werden. Was nun aber keinen Sinn ergeben wollte, ist der Umstand, dass Schmidt getötet wurde und nicht auch Frau Mischnik.«

»Darf ich unterbrechen?«, fragte Karla.

»Moment bitte. Lassen Sie mich erst meine Ausführungen beenden. Danach bin ich gespannt darauf, was Sie uns zu sagen haben. Die meisten Taten geschehen im Affekt. Wird aber ein Verbrechen geplant, dann gehen wir davon aus, dass es gut geplant ist, denn wer will schon erwischt werden. Muss ich Ihnen nicht erklären. Allerdings ist es so, dass der Mordfall Wacker ein klarer Overkill war. Also ein Tötungsdelikt, bei dem der Mörder nicht mehr ganz Herr der Lage gewesen zu sein schien und sich im Blutrausch befand. Man muss beinahe davon ausgehen, dass der Fokus ausschließlich auf der Tötung von Wacker lag und den Tätern – wir nehmen an, dass es mindestens zwei waren – nicht klar war, dass die Sanitäter Zeugen der Tat werden würden. Meine Kollegin Frau Dragovic denkt, dass die Täter damit rechneten, dass der Notarzt vor dem Krankenwagen auftauchen würde. Das kommt angeblich häufig vor.«

»Das habe ich selbst erlebt, als ich einen Notarzt für meine Tante gerufen habe. Er hat dann nachträglich den Krankenwagen gerufen. Allerdings bei einem schweren Unfall? Da kommt doch der Krankenwagen sofort, oder nicht?«, wollte Beate wissen.

»Schon, schon, das ist ja auch nur eine vage Vermutung. Nun spinnen wir das Ganze weiter. Die Täter mussten nun so schnell wie möglich die Zeugen loswerden. Die wurden mit Chloroform kurzfristig betäubt.«

»Jetzt muss ich mich doch einmischen. Wieso hat man Chloroform bei sich?«, fragte Senkrecht.

»Vielleicht wollten sie Wacker zunächst damit überwältigen«, antwortete Herbracht.

»Kann man das Zeug einfach so käuflich erwerben?«

»Nein. Es ist toxisch und kanzerogen. Aber man kann es selbst herstellen. Ich hatte in einem Fall als Strafrechtlerin damit zu tun«, sagte Beate.

»Sie haben die Sanitäter dann in ein Auto verbracht, um sie später wegzuschaffen«, ergänzte Herbracht.

»Das muss aber ein größeres Auto gewesen sein«, entgegnete Karla.

»Klar, aber heutzutage fahren viele Menschen SUVs«, bemerkte Herbracht. »Wie sie die Sanitäter langfristig ruhiggehalten haben, wissen wir zum jetzigen Zeitpunkt nicht. Und warum sie sich dazu entschieden haben,

Schmidt zu töten und Mischnik laufen zu lassen?« Herbracht hob unschlüssig die Arme. »Hier hat mir Mia, also meine Kollegin, wieder Hilfestellung geleistet, indem sie darüber nachdachte, dass man dilettantisch versucht haben könnte, sie verdächtig erscheinen zu lassen.«

»Genauso ist es«, bemerkte Karla.

»So ist es? Gleich reden Sie, Senkrecht. Aber dies sei gesagt: Wir haben DNA von Schmidt und Mischnik in der Hütte gefunden, und zwar nicht zu knapp. Beide waren verletzt und haben dort deutliche Blutspuren hinterlassen. Und nun interessiert mich brennend, wie Sie, liebe Frau Senkrecht, auf dieses Gelände aufmerksam wurden.«

Karla war nachdenklich. »Darf ich frei von der Leber weg reden?«

»Ich wusste, du bringst mich in Schwierigkeiten«, seufzte Beate.

Karla räusperte sich, lehnte sich im Stuhl zurück, schlug die Beine übereinander und begann zu erzählen. »Sie wissen viel über mich, Herbracht, sehr viel. Und Sie vergessen wenig, wie ich aufgrund der Anekdote unseres Kennenlernens wieder feststellen musste. Aber Sie wissen nicht alles. Zum Beispiel, dass ich vor Jahren einen Hypnosekurs absolviert habe.«

»Na so was«, staunte Herbracht.

»Tja, Sie werden es nicht glauben, sie war damit erfolgreich«, bestätigte Beate.

»Erzähl es ruhig«, sagte Karla.

»Erinnern Sie sich daran, als ich Sie angerufen habe, um Ihnen mitzuteilen, dass ich den Fall übernehmen würde?«

»Ja. Sie waren gemeinsam mit Frau Senkrecht bei Anja Mischnik. Ich habe mich ehrlich gesagt über Ihre Entscheidung gewundert, Frau Pauli.«

»Ich sagte ja bereits, ich kann Karlas Überredungskunst nicht widerstehen. Sie hielt Anja Mischnik von Anfang an für unschuldig. Und jetzt, Herr Herbracht, kommt der Moment, an dem ich im Erdboden versinken möchte.«

»Sagen Sie mir nicht, dass Senkrecht ihre Hypnosekünste angewandt hat?«

Beate wurde rot.

Herbracht schwieg nachdenklich. »Okay, wenn es denn zu einem Ergebnis geführt hat … Ich sag's nicht weiter, Frau Pauli.«

»Danke, das werde ich Ihnen nie vergessen. Karla, jetzt rede du weiter. Mir fehlen die Worte.«

»Na, so schlimm war's doch auch nicht, oder? Wir mussten höllisch aufpassen, dass die Justizbeamtin nichts mitbekam. Die hätte uns die Ohren lang gezogen.«

»Nicht nur die, ganz ehrlich, das hätte richtig Ärger geben können«, sagte Herbracht ernst. »Was glauben Sie, was Ihnen die Psychologin erzählt hätte? Vom Staatsanwalt ganz zu schweigen.«

»War auch nicht leicht, die junge Frau zu überzeugen. Erst wollte sie nicht. Sie hatte Angst davor, dass etwas ans Licht kommen könnte, mit dem sie nicht fertig werden würde. Ihre größte Angst war, dass sie für den Tod von Schmidt verantwortlich sein könnte. Aber am Ende habe ich sie doch überzeugt. Es war ein Volltreffer, kann ich Ihnen sagen.«

Herbracht stützte aufmerksam das Kinn in die Hände.

»Ich bin durch Anja Mischniks Beschreibung auf die Hütte gestoßen. Sie sprach vom Tuten der Schiffe auf dem Main, die sie gehört habe. Sie sagte, die seien zu zweit gewesen. Ein Mann und eine Frau. Und sie hätten ihr eingeredet, dass sie ihren Kollegen getötet hat. Deshalb war sie davon so fest davon überzeugt. Die haben sie einer verdammten Gehirnwäsche unterzogen. Die Hütte hat sie von innen beschrieben. Die Luftmatratze und vor allem die Spielsachen, die dort standen. Alles so, wie wir es vorgefunden haben.«

»Hat sie die beiden erkannt?«

»Nein. Schmidt und sie hatten stets die Augen verbunden.«

»Und die Stimmen?«

»Nein.«

»Ich habe mich jedenfalls gleich am nächsten Tag auf die Suche nach der«, sie malte Anführungsstriche in die Luft, »passenden Location gemacht.«

»Was für eine Wortwahl, Senkrecht. Aber ehrlich. Warum haben Sie uns nicht über das, was Sie getan haben, in Kenntnis gesetzt?«

»Nee, das war mir zu unsicher. Ich war mir nicht sicher, ob die Hypnose tatsächlich erfolgreich war. Sie hätten mir was erzählt, wenn das alles nur Mischniks Fantasie entsprungen wäre. Nachher hätten Sie mich wegen Körperverletzung angezeigt.«

»Das wäre möglich gewesen, Senkrecht.«

»Ich stellte den jungen Mann jedenfalls am nächsten Tag. Weber kannte die Mischnik aus der Schule.« Karla erschrak. Sie hatte den Namen herausposaunt.

»Was?«

»Ja, jetzt lassen Sie mich mal reden. Aus irgendeinem Grund, den er mir nicht nannte, war er auf diesem Grundstück zugange. Er sagte mir aber, dass da was nicht stimme und dass ich das bei Ihnen melden solle.«

»Moment mal. Sie haben Weber getroffen, diese Bestattungsfachkraft, und er kennt die Mischnik? Wieso erfahre ich das erst jetzt?«

»Immer mit der Ruhe. Wie gesagt, ich habe Weber versprochen, ihn da vorläufig nicht mit reinzuziehen. Ist nun doch geschehen, ich habe mich verplappert. Jedenfalls hat er Angst davor, seinen Job zu verlieren. Seine Chefin legt großen Wert auf Transparenz. In ihrem Institut gibt es angeblich keine Geheimniskrämerei.«

»Mensch, Senkrecht. Auf Webers Befindlichkeiten können wir keine Rücksicht nehmen. Wir werden umgehend mit ihm sprechen müssen. Sie machen aber auch Sachen, Mannomann.«

Die Tür ging auf und Dragovic trat ein. »Tag an alle und Entschuldigung, dass es etwas länger gedauert hat. Habe ich was verpasst?«

»Ich kläre dich später auf. Sag mir bitte erst mal, ob du erfolgreich warst«, wollte Herbracht wissen.

»Oh ja. Ich bin völlig aus dem Häuschen.« Sie ließ sich auf ihren Schreibtischstuhl fallen. »Kann ich offen reden?«

»Natürlich, schonungslos. Hast du was rausbekommen?« Er wandte sich an Beate und Karla. »Ich habe meiner Kollegin aufgetragen, Kontakt zu diesem Baumgart aufzunehmen.«

»Was nicht ganz einfach war. Ich habe beim Grundbuchamt seine Adresse und die E-Mail erhalten, aber keine Telefonnummer. Ich habe ihm dann sofort eine Mail geschrieben und gerade eben hat er sich bei mir telefonisch gemeldet. Er lebt tatsächlich in Hamburg. Er sagt, er sei schon zwei Jahre nicht mehr hier in Frankfurt gewesen. Seine Schwester habe aber Zugang zum Grundstück.« Sie blickte auf. »So, alle festhalten. Jetzt kommt der Hammer!«

»Na?«, forderte Herbracht auf.

»Die Schwester heißt Verena. Und zwar Verena Schulz, geborene Baumgart.«

»Die Bestatterin?«

»Genau!«

»Ich werde verrückt, deswegen hat sich der Weber da herumgedrückt?«

Das Telefon klingelte.

»Herbracht? ... Moment, wer ist da?« Der Kommissar schien sichtlich aufgewühlt, legte den Zeigefinger auf den Mund, betätigte den Lautsprecher. »Frau Schulz, bitte ganz ruhig und ganz von vorne. Was sagten Sie gerade?«

Karla stieß Beate an.

»Ich sagte, ich glaube, dass er es war. Ist das nicht furchtbar?«, die Stimme der Frau klang so hysterisch und fremd, dass Karla nicht sicher war, ob es sich bei ihr wirklich um Verena Schulz handelte, von der sie gerade gesprochen hatten.

»Bitte beruhigen Sie sich. Ich verstehe Sie kaum. Wer war was?«

»Mein junger Mitarbeiter, Roland Weber. Er ist nicht zur Arbeit gekommen. Ach herrje, ich habe ihn doch so gerngehabt. Aber in letzter Zeit war er völlig verändert. Ich sage das nur ungern, erst dachte ich nämlich, ich bilde es mir ein. Ich habe mich von ihm beobachtet gefühlt. Und kürzlich habe ich ihn zur Rede gestellt, weil es mir komisch vorkam, dass diese Detektivin bei uns war und ihn unter vier Augen sprechen wollte. Er erzählte mir, dass er diese Mischnik kenne und dass er in sie verliebt gewesen sei. Und einmal habe er sie sogar verfolgt. Können Sie sich vorstellen, was da in mir vorging?« Schulz schniefte. »Das hätte er mir doch bedeutend früher sagen müssen, nicht? Warum hat er das nicht getan? Es ist so schrecklich. Wissen Sie was? Ich glaube, er hat den Sanitäter getötet und der Notarzt war ihm ebenfalls im Weg. Oder wissen Sie, was ich auch schon überlegt habe?«

»Nein.«

»Was, wenn er und die Sanitäterin unter einer Decke stecken?«

»Sie machen sich wirklich viele Gedanken, Frau Schulz.«

»Na, überlegen Sie doch. Was würden Sie denken? Er fing in letzter Zeit an zu klammern. Ich habe mich beobachtet gefühlt. Manchmal war Roland mir unheimlich. Er wollte ausschließlich mit mir zusammenarbeiten. Als ich ihn neulich mit einem Kollegen wegschickte, da ist für ihn eine Welt zusammengebrochen. Ich war so blind. Ich beschäftige einen gefährlichen Menschen bei mir. Ich begreife das alles nicht. Und ich war immer so sorgsam in der Auswahl meiner Mitarbeiter.«

»Wieso denken Sie, dass er gefährlich ist?«

»Warum sollte er sonst einfach verschwinden? Es gibt keinen Grund dafür. Oder wird er etwa wiederkommen und mich ebenfalls …?« Sie sprach den Satz nicht zu Ende.

»Frau Schulz, wir geben sofort eine Fahndung raus. Außerdem kommen wir zu Ihnen. Es wird Ihnen nichts geschehen. Wir werden veranlassen, dass ein Streifenwagen zu seiner Wohnung fährt. Bitte nennen Sie uns seine Adresse.«

»Eschersheimer Landstraße. Ich habe ihm die Wohnung selbst besorgt. Nummer 180a. Er lebt dort in einer Einzimmerwohnung.«

»Bleiben Sie, wo Sie sind, wir sind in wenigen Minuten bei Ihnen.«

Herbracht legte auf und sah in die Runde. »Ist ja wohl

ein Ding. Gerade reden wir noch drüber. Also was ist mit dem Weber los? Erst treibt er sich auf dem Gartengrundstück rum, auf dem die beiden Sanitäter festgehalten wurden und Schmidt womöglich ermordet wurde, und dann verduftet er plötzlich.«

*

Bestattungsinstitut, 12:15 Uhr

»In seiner Wohnung war Weber leider nicht. Aber wir fahnden nach ihm«, erklärte Herbracht, nachdem Verena Schulz Dragovic und Herbracht geöffnet hatte. »Keine Sorge, wir werden ihn finden.«

»Wie furchtbar, sind Sie hergekommen, weil man mich schützen muss? Glauben Sie, er kehrt zurück und tut auch mir etwas an?«

Herbracht ging auf die Frage nicht ein. »Wir hätten Sie heute sowieso aufgesucht, Frau Schulz.«

»Warum?«

»Wir mussten die Hütte von Ihrem Bruder aufbrechen.«

Schulz wirkte irritiert. »Wovon reden Sie?«

»Das Gartengrundstück am Main, das gehört doch Ihrem Bruder, nicht wahr? Oder ist Herr Baumgart nicht Ihr Bruder?«

»Doch. Aber … aber woher wissen Sie das?«

»Ich habe den Besitzer des Grundstücks über das Grundbuchamt ermittelt und mit ihm Kontakt aufgenommen. Er sagte, dass Ihre Mutter die Besitzerin war, aber verstorben ist, und dass Sie, Frau Schulz, seine Schwester sind«, erklärte Dragovic.

»Das stimmt. Aber ich habe kaum Kontakt zu ihm.«

»Was wir sagen wollen, Ihr Mitarbeiter Herr Weber ist auf diesem Grundstück gesehen worden. Da er sich merkwürdig verhalten hat, nachdem er beobachtet wurde, hat man uns informiert«, sagte Herbracht.

»Moment, eins nach dem anderen. Roland war dort? Das gibt's doch nicht. Was … was hatte er da zu suchen? Und woher weiß er von dem Garten?«

»Ich hoffte, Sie könnten uns das sagen.«

»Wirklich nicht. Ich bin völlig überrascht. Ich sage ja, der Junge ist mir mittlerweile unheimlich.«

»Kennen Sie Herrn Wagner?«

»Wer soll das sein?«

»Er beackert dort am Main auch einen Garten.«

»Wissen Sie, wie lange ich nicht mehr dort war? Wie Sie schon selbst herausgefunden haben, gehört das Grundstück Gerd. Ich habe seinerzeit das Erbe abgelehnt. Keine Zeit, mich mit Gartenarbeit zu beschäftigen. Wie Sie wissen, habe ich einen großen Betrieb, der nur funktioniert, wenn ich anwesend bin.«

»Herr Wagner ist der Mann, der sich um die Grundstücke kümmert, wenn die Besitzer längere Zeit nicht da sind. Er hielt große Stücke auf Ihre Mutter, Frau Schulz. Er sagte, sie sei früher oft mit ihrem Enkel dort gewesen.«

Schulz wurde aschfahl im Gesicht.

»Dieser Enkel, Frau Schulz, ist das Ihr Sohn?«

Schulz' Unterlippe bebte. Sie saß wie versteinert da. »Er war mein Sohn. Er lebt nicht mehr.«

»Das tut uns leid, Frau Schulz. War er krank?«

»Er … er ist verunglückt. Ich kann und möchte nicht darüber reden.«

»Gehörte ihm das Spielzeug in der Hütte?«, fragte Herbracht.

»Welches Spielzeug?«

»Ein Fußball, ein Teddy, ein Kinderhelm, ein Auto, eine Wasserpistole?«

»Wie soll das da hingekommen sein? Keine Ahnung.«

»Vielleicht hat's Ihre Mutter hingebracht?«

»Wollen Sie mir bitte endlich verraten, wieso Sie die Hütte aufgebrochen haben?«

»Wir haben einen Hinweis bekommen, dass die Sanitäter in der Hütte gefangen gehalten wurden. Der Verdacht hat sich bestätigt, Frau Schulz!«

Schulz riss entsetzt die Augen auf. »Die Sanitäter? Das ist nicht wahr. Was … was hatten die in der Hütte verloren?« Sie stockte. »Also hat sich mein Verdacht bestätigt!« Sie presste eine Hand auf ihren Mund. »Das ist ja kaum auszudenken. Und was ist jetzt mit der Mischnik?«

»Sie war nur ein zufälliges Opfer, nehmen wir an.«

»Ein zufälliges Opfer? Ich … ich habe Roland irgendwann erzählt, dass mein Bruder am Main ein Grundstück besitzt. Keine Ahnung mehr, in welchem Zusammenhang. Er muss sich das gemerkt haben. Was hat er jetzt davon? Die Frau, an der er sich rächen wollte, soll unschuldig sein? Und er? Er ist weggelaufen und muss für seine grausame Tat büßen.«

»Wir kennen die Beweggründe, weshalb er verschwunden ist, nicht, Frau Schulz. Könnten Sie sich vorstellen, wo er sich versteckt hält?«

Schulz blickte ins Leere. »Ich habe nicht die leiseste Ahnung. Ich weiß nur eins: Wenn das an die Öffentlichkeit gelangt, bin ich ruiniert.«

*

Ich sitze im Wald und weiß nicht, was ich tun soll. Die werden nach mir suchen. Verena Schulz hat der Kripo garantiert einen Tipp gegeben, der mich endgültig belastet. Zuerst werden sie meine Wohnung durchsuchen. Ich kann auf keinen Fall nach Hause. Ich habe auch kein Handy bei mir. Ist wahrscheinlich besser so. Die versuchen bestimmt, mich zu orten. Was soll ich jetzt tun? Mir fällt die knallrote Visitenkarte von dieser Detektivin ein. Sie ist die einzige Person, die mir helfen kann. Ja, ich glaube, das kann sie. Leider habe ich die Karte nicht bei mir, aber auch wenn ich sie hätte, würde es mir nichts nützen, schließlich kann ich ohne Handy nicht telefonieren. Oder gibt es eine andere Möglichkeit? Moment mal. Die Senkrecht wohnt in einer Straße in Ginnheim, deren Namen ich kenne, weil dort ein Blumenladen ist, von dem wir manchmal Gestecke für Beerdigungen bekommen. Wie heißt bloß die Straße? Hat etwas mit einem Vogel zu tun. Drosselgasse? Nein, die ist in Rüdesheim. Amselstraße? Auch nicht. Verdammt! Jetzt weiß ich es: Schwalbenschwanz. Oder besser: Am Schwalbenschwanz. Die Nummer habe ich nicht im Kopf, vielleicht 75? Zu Fuß brauche ich von hier aus garantiert zwei Stunden bis dorthin. Es ist gleich zwei, laut meiner Armbanduhr. Ich muss mir Zeit lassen. Die Frau wird sowieso erst abends zu Hause sein, nehme ich an. Ich muss es aber wenigstens versuchen. Wenn sie mich schnappen, dann ist das mein Schicksal. Untätig rumzusitzen, ist keine Option. Denn nicht nur die Kripo sucht nach mir, da bin ich mir absolut sicher. Ich habe eine Kappe dabei und meine Jeansjacke. Ich laufe gegen Nachmittag los.

*

Eschersheim, 18:32 Uhr

Karla fuhr zum dritten Mal um den Block. Nun war ihr Auto doch schon so klein, aber für einen Parkplatz leider nicht klein genug. Endlich fand sich eine Lücke in der Chamissostraße, in die sie sich hineinquetschte. Gerade als sie vor ihrem Haus nach dem Schlüssel suchte, hörte sie in einem Gebüsch hinter sich ein Geräusch. Sie drehte sich um.

»Frau Senkrecht?«, fragte leise eine männliche Stimme.

Karla starrte irritiert ins dichte Gebüsch.

»Ich bin's.«

»Was soll denn das, wer sind Sie?«

Zweige knackten, Blätter raschelten, dann stand er vor ihr. »Roland? Was machst du hier? Wag es nicht, mir nahe zu kommen.«

Weber hob die vom Gebüsch zerkratzten Arme. »Ich will Ihnen nichts tun. Ich brauche Ihre Hilfe. Bitte! Ich weiß nicht, an wen ich mich sonst wenden soll. Ich habe zu Fuß einen langen Weg hinter mir, nur um mit Ihnen zu sprechen.«

»Ich habe dir bereits einmal geholfen. Du wirst von der Kripo gesucht. Ich kann dir nicht helfen.«

»Pst, nicht so laut. Das weiß ich doch, genau darum geht es ja. Ich hätte sowieso nicht gedacht, dass ich es bis zu Ihrer Wohnung schaffe, ohne von einer Polizeistreife gefasst zu werden. Es ist alles anders, als Sie denken. Bitte geben Sie mir eine Chance. Ich kann das aufklären. Sie sind die einzige Person, die mir jetzt helfen kann. Bitte, Frau Senkrecht.«

Karla stand unschlüssig da. »Hör zu, warte einen Moment. Ich muss erst hoch in meine Wohnung und mit meiner Partnerin darüber reden. Ich kann dich unmöglich unangekündigt mitbringen. Die trifft der Schlag.«

»Versprechen Sie mir, dass Sie nicht die Polizei rufen?«

»Wenn du mir nicht traust, dann verschwinde, wenn ich oben bin. Ansonsten warte.« Karla wandte sich zur Tür, schob den Hausschlüssel ins Schloss und verschwand.

Nachdem Beate mit endgültiger Trennung, Anzeige und Polizei gedroht hatte und Karla als Gegenleistung versprochen hatte, mit dem Rauchen aufzuhören, erkannte Beate die Ernsthaftigkeit. Sie willigte ein, ein kurzes Gespräch mit dem Mann zu führen, wollte danach allerdings sofort Herbracht informieren. So stand wenige Minuten später der, wie sich herausstellte, übel zugerichtete junge Mann den beiden Frauen in deren Wohnung gegenüber.

Beate brachte ihm mit Widerwillen Waschlappen und Handtuch und zeigte ihm den Weg ins Bad. »Waschen Sie sich bitte die Hände und das Gesicht. Ich möchte nicht, dass Sie zu allem Überfluss auch noch Dreck machen.«

Weber gehorchte und kam nach wenigen Minuten zurück. Beate hatte ein Handtuch über das Polster eines Stuhls gelegt. »Setzen Sie sich da drauf. Ihre Hosen sind dreckig. Und machen Sie es bitte kurz.«

»Ich kann Ihnen gar nicht sagen, wie dankbar ich Ihnen bin. Ich habe mehr Angst vor dem Mann, der mich heute Morgen überwältigte, als vor der Polizei. Ich konnte nur durch einen Zufall fliehen.«

»Moment, eins nach dem anderen. Wer hat dich überwältigt und von wo bist du geflohen?«

»Meine Chefin hat mich beauftragt, zum Krematorium zu fahren, bevor ich ins Institut komme. Ich sollte da ein paar Unterlagen abholen. Sie … sie hat mich bestimmt längst als vermisst gemeldet.«

»Als vermisst?«, fragte Karla.

»Ja, denn als ich im Büro auf Johansson wartete, traf mich von hinten ein Schlag.« Weber legte die Hand auf den Hinterkopf. »Wollen Sie fühlen? Ich habe eine dicke Beule.«

»Nicht nötig.«

»Als ich aufgewacht bin, fror ich entsetzlich. Ich lag in einer Kiste. Erst kapierte ich es nicht, aber plötzlich wusste ich, was es mit der Kiste auf sich hatte. Ich lag in einem Sarg, mitten im Kühlraum. Ich weiß genau, wie es dort riecht. Ich bin sehr erschrocken, denn mir war klar, dass man einen verschlossenen Sarg von innen nicht öffnen kann. Mir war bewusst, wenn es mir nicht gelingen würde, mich zu befreien, würde ich im Kühlraum erfrieren.«

»Augenblick. Du willst sagen, jemand hat dich in einen Sarg gesteckt?«, fragte Karla.

»Ach du Schreck«, stöhnte Beate. »So was kann man sich nicht ausdenken.«

»Ich versuchte panisch, den Deckel des Sargs zu heben. Und ich hatte Glück. Aus irgendeinem Grund war der Deckel nicht mit dem Unterteil verschraubt. Doch als ich ihn anheben wollte, kamen Leute in den Kühlraum und brachten einen weiteren Sarg. Ich habe mich nicht getraut, mich bemerkbar zu machen, denn ich wusste ja nicht, ob derjenige dabei war, der mich eingesperrt hatte. Also verhielt ich mich ruhig, bis ich wieder allein war. Dann hatte ich mehr Glück. Meine Glieder waren steif von der Kälte, aber ich schaffte es, aus dem Sarg zu klettern. Ich verschloss ihn danach sorgfältig. Er stand in einer Reihe weiterer Särge. Vor meinem standen zwei. Sie würden der Reihe nach in die Einäscherung gebracht werden. Das wusste ich.«

»Sie meinen …?« Beate stockte der Atem.

»Ich glaube, die wollten mich loswerden. Ich wäre bei lebendigem Leib verbrannt worden. Und ich glaube, ich weiß, wieso. Ich schlich zum Ausgang des Kühlraums, öffnete die Tür und erreichte wie durch ein Wunder unbemerkt den Hof. Dann rannte ich, so schnell ich konnte.«

»Das ist aber wirklich eine haarsträubende Geschichte. Wer, denkst du, hat dich niedergeschlagen? Und warum hast du nicht augenblicklich die Polizei alarmiert?«

»Erstens hatte ich kein Handy und zweitens war ich davon überzeugt, dass die Polizei mir kein Wort glauben würde. Aber lassen Sie mich am Anfang beginnen, danach können Sie sich Ihr eigenes Urteil bilden. Ich bin, als ich mich befreit hatte, zum Wald gelaufen, um mich zu verstecken und zu überlegen, was ich tun sollte. Dann fiel mir Ihre Visitenkarte ein. Und ich erinnerte mich an den Namen Ihrer Straße. Der ganze Ärger fing nämlich damit an, dass Sie im Beerdigungsinstitut waren. Sie fragten mich, was ich auf dem Gartengrundstück zu suchen hatte. Erinnern Sie sich?«

»Klar.«

»Meine Chefin nahm mich danach in die Zange. Ich sagte ihr, dass ich Ihnen erzählt habe, dass ich Anja Mischnik kenne und, ja, auch mochte. Sie fiel aus allen Wolken. Hatte Angst, dass sie durch mich Ärger bekommt. Das wollte ich ganz und gar nicht, denn ich mochte sie. Wirklich.«

»Mochte? Hört sich an, als hätte sich Ihr Verhältnis verändert.«

»Ich sah sie mit ihrem Freund.«

»Ah, also Eifersucht? Mein Gott, was ist mit dir los, Junge?«, fragte Karla bestürzt.

Weber senkte den Blick. »Sie trauen mir auch nicht. Mag sein, dass ich zur Eifersucht neige. Aber ehrlich, ich mag den Freund meiner Chefin nicht. Er wirkt so kalt. Außerdem habe ich etwas Ungewöhnliches gesehen. Ich hatte gerade Feierabend, stand schon im Hof, da kam ihr Freund. Er trug eine Urne, brachte sie ins Haus und ich hörte, wie die zwei stritten. Das Fenster zum Hof stand offen. Frau Schulz sagte, sie will sie nicht, er soll sie gefälligst wieder mitnehmen. Sie warf das Fenster zu und ich konnte nichts mehr verstehen.«

»Moment, klingt merkwürdig. Der Freund bringt als Geschenk eine Urne mit?«

»Sicher nicht als Geschenk. Ihm gehört das Krematorium.«

»Was? Du redest von diesem Johansson?«

»Ja.«

»Der ist mit der Schulz verbandelt?«

»Richtig.«

»Ist ja ein Ding«, sagte Beate.

»Nun gut, aber ist es denn nicht normal, dass der Leiter des Krematoriums Urnen besitzt?«, fragte Karla.

»Schon. Aber die Reaktion von Frau Schulz war merkwürdig. Er ging wenig später mit der Urne zurück zu seinem Auto und fuhr vom Hof«, berichtete Weber.

»Wo warst du?«

»Ich saß bereits auf meiner Vespa. Ich hatte nichts Besseres vor und dachte, ich fahr hinterher. Ich weiß auch nicht, warum. Einfach so ein Gefühl.«

»Hm, und dann?«

»Na ja, das war ein ganz schöner Ritt. Wir fuhren quer durch die Stadt, irgendwann staute sich auch der Verkehr. Aber ich hatte Glück. Mit meiner Vespa konnte ich ein paarmal die Autoschlange zwischen uns überholen und ihn immer wieder einholen.«

»Hat er dich nicht bemerkt?«

»Ich glaube, er weiß gar nicht, dass ich einen Motorroller besitze. Ich folgte ihm über die Mainzer Landstraße und schließlich über die Untermainbrücke nach Sachsenhausen. Danach nach links Richtung Offenbach. Erst dachte ich, er wollte zum Krematorium, aber nein, er fuhr Richtung Hotel Gerbermühle und bog eine Einfahrt später zu den Gartengrundstücken ab. Dort haben Sie mich vor Kurzem gesehen.«

»Ja«, antwortete Karla.

»Ich stellte die Vespa oben an der Straße ab so wie neulich, um schnell verschwinden zu können, falls es nötig würde, und schlich hinter ihm her. Er parkte direkt am Zaun des Gartens. Was er tat, war merkwürdig. Er holte die metallene Urne aus dem Kofferraum, schloss das Gartentor auf und lief bis zur Hütte. Dort stellte er die Urne vor der Tür ab, ging rein und kam mit einem Spaten wieder raus.«

»Jetzt wird's wirklich merkwürdig«, sagte Beate. »Er kann doch außerhalb eines Friedhofs niemanden beerdigen. Wie ging es weiter?«

»Er hob die Urne auf und schritt mit dem Spaten bewaffnet weiter runter. Ich konnte das von meinem Versteck aus nicht mehr sehen. Jedenfalls kam er nach etwa 20 Minuten wieder, und zwar nur mit dem Spaten. Den brachte er in die Hütte und ging anschließend zum Auto.«

»Du meinst also, er hat die Urne dort vergraben? Auf dem Grundstück?«

»Ich glaube schon. Abgesehen davon, dass das kein Friedhof ist, war das keine kompostierbare Urne. Wie gesagt, sie war aus Metall.«

»Lass mich raten«, sagte Karla, »an dem Tag, als ich dich erwischt habe, wolltest du nachsehen, wo sich die Urne befindet?«

»Genau.«

»Hast du sie gefunden?«

»Leider nicht. Sie wissen selbst, wie hoch das Gras dort ist. Und als Sie kamen, bin ich weggelaufen.«

»Das Ding ist also noch da?«

»Schon möglich.«

»Okay. Und was machen wir jetzt? Das ist ein Fall für die Kripo, Herr Weber«, insistierte Beate.

»Die werden mich auf der Stelle verhaften. Ich habe eine Bitte: Dürfte ich meine Chefin von Ihnen aus anrufen? Ich muss sie warnen. Ich glaube, sie ist in großer Gefahr. Von mir aus können Sie danach tun, was Sie wollen. Aber lassen Sie mich telefonieren. Ich bitte Sie.«

»Warte«, sagte Karla und gab Beate ein Zeichen, ihr zu folgen. Dann schloss sie die Tür des Wohnzimmers.

»Was soll das jetzt?«, zischte Beate. »Hör auf, dich da einzumischen.«

»Vertrau mir, ich weiß, was ich tue. Ich glaube, ich kenne jetzt die wahre Geschichte, dafür müssen wir Weber telefonieren lassen.«

»Erklär mir das bitte.«

»Keine Zeit. Aber ich verspreche dir, ich rufe Herbracht gleich an. Ist das ein Wort?«

»Versprichst du es wirklich?«

»Felsenfest.«

»Okay, komm.« Sie gingen zurück in den Wohnraum. Weber blickte die beiden hoffnungsvoll an. Karla nahm das Telefon von der Station. »Ruf sie an. Aber sag ihr, dass sie sich um dich kümmern muss. Bei uns kannst du nicht bleiben. Und sag am Telefon nichts von Johansson. Das mit dem Krematorium darfst du aber erwähnen.«

»Was haben Sie vor?«

»Lass das meine Sorge sein. So und jetzt ruf sie an.«

Weber war so aufgeregt, dass er sich mehrfach vertippte. Doch endlich meldete sich die Schulz. »Frau Schulz, ich bin's.« Weber verstummte und lauschte. »Nein, bitte, Frau Schulz. Sie brauchen doch vor mir keine Angst zu haben. Ich will Ihnen nichts tun, ich will Sie nur warnen. Ich … ich wurde heute Morgen niedergeschlagen. Jemand im Krematorium hat mich in einen Sarg gelegt. … Wer das war?« Weber sah hilflos zu Karla, die schüttelte entschieden den Kopf.

»Ich weiß es nicht. Frau Schulz, sind Sie noch da? Nein, ehrlich, ich rede keinen Unsinn. … Wo ich bin? Bei Frau Senkrecht. Ja, die Detektivin. … Nein, die Polizei ist nicht da. Bitte, können Sie mich abholen? Ich, ich kann nicht bei Frau Senkrecht bleiben.«

Karla lauschte gespannt.

»Kommen Sie bald? … Ja, die Adresse lautet: Schwalbenschwanz …«

»Am Schwalbenschwanz«, unterbrach Karla. »Nummer 75a.«

Weber wiederholte: »Am Schwalbenschwanz 75a. Danke, dass Sie mir vertrauen.«

Er gab Karla das Telefon zurück. »Sie kommt. Aber sie war völlig außer sich.«

»Alles gut. Ich hol dir ein Glas Wasser. Du bist knallrot im Gesicht«, beruhigte Karla und verließ den Raum.

Beate stand auf, öffnete die Balkontür. »Ist aber auch warm.«

Karla kehrte kurze Zeit später zurück und reichte Weber das Wasserglas.

*

»Ich habe den Sarg geöffnet und er war fort.«

»Verdammt, wie konntest du ihn entkommen lassen?«

»Keine Ahnung, der Deckel war nicht richtig verschlossen. Er war bewusstlos. Ich hätte schwören können, dass ich den Sarg ordentlich verschraubt habe. Weiß er, dass ich es war?«

Verena schüttelte den Kopf. »Nein, er hat keine Ahnung. Aber dieser Fehler ist unverzeihlich! Wir waren fast am Ziel, verdammt. Was soll ich denn jetzt tun?«, schrie Schulz.

»Beruhig dich«, besänftigte Johansson. »Du holst ihn ab, so wie er es will.«

»Aber diese Senkrecht … Er ist bei ihr. Die arbeitet mit der Kripo zusammen, verstehst du denn nicht?«

»Verena! Wenn sie Verdacht geschöpft hätten, hätte sie ihn nicht anrufen lassen. Sie hätte die Polizei gerufen. Sie ahnt nichts und der Bengel auch nicht. Keine Sorge. Atme tief durch. Wir haben schon so manches hinbekommen. Denk doch. Er steht auf der Fahndungsliste, stimmt's?«

»Ja und?«

»Du holst ihn ab, wie du es versprochen hast, und nimmst ihn mit. Auf der Straße vor dem Haus fang ich ihn ab. Keine Sorge. Dieses Mal verschwindet er für immer. Du brauchst dann nur zu der Senkrecht zurückzukehren und ihr ein kleines Theaterstück vorzuspielen. Das kannst du doch. Heule und behaupte, er sei plötzlich getürmt.

Damit ist klar, dass du auf ihn reingefallen bist und dass er an der Last seiner Schuld zerbrochen und deswegen erneut fortgelaufen ist. Er wird nie mehr auftauchen.«

»Was willst du denn tun?«

»Das, was ich anfänglich schon vorhatte. Er kommt morgen zu dem Ersten, der die Leichenschau hinter sich hat.«

»So wie du es mit deiner Frau praktiziert hast?«

»Es war der perfekte Mord. Mir ist in Stockholm niemand auf die Schliche gekommen und hier wird das auch nicht geschehen. Wie auch? Nach der Leichenschau öffnet nie wieder jemand den Sarg, und ich werde den jungen Mann höchst persönlich überwachen.«

»Wenn du es erneut vermasselst, dann packe ich aus. Darauf kannst du dich verlassen.«

»Willst du mir drohen, Verena? Ich versuche, dir zu helfen. Ich habe immer versucht, dir zu helfen. Schon vergessen?«

»Und was, wenn die Mischnik sich plötzlich an uns erinnert?«

»Wird sie nicht. Sonst wäre das längst geschehen. Keine Sorge, die war so zugedröhnt, die Tage in der Hütte sind für sie wie ausradiert.«

»Sie hat es nicht verdient, freizukommen. Sie und der Schmidt hätten Carsten retten können damals.«

»Gut, wenn sie sich entsinnen sollte, wird sie sich umbringen, wenn du das möchtest. Ich erledige das. Und nun sei froh, dass der Wacker keinen Schaden mehr anrichten kann. Du hast Carsten gesühnt. So und jetzt fahr los und mach deine Sache gut. Spiel die Naive, die besorgte Chefin, die dem armen jungen Mann nur Gutes will. Ich weiß, das kannst du. Du bist ein durchtriebenes

Luder.« Er küsste sie auf den Mund. »Ich werde in einer halben Stunde unten stehen und dir den Kerl endgültig vom Hals schaffen.«

*

Schulz nahm Weber in die Arme, nachdem Beate die Tür geöffnet hatte. »Ich bin ja so froh, dass dir nichts geschehen ist. Armer Roland, warum bist du nicht direkt zu mir gekommen?«

»Die fahnden doch nach mir. Und die waren doch bestimmt schon im Institut. Außerdem dachte ich, wenn ich dort einfach auftauchen würde, dann ... Sie haben sich in letzter Zeit oft über mich geärgert.«

»Aber Roland, wie kommst du denn darauf? Zeig her, du siehst schrecklich aus.« Sie berührte zärtlich sein Gesicht, drehte es zur Seite und betrachtete es besorgt. »Du kommst erst mal mit zu mir. Wir verarzten das und danach schläfst du dich aus. Ich werde denen von der Kripo morgen schon erklären, dass du niemandem etwas zuleide tun kannst.« Sie warf Karla einen traurigen Blick zu. »Tun Sie mir bitte einen Gefallen, behalten Sie vorläufig für sich, dass ich ihn aufgenommen habe, ja? Ich kläre das selbst mit der Polizei.«

»Schon gut. Dann kümmere ich mich nicht darum.«

Schulz guckte auf die Uhr. »Darf ich vielleicht schnell in Ihr Bad?«, fragte sie Beate.

»Natürlich. Da vorne.«

»Ich bin gleich zurück, Roland.«

»Danke, dass Sie mich telefonieren lassen haben, Frau Senkrecht. Jetzt wird alles gut«, sagte Weber.

»Das hoffe ich«, knurrte Karla.

Schulz kam zurück. »Lass uns losfahren, Roland. Ich danke Ihnen, dass Sie sich um ihn gekümmert haben.« Schulz legte liebevoll den Arm um Webers Schulter. »Komm, ganz vorsichtig.«

Nachdem die Tür ins Schloss gefallen war, wurde Karla hektisch und ging zum Fenster. »Ich hätte sie noch einen Moment aufhalten sollen.«

»Du hast mir viel zu erklären, Karla, ich weiß nicht, was das für eine merkwürdige Inszenierung war.«

»Tu mir einfach den Gefallen und bete, dass Herbracht irgendwo da unten steht. Sonst wird es eng für den armen Weber, fürchte ich.«

*

»Wo steht Ihr Auto, Frau Schulz?«

»Gleich um die Ecke.« Schulz schritt voran. Plötzlich wurde Weber von hinten gepackt, sein Arm hinter dem Rücken nach oben gebogen, ein anderer Arm legte sich um seinen Hals.

»Hilfe«, wollte er rufen, aber er brachte keinen Ton hervor.

»Halt die Schnauze!«, zischte der Mann.

»Lassen Sie den Mann los und heben Sie die Arme, Kriminalpolizei!«, schrie Herbracht, der sich mit Dragovic und zwei weiteren Beamten um die Ecke angeschlichen hatte und nun direkt hinter Johansson stand.

Johansson gehorchte. »Was soll das?«

»Nehmen Sie die Hände auf den Rücken«, befahl Dragovic und fixierte sie mit Kabelbindern.

Verena Schulz begann zu schluchzen. »Gott sei Dank kamen Sie rechtzeitig. Er hätte dem Jungen und mir gewiss etwas angetan. Er hat uns aufgelauert. Ich war nie so froh, die Polizei zu sehen.«

»Hör auf mit dem Schwachsinn, Verena«, zischte Johansson. »Glauben Sie ihr kein Wort. Sie ist an allem schuld. Diese Frau müssen Sie festnehmen. Sie hat den Notarzt abgeschlachtet. Ja, das hat sie!« Johansson spie die Worte hervor. »Sie hat mich für die Drecksarbeit benutzt. Verstehen Sie? Sie wollte sich für den Tod ihres Sohnes rächen.«

»Was? Glauben Sie ihm kein Wort. Er ist verrückt. Er hat seine eigene Frau ermordet.«

»Sie ist wahnsinnig!«, schrie Johansson. »Gehen Sie doch selbst in den Friedwald. Das Grab von ihrem Sohn befindet sich direkt neben dem von diesem Wacker. Sie wollte, dass ihr Sohn seinen Frieden findet, wie sie immer sagte.« Johansson spuckte wütend auf den Boden.

Weber zitterte am ganzen Körper.

»Ich muss mir die Anschuldigungen dieses Irren wohl nicht länger anhören, oder? Komm, Roland, wir gehen«, presste sie unter Tränen hervor.

Dragovic und ein zweiter Polizist hielten Schulz am Arm fest. »Wir müssen auch Sie mit aufs Revier mitnehmen, Frau Schulz. Das sind schwere Anschuldigungen, für die wir von Ihnen allerhand Erklärungen verlangen müssen.«

»Das ist doch nicht Ihr Ernst«, entgegnete Schulz.

»Oh doch!«

»Und Sie, Göran Johansson, verhafte ich vorläufig wegen versuchter Entführung und Verschleierung in mindestens zwei Mordfällen«, sagte Herbracht und übergab den Mann seinem Kollegen.

»Sind Sie verrückt? Die ist schuld. Glauben Sie ihr kein Wort und lassen Sie mich gefälligst frei«, schrie Johansson.

»Bringt ihn zum Auto«, sagte Herbracht zu den Kollegen.

Er drehte sich um, blickte am Haus empor, erspähte Beate und Karla, deutete eine Verbeugung an und hob anerkennend den Daumen. Karla applaudierte erfreut.

*

»Es hat funktioniert, ich wusste es«, triumphierte Karla.

»Du hast Herbracht informiert, als du das Wasser für Weber aus der Küche geholt hast, nicht?«, fragte Beate.

»Genau.«

»Du bist ein Schlitzohr. Woher wusstest du, dass Johansson hier auftauchen würde?«

»Ich ahnte schon längere Zeit, dass die zwei unter einer Decke stecken. Der Beweis dafür war die Urne.«

»Menschenskinder, Karla, wenn das schiefgegangen wäre.«

»Erinnerst du dich, dass ich einen Waffenschein besitze? Ich hätte den Jungen selbst zurückgeholt.«

KAPITEL 22

Samstag, 13. Juli, JVA, 9:16 Uhr

»Tja, Herr Johansson, die Beweislast ist erdrückend«, sagte Herbracht, der den Mann im Beisein von Dragovic im Untersuchungsgefängnis verhörte. »Zunächst müssen wir Sie belehren. Sie haben das Recht, die Aussage zu verweigern und sich einen Anwalt zu nehmen. Haben Sie das verstanden?«, fragte Herbracht.

»Halten Sie mich für dumm? Ich kann mich selbst verteidigen. Ich habe niemanden umgebracht.«

»Wie Sie wollen.«

Dragovic klappte ihren Laptop auf und schrieb mit.

Herbracht fuhr fort: »Wir haben Sie bei einer versuchten Entführung ertappt, nicht wahr? Woher wussten Sie, dass Sie Herrn Weber und Frau Schulz bei der Privatdetektivin antreffen würden?«

»Ich wusste nicht, bei wem sie waren, nur, dass Frau Schulz Weber irgendwo abholen wollte. Er hatte ihr wieder irgendwas vorgejammert, das tat er oft, und sie half ihm immer wieder, obwohl er ihr auf die Nerven ging. Sie sagte, sie halte ihn für einen Stalker. Deswegen habe ich mir die Adresse geben lassen, um ihr nötigenfalls beizustehen. Ich wollte Verena den lästigen jungen Mann vom Hals schaffen. Es sollte eine Lektion sein, weiter nichts.«

»Frau Schulz wurde mit dem jungen Mann allein wohl

nicht fertig, oder wie?«, fragte Herbracht. »Da müssen Sie sich schon was Besseres einfallen lassen. Sie ist doch eine recht stringente Person, nicht? Wir haben Sie, Herr Johansson, tatsächlich eine ganze Weile im Visier. Schon nachdem Sie uns erzählten, dass Sie Ihr Heimatland verlassen haben. Sie sagten uns, Ihre Frau habe Sie wegen eines anderen Mannes verlassen, nicht? Vor knapp zwei Jahren, wenn ich das richtig in Erinnerung habe.«

»Ja, warum?«

»Weil wir über das BKA herausfanden, dass vor zweieinhalb Jahren Ermittlungen gegen Sie liefen.«

Johansson lachte. »Weil meine Frau abgetaucht ist? Das ist lächerlich. Aber es stimmt. So was passiert halt. Die von der Kripo haben sich darüber gewundert, dass ich keine Vermisstenanzeige aufgegeben habe. Sofort stand ich unter einem haltlosen Verdacht. Wieso hätte ich eine aufgeben sollen? Es war verletzend genug, dass sie einen anderen Kerl hatte. Hätte ich ihr hinterherlaufen sollen? Wer mich verlässt, den versuche ich nicht zurückzubekommen.«

»Bei dem Kerl, wie Sie ihn nennen, war sie aber nicht. Er hieß Larsson, glaube ich, oder täusche ich mich?«

»Ja, jetzt, wo Sie's sagen, erinnere ich mich wieder an den Namen, skit!«

»Was heißt das?«

»Vergessen Sie's lieber.«

»Es heißt ›Scheiße‹«, kommentierte Dragovic.

»Sie sprechen Schwedisch?«

»Nein, aber ich war dort im Urlaub.«

»Darf ich weitermachen oder willst du?«, fragte Herbracht gereizt.

»Alles gut.« Dragovic verzog den Mund.

»Wo waren wir stehen geblieben? Ah ja, Larsson war in heller Aufregung über das Verschwinden seiner Freundin – im Gegensatz zu Ihnen. Gefunden wurde sie bis heute nicht, oder bin ich falsch informiert?«

Johansson schüttelte den Kopf.

»Das erscheint uns ebenfalls ungewöhnlich. Nun hatte aber Herr Larsson ein wasserdichtes Alibi. Daraufhin begann man Ihnen Fragen zu stellen, stimmt, oder?«

»Na gut. Aber Sie wissen selbst, wo kein Opfer, da keine Straftat. Habe ich das einigermaßen richtig ausgedrückt?« Johansson ballte die Fäuste. »Ich bin ein freier Mann.«

»Das stimmt so nicht ganz.«

»Wie meinen Sie das?«

»Sagen wir es so: Die Geschichte, die Sie uns rund um das Auffinden von Frau Mischnik aufgetischt haben, beinhaltete gewisse Ungereimtheiten.«

»Ungereimtheiten?«, Johansson wirkte empört.

»Wir fanden es ziemlich merkwürdig, dass diese junge Frau, die verletzt und verwirrt war, nicht nur zu einem Krematorium läuft, sondern Ihnen auch gesteht, jemanden getötet zu haben, ohne Sie überhaupt zu kennen. Ich betone, sie hat sich ja angeblich recht detailliert ausgedrückt. Aber wenn die Polizei kommt, dann kann sie sich plötzlich an nichts mehr erinnern. Denken Sie nicht, dass das einen seltsamen Eindruck auf uns gemacht hat?«

Johansson zuckte die Schultern. »Es wäre mir lieber gewesen, sie wäre direkt zur Polizei gegangen. Aber hätte ich sie laufen lassen sollen?«

Herbracht fuhr fort: »Sie wurden dabei beobachtet, wie Sie eine Urne auf einem nicht dafür vorgesehenen

Grundstück begraben haben. Sie als Besitzer eines Krematoriums müssten doch ziemlich genau wissen, dass das nicht zulässig ist. Außerdem sind wir sicher, Sie wissen, wer Sie dort beobachtet hat.«

»Woher sollte ich das wissen?«

»Es war die Bestattungsfachkraft von Frau Schulz, Roland Weber, der außerdem ausgesagt hat, dass ihn jemand in einen Sarg gesperrt hat, aus dem er aber zum Glück entkommen konnte. Und er glaubt, dass Sie das waren«, konstatierte Herbracht.

»Das ist ja wirklich eine unerhörte Unterstellung.«

»Bleibt dahingestellt. Wir werden es rausfinden, machen Sie sich da keine Gedanken.« Herbracht ließ sich nicht beirren.

»Wir haben die Urne mit einem Metalldetektor aufgespürt, Herr Johansson. Weber sei Dank. Ich muss nicht bis drei zählen können, um zu begreifen, weshalb Weber verschwinden sollte. Er sollte nicht auspacken können. Erschwerend hinzu kommt der Umstand, dass sich in der Urne ein Küchenmesser mit langer Klinge befand. Die rechtsmedizinischen Untersuchungen haben ergeben, dass sowohl die Urne als auch das Messer Tatwaffen sind. Mit diesem Messer wurde der arme Notarzt Thomas Wacker regelrecht abgeschlachtet. Die Schläge, die Jannick Schmidt am Kopf getroffen haben, wurden wiederum mit der Urne ausgeführt. Das konnte anhand der Verletzungen im Schädelbereich eindeutig bewiesen werden. Sie werden sicher nicht leugnen, dass die Urne aus Ihrem Krematorium stammt, oder? Hören Sie auf, zu versuchen sich herauszureden, Johansson. Sie verschlimmern damit Ihre Lage.«

Johansson seufzte und schüttelte immer wieder den

Kopf. »Deswegen wollte sie, dass ich die Urne beseitige. Na schön, bekomme ich eine Zigarette?«

»Bedauere, bin Nichtraucher«, sagte Herbracht.

»Ich auch«, ergänzte Dragovic.

»Mein Gott, wie konnte ich nur so auf Verena reinfallen?«

»Auf Frau Schulz hereinfallen?«

»Ja, so ist es. Als ich nach Deutschland kam und das Krematorium gekauft habe, lernte ich, wie Sie sich denken können, alle Bestatter von Frankfurt und Umgebung kennen. Verena faszinierte mich. Ich habe mich sofort in sie verliebt. Sie ist eine geheimnisvolle Person und sie hat eine magische Anziehungskraft auf beinahe jeden. Selbst der kleine Weber war in sie verknallt, deswegen folgte er ihr auf Schritt und Tritt. Es dauerte jedenfalls nicht lange, bis Verena und ich eine Beziehung miteinander eingingen. Eines Tages erzählte sie mir, dass sie Mutter war. Sie hat ihr Kind bei einem tragischen Unfall im Alter von 15 Jahren verloren. Es war ein Fahrradunfall. Sie ist nie darüber hinweggekommen. Als der Arzt und die Sanitäter eintrafen, war es für den Jungen zu spät, wie sich herausstellen sollte. Wären sie schneller vor Ort gewesen, hätte das Kind eine reelle Chance gehabt, gesund zu werden, davon ist sie fest überzeugt. Ihre Klage, die sie damals gegen den Arzt anstrebte, wurde abgewiesen. Sie sagte, sie habe daraufhin einen solchen Hass entwickelt, dass sie kaum eine Nacht ruhig schlafen konnte. Sie hat ihrem Sohn Vergeltung geschworen.«

»Moment, dann weiß ich, wo sich sein Grab befindet. Im Friedwald, nicht wahr?«, fragte Dragovic.

»Ja.«

»Erinnerst du dich an die Worte, die uns stutzig gemacht haben, Kai?«

»Du sollst deinen Frieden finden oder so. Er hieß Carsten, nicht?«, fragte Herbracht.

»Ja, Carsten«, bestätigte Johansson.

»Der Arzt, nämlich Wacker, wurde in Sichtweite begraben. Diesen Platz hat sie bewusst gewählt und ihn nie anderweitig vergeben, damit ihr Sohn Genugtuung findet. Er soll sich an Wackers Grab erfreuen. Vielleicht ist Verena verrückt.« Johansson stützte die Stirn schwer in seine Hände. »Und sie ist eine Hexe.«

»Wie meinen Sie das?«

»Ich meine damit, sie kann Menschen um den Finger wickeln. Bei mir hat sie's auch geschafft. Irgendwann begann sie, Rachepläne zu schmieden. Ich sollte ihr dabei helfen. Sie wollte den Arzt für das bestrafen, was mit ihrem Sohn geschehen war. Natürlich nicht nur den Arzt, sondern auch die Sanitäter.«

»Ach, waren die damals auch dabei?«

»Ja. Ich gebe zu, ich war ihr verfallen. Deswegen erklärte ich mich bereit, ihr zu helfen, wenn sie danach Frieden finden würde.« Er verstummte einige Sekunden. »Vermutlich sollte ich mir jetzt doch einen Strafverteidiger nehmen. Aber wie gesagt, es war ihr Plan, ich nur der Helfershelfer.« Er wandte sich an Dragovic. »Sie sehen mich so skeptisch an. Klar weiß ich, dass ich eine Mitschuld trage. Aber das ist mir verdammt egal.«

Dragovic zuckte die Schultern. »Dann haben Sie im Gefängnis genügend Zeit, um über Ihr verpfuschtes Leben nachzudenken.«

»Ach, scheiß drauf. Sie wollte den Arzt in eine Falle locken. Einen ähnlichen Unfall fingieren wie den von ihrem Sohn. Ich sollte bloß herausfinden, wann die drei gemeinsam eingesetzt wurden. Das war allerdings nicht einfach, wie Sie sich denken können. Deshalb verzögerte sich die Ausführung, wenn man es denn so nennen möchte. Ich rief zunächst auf der Station an, gab mich als Arzt aus und fragte, wann ich Wacker nach Dienstschluss wegen einer Befundbesprechung am besten erreichen könne. Ich tat das einige Male. Immer auf der Station. Ich telefonierte mit verschiedenen Schwestern, da laufen genug herum. Niemand hat sich dort deswegen gewundert. Anrufe von Kollegen kommen nun mal vor. Einmal sprach ich mit der Oberschwester. Sie sagte mir, Wacker habe die ganze Woche Spätschicht im Notdienst in Bockenheim. Dann rief ich die Notrufzentrale an und fragte nach Anja Mischnik. Ich gab mich als Sanitäter aus und erklärte, ich wolle mit ihr den Dienst tauschen. Ich hatte Glück und erfuhr, dass der Dienstplan feststand und sowohl Mischnik als auch Schmidt in dieser Nacht gemeinsam Dienst hatten. Das war der Sechser im Lotto. Wenn man das so sagen will.« Johansson grinste.

»Sie finden das wohl witzig?«, fragte Dragovic entgeistert.

»Soll ich aufhören zu reden? Dann sagen Sie es nur.«

»Nein, weiter«, sagte Herbracht.

»Nun gut, da eine solche Gelegenheit beim Schopf ergriffen werden sollte, wie Verena fand, mussten wir schnell handeln. Wir nahmen am späten Abend einen Wagen des Bestattungsinstituts und fuhren damit ins Diplomatenviertel, das zu Bockenheim gehört. Verena selbst wollte den Notruf absetzen. Sie war nicht davon abzubringen. Als sie vom Auto aus telefonierte, drehte ich vorsorglich die Klimaanlage auf, damit ihre Stimme nicht so deutlich zu erkennen war. Abgesehen davon kann sie ihre Stimme ausgezeichnet verstellen. Sie meldete sich mit dem Namen Müller. Man hätte sie für einen Mann halten können. Sie hat eben eine dunkle Seite«, er unterbrach sich. »Das Handy habe ich ihr dafür übrigens auf dem Schwarzmarkt besorgt. War kein großes Problem.«

»Ach nein?«, fragte Herbracht. »Dann reden Sie weiter.«

»Alles lief wie am Schnürchen. Zuerst kam in dieser Nacht der Krankenwagen mit den Sanitätern. Wir hatten uns im Park verschanzt und Verena rief herzzerreißend um Hilfe, als wir das Martinshorn hörten. Als die Sanitäter wie erwartet im Park erschienen, überwältigten wir sie von hinten, betäubten sie mit Chloroform und legten sie in den Wagen.«

»Woher hatten Sie das Chloroform?«, fragte Herbracht.

»Hat Verena im Institut immer da. Kann man zur Konservierung nehmen. Es reduziert die Verhärtung und Schrumpfung des Gewebes. Ich muss sagen, dass ich zu dem Zeitpunkt davon ausgegangen bin, dass die beiden mit dem Leben davonkommen würden.«

»Ach, und deshalb hielten Sie Ihr Handeln für rechtens?«

»Es ging alles so schnell. Ich schätze, ich habe meinen Verstand ausgeschaltet.«

»Sie legten sie einfach in den Wagen?«

»Nein, wir sperrten sie in einen extragroßen Sarg …« Johansson stockte erschrocken.

»Sie haben's selbst gemerkt, nicht wahr? Wollen Sie immer noch leugnen, dass Sie Weber auf die gleiche Weise außer Gefecht setzen wollten? Indem Sie ihn in einen Sarg sperrten?«

»Nun, ich habe den Sarg doch nicht verschlossen. Er konnte fliehen, was er ja auch tat.«

»Also geben Sie zu, dass Sie ihn überwältigt haben?«

»Auf Befehl von Verena.«

»Klingt schon ein bisschen eigenartig, Johansson. Sie wirken nicht gerade wie ein Mann, dem man etwas befiehlt«, entgegnete Herbracht.

»Und ich sage nur, Sie kennen Verena nicht.«

»Haben Sie je darüber nachgedacht, was Sie den Menschen damit angetan haben? Sie in einen Sarg zu sperren?«, fragte Dragovic erschüttert.

»Die Sanitäter waren bewusstlos. Als sie aufgewacht sind, waren sie längst draußen, die hatten damit sicher kein Problem.«

»Aber Sie haben sie gleich wieder eingesperrt. Nur dieses Mal in eine finstere Hütte, aus der es kein Entkommen gab. Das mindert die Pein nicht«, sagte Herbracht. »Nun zurück, damit wir es begreifen. Nachdem Sie Jannick Schmidt und Anja Mischnik in den Sarg gepfercht hatten, haben Sie in aller Ruhe auf den Notarzt gewartet, nehme ich an?«

»Herr Kommissar, was heißt in aller Ruhe? Ich sagte doch schon, ich konnte Verena nicht mehr umstimmen.«

»Was geschah dann?«, fragte Herbracht.

»Als wir erneut ein Martinshorn hörten, zog Verena die gleiche Nummer ab. Sie schrie um Hilfe. Ein Wunder, dass niemand der Anwohner darauf aufmerksam wurde. Na ja, der Park liegt hinter den Gartenmauern. Oder wer weiß, vielleicht hatten wir einfach nur Glück.«

»Beziehungsweise die Opfer Pech. Weiter«, forderte Herbracht auf. »Wo genau verschanzten Sie sich?«

»Gleich hinter dem Fußgängergatter. Auf der linken

Seite befindet sich leicht erhöht ein kleines Wäldchen mit viel Gestrüpp. Von dort hat man einen guten Einblick in die von Straßenlaternen erleuchtete Ginnheimer Landstraße. Verena zitterte vor lauter Wut und hielt ein scharfes Küchenmesser in der Hand. Sie werden es nicht glauben, aber ich dachte, wenn ich ihr jetzt zu nahe komme, dann rammt sie es mir in den Bauch. Sie glich einem wilden Tier, das mit gefletschten Zähnen auf seine Beute lauert. Plötzlich tauchte Wacker auf. Ich habe nie zuvor so viel Hass bei einem Menschen erlebt wie bei Verena in diesem Moment, als sie durch das Dickicht kroch, hinter ihm aufstand und die Tat ausführte.«

»Sie wollen sagen, sie allein hat Wacker die Messerstiche beigebracht?« Dragovic war fassungslos.

»Ich erinnere mich, dass Sie Anja Mischnik nach einem Regenmantel fragten. Wie kamen Sie darauf?«, wollte Johansson wissen.

»Wir haben eine abgerissene Schlaufe im Blut des Opfers entdeckt.«

»Es war Verenas Mantel. Wir beide trugen lange Regenmäntel, für den Fall, dass Blut spritzen würde, wie Verena mir sagte.«

»Da haben wir's. Wir haben auch einen nahezu perfekten Fußabdruck eines Sneakers, Größe 38, neben der Leiche gefunden. Hat sie Spezialschuhe getragen?«

»Wir arbeiten mit Antirutschsohlen. Verena bemerkte, dass sie ins Blut getreten war, und zog die Schuhe sofort aus«, erläuterte Johansson.

»Was hat sie mit den Schuhen gemacht?«

»Sie steckte sie in eine Tüte. Später haben wir sie verbrannt.«

»Etwa in Ihrem Ofen?«

»Besser konnte man sie kaum entsorgen«, stellte Johansson fest. »Mir ist es wichtig, Ihnen die Wahrheit zu sagen, ehe Verena Ihnen ein Märchen auftischt, und das wird sie versuchen. Mittlerweile kenne ich ihren wahren Charakter. Sie wird versuchen, mir die Morde in die Schuhe zu schieben.«

»Wie ging es weiter?«

»Sie sprang auf die Beifahrerseite des Vans und wir fuhren los.«

»Was passierte mit der Tatwaffe?«

»Verena schob sie unter den Beifahrersitz. Ich sagte ihr, da könne sie keinesfalls bleiben. Sie schlug vor, sie in eine Urne zu legen. Tja, und dann …« Es folgte eine bedeutungsvolle Pause. »Dann fuhren wir zum Gartengrundstück und sperrten die beiden gefesselt in die Hütte. Verena verfolgte einen unausgegorenen Plan. Sie wollte einen Schuldigen, der von ihr ablenken sollte. Deshalb dachte sie an eine Art Gehirnwäsche. Sie erklärte mir, dass man Menschen, die sich in einer Art Trancezustand befinden, alles einreden könne. Also begann sie, Betablocker und Schlafmittel in Wasser aufzulösen. Wir gaben sie den beiden zu trinken. Die dämmerten davon vor sich hin. Schmidt schlief fast nur. Mischnik war etwas wacher. Ich sagte Verena, dass man von dieser Kombination sicher auch sterben könne. Sie zuckte nur die Schultern. Es war ihr wahrscheinlich letzten Endes egal. Wenngleich ich zum ersten Mal bemerkte, dass sie Spaß am Quälen fand. Schmidt und Mischnik haben uns nie gesehen. Ihre Augen waren stets verbunden. Schließlich begann Verena, Mischnik einzureden, sie sei eine eiskalte Mörderin. Mischnik wimmerte und entschuldigte sich für eine Tat, die sie nicht begangen hatte. Zu diesem

Zeitpunkt hielt sich Verena für unbesiegbar und begann mehr und mehr aus dem Bauch heraus und damit fehlerhaft zu handeln.«

»Wie meinen Sie das?«

»Sie plante nicht mehr, entschied stattdessen spontan. Ich glaube mittlerweile, dass sie geisteskrank ist.«

»Warum haben Sie ausgerechnet Propranolol verabreicht?«

»Ich gebe zu, dass ich ihr das vorschlug. Ich habe Erfahrungen damit gesammelt.«

»Inwiefern?«

»Ich nehme Betablocker wegen meines Blutdrucks und habe diese versehentlich vor einiger Zeit überdosiert. Ich kann Ihnen sagen, da wissen Sie irgendwann gar nix mehr. Ihr Gedächtnis ist wie ausgelöscht. Da kann man jemandem sonst was einreden, wenn man geschickt ist.«

»Was passierte dann?«

»Nach sechs Tagen führten wir sie mit verbundenen Augen ins Dickicht an den Bahngleisen.«

»Um welche Uhrzeit?«

»Gegen halb vier Uhr morgens. Verena wollte sichergehen, dass uns niemand sieht.«

»Warum erst nach sechs Tagen?«

»Weil ihr eigener Sohn sechs Tage im Krankenhaus gelegen hat, bevor die Geräte abgeschaltet wurden. Diese Qualen wollte sie die Sanitäter ebenfalls spüren lassen. Wir mussten sie stützen, weil sie kaum laufen konnten. Nicht nur wegen der Medikamente, sondern auch wegen der Augenbinden. Übrigens bestand Verena auch dieses Mal darauf, dass wir Gummimäntel, medizinische Hauben und Einmalhandschuhe trugen.«

»Bedeutet, beim ersten Mal trugen Sie auch Handschuhe und Kopfhauben?«

»Genau, erwähnte ich das nicht?«

»Nein, aber es erklärt, weshalb wir an dem Verschluss keinen Fingerabdruck gefunden haben«, sagte Herbracht. »Reden Sie weiter.«

»Als wir da waren, nahm Verena die Urne, die sie im Dickicht versteckt hatte. Sie stieß Schmidt an, der fiel zu Boden und riss Mischnik mit sich. Für einen Moment dachte ich, die Mischnik sei tot, weil sie hart aufgeschlagen war und sich nicht rührte. Dann erschlug Verena den jungen Mann und trat ihn mehrfach. Danach holte sie ihr Auto und wir luden das bewusstlose Mädchen in den Van.«

»Um welche Uhrzeit war das?«

»Es war schon nach Sonnenaufgang. So gegen sechs. Ich glaubte zu dem Zeitpunkt, dass sie uns abkratzen würde, schon aufgrund der vielen Medikamente. Es ging ihr schlecht. Sie sackte ständig weg. Hätten wir sie liegen lassen, wäre sie dort gestorben. Aber Verena wollte unbedingt eine Schuldige. Sie wollte, dass die junge Frau nicht nur die Verantwortung trägt, sondern sich wegen ihrer Schuldgefühle zu Tode quält. Ich fragte Verena, ob sie nicht befürchte, dass sich Mischnik im Laufe der Zeit an Details erinnern würde. Verena winkte ab. Man würde Mischnik ohnehin nicht glauben. Allein wegen des Blutes, das sie an den Schuhspitzen hatte, und ihres Schuldbekenntnisses. Ich sagte bereits, Verena fühlte sich sicher und handelte fahrlässig und unkontrolliert. Mir war es mittlerweile egal. Ich wollte die Sache nur zu Ende bringen. Als die Mischnik wach wurde, sah sie mich völlig verdutzt an. Der Rest war einfach. Ich sagte ihr, dass sie mir vor einer halben Stunde einen Mord gestanden habe.

Sie wurde totenblass. Ich erwähnte ein paar Details. Sie starrte mich immerzu an, glaubte aber jedes Wort. Als dann die Bullen kamen, beschrieb ich ihre Tat, wie Sie ja wissen. Und sie bestätigte. Allerdings entnahm ich ihrem Blick, dass sie an meinen Worten zweifelte. Ich musste handeln. Erinnern Sie sich, dass ich ihr in Ihrem Beisein Wasser brachte?«

»Ich erinnere mich«, sagte Herbracht.

»Ich verabreichte ihr vorsorglich erneut Propranolol. Nur für alle Fälle. Sie durfte keinesfalls klar werden.«

»Sie sind ein Hund, Johansson. Allein für das, was Sie zugegeben haben, erwartet Sie eine lange Gefängnisstrafe. Jetzt warte ich noch auf den Rest. Sie haben Schmidt erschlagen, nicht Frau Schulz, wollen Sie das nicht auch zugeben?«

»Ich bleibe dabei, ich war nur der Lakai, sie hat die Morde begangen.«

Herbracht richtete den Blick auf Johanssons Füße.

»Es gibt einen weiteren Schuhabdruck, einen viel größeren. Er befand sich auf Wackers Brust. Nämlich der gut sichtbare blaue Fleck, den ein Sneaker verursacht hat. Die Größe stimmt in etwa, 43, oder? Sie haben dem armen Mann mit dem Fuß die Brust eingedrückt, habe ich recht?«

Johansson gab keine Antwort.

*

Frauengefängnis, 13 Uhr

»Sie haben das Recht auf Aussageverweigerung, Frau Schulz. Und Sie können einen Anwalt hinzuziehen, wenn Sie das wollen.«

»Hat Göran das etwa getan?«

»Darum geht es nicht, Sie können es tun. Allerdings beschuldigt er Sie, die Morde allein begangen zu haben.«

»Ich?« Verena Schulz lachte hysterisch. Dann sah sie Herbracht unverwandt an. »Der Mann ist ein eiskaltes Arschloch. Und wissen Sie was, ich brauche keinen Rechtsverdreher. Haben Sie Kinder?«, fragte sie und verzerrte das Gesicht zu einer bösartigen Fratze.

»Nein, Frau Schulz«, antwortete Herbracht.

»Dann können Sie sich nicht annähernd vorstellen, wie man sich fühlt, wenn man am Bett seines Kindes auf der Intensivstation steht und vor lauter Schläuchen das Gesicht kaum erkennt. Ihr Kind fühlt sich warm an und es atmet regelmäßig. Sie nehmen seine Hand, drücken diese warme Hand und glauben, einen gewissen Gegendruck zu fühlen. Sie denken, Ihr Kind weiß, dass Sie da sind. Ein erster Hoffnungsschimmer. Schmerzen scheint es nicht zu haben, es hängt ja am Tropf. Sie hoffen, dass alles gut wird. Auch wenn ständig irgendwelche Geräte Alarm schlagen und Ihr Herz jedes Mal auszusetzen droht.« Tränen stiegen ihr in die Augen. Die Taschentuchpackung auf dem Tisch im Verhörraum war beinahe leer. Sie zog eines der letzten Blätter hervor und wischte sich damit über Augen und Nase, dann fuhr sie fort. »Schließlich kommt der Oberarzt selbst rein, und das ist der Moment, in dem sich Ihr Leben für immer verändert. Nämlich dann, wenn Ihnen ein wildfremder Mensch sagt, dass Ihr Kind nicht mehr am Leben ist. Obwohl es atmet. Aber nein, es atmet eben nicht. Es ist bloß die Maschine, die den Körper mit Sauerstoff versorgt. Eine verdammte Maschine. Mein Sohn war hirntot.«

Sie machte eine Pause und blickte die Polizisten

abwechselnd aus kalten eisblauen Augen an. »Er war erst 15. Er hatte sein ganzes Leben vor sich. Er war mein Ein und Alles. Verstehen Sie jetzt? Was hätten Sie getan? Mein Mann hat das jedenfalls nicht ausgehalten. Er war feige und hat mich verlassen. Ich musste versuchen, meine Firma und mein Leben in den Griff zu bekommen. Beides gleichzeitig. Könnten Sie so etwas, Herr Kommissar?« Sie lachte bitter. »Sie verstecken Ihre Feigheit hinter Ihrem Beruf, stimmt's? Männer sind alle gleich.«

»Ihr Sohn wäre auch zum Mann herangewachsen. Vergessen Sie das nicht, Frau Schulz. Beruhigen Sie sich. Ich glaube, wir müssen nicht darüber reden, dass es das Schlimmste ist, das eigene Kind zu verlieren. Aber Selbstjustiz auszuüben ist überhaupt keine Option. Und einen Mord wie diesen«, Herbracht rang nach Luft, »so etwas Entsetzliches habe ich in meiner Laufbahn zuvor kaum erlebt. Sie haben den Mann regelrecht abgeschlachtet. Ist Ihnen das klar? Sie haben 42 Mal auf ihn eingestochen.« Herbracht sah die hasserfüllt wirkende Frau eindringlich an. »Was muss in einem Menschen vorgehen, um so etwas zu tun?«

»Wissen Sie, ich bin beinahe froh, dass alles raus ist. Es ist mir egal, was mit mir geschieht. Ich wünschte, ich könnte sterben. Ja, ich glaube, ich will es. Ich möchte zu meinem Sohn. Ich habe ihn gerächt. Das war alles, was ich wollte. Jetzt ergibt mein Leben keinen Sinn mehr.« Ihre Augen verengten sich. »Und wissen Sie was? Wenn ich mehr Kraft gehabt hätte, dann hätte ich weitergemacht. Immer weiter. Bis er nicht mehr als ein Hacksteak gewesen wäre. Es ist mir egal, was Sie denken oder wie Sie mich bestrafen. Aber eines kann ich Ihnen sagen: Ich habe den Sanitäter nicht ermordet. Das war mein sogenannter Freund, der mir alles in die Schuhe schieben will. Wollen Sie wissen, was mit seiner Frau geschehen ist? Er hat's mir gesagt. Ja, er ist stolz darauf, nennt es den perfekten Mord.«

»Was meinen Sie damit?«

»Ihnen ist sicherlich bekannt, dass bei einer Feuerbestattung eine zweite Leichenschau durch die Rechtsmedizin vorgeschrieben ist?«

»Natürlich«, bestätigte Herbracht.

»Danach öffnet definitiv niemand mehr den Sarg. Göran allerdings hat es getan. Er hat seine Frau, die er zuvor mit Medikamenten betäubte, in einen Sarg gelegt. Verstehen Sie, was ich meine?«

»Nicht ganz.«

»Er war nicht leer.«

»Sie meinen einen Sarg, der ...«, Herbracht suchte nach Worten, »... schon belegt war?«

»Das meine ich. Nach der zweiten Leichenschau hat er seine Frau einfach dazugelegt. Und wie stolz er war, als er es mir erzählte.«

»Aber ...« Dragovic rang nach Luft. »Aber das fällt doch auf, oder? Da sind doch am Schluss viel mehr Knochen übrig. Unfassbar! Wirklich unfassbar.«

»Wem bitte sollte das auffallen? Er selbst hat die Knochen mit dem Mörser zerkleinert. Und die Asche?« Sie vollführte eine hilflose Handbewegung. »Wer wiegt schon die Menge? Er hatte das Gleiche für Weber geplant. Wollte ihn im Kühlraum erfrieren lassen, dann den Sarg öffnen und ihn als kleine Beigabe einer Einäscherung beifügen.«

»Oh Gott, ist es dort so kalt, dass man erfrieren kann?«

»Selbstverständlich. Die Toten liegen dort bis zu zehn Tage in den Särgen, bis sie eingeäschert werden. Na ja, dummerweise konnte Weber entkommen. Nur weil

Göran unaufmerksam war. Ich war stinksauer auf ihn. Ich gebe nämlich zu, ich wollte selbst, dass Weber verschwindet. Er weiß zu viel, dachte ich. Ich fühlte mich schon lange von ihm bedrängt. Und dann hat er Göran beobachtet, oder nennt man das observiert?« Sie lachte gehässig. »Er war gefährlich für uns.«

Herbracht schüttelte den Kopf. »Ich muss schon sagen, da hat sich wahrlich ein mörderisches Paar gefunden. Sie haben sogar an Haarhauben und Handschuhe gedacht, wie Johansson sagte.«

»Klar, so was braucht man im Institut.« Sie verzog das Gesicht zu einem gehässigen Grinsen.

»Frau Schulz, Ihnen wird das Lachen noch vergehen. Aber klar, wir hätten Sie ohne diese Maßnahmen eher überführt.«

»Ich weiß! Beim nächsten Mal werde ich sorgfältiger vorgehen.«

»Ein nächstes Mal wird es für Sie vermutlich nicht geben. Zumindest nicht auf lange Sicht, Frau Schulz. Sie kommen für diese Verbrechen nicht so schnell auf freien Fuß.«

»Man soll niemals nie sagen.« Schulz zwinkerte. »Ich habe damals, als ich Göran kennenlernte, sofort gewusst, dass er der Mann ist, mit dem ich meine lang gehegten Pläne in die Tat umsetzen werde. Mit seiner Dummheit habe ich allerdings nicht gerechnet, das gebe ich zu. Jedenfalls war er in mich vernarrt. Von dem Tag an begann ich die Details für meine Rache sorgfältig zu planen. Abgesehen davon zog mich Göran anfänglich sogar ein wenig an. Wenn er allerdings jetzt versucht, mir den Mord an Schmidt unterzujubeln, dann hat er sich getäuscht. Er allein hatte die Idee mit der Urne. Wir legten das Messer, mit dem ich Wacker erstochen habe, dort hinein. Keine schlechte Idee, wie ich fand. Denn ich kenne Dr. Jacoby und ihre Präzision ja schon seit Jahren. Ihr bleibt nichts verborgen. Ich wusste, dass es nicht leicht sein würde, die genaue Tatwaffe anhand der Verletzungen zu identifizieren.« Sie schmunzelte. »Ich bin mir fast sicher, dass eine Urne nie zuvor zum Tatwerkzeug wurde. Ich war ein wenig stolz auf Göran wegen dieses skurrilen Einfalls. Jedenfalls schlug er Schmidt damit ins Gesicht. Ich wollte nicht riskieren, dass etwas schiefgeht, deshalb drängte ich ihn, nachdem Göran Schmidt mehrfach in den Bauch und die Gedärme getreten hatte, auch aufs Herz zu treten.«

»Das wissen wir. Der Fußabdruck war als Hämatom sehr deutlich erkennbar.«

Schulz hob die Augenbrauen. »Tatsächlich?«

»Übrigens auch der, den Sie am Ort von Wackers Ermordung hinterlassen haben«, klärte Herbracht auf.

»Ich?«

»Ja, Sie. Wir haben einen Abdruck im Blut gefunden. Es waren rutschfeste Schuhe, wie Sie diese in Ihrem Institut benutzen, stimmt's? Wären Sie ausgerutscht, was bei einem normalen Sneaker hätte passieren können, wäre der Abdruck nicht so gut abgegrenzt gewesen«, konstatierte Herbracht.

»Sie sind ein schlauer Kerl, Herr Kommissar. Ja, man kann schon mal ausrutschen beim Präparieren. In diesen Schuhen hat man einen festeren Tritt. Ich habe bemerkt, dass ich in die Lache getreten war, zog die Schuhe deswegen aus und warf sie in eine Plastiktüte.«

Der Kommissar bestätigte. »Das hat Johansson bereits ausgesagt. Auch, dass Sie Regenmäntel trugen.«

»Ja, die Sache mit der abgerissenen Schließe hat mich zunächst sehr beunruhigt. Göran erzählte mir, dass Sie Mischnik nach einem Regenmantel gefragt haben. Da habe ich festgestellt, dass die Schlaufe abgerissen war. Erst brachte mich das aus der Fassung. Aber dann war ich mir ziemlich sicher, dass ich darauf keine Spuren hinterlassen haben konnte. Ich habe die ganze Zeit Handschuhe getragen.« Sie schien kurz nachzudenken. »Übrigens haben unsere Schuhe Stahlkappen, wussten Sie das? Damit kann man besonders fest zutreten. Ich hörte, wie bei dem Sanitäter eine Rippe brach, vielleicht sogar zwei, als Göran zutrat. Knack, knack und schon war sie durch.«

»Das klingt abscheulich. Johansson sagt, Sie hätten Ihre Schuhe verbrannt.«

»Ich weiß, worauf Sie hinauswollen. Stahl verbrennt nicht. Aber kein Problem. Den habe ich später in den Sondermüll gepackt.«

Dragovic hatte die ganze Zeit Protokoll geführt. »Noch mal zurück zum Tatort Schmidt. Was geschah in der Zwischenzeit mit der Frau, während Sie sich mit Schmidt befassten?«

»Sie rührte sich zunächst nicht einmal. Und als sie sich langsam aufgerappelt hat, hat sie kaum die Augen aufbekommen, hat nicht bemerkt, dass wir ihre Schuhe ausgezogen und sie mit Blut besudelt haben.«

»Ich stelle fest, dass Ihnen allen die Schuhe zum Verhängnis wurden. Bei Anja Mischniks Sneakers ist Ihnen ein weiterer Denkfehler unterlaufen. Sie haben bloß die Schuhspitzen in Blut getränkt. Das hat uns stutzig gemacht«, erläuterte Herbracht.

»Für meine Fehler könnte ich mich ohrfeigen.«

»Was geschah weiter?«

»Als Mischnik langsam mobiler wurde, suggerierte ich ihr immer wieder das Gleiche: ›Du hast ihn getötet. Du bist eine Mörderin.‹ Immer wieder habe ich sie als Mörderin tituliert. Sie glaubte es, denn ich beobachtete, wie sie mehr und mehr in sich zusammensank. Es funktionierte. Ich hatte das jämmerliche Ding weichgekocht. Ich fühlte mich göttlich. Die dumme Mischnik aber machte nichts als wirre Abwehrbewegungen mit den Händen. Schüttelte immerzu den Kopf. Ich wurde immer wütender. Es hatte etwas Marionettenhaftes. Also schlug ich ihr ins Gesicht, und sie wurde erneut ohnmächtig. Ich holte mein Auto vom Parkplatz an den Gartengrundstücken, während Göran sie bewachte. Wir luden sie ein und fuhren mit ihr zum Krematorium. Dort schleppten wir sie in Görans Büro.« Schulz zuckte mit den Schultern. »Dann ließ ich Göran mit ihr allein. Er wusste, was zu tun war. Den Rest kennen Sie.«

»Zu dumm, dass Johansson die Urne ausgerechnet auf dem Grundstück Ihres Bruders begraben hat.«

»Das wäre nie rausgekommen. Wer hat denn ahnen können, dass Göran den Sargdeckel nicht verschließt. Und dann läuft der kleine Schnösel fort. Ich hasse Göran für seine Unachtsamkeit. Wenn Sie ihn sprechen, sagen Sie ihm einen Gruß von mir. Er soll verrecken.«

KAPITEL 23

Sonntag, 14. Juli, Polizeipräsidium, 10:30 Uhr

Nachdem Herbracht die Damen ausführlich über die Geständnisse informiert hatte, lehnte er sich zufrieden auf seinem Stuhl zurück und verschränkte die Hände hinter dem Kopf. »So, jetzt wissen Sie Bescheid.«

»Danke«, sagte Karla.

Herbracht wandte sich an Beate: »Wie geht es Frau Mischnik, jetzt, wo sie wieder zu Hause ist?«

»Sie braucht viel psychische Unterstützung und Therapie. Aber das ist kein Wunder. Karla wird ihr dabei helfen, ihr Trauma zu bewältigen. Frau Mischnik wollte das so.«

Karla war sichtlich stolz. »Ich würde ja jetzt gern ein Zigarillo rauchen, aber ich habe Beate neulich das Versprechen gegeben, aufzuhören. Einer meiner schwachen Momente, leider. Aber ich habe die Hoffnung noch nicht aufgegeben, dass sie sich umstimmen lässt.«

Beate grinste und schüttelte den Kopf. »Bisher hast du dein Versprechen gehalten. Enttäusche mich nicht. Und nun erzähl schon, Karla.«

»Ich mache mit Anja Mischnik einige EMDR-Sitzungen.«

»Einige was?«, fragte Dragovic, die gerade hereinkam.

»Hallo, Frau Dragovic. Traumabekämpfung. Bedeutet, ähm …« Karla öffnete ihr Handy.

»Aussprechen kann sie es nicht. Aber das soll nichts heißen. Sie hat es trotzdem drauf.« Beate lachte.

»Ganz ruhig, es bedeutet: Eye Movement Desensitization and Reprocessing.«

»Das Ganze bitte auf Deutsch«, bat Herbracht.

»Desensibilisierung und Verarbeitung durch Augenbewegung. Es geht um die Verarbeitung von Traumata oder Angstzuständen. Ich werde bei Anja wohl eine Weile brauchen. Sie hat Schreckliches durchlebt. Abgesehen davon, dass ihre Kindheit auch nicht gerade einfach war. Aber wir kriegen das schon hin. Mal sehen, vielleicht verkuppele ich sie mit Roland Weber. Der hat auch ordentlich was mitgemacht.«

»Also, Senkrecht, ich gestehe, ich lerne bei Ihnen immer dazu. Und ich dachte, keiner – nun gut, außer Frau Pauli natürlich – kennt Sie besser als ich.« Herbracht schmunzelte. »Aber dass Sie sogar Hypnose einsetzen? Ich muss schon sagen, Sie sind ein Teufelsbraten.«

Karla grinste über das ganze Gesicht. »Ich glaube, Sie sind neidisch. Ich würde Sie auch gern hypnotisieren. Ich bin sicher, ich kenne Ihre tiefsten Geheimnisse nicht.«

»Kommt überhaupt nicht infrage. Allerdings bewundere ich heimlich Ihre Methoden und Ihr verdammt gutes Bauchgefühl. Ohne Sie hätten wir die Hütte am Main nicht so schnell gefunden.«

Karla zwinkerte Beate zu. »Hast du's gehört?« Sie tätschelte ihren gut gewölbten Bauch. »Liegt bestimmt am Volumen. Das wird sich vermutlich erhöhen, so ganz ohne Zigarillos.«

»Witzig«, kommentierte Beate.

»Spaß beiseite, Senkrecht«, sagte Herbracht. »Wir hatten Johansson bereits eine ganze Weile im Visier. Es war schon verwunderlich, dass Frau Mischnik nur ihm gegenüber ein so umfassendes Geständnis abgelegt haben soll, mit uns im Gespräch aber keinerlei Erinnerung mehr an ihre angebliche Tat hatte. Als wir erfuhren, dass Johanssons Frau plötzlich verschwunden ist und er daraufhin sogar sein Heimatland verließ, fassten wir mit dem BKA nach. Wir wussten nur nicht, was genau der Mann getan hatte. Nun konnten wir ihn allerdings endgültig weichklopfen.«

»Ach wirklich?«, fragte Beate erstaunt.

»Davon haben Sie mir ja gar nichts erzählt. Da bin ich aber beleidigt.«

»Liebe Frau Senkrecht, wir von der Kripo haben halt auch Geheimnisse.«

»Dann sage ich Ihnen jetzt, dass mir die Schulz schon lange Zeit verdächtig vorkam. Beate, erinnerst du dich? Ich sagte, sie sei aalglatt.«

»Daran erinnere ich mich zwar nicht, aber du sagtest, sie sei nicht dein Typ.«

»Das bedeutet das Gleiche.«

»Mittlerweile hat Johansson übrigens gestanden, dass er Schmidt mit der Urne den Schädel eingeschlagen hat. Er sagte, er sei der Schulz hörig gewesen. Habe alles getan, was sie verlangte. Dabei hatte er davor schon, wie wir wissen, in Schweden seine Frau beseitigt. Er ist ein eiskalter Hund.«

»Chef«, unterbrach Dragovic. »Vorhin rief Oberarzt Dr. Salzmann an. Du weißt, der vom Markus-Krankenhaus. Er hat in der Zeitung von der Verhaftung der Schulz gelesen. Da ist ihm etwas eingefallen. Er war es, der ihr beibringen musste, dass ihr Sohn nicht mehr aufwachen würde und dass man die Geräte deswegen abschalten sollte. Schulz soll völlig hysterisch geworden sein und hat daraufhin den Wacker angezeigt.«

»Tja, die Erinnerung kam leider zu spät. Hätte er uns eher informiert, wäre Weber gar nicht erst in Gefahr geraten.«

»Schulz und Johansson ergänzten sich als abgebrühtes Mörderpaar ideal. Derart brutale Taten gab es lange nicht mehr in Frankfurt, und das soll etwas heißen. Frankfurt ist ein heißes Pflaster, was Kriminalität angeht. Die Schulz war von Hass zerfressen und sich allzu sicher, dass ihr niemand auf die Schliche kommen würde. Dabei häuften sich ihre Fehler zunehmend. Ist keine Seltenheit bei Verbrechern. Je sicherer sie sich sind, desto mehr Fehler machen sie«, sagte Herbracht. »Ob sie im Knast nun glücklicher ist, bleibt dahingestellt. Selbst wenn sie meint, dass sie ihren Sohn gerächt hat. Sie ist eine unberechenbare, gefährliche und kranke Person. Von nun an wird sie täglich mit ihren grauenhaften Taten konfrontiert sein.«

»Dieses Schicksal möchte man nicht teilen«, erwiderte Karla.

»Man wird sie gut im Auge behalten. Die Frau ist psychisch auffällig und suizidgefährdet«, antwortete Herbracht.

EPILOG

Die Tatsache, dass die Bestatterin von Thomas Wacker auch dessen Mörderin war, brachte Martin Herbst beinahe um den Verstand. Als er von der Kriminalpolizei erfuhr, dass Karla Senkrecht, die Privatermittlerin, die ihn wegen Rückenschmerzen aufgesucht hatte, den entscheidenden Hinweis zur Ergreifung des Mörderduos gegeben hatte, beängstigte ihn das ein wenig.

Die Rechnung, die sie ihm als Ermittlerin zuschickte, war so niedrig, dass er ihr als Dankeschön, allerdings zu Karlas Missfallen, eine mehrwöchige Physiotherapie schenkte.

Lara Eschbach, die in ihrer Jugend ihren kleinen Bruder durch schwere Krankheit verloren hatte und sich nicht zuletzt deshalb in Martin Herbst hineinfühlen konnte, söhnte sich mit ihrem besten Freund aus. Und nach einer gewissen Zeit wagten sie sogar einen Neuanfang als Paar.

Anja Mischnik erholte sich dank Karla Senkrechts Therapie erstaunlich gut. Das Verhältnis zu ihrem Vater besserte sich nach einer langen Aussprache deutlich. Sie wohnte nun in ihrer eigenen kleinen Wohnung in Bornheim und traf sich hin und wieder mit Roland Weber, mit dem sie eine herzliche Freundschaft verband. Ihren Beruf als Sanitäterin führte sie bald wieder aus.

Verena Schulz verbüßte ihre Straftat im Maßregelvollzug einer psychiatrischen Haftanstalt in Hadamar mit anschließender Sicherungsverwahrung.

Göran Johansson gestand in einer späteren Vernehmung auch den Mord an seiner Frau. Als Motiv gab er Eifersucht an.

Wegen Entführung und Mord beziehungsweise Beihilfe zum Mord in zwei Fällen wurde er unter Berücksichtigung der besonderen Schwere der Schuld zu einer lebenslangen Haftstrafe in der Justizvollzugsanstalt Butzbach verurteilt.

ENDE

DANKSAGUNG

Mein Dank gilt allen Verwandten und Freunden, mit denen ich mich über den Inhalt dieses Krimis austauschen konnte. Dabei stehen an erster Stelle meine Töchter Johanna Franz und Dr. Mareike Franz. Mareike ist mir in allen medizinischen Fragen eine große Hilfe.

Durch meine Freundin Dorothee Schröter, die als Coach und Mentaltrainerin tätig ist, erhielt ich wertvolle Informationen über die Methodik der Hypnose. Ein Umstand, der meiner Protagonistin Karla Senkrecht zugutekam.

Ebenfalls halfen mir meine liebe Freundin und Strafrechtlerin Gabriele Rittig sowie der Zollfahnder a. D. Hubert Huhn.

Ganz herzlichen Dank an Professor Marcel A. Verhoff, mit dem ich mich in unserem gemeinsamen Podcast »SpurenElemente« alle vierzehn Tage über wahre Verbrechen unterhalte und der mir bereitwillig alle Fragen rund um die Rechtsmedizin beantwortet.

In einem Frankfurter Bestattungsinstitut wurden mir viele Fragen über Beisetzungen freundlich beantwortet. Auch hierfür bedanke ich mich.